Amor prohibido

Primera edición: noviembre de 2020
Tercera edición: noviembre de 2022
Título original: *The Chase*

© Elle Kennedy, 2018
© de la traducción, Sasha Pradkhan, 2020
© de esta edición, Futurbox Project, S. L., 2022
Todos los derechos reservados.
Se declara el derecho moral de Elle Kennedy a ser reconocida como la autora de esta obra.

Diseño de cubierta: Taller de los Libros

Publicado por Wonderbooks
C/ Aragó, 287, 2.º 1.ª
08009, Barcelona
www.wonderbooks.es

ISBN: 978-84-18509-00-1
THEMA: YFM
Depósito Legal: B 19750-2020
Preimpresión: Taller de los Libros
Impresión y encuadernación: Liberdúplex
Impreso en España – *Printed in Spain*

ELLE KENNEDY

AMOR PROHIBIDO

SERIE
LOVE ♥ ME

Traducción de
Sasha Pradkhan

CAPÍTULO I

Summer

—¿Es una broma?

Miro boquiabierta a las cinco chicas que me juzgan. Cada una tiene el pelo, la piel y los ojos de un color diferente; sin embargo, no soy capaz de distinguirlas porque sus expresiones son idénticas. La arrogancia asoma por encima del falso remordimiento que intentan transmitir, como si realmente estuvieran devastadas por la noticia.

Seguro. Lo están disfrutando.

—Lo siento, Summer, pero no es broma. —Kaya me ofrece una sonrisa lastimera—. Como miembros del Comité Normativo, nos tomamos muy en serio la reputación de Kappa Beta Ni. Hemos recibido una notificación de la sede nacional esta mañana.

—Oh, ¿en serio? ¿Habéis recibido una notificación? ¿Os han mandado un telegrama?

—No, era un correo electrónico —dice ella, pasando completamente por alto el sarcasmo. Se aparta el pelo reluciente detrás del hombro—. Han recordado al comité que todos los miembros de esta hermandad deben respetar las normas de conducta establecidas. En caso contrario, nuestra sección perderá su buena reputación.

—*Tenemos* que mantener nuestra buena reputación —exclama Bianca, que me suplica con la mirada. De las cinco idiotas que tengo delante de mí, esta parece la más razonable.

—Sobre todo después de lo que le pasó a Daphne Kettleman —añade una chica cuyo nombre no recuerdo.

La curiosidad puede conmigo.

—¿Qué le pasó a Daphne Kettleman?

—Intoxicación etílica.

La cuarta chica —creo que se llama Hailey— baja la voz hasta un susurro y echa un vistazo rápido a su alrededor, como si hubiera uno o dos micros ocultos entre los muebles antiguos que llenan el salón de la mansión Kappa.

—Tuvieron que hacerle un lavado de estómago —revela la chica sin nombre regocijándose, lo que hace que me pregunte si realmente le entusiasma la idea de que Daphne Kettleman estuviera a punto de morir.

Kaya alza la voz, con un tono tajante:

—Basta de hablar de Daphne. Ni siquiera deberías haber sacado el tema, Coral.

¡Coral! Eso es. Así se llama. Su nombre suena igual de estúpido ahora que cuando se ha presentado hace quince minutos.

—No pronunciamos el nombre de Daphne en esta residencia —me explica Kaya.

Por-fa-vor. ¿Un mísero lavado de estómago y tratan a la pobre Daphne como si fuera Voldemort? La sección Kappa Beta Ni de la Universidad Briar es flagrantemente mucho más estricta que la sección de Brown.

El caso es que me están echando incluso antes de que haya tenido tiempo de mudarme.

—No es nada personal —continúa Kaya, que me obsequia con otra sonrisa falsa de consolación—, nuestra reputación es muy importante para nosotras, y aunque estés aquí porque tu madre fue una Kappa Beta Ni...

—No *una...*, presidenta —puntualizo. *¡Así que, ja! ¡En tu cara, Kaya!*

Mi madre fue presidenta de una sección Kappa durante sus dos últimos años de carrera, igual que mi abuela. Las mujeres de la familia Heyward y Kappa Beta Ni van de la mano, igual que los abdominales y cualquier Hemsworth varón.

—En cualquier caso —prosigue—, ya no nos regimos por los lazos ancestrales de una forma tan estricta como antes.

¿Lazos ancestrales? ¿Quién dice eso? ¿Se ha teletransportado desde la antigüedad?

—Como he dicho, tenemos normas y reglamentos. Y no te fuiste de la sección de Brown en los mejores términos.

—No me echaron de Kappa —sostengo—. Me echaron de la universidad, en general.

Kaya me mira con incredulidad.

—¿Es algo de lo que estás orgullosa? ¿De que te hayan expulsado de una de las mejores universidades del país?

Contesto con los dientes apretados:

—No, no estoy orgullosa de ello. Solo digo que, en realidad, todavía soy miembro de esta hermandad.

—Tal vez, pero eso no significa que tengas derecho a vivir en esta residencia.

Kaya se cruza de brazos por encima del jersey de lana de angora blanco.

—Ya veo.

Imito su pose y, además, me cruzo de piernas.

La mirada envidiosa de Kaya se posa sobre mis botas de ante negras de Prada, regalo de mi abuela para celebrar mi admisión en Briar. Solté una buena carcajada cuando abrí el paquete anoche; no estoy muy segura de si la abuela Celeste entiende que solo estoy en Briar porque me han expulsado de otra universidad. En realidad, me apuesto lo que sea a que lo sabe y simplemente no le importa. La abuela buscaría cualquier excusa para ponerse sus Prada. Es mi alma gemela.

—¿Y no se os había ocurrido —prosigo con un tono de voz cada vez más borde— decírmelo *antes* de hacerme empaquetar todas las cosas, conducir hasta aquí desde Manhattan y atravesar vuestra puerta?

Bianca es la única que tiene la decencia de parecer culpable.

—Lo sentimos mucho, Summer, en serio. Pero como ha dicho Kaya, la sede nacional no se ha puesto en contacto con nosotras hasta esta mañana, y entonces había que votar y... —Se encoge de hombros ligeramente—. Lo siento —repite.

—O sea que habéis votado y habéis decidido que no tengo permiso para vivir aquí.

—Sí —responde Kaya.

Miro a las otras.

—¿Hailey?

—Halley —me corrige con frialdad.

Aj, como sea. ¿Se supone que tengo que recordar sus nombres? Acabamos de conocernos.

—Halley. —Miro a la siguiente chica—. Coral. —Y entonces, a la siguiente chica. Mierda. No tengo ni idea de cómo se llama—. ¿Laura?

—Tawny —gruñe.

¡Tocada y hundida!

—Tawny —repito con un tono de disculpa—. ¿Estáis seguras de esto, chicas?

Las tres asienten con la cabeza.

—Genial. Gracias por hacerme perder el tiempo.

Me levanto, me aparto el pelo del hombro y empiezo a enrollarme la bufanda roja de cachemir alrededor del cuello. A lo mejor lo hago con demasiada energía, porque parece que molesta a Kaya.

—Deja de ser tan dramática —me ordena con cinismo—, y no actúes como si fuera culpa nuestra el hecho de que incendiaras tu anterior residencia. Perdónanos por no querer vivir con una *pirómana*.

Me esfuerzo por mantener la ira bajo control.

—Yo no incendié nada.

—No es lo que dijeron nuestras hermanas de Brown. —Tensa los labios—. Bueno, tenemos una reunión de la residencia en diez minutos. Es hora de que te vayas.

—¿Otra reunión? ¡Fíjate tú! ¡Hoy tenéis la agenda apretada!

—Vamos a organizar un evento benéfico de Nochevieja para recaudar dinero —dice Kaya con frialdad.

Oh, *mea culpa*.

—¿Para qué organización benéfica?

—Oh. —Bianca parece avergonzada—, estamos recaudando dinero para renovar el sótano de la mansión.

Dios mío. ¿Las beneficiarias son *ellas*?

—Es mejor que os pongáis a ello, entonces. —Con una sonrisa socarrona, levanto la mano para despedirme de forma despreocupada y salgo de la habitación.

En el recibidor, noto que empiezan a escocerme los ojos.

Que les den a estas chicas. No las necesito, ni a ellas ni a su estúpida hermandad.

—Summer, espera.

Bianca me alcanza a las puertas de la entrada. Rápidamente, finjo una sonrisa y parpadeo hasta que las lágrimas que habían empezado a salir desaparecen. No dejaré que me vean llorar, y estoy muy orgullosa de haber dejado todo el equipaje en el coche y de haber entrado solo con el bolso de tamaño *oversized*. Me habría matado tener que arrastrar mis maletas de vuelta al coche. Además, me habría llevado varios paseítos, porque no viajo ligera, que digamos.

—Escucha —dice Bianca. Habla tan bajito que tengo que esforzarme para oírla—, deberías considerarte afortunada.

Arqueo las cejas.

—¿Por ser una sintecho? Claro que sí, tengo una suerte...

Logra esbozar una sonrisa.

—Tu apellido es Heyward-Di Laurentis. No eres, ni serás nunca, una sintecho.

Sonrío tímidamente. No puedo contradecir eso.

—Pero lo digo en serio —susurra—. No te gustaría vivir aquí. —Lanza una mirada hacia la puerta—. Kaya es como una sargento. Es su primer año como presidenta de Kappa y se le ha subido el poder a la cabeza.

—Lo he notado —contesto con brusquedad.

—¡Tendrías que haber visto lo que le hizo a Daphne! Fingió que fue por lo del alcohol, pero en realidad solo estaba celosa porque Daph se acostó con su exnovio, Chris, así que decidió arruinarle la vida. Un finde que Daphne estaba fuera, Kaya donó «accidentalmente —Bianca dibuja unas comillas en el aire— toda su ropa a unos de primero que estaban recolectando cosas para una campaña anual. Al final, Daph dejó la hermandad y se mudó.

Empiezo a pensar que esa intoxicación etílica fue lo mejor que podría haberle pasado a Daphne Kettleman si la sacó de este agujero infernal.

—Me da lo mismo. No me importa si vivo aquí o no. Como has dicho tú, estaré bien —contesto con una voz despreocupada que he perfeccionado a lo largo de los años para demostrar que nada me afecta.

Es mi coraza. Finjo que mi vida es una bonita casa victoriana y espero que nadie se acerque lo bastante como para ver las grietas de la fachada.

Pero no importa cómo de convincente haya sonado delante de Bianca, porque no hay manera de parar la enorme ola de ansiedad que me golpea en cuanto me meto en el coche cinco minutos más tarde. Me cuesta respirar y se me acelera el pulso, y empieza a ser difícil pensar con claridad.

¿Qué se supone que debo hacer?

¿Adónde puedo ir?

Inhalo profundamente. *Todo va bien. No pasa nada.* Tomo otra bocanada de aire. Sí, encontraré una solución. Siempre lo hago, ¿no? La cago constantemente y, al final, siempre doy con una solución. Solo tengo que ponerme a ello y pensar...

Mi tono de llamada, «Cheap Thrills», de Sia, suena a todo volumen. Gracias a Dios.

No tardo nada en contestar.

—Ey —saludo a mi hermano, Dean, agradecida por la interrupción.

—Hola, mocosa. Solo quería comprobar que has llegado sana y salva al campus.

—¿Por qué no iba a hacerlo?

—Bueno, ¿quién sabe? Podrías haberte fugado a Miami con algún aspirante a rapero autoestopista que hubieras recogido en la interestatal, o, como lo llamo yo, la receta perfecta para convertirse en el traje de piel de un asesino en serie. Oh, espera. Que eso ya lo hiciste.

—Ay, Díos. En primer lugar, Jasper era un aspirante a cantante de *country,* no un rapero. En segundo lugar, iba con otras dos chicas y estábamos yendo a Daytona Beach, no a Miami. En tercer lugar, ni siquiera intentó tocarme, así que matarme ya ni te digo —suspiro—. Lacey, en cambio, sí que se acostó con él, y se llevó un herpes de regalo.

Un silencio incrédulo llega a mis oídos.

—¿Dicky? —Es el mote que le puse a Dean cuando era una niña. Lo odia—. ¿Estás ahí?

—Trato de entender cómo piensas que tu versión de la historia puede de algún modo ser más potable que la mía. —De pronto, maldice—. Oh, mierda, ¿no me acosté con Lacey en la fiesta de tus dieciocho? —Hace una pausa—. El viaje del herpes fue antes de esa fiesta. ¡Mierda, Summer! O sea, usé protección, ¡pero habría estado bien que me avisaras!

—No, no te acostaste con Lacey. Te refieres a Laney, con ene. Dejé de ser amiga suya después de eso.

—¿Por qué?

—Porque se acostó con mi hermano cuando se suponía que tenía que estar pasando el rato conmigo en *mi* fiesta. Eso no mola.

—Es verdad. Fue una egoísta.

—Sí.

De repente, hay mucho ruido al otro lado de la línea. Oigo viento, motores de coches y luego cláxones ensordecedores.

—Lo siento —dice Dean—. Estoy saliendo del apartamento, ha llegado mi Uber.

—¿Adónde vas?

—A buscar la ropa a la tintorería. El sitio al que Allie y yo vamos está en Tribeca, pero son geniales, así que vale la pena la excursión. Lo recomiendo.

Dean y su novia Allie viven en el West Village, en Manhattan. Allie admitió que la zona es mucho más sofisticada de a lo que está acostumbrada, pero, para mi hermano, en realidad supuso bajar de nivel; el ático de nuestra familia está en el Upper East Side y ocupa las tres últimas plantas de nuestro hotel, el Heyward Plaza. Sin embargo, el edificio nuevo de Dean está al lado de la escuela privada donde enseña y, como Allie tiene un papel protagonista en una serie de televisión que rueda por todo Manhattan, la ubicación les conviene a los dos.

Debe de ser muy guay para ellos tener un sitio donde vivir y tal.

—En fin..., ¿estás ya instalada en la residencia Kappa?

—No del todo —confieso.

—Madre mía, Summer. ¿Qué has hecho?

Se me desencaja la mandíbula de la rabia. ¿Por qué mi familia siempre asume que soy yo quien hace las cosas mal?

—No he hecho nada —contesto con firmeza. Pero la derrota me debilita la voz—. No creen que alguien como yo sea adecuada para una hermandad con tan buena reputación. Una de ellas ha dicho que soy una pirómana.

—Bueno —responde Dean sin mucho tacto—, en parte lo eres.

—Vete a la mierda, Dicky. Fue un accidente. Los pirómanos causan incendios intencionadamente.

—O sea que eres una pirómana accidental. La Pirómana Accidental. Es un buen nombre para un libro.

—Maravilloso. Venga, empieza a escribirlo. —No me importa lo borde que haya sonado. Estoy cabreada y alterada—. En cualquier caso, me han echado y ahora tengo que ver dónde narices voy a vivir este semestre.

Se me forma un nudo en la garganta y casi emito un sollozo ahogado.

—¿Estás bien? —pregunta Dean de inmediato.

—No lo sé. —Trago saliva con fuerza—. Yo... Esto es ridículo. No sé por qué estoy enfadada. Esas chicas son horribles y no me habría gustado vivir con ellas. O sea, es Nochevieja ¡y todas están en el campus! ¡Están organizando una recaudación benéfica en lugar de estar de fiesta! No es mi ambiente ni de broma.

Las lágrimas que he estado aguantando se vuelven incontrolables. Dos gotas enormes me recorren las mejillas, y estoy muy contenta de que Dean no esté aquí para presenciarlo. Ya es bastante horrible que me oiga llorar.

—Lo siento, mocosa.

—¿Qué más da? —Me seco los ojos, furiosa—. No importa. No voy a llorar por un par de chicas horribles y una residencia abarrotada. No voy a dejar que me afecte. ¿Dejaría Selena Gomez que algo así le afectase? Está claro que no.

—¿Selena Gomez? — pregunta con confusión.

—Sí. —Levanto la barbilla—. Es un símbolo de clase y pureza, mi modelo a seguir. En cuanto a personalidad. Obviamente, en lo que a estilo se refiere, siempre trataré de ser Coco Chanel, aunque fracasaré, porque nadie puede ser Coco Chanel.

—Obviamente. —Hace una pausa—. ¿De qué Selena Gomez estamos hablando? ¿De la de la época de Justin Bieber o la de The Weeknd? ¿O de la segunda parte de Bieber?

Frunzo el ceño mirando el móvil.

—Espera, ¿lo dices en serio?

—¿Qué?

—Una mujer no se define por sus novios. Se define por sus logros. Y por sus zapatos.

Poso la mirada en las botas nuevas, cortesía de la abuela Celeste. Por lo menos, he tenido un éxito estelar en el ámbito de los zapatos.

En el resto, no tanto.

—Supongo que puedo pedirle a papá que llame a los encargados del alojamiento y pregunte si hay sitio en alguna de las residencias de estudiantes. —De nuevo, estoy derrotada—. Aunque tengo cero ganas de hacerlo, la verdad. Ya tuvo que mover hilos para que me admitiesen en Briar.

Y preferiría no vivir en una residencia de estudiantes si puedo evitarlo, sinceramente. Compartir baño con una docena de chicas más es mi mayor pesadilla. Tuve que hacerlo en la residencia Kappa de Brown, pero la habitación privada hizo la situación de los baños mucho más llevadera. Y fijo que no quedan habitaciones individuales a estas alturas del curso.

Sollozo bajito:

—¿Qué se supone que debo hacer?

Tengo dos hermanos mayores que nunca pierden la oportunidad de molestarme o de dejarme en ridículo, pero, en ocasiones muy puntuales, muestran raros destellos de compasión.

—No llames a papá todavía —responde Dean con voz ronca—. Déjame ver qué puedo hacer yo primero.

Frunzo el ceño.

—No creo que puedas hacer nada.

—Bueno, espera un poco antes de llamarlo. Tengo una idea. —El chirrido de los neumáticos interrumpe la frase—. Un segundo. Gracias, tío. Te pondré cinco estrellas en la valoración del viaje. —Se cierra una puerta de coche—. Summer, ¿vas a volver a la ciudad esta noche igualmente, no?

—No lo tenía pensado, la verdad —admito—, pero supongo que no tengo elección. Tendré que pillarme un hotel en Boston hasta que solucione lo del alojamiento.

—Boston no, me refiero a Nueva York. El semestre no empieza hasta dentro de unas semanas. Había dado por hecho que te quedarías en el ático hasta entonces.

—No, quería deshacer las maletas, instalarme y todo el rollo.

—Bueno, eso no lo vas a hacer hoy de todos modos, y es Nochevieja, así que igual podrías venir a casa y pasarla con Allie y conmigo. También vendrán algunos de mis antiguos compañeros de equipo.

—¿Por ejemplo? —pregunto, curiosa.

—Garrett está en la ciudad para un partido, así que vendrá. También viene el equipo actual de Briar. Ya conoces a algunos: Mike Hollis, Hunter Davenport. De hecho, Hunter estudiaba en el Roselawn Prep, creo que iba un curso por detrás de ti. También estarán Pierre y Corsen, pero creo que no los conoces. Fitzy...

Se me aceleran los latidos.

—Me acuerdo de Fitzy —comento con la mayor indiferencia de la que soy capaz, aunque no lo consigo. Incluso yo advierto la emoción en mi tono de voz.

Pero ¿quién podría culparme? Fitzy es el diminutivo de Colin Fitzgerald, que resulta que es EL UNICORNIO. El hombre unicornio, un jugador de *hockey* increíblemente alto, *sexy* y tatuado que tal vez que me haga un poquito de tilín.

Bueno, vale.

Confirmo que estoy coladísima por él. Hasta las trancas.

Es tan... mágico. Pero está superfuera de mi alcance. Normalmente, los amigos del equipo de mi hermano me tiran la caña cuando me conocen, pero Fitz no. Lo conocí el año pasado cuando visité a Dean en Briar, y el chaval ni siquiera miró en mi dirección. Cuando lo vi de nuevo en la fiesta de cumpleaños de Logan, otro amigo de Dean, me dirigió unas diez palabras. Y estoy bastante segura de que la mitad de ellas fueron «hola», «¿qué tal?» y «adiós».

Es exasperante. No es que espere que cualquier chico que se me acerque caiga a mis pies, pero *sé* que le atraigo. Lo vi en la manera en que ardían sus ojos marrones cuando me miraba. Le *ardían*, maldita sea.

A menos que solo vea lo que quiero ver.

Mi padre tiene un dicho muy grandilocuente: «La percepción y la realidad son infinitamente dispares. La verdad, por lo general, se encuentra en un punto intermedio». Usó esta frase una vez como argumento en un juicio por asesinato y ahora siempre la utiliza en cualquier situación que se preste mínimamente.

Si la verdad está en algún punto entre la indiferencia de Colin Fitzgerald hacia mí (me odia) y el calor que veo en sus ojos (la ardiente pasión que despierto en él), supongo que podría decir que me ve como una amiga, ¿no?

Aprieto los labios.

No. Definitivamente no. Me niego a ser una pagafantas sin antes haber intentado dar un paso siquiera.

—Será guay —dice Dean—. Además, hace mil años que no estamos en el mismo sitio en Nochevieja. Así que mueve el culo y vente a Nueva York. Escríbeme cuando llegues. Ya estoy en la tintorería, así que tengo que colgar. Te quiero.

Cuelga, y tengo una sonrisa tan grande que parece mentira que hace cinco minutos estuviera llorando. Dean puede ser un pesado la mayor parte del tiempo, pero es un buen hermano mayor. Está ahí cuando lo necesito, y eso es lo que realmente importa.

¡Y... aleluya! Ahora tengo una fiesta a la que ir. No hay nada mejor que una fiesta después de un día de mierda. Lo necesito mucho.

Miro la hora. Es la una del mediodía.

Hago un cálculo mental rápido. El campus de Briar está a una hora de Boston. Desde allí, el trayecto es de tres horas y media; cuatro hasta Manhattan. Lo que significa que no llegaré a la ciudad hasta bien entrada la tarde, cosa que no me va a dejar mucho tiempo para prepararme. Si voy a ver a mi unicornio esta noche, pienso arreglarme de los pies a la cabeza.

Ese chico va a flipar, y no sabrá ni de dónde le viene.

CAPÍTULO 2

Fitz

—¿Bailamos?

Quiero responderle que no.

Pero también quiero responderle que sí.

Esto es lo que yo llamo el Dilema de Summer: las reacciones opuestas que me provoca esta diosa de ojos verdes y cabello dorado.

Joder, sí, y *hostia, no.*

Quiero desnudarme con ella. Alejarme y echar a correr, hasta estar muy lejos de ella.

—Gracias, pero no me gusta bailar.

No miento. Odio bailar. Además, cuando se trata de Summer Di Laurentis, mi instinto de huida siempre gana.

—Vaya muermo que eres, Fitzy. —Hace un chasquido con la lengua que provoca que le mire los labios. Carnosos, rosas y brillantes, con un pequeño lunar sobre el lado izquierdo.

Es una boca extremadamente irresistible.

Todo en Summer es extremadamente irresistible. Es, de lejos, la chica más guapa del bar, y cada chico que pasa por nuestro lado, o la mira a ella «con ganas» o me fulmina a mí con la mirada por estar con ella.

O sea, no es que esté *con* ella. No estamos juntos. Solo estoy a su lado, a un metro y medio de distancia. Distancia que Summer intenta acortar en todo momento inclinándose hacia mí.

En su defensa, diré que prácticamente tiene que gritarme al oído para que la oiga por encima de la música de baile electrónica que retumba en la sala. Odio la electrónica, y no me gustan este tipo de bares, con pista de baile y música ensordecedora. ¿Para qué usan un eufemismo así? Llama discoteca directamen-

16

te a tu local si eso es lo que quieres que sea. El propietario del Gunner's Pub debería haberlo llamado Gunner's Club. Así podría haber dado media vuelta con solo ver el letrero y me habría ahorrado destrozarme los tímpanos.

Por enésima vez, maldigo a mis amigos por haberme arrastrado hasta Brooklyn en Nochevieja. Estaría mucho mejor en casa, bebiéndome una cerveza o dos y viendo las campanadas en Times Square por la tele. En realidad, ese es mi rollo.

—¿Sabes qué? Ya me habían avisado de que eras un cascarrabias.

—¿Quién te había avisado? —pregunto con recelo—. Eh, y espera, no soy un cascarrabias.

—Mmm, tienes razón. Ese término está algo anticuado. Quedémonos con «Gruñón».

—Mejor no.

—¿Policía del aburrimiento? ¿Te gusta más? —Su expresión es pura inocencia—. En serio, Fitz, ¿qué tienes en contra de la diversión?

Una sonrisa involuntaria me delata.

—No tengo nada en contra de la diversión.

—Muy bien. Entonces, ¿qué tienes en mi contra? —Me reta—. Porque cada vez que intento hablar contigo, huyes.

Mi sonrisa se desdibuja. No debería sorprenderme que me eche la bronca en público. Nos hemos visto la friolera de dos veces, lo suficiente para saber que es de las chicas que se crecen con el drama.

Y yo odio el drama.

—Tampoco tengo nada en tu contra.

Me encojo de hombros e intento escabullirme de la barra, preparado para hacer justo aquello de lo que acaba de acusarme: escaparme.

Sus ojos reflejan frustración. Son grandes y verdes, del mismo tono que los de su hermano Dean. Él es la razón por la que me obligo a quedarme quieto. Es un buen amigo. No puedo ser un cabrón con su hermana, tanto por respeto a él como por miedo a no conservar mi integridad física.

He estado en la pista de hielo cuando Dean se quita los guantes. Tiene un gancho derecha potente.

—En serio —replico, de forma brusca—. No tengo nada en tu contra. Todo bien entre nosotros.

—¿Qué? No he oído lo último que has dicho —grita por encima de la música.

Acerco la boca a su oreja y me sorprende que apenas tengo que inclinar el cuello. Es más alta que la mayoría de las chicas, metro setenta y nueve u ochenta, y como yo mido metro ochenta y ocho y estoy acostumbrado a ser una torre al lado de las mujeres, me resulta agradable.

—He dicho que todo bien entre nosotros —repito, pero he calculado mal la distancia entre mis labios y la oreja de Summer. Chocamos y siento un escalofrío que emana de su piel.

Yo también me estremezco, porque tengo la boca demasiado cerca de la suya. Huele genial, es una combinación fascinante de flores, jazmín, vainilla y… ¿sándalo, tal vez? Podría colocarme solo oliendo su fragancia. Por no hablar de su vestido. Blanco, sin tirantes, corto… Tan corto que apenas le roza la parte baja del muslo.

Joder, necesito ayuda.

Me enderezo enseguida para no hacer algo estúpido, como besarla. En lugar de eso, doy un buen trago a mi cerveza. Pero me entra por el lado equivocado y empiezo a toser como si estuviéramos en el siglo XVIII y fuera un tuberculoso.

Muy sutil, Fitz.

—¿Estás bien?

Cuando se me calma la tos, me topo con sus ojos verdes, que brillan en mi dirección. Sus labios están curvados en una sonrisa diabólica. Sabe exactamente qué me ha alterado.

—Sí —consigo pronunciar, mientras tres tíos que van cieguísimos se tambalean hacia la barra y chocan contra Summer, que tropieza. Y de repente, no sé cómo, tengo en los brazos a una chica preciosa que huele deliciosamente.

Se ríe y me da la mano.

—Venga, salgamos de este bullicio antes de que nos hagan daño.

Por alguna razón, dejo que me guíe.

Terminamos en una mesa alta al lado de la barandilla que separa la sala principal del local de la minisala de baile cutre.

Una mirada rápida a mi alrededor revela que la mayoría de mis amigos van muy pedo.

Mike Hollis, mi compañero de piso, le está perreando a una chica morena muy mona a la que no parece importarle en absoluto. Es él quien ha insistido en venir a Brooklyn en lugar de quedarnos en la zona de Boston. Quería pasar la Nochevieja con su hermano mayor, Brody, que ha desaparecido en cuanto hemos llegado aquí. Supongo que la chica es su premio de consolación por el plantón de su hermano.

Nuestro otro compañero de piso, Hunter, baila con tres chicas. Sí, tres. Les falta poco para chuparle la cara y estoy casi seguro de que una de ellas tiene la mano metida en sus pantalones. A Hunter, por supuesto, le encanta.

Menuda diferencia en un año... La temporada pasada le incomodaba toda la atención femenina, decía que le hacía sentirse un poco asqueroso. Ahora parece que está en su salsa al disfrutar de las ventajas de ser jugador de *hockey* de la Universidad Briar. Y sinceramente, hay un montón.

En serio: los deportistas son los chicos que más triunfan en la mayoría de campus universitarios. En las universidades con equipo de fútbol americano, existe una alta probabilidad de que haya una fila de fanáticas suplicando hacerle una limpieza de sable al *quarterback*. ¿En las universidades con equipo de baloncesto? La cuadrilla de *groupies* se duplica y triplica en tamaño cuando llegan los partidos de la Locura de Marzo, el campeonato de la división I de equipos universitarios. Y en Briar, con un equipo de *hockey* que ha ganado una docena de campeonatos de la Asociación Nacional Deportiva Universitaria y con más partidos televisados a nivel nacional que cualquier otra universidad del país, los jugadores de *hockey* son dioses.

Bueno, excepto yo. Juego a *hockey*, sí. Se me da bien, por supuesto. Pero «dios», «deportista mazado» y «superestrella» son términos con los que nunca me he sentido cómodo. Muy en el fondo, soy un friki. Un friki disfrazado de dios.

—Hunter ha encontrado sus presas —dice Summer, examinando al séquito.

El DJ ha cambiado el ritmo de la basura electrónica a *hits* del Top 40. Por suerte, también ha bajado el volumen, probablemente al anticiparse a la cuenta atrás, que ya llega. Treinta minutos más y podré darme a la fuga.

—Sí, las ha encontrado —coincido.

—Estoy impresionada.

—¿Ah, sí?

—Claro. Los chicos de Greenwich suelen ser unos mojigatos en secreto.

Me pregunto cómo sabe que Hunter es de Connecticut. No creo haberles visto intercambiar más de un par de palabras esta noche. ¿A lo mejor se lo ha dicho Dean? O quizá…

O quizá no me importa cómo lo sabe, porque si en realidad me importase, significaría que esta sensación rara y punzante que tengo en el pecho son celos. Y eso, francamente, sería inaceptable, joder.

Summer hace otro barrido visual por la multitud y empalidece.

—Ay, madre mía. Qué asco. —Se coloca las manos alrededor de la boca para formar un altavoz y grita—: ¡Quieta esa lengua, Dicky!

Se me escapa una risa. Es imposible que Dean la haya oído, pero supongo que tienen una especie de radar de hermanos, porque despega los labios de los de su novia de forma abrupta. Gira la cabeza en nuestra dirección. Cuando localiza a Summer, le muestra una peineta.

Ella le contesta mandándole un beso.

—Estoy tan contento de ser hijo único —comento.

Me sonríe.

—No, qué va, te estás perdiendo cosas. Atormentar a mis hermanos es uno de mis pasatiempos favoritos.

—Ya lo veo.

Llama a Dean «Dicky», un mote infantil que alguien más majo habría dejado de usar hace años.

Por otro lado, Dean llama a Summer «mocosa», así que tal vez tenga motivo para torturarlo.

—Dicky se merece que le torturen esta noche. No me puedo creer que estemos de fiesta en *Brooklyn* —refunfuña—. Cuando dijo que veríamos las campanadas en la ciudad, asumí que se refería a Manhattan, pero entonces va y, en vez de eso, Allie y él me arrastran hasta Brooklyn. Qué asco. Me han timado.

Suelto una risita.

—¿Qué tiene de malo Brooklyn? El padre de Allie vive por aquí, ¿no?

Summer asiente.

—Mañana pasan el día con él. Y para contestar a tu pregunta: ¿qué *no* tiene de malo Brooklyn? Era guay, antes de que lo infestasen los *hipsters*.

—¿Los *hipsters* todavía existen? Pensaba que ya habíamos superado esa estupidez.

—Dios, no. Y no dejes que nadie te diga lo contrario. —Se estremece, burlándose—. Toda la zona todavía está repleta de ellos.

Dice «ellos» como si fueran los portadores de una enfermedad espantosa incurable. Aunque puede que tenga algo de razón: un examen exhaustivo de la muchedumbre revela una gran cantidad de vestimenta *vintage*, hombres con vaqueros demasiado estrechos, accesorios retro conjuntados con tecnología nueva reluciente y muchas muchas barbas.

Me froto mi propia barba y me pregunto si, para ella, formo parte del bando de los *hipsters*. He tenido un aspecto andrajoso todo el invierno, más que nada porque la barba es un buen aislante contra el tiempo polar que hemos experimentado. La semana pasada nos atizó una de las peores tormentas que he visto nunca. Casi se me caen los huevos de lo congelados que estaban.

—Están tan... —Busca la palabra correcta—. Agilipollados.

Me tengo que reír.

—No todos.

—La mayoría —responde—. Mira, ¿ves a esa chica? ¿La de las trenzas y el flequillo? Lo que lleva encima es un cárdigan de Prada de mil dólares y lo ha combinado con una camiseta de tirantes de cinco dólares que seguramente ha comprado en una tienda de segunda mano y esos zapatos raros con borlas que venden en Chinatown. Es un fraude total.

Frunzo el ceño.

—¿Cómo sabes que el cárdigan vale uno de los grandes?

—Porque tengo el mismo en gris. Además, identifico una prenda Prada en cualquier *outfit*.

No lo dudo. Probablemente la vistieron con un *body* de diseño en el mismo momento en que salió del vientre de su madre. Summer y Dean vienen de una familia tremendamente adinerada. Sus padres son unos abogados exitosos que ya eran ricos antes de casarse, así que ahora son como un superdúo megarrico que tal vez podría comprarse un país pequeño sin que eso ni siquiera hiciese mella en su cuenta bancaria. He estado en su ático de Manhattan un par de veces, y es increíble. También tienen una mansión en Greenwich, una casa en la playa y un montón de propiedades más alrededor del mundo.

Yo apenas puedo pagar el alquiler de la casa que comparto con otros dos pavos. Aunque todavía estamos en busca y captura de un cuarto compañero de piso, así que mi parte del alquiler bajará cuando llenemos esa habitación vacía.

No voy a mentir: el hecho de que Summer viva en áticos y tenga prendas de ropa que cuestan miles de dólares es un tanto perturbador.

—En fin, los *hipsters* son un asco, Fitzy. No, gracias. Antes preferiría... ¡Oh! ¡Me encanta esta canción! Tenía entradas con pase al *backstage* para su concierto en el Madison Square Garden el junio pasado y fue increíble.

El TDAH va fuerte con esta, amigos.

Escondo una sonrisa mientras Summer abandona por completo su discurso de muerte a todos los *hipsters* y empieza a mover la cabeza al son de una canción de Beyoncé. Su coleta alta da latigazos salvajes.

—¿Estás seguro de que no quieres bailar? —implora.

—Seguro.

—Eres lo peor. Ahora vuelvo.

Parpadeo, y ya no está a mi lado. Vuelvo a parpadear y la localizo en la pista de baile, con los brazos sacudiéndose en el aire, la coleta haciendo piruetas y las caderas moviéndose al compás.

No soy el único que la mira. Un mar de ojos codiciosos se dirigen a la preciosa chica del vestido blanco. Ella no se da cuenta, o no le importa. Baila sola, sin una pizca de inhibición. Está completamente cómoda en su propio cuerpo.

—Por Dios —dice Hunter Davenport con voz ronca mientras se acerca a la mesa. Como la mayoría de hombres a nuestro alrededor, está mirando a Summer fijamente con una expresión que solo puede describirse como hambre voraz—. Parece que no ha olvidado ninguno de sus antiguos movimientos de animadora.

Hunter dirige otra mirada de admiración en la dirección de Summer. Cuando repara en mi expresión perpleja, añade:

—Era animadora en el instituto. También estaba en el grupo de baile.

¿Cuándo han tenido tiempo de mantener una conversación lo bastante larga como para que se haya enterado de todos estos chismes?

Vuelve la sensación punzante e incómoda y, esta vez, me recorre la espalda.

Pero no son celos, eh.

—¿Animadora y bailarina, entonces? —pregunto como de pasada— ¿Te lo ha dicho ella?

—Hicimos la secundaria en el mismo colegio privado —me revela.

—No jodas.

—Sí, iba un año por detrás de ella, pero créeme, cualquier chico hetero con una polla funcional estaba familiarizado con las rutinas de animadora de Summer Di Laurentis.

Estoy seguro de que sí.

Me da una palmadita en el hombro.

—Voy al baño y luego me pillo algo más de beber. ¿Quieres algo?

—Estoy bien.

No sé por qué, pero me alivia que Hunter no esté por aquí cuando Summer regresa a la mesa, con las mejillas sonrojadas por el sobresfuerzo.

A pesar de la temperatura gélida del exterior, ha optado por no llevar medias ni mallas y, como diría mi padre, tiene piernas para dar y regalar. Unas piernas largas, suaves y bonitas que seguramente quedarían de puta madre alrededor de mi cintura. Y el vestido blanco resalta su intenso bronceado dorado, que le da un aspecto sano y radiante casi hipnótico.

—Entonces..., —Me aclaro la voz—... estarás en Briar este semestre, ¿no? —pregunto, y trato de distraerme de su cuerpo irresistible.

Asiente entusiasmada.

—¡Pues sí!

—¿Echarás de menos Providence? —Sé que ha estudiado primero y segundo en Brown, más un semestre de tercero, que en total asciende a la mitad de su carrera universitaria. Si fuera yo, odiaría tener que empezar de cero en una facultad nueva.

Pero Summer niega con la cabeza.

—La verdad es que no. No era muy fan de la ciudad, ni de la uni. Solo estudiaba allí porque mis padres querían que fuera a una Ivy League y no entré ni en Harvard ni en Yale, donde estudiaron ellos. —Se encoge de hombros. —¿Tú querías ir a Briar?

—Sí, claro. Había oído cosas fenomenales sobre el programa de Bellas Artes. Y, sin duda, el programa de *hockey* es espectacular. Me ofrecieron una beca completa por jugar, y estoy estudiando algo que me mola de verdad, así que... —Me encojo de hombros.

—Eso es muy importante. Hacer lo que te gusta, quiero decir. Hay un montón de gente que no tiene esa oportunidad.

Me invade un chispazo de curiosidad.

—¿Qué te gusta hacer a ti?

La mueca con la que me responde va cargada de autocrítica.

—Te lo haré saber cuando lo descubra —responde.

—Vamos, debe de haber algo que te apasione.

—Bueno, sí, ha habido cosas que me han apasionado: el diseño de interiores, la psicología, el *ballet,* la natación... El problema es que nunca me apego a nada. Pierdo el interés demasiado rápido. Todavía no he encontrado la pasión de mi vida, supongo.

Su candidez me sorprende un poco. Parece mucho más centrada esta noche que en nuestros encuentros previos.

—Tengo sed —anuncia.

Reprimo las ganas de poner los ojos en blanco, seguro de que con eso quiere decir «págame una copa». Pero no. Con una sonrisa traviesa, me arrebata la cerveza de la mano.

Nuestros dedos se rozan brevemente y hago ver que no reparo en el destello de calor que me recorre el brazo. Miro cómo rodea la botella de Bud Light con los dedos y da un trago largo.

Tiene unas manos pequeñas, con unos dedos delicados. Sería todo un reto dibujarlos, capturar la intrigante combinación de fragilidad y seguridad. Lleva las uñas cortas, redondeadas, con los bordes blancos franceses o como se llamen, un estilo que parece demasiado simple para alguien como Summer. Me esperaba unas garras extralargas pintadas de rosa o de cualquier otro color pastel.

—Lo estás haciendo otra vez —dice, con un tono acusatorio. También atisbo algo de exasperación.

—¿Haciendo qué?

—Desconectarte de mí. «Cascarrabiear».

—Esa palabra no existe.

—¿Según quién? —Da otro sorbo a la cerveza.

Fijo la mirada en sus labios al instante.

Mierda, tengo que parar esto. No es mi tipo. La primera vez que la vi, todo en ella me hizo pensar que era la típica «chica de hermandad». La ropa de diseño, las ondas de pelo rubio, una carita que podría detener el tráfico...

Tampoco hay probabilidades de que yo sea su tipo, la verdad. No tengo ni idea de por qué está pasando la Nochevieja hablando con un imbécil andrajoso tatuado como yo.

—Perdona, no soy muy hablador. No te lo tomes como algo personal, ¿vale? —Vuelvo a robarle mi botellín de cerveza.

—Vale, no lo haré. Pero si no te apetece hablar, por lo menos entretenme de otro modo. —Coloca los brazos en jarra—. Te propongo una cosa: líate conmigo.

CAPÍTULO 3

Fitz

Me atraganto a medio sorbo una vez más.

Ay, madre mía. ¿En serio acaba de decir eso?

Levanto la mirada y veo que ha arqueado una ceja perfecta, a la espera de mi respuesta. Sí, lo ha dicho.

—Eh... Quieres que...Mmm... —Vuelvo a toser.

—¡Ay, cálmate! —Se ríe—. Era broma.

La miro con los ojos entornados

—Una broma —repito—. ¿O sea que no estás para nada interesada en liarte conmigo? —Mierda, ¿por qué la estoy retando? Una erección empieza a rozar la cremallera del pantalón, un aviso de que no debería alimentar la idea de besar a Summer.

—Quiero decir, tampoco sería el fin del mundo si ocurriera —dice, y guiña el ojo—. Y siempre está bien tener a alguien a quien besar a medianoche. Pero, principalmente, era broma, sí. Me gusta hacer que te sonrojes.

—Yo no me pongo rojo —objeto, porque soy un tío, y los tíos no van por ahí declarando que se ruborizan.

Summer aúlla.

—¡Ya te digo yo que sí! Te estás ruborizando.

—¿Oh, en serio? Y ves el supuesto rubor a través de la barba, ¿no? —Me froto la cara, con una actitud desafiante.

—Ajá. —Estira la mano y me acaricia la mejilla por encima de la espesura de la barba—. Aquí. Mismo.

Trago saliva. Se me vuelve a poner dura.

Odio lo mucho que me atrae.

—Fitzy —me susurra al oído, y se me dispara el pulso—, creo que...

—¡Feliz Año Nuevo, hostia!

Salvado por Hollis.

Mi amigo se tambalea hacia nosotros y le planta un besito a Summer en la mejilla. Se acaban de conocer esta noche, pero el beso no parece ofenderla; solo la divierte ligeramente.

—Vas como veinte minutos adelantado —le informa ella.

—¡Y tú no tienes una copa en la mano! —La observa con una mirada de desaprobación—. ¿Por qué no tiene una copa en la mano? ¡Que alguien le traiga algo de beber a esta preciosidad!

—No soy muy de beber —protesta Summer.

—Qué mentirosa —suelta Dean con una carcajada. Ha llegado hasta aquí con su novia, Allie Hayes, al lado—. Ibas cieguísima cuando quemaste la residencia de la hermandad.

—¿Quemaste la residencia de una hermandad? —pregunta una voz familiar.

Dean se gira.

—¡Ge! —cacarea—, ¡justo en el último momento!

—Sí, casi no llegamos —dice Garrett Graham, que da una zancada hacia la mesa—, ha habido un choque en cadena de diez coches en el puente. Hemos estado allí parados casi una hora hasta que el tráfico ha empezado a moverse de nuevo.

—¡Han-Han! —grita Allie con alegría mientras abraza a Hannah Wells. Hannah es la novia de Garrett, pero también resulta ser la mejor amiga de Allie—. ¡Estoy tan contenta de que estés aquí...!

—¡Yo también! Feliz víspera de Año Nuevo.

—Víspera de Garrett —la corrige su novio.

—Tío —replica Hannah—, déjalo. No voy a llamarla así.

Summer se ríe.

—¿Víspera de Garrett?

Dean pone los ojos en blanco y mira al antiguo capitán del equipo.

—Menudo pedante. —Mira a Summer—. Su cumpleaños es el día de Año Nuevo.

—El día de Garrett —dice Ge automáticamente, antes de girarse para saludarme a mí, a Hollis y al resto de chicos del equipo que han hecho el viajecito hasta Brooklyn.

Le da un abrazo rápido y un beso en la mejilla a Summer.

—Me alegro de verte, Summertime. ¿Pegaste fuego a la residencia de una hermandad?

—Oh, Dios mío. No. ¡No pegué fuego a nada! —Fulmina a su hermano con la mirada.

—Eh, tío, todo el mundo te está mirando —le dice Hollis de repente a Garrett, con una sonrisa de oreja a oreja.

Hollis tiene razón. Varias cabezas se han girado en nuestra dirección. La mayoría de la gente va demasiado borracha como para prestar atención a su alrededor, pero algunos han reconocido a Garrett. Es uno de los novatos más prometedores de la historia de los Bruins, así que no me sorprende que llame la atención incluso fuera de Boston.

—Seguramente pronto empezarán a burlarse de mí —responde con desánimo—, perdimos contra los Islanders anoche. El resultado final fue cinco a cuatro.

—Ya, pero tú te marcaste un *hat trick* —objeta Hannah—. Cualquiera que se burle de un jugador que hace algo así es un estúpido imbécil.

—¿Un imbécil puede no ser estúpido? —dice Dean, vacilándola.

—Oh, cierra el pico, Di Laurentis. Sabes qué quiero decir.

Cuando empieza a haber más gente mirando y señalando a Garrett, Allie le provoca:

—¿Cómo se siente ser famoso?

—Cuéntamelo tú —responde Ge.

—Ja. No soy *tan* famosa —dice Allie, que tiene un papel en una serie de HBO.

La serie de Allie se basa en un libro que me gustó mucho, y, aunque estoy contento de que tenga trabajo como actriz, en secreto pienso que el libro era mejor.

El libro siempre es mejor.

—¡Deja de ser tan modesta! —Summer le pasa un brazo por detrás a Allie, que es casi una cabeza más bajita que ella—. Chicos. La he visto firmar cuatro autógrafos esta noche. Es una estrella.

—De momento solo ha salido la mitad de la temporada —protesta Allie—. Es posible que ni siquiera nos renueven.

—Claro que lo harán —dice Dean, como si ni siquiera existiera la posibilidad de debate.

Summer suelta a Allie, vuelve a mi lado y me apoya una mano en el brazo. No es un apretón posesivo en absoluto, pero no paso por alto la forma en que Garrett y Hunter nos miran. Menos mal que Dean no repara en ello; Allie se lo lleva a la pista mientras dice que quiere un último baile antes de la cuenta atrás.

A mi lado, Hollis examina la sala con un nivel de intensidad sorprendente para un tío borracho.

—Tengo que decidir de quién será la lengua que quiero tener en la boca a medianoche —anuncia.

—Qué elegancia —comenta Summer.

Él la mira, lascivo como un lobo.

—Si juegas bien tus cartas, podría ser la tuya.

Summer lleva la cabeza hacia atrás y rompe a reír por toda respuesta.

Por suerte, Hollis tiene un ego tan resistente como el Kevlar. Se encoge de hombros y se aleja, lo que incita a desperdigarse a la mayoría de los chicos. Pierre, un chico del equipo franco-canadiense, y Matt Anderson, un defensa novato, se dirigen al bar. Solo se quedan Garrett y Hannah. Y Hunter, que tiene una cerveza en una mano y el móvil en la otra. Está haciendo un vídeo de la gente para su historia de Snapchat.

—¿Y tú, qué? —pregunta Summer a Hunter—. Te he visto bailando con siete chicas diferentes esta noche. ¿A cuál vas a besar?

—A ninguna de ellas. —Baja el móvil, con una seriedad latente en sus ojos azules—. Paso de los besos de Nochevieja. Las chicas siempre intentan encontrarles un significado oculto que no existe.

Summer pone los ojos en blanco de tal forma que me sorprende que no le de un tirón.

—Claro, porque todas las mujeres empiezan a planear sus bodas después de un beso. —Mira a Hannah, que se ríe—. ¿Te apetece ir al baño? Quiero retocarme el maquillaje antes de la cuenta atrás. Mi brillo de labios debe estar perfecto para cuando bese a mi futuro marido a medianoche. —Vuelve a poner los ojos en blanco en dirección a Hunter.

Él le guiña un ojo sin inmutarse y dice:

—Más vale que espabiles, rubia. Solo quedan dieciséis minutos. —Señala con la cabeza el reloj digital enorme que hay encima de la mesa del DJ.

—Ahora vuelvo. —Hannah le da un beso a Garrett y, entonces, sigue a Summer.

—Necesito otra —le digo a Garrett. Y hago un gesto hacia sus manos vacías—, y tú necesitas una copa.

Asiente y dejamos a Hunter en la mesa mientras nos abrimos paso hacia la barra. Nos detenemos al final de todo, donde se está más tranquilo, junto al marco arqueado que lleva hacia los lavabos.

Pido dos cervezas y pago. Cuando me giro, me encuentro con Garrett, que me mira fijamente.

—¿Qué? —pregunto con incomodidad.

—¿Qué pasa entre tú y Summer?

—Nada. —Mierda, ¿he contestado demasiado rápido?

—Mentiroso. Has contestado demasiado rápido.

Joder.

Su tono se vuelve cauteloso.

—Antes, cuando se ha puesto a toquetearte..., no parecía importarte.

Tiene razón. *No* me ha importado. La última vez que vi a Summer hice un esfuerzo consciente por mantener las distancias. Esta noche he dejado que me tocara el brazo. He compartido una bebida con ella. Para ser sincero, si me gustase bailar, seguramente le habría dejado arrastrarme hasta la pista.

—Es que... Bueno, le molo —digo poco a poco.

Garrett suelta una carcajada por la nariz.

—No me jodas, tío. Esa chica quiere montárselo contigo.

—Lo sé. —El sentimiento de culpa me cierra la garganta. Espero no haberla confundido hoy—. No te preocupes —le aseguro—, no voy a hacer nada.

Parece sorprendido.

—¿Por qué tendría que preocuparme? —pregunta, y frunce el ceño—. Espera. Creo que lo estás entendiendo mal. No te estoy avisando para que te alejes de ella. De hecho, creo que es algo guay.

Se me dibuja una mueca en los labios.

—¿En serio?

—Claro. Quiero decir: primero, no mojas nunca. —Me trago la risa. Eso no es verdad en absoluto. Mi vida sexual es muy «activa», solo que no hablo de ello—. Segundo, Summer es mona. Es divertida. Es fácil hablar con ella. —Se encoge de hombros—. Podría ser exactamente lo que necesitas. Aunque deberías comentárselo a Dean primero. La considera un poco niñata, pero es protector con ella.

¿Comentárselo a Dean? ¿Pedirle permiso a Dean para acostarme con su hermana pequeña? Garrett está loco si...

Mi tren de pensamiento se detiene.

—Estás hablando de algo más que de un rollo —digo.

—Bueno, claro. Es la hermana de Dean. Si no, te mataría.

—No voy a salir con ella, Ge.

—¿Por qué no? —Se adelanta para coger nuestras cervezas y me pasa una.

Abro el botellín y doy un buen trago antes de contestar.

—Porque no es mi tipo. No tenemos nada en común.

—Le gusta el *hockey* —señala—, es un buen comienzo.

—Y creo que termina ahí mismo —respondo con brusquedad—. Yo diseño y hago reseñas de videojuegos. Me gusta el arte. Estoy cubierto de tinta y hago maratones de series de detectives de Netflix. Y ella... Ni siquiera lo sé. —Medito sobre ello—. Está obsesionada con los zapatos, según Dean. Y también dice que es adicta a las compras.

—Bueno, vale. O sea que le gusta la moda. Hay gente que lo considera un arte.

—Te estás pasando —contesto entre risas.

—Y tú la estás juzgando. Parece una buena chica, Fitz.

—Tío, la echaron de Brown por las juergas que se pega. Es una chica fiestera. Está en una hermandad. —Estoy en racha ahora mismo, porque todavía tengo la polla algo dura y me aferro desesperadamente a cualquier razón para no tirarme a Summer—. Es... superficial —termino.

—Superficial.

—Sí, superficial. —Me encojo de hombros en un gesto de impotencia—. Ya sabes, que no va en serio con nada. Es banal.

Garrett hace una larga pausa mientras me escudriña la cara.

Me mira fijamente durante tanto tiempo que empiezo a juguetear con la manga de mi sudadera; me siento como un espécimen bajo su microscopio. Odio la sensación de que unos ojos me perforen; me molesta. Es una cicatriz de mi infancia, una necesidad de fusionarme con el entorno, de no ser visto.

Estoy a dos segundos de decirle que pare cuando empieza a reírse.

—Vale, lo pillo. Estaba perdiendo el tiempo tratando de convencerte. Pero ya estás convencido. —Se le iluminan los ojos grises alegremente—. Te mola la hermana de Dean.

—Qué va —respondo, pero es una negativa poco entusiasta como mínimo.

—¿En serio? Porque parece que intentes convencerte a ti mismo de que no es adecuada para ti. —Esboza una sonrisa burlona—. ¿Te está funcionando?

Suspiro, derrotado.

—Más o menos... Quiero decir, he conseguido mantener las manos lejos de ella toda la noche.

Eso le saca una risa.

—Mira, Colin..., ¿puedo llamarte Colin? —Se le desencaja la mandíbula—. Acabo de caer en que *nunca te he llamado Colin.*

Garrett se sorprende tanto que se queda totalmente en silencio hasta que suelto un gruñido de impaciencia.

—Perdona —se disculpa—, me acaba de volar la cabeza. Bueno. Fitzy. En teoría, parecía que lo mío con Wellsy no fuera a funcionar, ¿verdad? Pero funciona, ¿a que sí?

Ahí tiene razón. La primera vez que los vi, no le encontré el sentido. Hannah era una chica artística que estudiaba Música. Garrett era un deportista sabelotodo. Son polos opuestos en muchos aspectos y, al mismo tiempo, hacen muy buena pareja.

Pero Summer y yo... Ni siquiera estamos en sintonía. Por lo que he visto, y por lo que me ha contado Dean, es una dramática de cuidado, todo el rato. Anhela ser el centro de atención. A mí me da vergüenza. Ya es bastante malo que televisen nuestros partidos cada viernes por la noche en las cadenas de Nueva Inglaterra. Y los partidos importantes llegan al canal ESPN. Me da mal rollo pensar en que hay desconocidos que me ven patinar, tirar y pelearme en una pantalla enorme.

—Yo solo te digo que tengas la mente abierta. No intentes luchar contra ello. —Me da una palmadita en el hombro—. Solo deja que pase.

Deja que pase.

Mierda, es que podría pasar sin problema. Lo único que tendría que hacer es sonreír en dirección a Summer y estaría en mis brazos. Me ha enviado muchas señales, pero...

Creo que lo que me echa atrás es que está fuera de mi alcance.

Juego al *hockey*. Soy bastante inteligente. Soy guapo, a juzgar por mi éxito con las chicas.

Pero a fin de cuentas, soy el chico friki que se quedaría en su habitación jugando a videojuegos, intentando fingir que sus padres no están discutiendo como el perro y el gato.

Cuando estaba en el instituto, intenté ampliar mis horizontes. Empecé a quedar con un grupo de nihilistas que se venían arriba y se rebelaban contra cualquier causa. Pero eso terminó de forma abrupta cuando se pelearon con unos chavales de otra escuela de la ciudad y detuvieron a la mitad del grupo por agresión. Enseguida volví a mi estado solitario, no solo para preservar mi puesto en el equipo de *hockey*, sino también para no dar a mis padres nueva munición con la que pelearse. Les escuché gritarse el uno al otro durante dos horas sobre cuál de los dos tenía la culpa de que me hubiera juntado con «mala gente». Simplemente, era más fácil estar solo.

Y no hace falta decir que no había chicas como Summer que se me tiraran encima. No salía de fiesta con mis compañeros de equipo después de los partidos de *hockey*, así que ni siquiera las fans desesperadas gastaban su energía en mí.

En la universidad, me he esforzado por ser más sociable, pero, en el fondo, sigo siendo el chico que quiere permanecer invisible.

Summer es la persona más visible que he conocido nunca.

Sin embargo, Garrett tiene razón. Soy un capullo por juzgarla así. Quizá parezca un poco mimada y superficial a veces, pero se merece una oportunidad. Todo el mundo se merece una.

Hannah ya está en la mesa cuando Garrett y yo volvemos.

—¡Habéis tardado! —nos regaña mientras señala el gran reloj. Quedan dos minutos para la medianoche.

Frunzo el ceño porque Summer no está con ella. Mierda. ¿Dónde está?

He decidido seguir el consejo de Ge y dejar de luchar. Me rindo; voy a comerle la boca cuando el reloj dé la medianoche, y ya veremos adónde va todo a partir de allí.

—¡Queda un minuto, chicos y chicas! —retumba la voz del DJ.

Escudriño la sala. No encuentro a Summer por ningún lado.

Quiero preguntarle a Hannah dónde está, pero ya está abrazada al cuello de Ge y solo tienen ojos el uno para el otro.

—¡Treinta segundos! —grita el DJ.

A mi alrededor, la gente se junta por parejas o se reúne con sus grupos de amigos. Allie y Dean ya se están liando. Hollis se ha reencontrado con la morena con la que bailaba antes.

Todavía no veo a Summer.

—¡Diez! —grita todo el mundo.

Los números rojos del reloj marcan la cuenta atrás al son de los gritos de la muchedumbre.

—¡Nueve!

Cada segundo que pasa es una decepción.

—¡Ocho! ¡Siete!

Y entonces la veo. O por lo menos, creo que es ella. Las luces estroboscópicas se van apagando y zigzaguean entre el mar de cuerpos enlatados en el bar. Cada estallido de luz me ayuda a formar una imagen más clara de la chica que hay contra la pared.

—¡Seis! ¡Cinco!

Vestido blanco. Bailarinas rojas. Coleta alta.

—¡Cuatro! ¡Tres!

Definitivamente, es Summer.

—¡Dos!

Pero no está sola.

—¡Uno!

Aparto la mirada en el momento en que la boca de Hunter colisiona ávidamente con los labios perfectos de Summer.

—¡Feliz Año Nuevo!

CAPÍTULO 4

Fitz

Al día siguiente me despierto sin resaca. Es lo que sucede cuando solo bebes tres cervezas y estás de vuelta en tu habitación de hotel antes de la una de la madrugada.

En Nochevieja.

¿No seré yo el ejemplo perfecto del buen comportamiento?

El móvil me informa de una docena de mensajes y llamadas perdidas.

Me paso la mano por el pelo enmarañado, me tumbo bocarriba y repaso las notificaciones.

Mis padres me escribieron a las doce en punto. Me los imagino sentados en sus respectivas casas a las 23.59, con las manos sobrevolando sus teléfonos móviles como si se prepararan para apretar el botón para responder en un concurso de la tele, desesperados por ser los primeros en enviarme un mensaje. Son rematadamente competitivos.

> **Mamá:** ¡¡Feliz Año Nuevo, cariño!! ¡Te quiero tantísimooo! ¡Este será el mejor año del mundo! ¡TU año! ¡Flipas!

Oh, Dios mío. Las madres no están autorizadas a decir «flipas». El mensaje de mi padre no es mucho mejor.

> **Papá:** Feliz Año Nuevo. Es nuestro.

¿Qué es nuestro? Cuando los padres intentan ir de modernos llegan a un nivel de vergüenza ajena totalmente insuperable.

Los mensajes de mis amigos son más entretenidos.

Hollis: Dónde coño estás? La fista acaba de empezar

Hollis: *fista

Hollis: *festividad

Hollis: Fiesta!!!!!! MIERDA DE MÓVIL

Garrett: ¡¡Feliz Año Nuevo!! ¿¿Adónde te has escapado, Colin?? (Todavía me siento raro llamándote así)

Mis antiguos compañeros de equipo, Logan y Tucker, mandan sus mensajes de Año Nuevo a varios chats grupales. Tuck y Sabrina incluyen una foto de su bebé, que provoca el envío de alrededor de un millón de *emojis* con los ojos de corazón por parte de nuestros amigos.

Pierre escribe algo en francés.

Mis compañeros de equipo petan nuestro grupo con sus mejores deseos y vídeos aleatorios de varias fiestas a las que han asistido, borrosos y en los que es imposible oír nada.

El nombre de uno de nuestros compañeros está notablemente desaparecido del chat del grupo, y de mi móvil, en general. Impresionante. Ni una palabra de Hunter.

Supongo que estaba demasiado ocupado anoche como para escribirle a alguien.

Ocupado, ocupado, ocupado.

Ignoro el dolor punzante que tengo en el pecho y me esfuerzo para que todos los pensamientos sobre Hunter y la noche ocupadísima se me vayan de la cabeza. Sigo desplazándome a través de la pantalla del móvil.

Una chica a la que conozco del instituto me manda una felicitación genérica. Por algún motivo, todavía me tiene en su lista de contactos, así que, cada vez que hay un festivo de algún tipo, recibo un mensaje suyo.

Hollis me manda algunos mensajes más que me hacen reír.

Hollis: Tú. El bar está cerrando. Dónde stas. Asumo que te están haciendo 1 mamada o algo?

Hollis: After en casa de Danny. Amigo nuevo. Te encantará

Hollis: pues OK

Hollis: asumiré que has muerto

Hollis: eh, pero espero q no estés muerto!!! te quiero, tío <3. año nuevo, vida nueva. palabra.

Uf, tío. Alguien le tiene que confiscar el móvil a este chaval cuando va tan pedo. Todavía me estoy riendo. Clico en el siguiente mensaje de la bandeja de entrada. Es de Dean.
Me cambia el humor en el momento en el que lo leo.

Dean: ¡¡Feliz Año Nuevo!! Quería hablar contigo antes de que piraras. Necesito un favor enorme, tío.

Dean: ¿Todavía estáis buscando un cuarto compi de piso?

CAPÍTULO 5

Summer

Dos semanas más tarde

El vicedecano está poniendo un acento británico falso.

Ya llevo unos siete minutos sentada en su oficina y estoy convencida de ello.

Quiero darle la brasa preguntando dónde se crió, pero no creo que el señor Richmond aprecie la interrupción.

—… periodo de prueba académica —continúa la cantinela. Su voz tiene algo raro y rasposo que recuerda al croar de una rana. Como si una rana hablase; así me imagino que sonaría.

Un mote me viene a la cabeza: Sapo Cabrón.

—… política de cero tolerancia, dada la naturaleza de tu previa expulsión…

O tal vez Hijo de Sapo. Suena mejor.

—Summer.

Pronuncia mi nombre *Sam-ah*. Trato de recordar cómo lo decía Gavin, el duque *sexy* con el que salí el año pasado, cuando veraneé en Inglaterra. Aunque no creo que sus acentos sean comparables. La sangre que recorre las venas de Gavin es azul, así que tiene ese acento aristocrático propio de quienes hacen fila para el trono. Doy por sentado que todavía hay unos cuarenta miembros de la familia real antes que él en la línea sucesoria, pero, aun así, está una estratosfera por encima del señor Richmond.

El vicedecano de Briar no es un duque. Y su nombre de pila es Hal, que no suena muy británico. ¿A menos que sea el diminutivo de algo? ¿Hallam? ¿Halbert?

—¡Señorita Di Laurentis!

Levanto la cabeza de repente. La expresión del Hijo de Sapo es igual de dura que su tono. He desconectado, y lo sabe.

—Entiendo que las normas de conducta y las políticas académicas no son el tema más interesante, pero usted más que nadie debería prestar atención. Lo que queda de su carrera universitaria podría depender de ello.

—Lo siento —me obligo a decir—, no era mi intención ser maleducada ni ignorarle a propósito. Tengo, ejem, problemas de atención.

Asiente con los ojos puestos en mi informe.

—TDAH, según esto. ¿Se medica?

Me enfurezco. No, pero no es su puto problema.

¿Verdad?

Tomo nota mental para preguntárselo a mis padres; los dos son abogados. Pero estoy bastante segura de que un estudiante no tiene por qué revelar a su facultad qué medicación toma.

Esquivo la pregunta de tal forma que mi padre estaría orgulloso:

—Estoy segura de que su informe también menciona el tema de los trabajos escritos, ¿verdad?

La distracción funciona. El Hijo de Sapo vuelve a echar un vistazo al informe y revuelve varias hojas.

—Dificultades con la expresión escrita, sí, tiende a ser uno de los síntomas del TDAH. Su tutor de Brown recomendó métodos de evaluación alternativos en caso de que fuera posible. Tiempo extra durante los exámenes, tutorías adicionales y pruebas orales para reducir la carga de trabajos escritos. ¿Cualquier tarea escrita le supone un problema o solo los ensayos largos?

—La mayoría de trabajos escritos.

Me arden las mejillas. Joder, me muero de vergüenza de estar aquí sentada, hablando sobre lo tonta que soy.

No eres tonta, Summer. Solo aprendes de manera diferente.

La voz de mi madre resuena en mi cabeza, recitando las mismas palabras alentadoras que he escuchado toda la vida. Pero, aunque quiera a mis padres con toda mi alma, su apoyo no hace que el hecho de que no pueda organizar mis pensamientos sobre el papel sea menos humillante. Joder, ni siquiera puedo retener esos pensamientos durante cinco segundos antes de que mi mente se vaya a alguna otra parte.

Hay más gente que tiene problemas de aprendizaje, ya lo sé. Pero cuando tus padres y tus dos hermanos mayores han entrado en la Facultad de Derecho de Harvard y tú eres la graduada en Moda que tiene problemas para escribir un mísero párrafo, es un poco difícil no sentirse... «inferior».

—Trataremos de ofrecerle la misma asistencia académica que recibía en Brown, pero no todos los profesores podrán adaptarse a sus necesidades. —El Hijo de Sapo pasa otra página—. Echemos un vistazo a su horario... Sospecho que solo tendrá que preocuparse de los trabajos escritos de Historia de la Moda y Fundamentos del Color y el Diseño. El resto de sus asignaturas parecen más prácticas.

Soy incapaz de esconder el alivio. Además de las dos asignaturas que acaba de nombrar también estoy matriculada en Tejidos, que me hace mucha ilusión. En Costura y Confección, que no me hace tanta. Y en un estudio independiente que requiere que diseñe una colección y la estrene en el desfile de moda de fin de curso. Las tres son prácticas casi por completo. Terminé la mayoría de asignaturas obligatorias de la carrera durante mis dos primeros años en Brown; las que eran horribles, como Literatura y Sociología, y Estudios de Género. Y seguramente por eso siempre estaba en periodo de prueba académica. Las aprobé por los pelos.

—Pero como he mencionado antes, aquí no hay descansos. No hay segundas oportunidades. Si causa problemas, si no cumple con los requisitos académicos mínimos y no mantiene su nota media, se enfrentará a una expulsión. ¿Queda claro?

—Más claro que el agua —musito.

—Maravilloso.

Uf. Ese acento es falso. Estoy segura.

—Ey, señor Richmond, si no le importa que pregunte... ¿De qué parte en concreto del Reino Unido es usted? Su acento me recuerda al de mi amigo Marcus, que es de...

Me interrumpe:

—Sus problemas de atención son verdaderamente preocupantes, Summer. Al final no me ha dicho si tomaba medicación...

40

Oh, vete a la mierda.

Nos miramos fijamente durante unos segundos. Aprieto los dientes y pregunto:

—¿Puedo irme ya?

—Una última cosa —responde con voz sarcástica.

Me obligo a permanecer sentada.

—Estoy seguro de que se ha dado cuenta de que en su horario no figura el nombre de su tutor.

Pues no, no me había fijado. Pero sí, es verdad. Hay un espacio en blanco después de la línea del tutor académico

—Eso es porque la supervisaré personalmente.

La ansiedad se apodera de mí. ¿Qué? ¿Es eso legal?

Bueno, seguro que es legal. Pero… ¿por qué el vicedecano sería el tutor académico de una estudiante de Moda?

—No es un rol que adoptaría en una situación normal. Sin embargo, dadas las circunstancias bajo las cuales ha sido admitida en esta universidad…

—¿Circunstancias? —le interrumpo, confusa.

Sus ojos oscuros reflejan… ¿rencor?

—Entiendo que su padre y el decano son amigos desde hace tiempo y juegan juntos al golf…

Definitivamente, es rencor.

—Y estoy bastante al corriente de las numerosas donaciones que ha hecho su familia a esta facultad. Dicho esto, no soy partidario de ese *quid pro quo*. Creo que la admisión en esta universidad, en cualquier universidad, debería basarse en los méritos del estudiante. Así que… —Se encoge de hombros—… creo que sería prudente mantenerla en vigilancia permanente y asegurarse de que cumple las normas y políticas que acabamos de repasar.

Estoy segura de que tengo las mejillas más rojas que un tomate y espero que mi base de maquillaje de doscientos dólares esté haciendo su función. Me mata saber que mi padre tuvo que pedir un favor al decano Prescott para que me admitieran en Briar después del fiasco de Brown. Si por mí fuera, habría dejado la universidad para siempre, pero prometí a mis padres que me sacaría una carrera, y odio decepcionarles.

—Nos veremos una vez por semana para evaluar su progreso y guiarla académicamente.

—Genial —miento. Es hora de que me ponga en pie sin pedir permiso—. Tengo que irme corriendo, señor Richmond. ¿Por qué no me manda un correo electrónico con las horas de las tutorías y las añado a mi calendario? Gracias por su orientación académica.

Estoy segura de que ha pillado el tono sarcástico en la palabra *orientación*, pero no le doy oportunidad de responder. Ya he salido por la puerta y me despido de su secretaria con la mano.

Fuera, inhalo el aire helado. Por lo general, adoro el invierno, y mi nuevo campus tiene un aspecto particularmente mágico, cubierto por una capa de escarcha blanca, pero estoy demasiado estresada como para apreciarlo ahora mismo. No me puedo creer que esté obligada a mantener contacto regular con Richmond. Ha sido un cabrón.

Vuelvo a tomar aire, me ajusto el asa de mi bolso Chanel y empiezo a caminar en dirección al aparcamiento que hay detrás del edificio de administración. Es un edificio bonito de ladrillo, cubierto de hiedra e increíblemente antiguo, más o menos como todo lo que hay en el campus. Briar es una de las universidades más antiguas y prestigiosas del país. En ella han estudiado un par de presidentes y un montón de políticos, algo impresionante, pero solo durante la última década han empezado a ofrecer carreras más guais, sin tanta base académica. Como este programa de Diseño de Moda que me dará una Licenciatura en Bellas Artes.

A pesar de lo que piensan algunas personas, la moda no es banal.

Yo no soy banal.

¡Así que chúpate esa, Colin Fitzgerald!

El resentimiento me sube por la garganta, pero me lo trago, porque no soy una persona rencorosa. Tengo temperamento, sí, pero mi enfado normalmente sale a la luz en la forma de una explosión intensa y, luego, se disuelve casi al instante. No suelo estar enfadada con la gente durante mucho tiempo, ¿quién necesita ese tipo de energía negativa en su vida? Y desde luego, no guardo rencor a nadie.

Y aun así, ya han pasado dos semanas desde Nochevieja, y todavía no puedo olvidarme de ello. Los comentarios estúpidos, desconsiderados y malintencionados que oí en la barra no se me van de la cabeza.

Me llamó superficial.

Cree que soy una chica banal.

Olvídalo. No vale la pena esta angustia mental.

Exacto. ¿Y qué más da si Fitz cree que soy superficial? No es el primero que lo piensa, y no será el último. Cuando eres una chica rica de Connecticut, la gente tiende a asumir que eres una zorra materialista.

«Dijo la zorra materialista con un Audi plateado», se burla de mí una voz interior cuando llego hasta mi coche caro y brillante.

Uf. Hasta mi propia mente intenta que me sienta mal conmigo misma.

«Fue un regalo», le recuerdo a mi cerebro traidor. Un regalo de mis padres para la graduación del instituto, cosa que lo convierte en un coche de tres años. Es como una persona mayor en años automovilísticos. ¿Y qué se suponía que tenía que hacer? ¿Rechazar el regalo? Soy una niña de papá, su princesita. Me va a mimar me guste o no.

Pero tener un coche bueno no me hace superficial.

Que me interese la moda y formar parte de una hermandad no me hace superficial.

Olvídalo.

Abro la puerta del coche con el mando, pero no me meto en el asiento del conductor. Hay algo que mantiene mis botas pegadas al asfalto.

Creo que es algo llamado *«Por favor, no quiero ir a casa y ver al chico que cree que soy una superficial».*

Es difícil creer que hace dos semanas estaba ilusionada por ver a Fitzy.

Ahora me da miedo. Mi unicornio ya no es un unicornio. Es un burro con prejuicios.

Cierro el coche. A la mierda. Creo que voy a tomarme un café en el Coffee Hut primero. Todavía no estoy lista para verlo.

Cobarde.

Rápidamente, abro el coche. No soy una cobarde. Soy Summer Heyward-Di Laurentis y me importa un pepino lo que piense Colin Fitzgerald de mí.

Cierro el coche.

Porque claramente *sí* que me importa lo que piensa.

Abro el coche.

Porque no debería importarme.

Cierro.

Abro.

Cierro.

Abro.

—¡Guay! ¡Parece divertido! —exclama una voz claramente entretenida—. Déjame adivinarlo... ¿Es el coche de tu ex?

Salto de la sorpresa. Estaba tan concentrada en la llave del coche que ni siquiera me he dado cuenta de la chica que se me ha aproximado

—¿Qué? No, es mío.

Un par de cejas oscuras se fruncen. Me mira fijamente.

—¿En serio? ¿A qué vienen los clics maniáticos, entonces?

Estoy igual de confundida que ella.

—¿Por qué creías que era el coche de mi ex? ¿Qué pensabas que le estaba haciendo?

—Gastar la batería de la llave para que no pudiera abrirlo luego. Había dado por hecho que le habías robado las llaves y que trabas de joderle de alguna manera.

—¿Es broma? Suena al plan de venganza más agotador del mundo. Tendría que estar aquí durante horas para gastar la batería. Si quisiera vengarme, le habría rajado un neumático o dos. Rápido y efectivo.

—¿Rajar neumáticos? Eso es una locura, me encanta. —Asiente con aprobación, y la espesa cabellera castaña le cae por encima del hombro—. En fin. Disfruta de lo que sea que estés haciendo, chica loca. Hasta luego.

Después, empieza a caminar.

—Eh —la llamo—, ¿necesitas que te lleve a alguna parte?

Maravilloso. ¿Ahora ofrezco viajes a completos desconocidos? El nivel de miedo que me ha infundido Fitzy está fuera de lo normal.

Se da media vuelta con una risa.

—Gracias, pero voy a Hastings —dice. Se refiere al pueblo más cercano.

Es un trayecto corto desde el campus, y también resulta ser mi destino.

—Yo también voy allí —suelto.

Es una señal. Todavía no tengo que volver a casa. El universo quiere que primero lleve a esta chica.

Vuelve lentamente hacia mí, con una mirada calculadora, y me escudriña de los pies a la cabeza. Estoy bastante segura de que no podría parecer más inofensiva. Llevo el pelo recogido en un moño despeinado, un chaquetón de color crema, unos vaqueros ceñidos azul oscuro y botas de caña alta de piel marrones. Parece que haya salido de las páginas de un catálogo de Gap.

—No te voy a matar —digo, intentando ayudar—. Si alguien tuviera que preocuparse por su seguridad, soy yo. Esos tacones parecen letales.

La verdad es que *ella* parece letal. Lleva unas mallas negras, un abrigo negro y botas negras, con esas agujas mortales de diez centímetros. Un gorro de punto rojo le cubre la cabeza, el pelo oscuro le sale por debajo y lleva una pintalabios rojo intenso aunque todavía es por la tarde.

Es una malota, y creo que me encanta.

—Soy Summer —añado—, me he cambiado de universidad. Antes estudiaba en Brown y acabo de mudarme a Hastings.

Frunce los labios un momento antes de contestar:

—Yo me llamo Brenna. También vivo en el pueblo. —Se encoge de hombros y camina hasta la puerta del acompañante—. Ábrela en serio esta vez, chica loca. Acepto el viaje.

CAPÍTULO 6

Summer

—A ver, no es que me queje, créeme. Estoy contenta de no tener que pagar un Uber ni un taxi, pero ¿siempre ligas con chicas desconocidas en los aparcamientos? —pregunta Brenna con alegría.

Me río por la nariz.

—No. Y para tu información, no estoy ligando contigo. Quiero decir, eres preciosa, pero me gustan los hombres.

—Ja. A mí también me gustan los hombres. Y aunque me gustaran las mujeres, no serías mi tipo, Barbie Malibú.

—Te has equivocado de costa. Soy de Greenwich, en Connecticut —respondo. Sonrío por el humor en su tono de voz—. Y no, normalmente no me junto con desconocidos peligrosos. —Decido ser honesta—. Evito a toda costa volver a casa.

—Oh. Intrigante. ¿Y eso por qué?

Brenna se remueve en el asiento del pasajero e inclina el cuerpo, enfundado en un vestido de negro, para estudiarme mejor. Noto que sus ojos me perforan un lado de la cabeza.

Mantengo la mirada fija en la carretera. Son dos carriles muy angostos y están cubiertos por una ligera capa de nieve, así que conduzco con cuidado. Ya tengo dos raspones en mi haber y los dos ocurrieron mientras conducía en invierno, por no dejar el espacio suficiente para parar.

—Me mudé hace unos días —le cuento—. Mis compis de piso han estado fuera de la ciudad; se fueron a esquiar a Vermont, creo. Así que he tenido el piso para mí sola estos días. Pero me han escrito esta mañana avisando de que están de camino. —Reprimo un escalofrío nervioso—. De hecho, es posible que ya estén aquí.

—¿Y? ¿Qué tenemos en contra de los compis? ¿Son idiotas? «Uno de ellos sí».

—Es una larga historia.

Brenna se ríe.

—Somos un par de desconocidas que han decidido montarse a un coche juntas. ¿De qué más vamos a hablar, del tiempo? Explícame por qué no te gustan las tipas esas.

—Los tipos esos —corrijo.

—¿Eh?

—Mis compis de piso son chicos. Tres chicos.

—Oh, *madre mía*. Cuéntame más. ¿Están buenos?

No puedo evitar reírme.

—Mucho. Pero la situación es algo complicada. Me enrollé con uno de ellos en Nochevieja.

—¿Y? No veo el problema.

—Fue un error. —Me muerdo el labio—. Me gustaba uno de los otros dos, pero le oí hablar mal de mí. Estaba molesta, así que...

—Así que besaste a su compañero de piso para vengarte. Lo pillo.

Por su tono de voz, diría que no me juzga, pero todavía estoy a la defensiva.

—No fue un beso para vengarme. Fue... —Emito un ruidito de exasperación—. La verdad es que fue un muy buen beso.

—Pero no lo habrías hecho si no hubieras estado enfadada con el otro.

—Probablemente no —admito, mientras ralentizo al acercarnos a una intersección en rojo.

—¿Qué dijo de ti? —pregunta, curiosa.

Me tiembla el pie en el pedal del freno mientras evoco el dolor y la vergüenza que sentí al salir del baño y oír la conversación de Fitzy y Garrett en la barra. Que me llamase «superficial» no me molestó tanto como el hecho de que hiciera una lista de todas las razones por las que nunca saldría con alguien como yo.

—Le dijo a su amigo que soy superficial. —Me ruborizo—. Cree que soy frívola, que solo me gusta salir de fiesta, y dijo que nunca saldría conmigo.

47

—¿Pero qué narices…? —Brenna se golpea el muslo con la palma de la mano—. Que le den.

—Sí, ¿verdad?

—Ay, ¿y ahora tienes que vivir con ese idiota? —Atisbo comprensión genuina en su voz—. Qué mal. Lo siento.

—Sí, es una mierda. Estoy… —La frustración se me atasca en la garganta como una bola de chicle—. Estoy enfadada, obviamente. Pero también me ha decepcionado muchísimo.

—Dios, pareces mi padre. —Agrava la voz e imita a su padre—: *No estoy enfadado contigo, Brenna. Solo estoy… decepcionado.* Uf. Cómo lo odio.

—Perdón. —Suelto una risita—. Aunque es verdad. Estoy decepcionada. Pensaba que era un chico majo, y me gustaba. Estaba convencida de que iba a intentar algo conmigo, me enviaba señales, ¿sabes? Y habría hecho algo más que liarme con él. —Miro alrededor avergonzada—. Y, siendo yo, eso es mucho decir. Nunca me acuesto con nadie antes de haber tenido una cita. Incluso entonces, normalmente pasan varias citas antes de que eso ocurra.

—Mojigata —espeta.

—Eh, tal vez incendie residencias de hermandades, pero soy una chica chapada a la antigua en realidad.

Brenna aúlla de emoción.

—Vale. Volveremos a ese comentario sobre las residencias, créeme. Pero, antes, el tema que nos ocupa. Vamos, que normalmente no le das tu flor a un chico hasta que demuestra que es un príncipe, pero a este capullo le habrías dado el jardín entero. Solo que entonces reveló cómo es de verdad y, en lugar de eso, te enrollaste con su amigo.

—Más o menos.

Recuerdo el momento en el que Hunter Davenport me detuvo antes de que me marchara del bar. Me abría paso entre la gente hacia la salida. Los comentarios que Fitzy le hizo a Garrett me hirieron tanto que iba a pasar de la Nochevieja, en serio. Pero entonces me crucé con Hunter y me hizo reír. Ni siquiera me acuerdo de qué dijo. Lo siguiente que recuerdo es que la cuenta atrás llegó al último segundo, Hunter me acercó a sus brazos y me besó.

Fue muy intenso. Besaba fabulosamente y estaba duro como una piedra mientras se restregaba contra mí. No puedo decir que me arrepienta porque lo cierto es que lo disfruté un montón en su momento.

Pero en su momento tampoco sabía que iba a ser mi compañero de piso.

Dean lo organizó todo sin consultármelo antes. Aunque la verdad es que era *imposible* que no aceptase la oferta de mudarme a la antigua casa de Dean. No solo es un millón de veces mejor que las residencias, sino que, además, encontrar cualquier otra cosa en Hastings habría sido increíblemente difícil. A lo mejor un pequeño apartamento en un sótano, pero incluso este tipo de alojamientos se llenan rapidísimo. Es complicado encontrar casas disponibles en un pueblo tan pequeño.

Lo malo es que ahora tengo que vivir con el chico al que besé.

Y con el chico al que, durante cierto tiempo, estaba desesperada por besar.

Y con Hollis, pero él es inofensivo porque ni le he besado ni he querido hacerlo nunca.

Brenna mira a su alrededor:

—¿Y sabíais ya *tos* vosotros que…?

—¿«*Tos*»? —la provoco.

Me regala una sonrisa burlona y responde:

—Mi madre era de Georgia. El «*tos*» es la única cosa del sur que heredé de ella.

—¿Era?

El ambiente se vuelve algo más sobrio.

—Falleció cuando tenía siete años.

—Lo siento. Tuvo que ser duro. Mi vida sería literalmente un desastre si no tuviera a mi madre. Es mi pilar.

—Lo fue. —Brenna vuelve al tema de antes rápidamente—. En fin. ¿Sabíais ya todos que ibais a vivir juntos antes de Nochevieja?

—Ni de coña. No habría hecho nada con ninguno de ellos de haberlo sabido. Me habría buscado yo esta situación tan incómoda. Si ya va a ser difícil adaptarme a vivir con tres chicos después de pasar dos años y medio en la residencia de una hermandad llena de chicas…

—Ya, pero es evidente que los chicos no se sienten incómodos. De no ser así, no habrían aceptado que te mudaras con ellos. ¿Todos estaban de acuerdo, no?

—Sí. —Aunque en realidad solo he hablado con Mike Hollis y he intercambiado un par de mensajes con Hunter, que, gracias a Dios, no ha sacado el tema de nuestra sesión de besuqueos—. Estoy en contacto con dos de ellos. Aunque con Fitz, no he cruzado ni una palabra.

Con el rabillo del ojo, veo que Brenna gira la cabeza bruscamente en mi dirección:

—¿Has dicho Fitz?

Oh, oh.

El pánico se apodera de mi estómago. ¿Lo conoce? Supongo que no es inconcebible que no lo conozca. Fitz no es el apodo más común, que digamos.

Por suerte se me presenta la oportunidad perfecta para cambiar de tema, porque acabamos de llegar a la idílica calle Mayor de Hastings.

—No puedo creer lo bonito que es este pueblo —trino, y esquivo la mirada de Brenna mientras me concentro en las tiendas y restaurantes que hay en la calle—. ¡Oh, qué guay! No sabía que había un cine.

Es mentira. Por supuesto que lo sabía. Me llevó como cinco minutos explorar Hastings y sus «puntos de interés».

—No ofrece una gran selección. Solo tiene tres salas. —Señala un escaparate justo después de la plaza del pueblo—. He quedado con mis amigas en el Della's Dinner. Está justo ahí.

No he ido todavía, pero me gustaría. Al parecer, es un sitio temático ambientado en las cafeterías de los años cincuenta donde las camareras llevan uniformes de época. He oído que tienen un millón de tipos de tarta diferentes.

—¿El chico que hablaba mal de ti se llama Fitz?

Porras. Esperaba haberla distraído con éxito, pero ha vuelto sobre la pista.

—Sí —admito—. Aunque es un mote.

—¿El diminutivo de Fitzgerald? ¿Se llama Colin?

Mierda.

La miro con los ojos entrecerrados.

—No eres una ex suya ni nada parecido, ¿no?

—No. Pero somos amigos. Bueno, nos relacionamos de forma amistosa. Es complicado ser amigo de Fitzy.

—¿Y eso por qué?

—Es el típico chico misterioso, duro, silencioso, etcétera, etcétera. —Hace una pausa—. Pero no es el típico chico que habla mal de una chica. Bueno, ni de nadie, en realidad.

Se me tensa la mandíbula.

—No me lo estoy inventando, si es lo que sugieres.

—No creo que te lo estés inventando —responde con suavidad—. Detecto a alguien que miente a una legua, y parece que estás dolida por lo ocurrido. No creo que te hubieras liado con el otro si no... jo, tía, ¿el otro es Davenport? Hunter Davenport, ¿verdad? ¿Es el tío con el que te enrollaste?

Nunca me había sentido tan incómoda en toda mi vida. Aprieto los dientes y me detengo delante de la cafetería. Echo el freno de mano sin parar el motor.

—Aquí estamos.

Brenna ignora por completo el hecho de que hemos llegado. Es como si hablara consigo misma.

—Sí, claro que fue Hunter. No te imagino enrollándote con Hollis, es tan pesado. Seguramente se habría pasado todo el rato susurrando gilipolleces.

Suspiro.

—Entonces, ¿también conoces a Hunter y a Hollis?

Pone los ojos en blanco y contesta.

—Los conozco a todos. Mi padre es Chad Jensen.

El nombre no me dice nada.

—¿Quién?

—El entrenador del equipo de *hockey* masculino. Soy Brenna Jensen.

—¿El entrenador Jensen es tu padre?

—Sí. Es... —Abre la boca, iracunda—. Espera un momento. ¿Has dicho que han estado esquiando esta semana? ¡Qué capullos! No pueden hacerlo en mitad de la temporada. Mi padre los matará si se entera.

Mierda, eso es culpa mía. No esperaba que Brenna supiera de quién hablaba cuando he mencionado el viaje de esquí.

—No se enterará —digo con firmeza—. Porque tú no vas a decirle nada.

—No lo haré —me asegura, pero su tono se vuelve ausente. Está ocupada observándome de nuevo, esta vez completamente desorientada—. No lo pillo. ¿Cómo leches una chica de una hermandad de Brown ha acabado viviendo con tres jugadores de *hockey*? Que, por cierto, son unos solteros codiciadísimos. Todas las fans locas en un radio de ochenta kilómetros están en busca y captura de un jugador de *hockey* de Briar, porque la mayoría de ellos terminan en la liga nacional.

—Son amigos de mi hermano mayor. Jugaba al *hockey* aquí el año pasado.

—¿Quién es tu hermano? —inquiere.

—Dean Heyward-Di Lau...

—Laurentis —termina con un jadeo—. Oh, Dios mío, *ya* veo el parecido. Pues claro, eres la hermana de Dean.

Asiento con incomodidad. Deseo con todas mis fuerzas que no sea uno de los antiguos ligues de Dean. Era todo un casanova antes de enamorarse de Allie. Ni siquiera quiero saber cuántos corazones rotos dejó al poner fin a su época de donjuán.

Brenna empalidece como si me hubiera leído la mente.

—Oh, no. No te preocupes. Nunca salí con él. Ni siquiera venía a Briar antes de este año.

—¿Ah, no?

—No. Estuve dos años en una universidad pública de New Hampshire —explica—. Me trasladé aquí en septiembre. Soy de tercero, pero, en realidad, soy una novata, porque este es mi primer año. —De repente da un bote en el asiento como si la hubiera mordido el bolso—. Espera. Me vibra el móvil.

Espero con impaciencia mientras revisa el móvil. Necesito más detalles de esta chica tan pronto como sea posible. ¿Qué probabilidad hay de que de todos los desconocidos a los que podría haber ofrecido un viaje haya elegido a la hija del entrenador de *hockey* de Fitzy? Y puede que este sea su primer año en Briar, pero claramente sabe un montón de los jugadores de su padre, incluido mi hermano, a quien ni siquiera conoce en persona.

Brenna escribe un mensaje rápido y me dice:

—Perdona. Mis amigos me están reclamando y quieren saber dónde estoy. Tendría que irme ya.

La miro fijamente.

—¿Lo dices en serio? No puedes soltar la bomba de que eres la hija del entrenador y luego marcharte sin más. Quiero toda la información que tengas sobre estos chicos.

Sonríe.

—Bueno, a ver. Está claro que tenemos que quedar otra vez. Te invitaría a comer con nosotros ahora mismo, pero no soy una propiciadora.

—¿Qué se supone que quiere decir eso?

—Significa que debes ir a casa y enfrentarte a tus compañeros de piso. Quítate de encima la gran confrontación incómoda de una vez. —Agarra mi móvil del soporte del salpicadero—. Me estoy mandando un mensaje desde tu móvil para que tengas mi número. ¿Quieres venir al partido de mañana por la noche conmigo?

—¿Partido?

—Briar juega contra Harvard. Mi padre espera que vaya a todos los partidos en casa y a cualquier partido que se juegue a menos de una hora en coche del campus.

—¿En serio? ¿Y qué pasa si tienes otros planes?

—Entonces me corta el grifo.

—¿Me estás...?

—¿Vacilando? Sí. —Se encoge de hombros—. Si estoy ocupada, no voy. Si no tengo nada que hacer, voy. No me pide muchas cosas, y me encantan el *hockey* y los chicos monos, así que no supone un gran esfuerzo por mi parte.

—Bien visto.

Su móvil vuelve a vibrar, esta vez por el mensaje que acaba de mandar desde el mío.

—Ahí lo tienes. Ya nos tenemos en nuestros respectivos teléfonos. Empezaremos a planear la boda la semana que viene.

Suelto una risita.

—Gracias por acercarme.

Sale del coche de un salto y empieza a cerrar la puerta, pero, de repente, vuelve a meter la cabeza dentro.

—Eh, ¿qué camiseta me tengo que poner mañana? ¿La de Fitzy o la de Davenport? —Parpadea inocentemente.

Hago una mueca y le enseño el dedo corazón.

—No tiene gracia.

—Ha sido divertidísimo, y lo sabes. Te veo mañana, chica loca.

La miro con envidia al entrar en la cafetería. Me encantaría almorzar y comer tarta con ella ahora mismo. Pero Brenna tiene razón: no puedo seguir posponiéndolo.

Es hora de regresar a casa.

CAPÍTULO 7

Fitz

Hay un Audi brillante en la entrada cuando llegamos. Se me tensan los hombros, y espero que Hunter no se dé cuenta. No miro al asiento del conductor para ver su reacción, porque estoy seguro de que está emocionadísimo por ver el coche de Summer. Bueno, asumo que es el coche de Summer. Guardé mi Honda magullado en el garaje antes de irnos a Vermont, así que no hay otro sitio donde podría haber aparcado.

Además, es un puto Audi.

Hunter aparca el Land Rover detrás del coche plateado y se dirige a nosotros con voz severa:

—Esto queda entre nosotros.

—Claro.

Hollis bosteza con fuerza y se quita el cinturón. Ha dormido como un tronco en el asiento de atrás durante todo el camino de vuelta.

—No es broma. Si el entrenador se entera de esto…

—Que no lo contaré —le asegura Hollis—. Este viaje no ha ocurrido. ¿Verdad, Fitz?

Asiento con denuedo.

—No ha ocurrido.

—Bien. Pero volvamos a repasar la historia, por si nos pregunta algo mañana durante el entrenamiento. —Hunter apaga el motor—. Hemos ido a New Hampshire, a casa de los padres de Mike. Hemos estado de tranquis junto a la chimenea, nos bañamos en el *jacuzzi* y jugamos al Monopoly.

—Gané yo —salta Hollis.

Pongo los ojos en blanco. Por supuesto que tiene que ser él el ganador de esta partida ficticia al Monopoly.

—No, gané *yo* —digo con petulancia—. Compré el paseo marítimo y construí ocho hoteles.

—Y una mierda. Yo tenía el paseo marítimo.

—Nadie tenía el paseo marítimo —refunfuña Hunter—. No jugamos al Monopoly.

Tiene razón. Estábamos esquiando, o lo que es lo mismo, haciendo la cosa más estúpida que podíamos hacer estando a mitad de temporada. Pero ninguno de los tres somos exactamente la mejor influencia para el resto. Hollis, Hunter y yo hemos crecido en la Costa Este y nos encantan los deportes de invierno, así que cuando Hollis sugirió una escapada secreta de esquí durante las vacaciones, sonó demasiado divertido como para perdérselo.

Aunque el entrenador se pondrá furioso si se entera. Como jugadores de *hockey,* no podemos hacer nada que ponga en peligro nuestros cuerpos o la temporada. ¿Un finde de esquí y borrachera en Vermont? Pecado capital.

Pero hay ocasiones en las que hay que priorizar la diversión, ¿verdad?

Y no, no acepté ir al viaje solo para retrasar el reencuentro con Summer. Porque eso es patético y estúpido, y yo no soy ni patético ni estúpido.

¿Y qué si se ha enrollado con Hunter? No es mi tipo, de todas formas. Y ahora tengo que pagar menos alquiler. Todos ganamos.

—Vale, ¿lo tenemos claro? New Hampshire. Chimenea, *jacuzzi,* Monopoly, chocolate a la taza.

—¡¿Chocolate a la taza?! —grita Hollis—. ¡Qué cojones! Estás cambiándome todo el argumento de la historia. No sé si seré capaz de recordarlo.

Rompo a reír.

Hunter sacude la cabeza con preocupación y dice:

—Chicos, habéis jugado para Jensen un año entero más que yo. Vosotros más que nadie sois los que mejor deberíais saber qué ocurrirá si se entera de que hemos estado de fiesta este fin de semana. Ir a esquiar ya es malo de por sí. La bebida y la hierba puede que figuren como algo peor en su normativa.

Hollis y yo nos calmamos. Tiene razón. La última vez que pillaron a un jugador de fiesta, lo echaron del equipo. Ese jugador resultó ser Dean, que tomó algo de eme en una fiesta y luego dio positivo en un test de orina al día siguiente.

No es que hayamos tomado algo como MDMA este finde. Solo ha habido unas cuantas birras, un porro y un par de trucos en las pistas que probablemente... Bueno, que ni de coña tendríamos que haber probado.

—Venga, entremos. No podemos dejar esperando a nuestra nueva compi de piso. —Hollis no cabe en sí de gozo y una sonrisa le ocupa toda la cara.

Hunter le dirige una mirada sombría en cuanto sale del Rover.

—Esas manos.

—Ni de coña. No puedes pedírtela.

—Antes que nada, no es un trozo de carne. Es nuestra compañera de piso. —Hunter arquea una ceja—. Pero si nos la vamos a pedir, estoy bastante seguro de que yo fui el primero cuando tenía la lengua en su boca.

Me chirrían los dientes por voluntad propia.

—Cierto —comenta Hollis con un suspiro de derrota—. Me retiro.

Los músculos de la mandíbula se me relajan al soltar una carcajada. Lo dice como si hubiera tenido alguna oportunidad en algún momento. Hollis es un chico guapo, pero es un plasta, sin mencionar lo asqueroso que puede ser. Una chica como Summer nunca le haría caso.

—Gracias —le vacila Hunter—. Es muy generoso por tu parte, Mike. De verdad, me ha llegado al alma.

—Soy un buen amigo —coincide Hollis.

Mientras caminamos hacia la escalera de la entrada, el destello de anticipación en los ojos de Hunter es inconfundible, y algo predecible. Vi su cara cuando Dean llamó y dijo que Summer necesitaba un sitio para vivir. Estaba claro que se moría de ganas de repetir lo ocurrido en Nochevieja.

Como soy un tipo racional, me callé lo que pensaba y advertí a Hunter que lo que pasase entre él y Summer no podría afectar a nuestros acuerdos de vivienda, porque su nombre ahora estaría en el contrato de alquiler. Nos aseguró que eso no sucedería.

Como si ya estuviera seguro de que iba a pasar algo más entre ellos.

En fin. No me importa si ocurre. Que se acuesten. Tengo cosas mejores en las que centrarme.

Me cuelgo el abrigo al hombro y espero a que Hollis abra la puerta de entrada. Dentro, suelto la bolsa con un golpe seco y me quitó las botas de una patada. Los otros hacen lo mismo.

—¡Cariño, ya estamos en casa! —grita Hollis.

Se oye el eco de una risa desde el piso de arriba.

Se me acelera el pulso al oír unos pasos acercarse al rellano. Aparece tras la barandilla en pantalones con forro polar y una sudadera de Briar, con el pelo recogido en un moño despeinado.

Hollis tiene los ojos vidriosos. No hay nada indecente en el *look* de Summer, pero esta chica podría hacer que hasta un saco de arpillera pareciera *sexy*.

—Ey. ¡Bienvenidos a casa! —dice con alegría.

—Hola —le contesto. Mi voz suena tensa.

Hunter se deshace del abrigo y cuelga en el perchero.

—Rubia —dice, arrastrando cada letra—, me alegra que estés aquí.

Hollis asiente y dice:

—De verdad.

—Ay, gracias. Estoy contenta de estar aquí.

—Espera, necesitas un saludo de verdad.

Con una sonrisa, Hunter se acerca a las escaleras. Las mejillas de Summer se sonrojan ligeramente cuando él la envuelve en un abrazo.

Aparto la mirada y finjo que estoy muy concentrado en la tarea de colgar el abrigo. No sé si le da un beso o no, pero Summer todavía está ruborizada cuando me obligo a girarme.

—Voy a cambiarme —comenta Hunter.

Se mete en su habitación y Hollis va a la cocina.

Lo que significa que Summer y yo estamos solos cuando llego al rellano del primer piso.

—¿Os lo habéis pasado bien, chicos? —Me mira con cautela.

Asiento.

—Guay. —Se dirige a la puerta abierta de su habitación.

Fisgoneo por detrás de su hombro esbelto y atisbo una cama perfectamente hecha con un edredón blanco y alrededor de cien cojines. Hay un puf de color rosa neón en el suelo, junto con una alfombra blanca peluda.

Un portátil abierto reposa sobre un escritorio pequeño que hay en un rincón y que no estaba cuando Dean dormía en esta habitación.

Se siente como en casa.

«Es que esta es su casa», me recuerda una voz.

—Gracias por dejarme... —Se corrige—... Por aceptarme como compañera de piso.

Me encojo de hombros..

—Sin problema. Necesitábamos a una cuarta persona.

Todavía se está alejando, como si no quisiera estar cerca de mí. Me pregunto si recuerda que prácticamente se abalanzó sobre mí en Nochevieja y al final terminó jugando al *hockey* de amígdalas con mi compañero de equipo.

No es que me dé rabia ni nada.

—En fin... —Su voz se desvanece.

—Sí. Yo... —También empiezo a alejarme de espaldas—. Voy a darme una ducha. Hemos... ah, jugado una última partida al Monopoly antes de salir y ahora estoy todo sudado.

Summer arquea las cejas.

—No sabía que el Monopoly era tan extenuante.

Hunter se ríe con disimulo desde su puerta.

Me giro para fulminarlo con la mirada, porque ha sido él quien se ha inventado la coartada esta del Monopoly en primer lugar, pero ya ha desaparecido. Está en su cuarto, poniéndose una camiseta.

—Los juegos de mesa son intensos —contesto, sin mucha gracia—. Por lo menos, como nosotros jugamos.

—Interesante. Qué ganas de una noche de juegos de compis de piso, entonces.

Su hombro se da contra la puerta, por lo que termina su camino hacia atrás.

—Que vaya bien la ducha, Fitz.

Desaparece en su habitación, y yo me arrastro hacia la mía. Cuando me vibra el móvil, casi me caigo del alivio. Necesito distraerme antes de empezar a pensar mucho en lo incómodo que ha sido el encuentro, joder.

El mensaje en la pantalla me saca una sonrisa burlona.

¡Todavía estoy atascado en el tercer portal! Hostia, te odio, tío.

En lugar de responder al mensaje, llamo a mi colega. Morris es un colega *gamer*, un buen amigo, y ahora mismo está probando la versión beta del juego de rol que me he pasado diseñando los últimos dos años.

—¡Eo! —Morris contesta inmediatamente—. ¿Cómo se entra a la Ciudad de Acero, cabrón?

Me río.

—A ti te lo voy a decir.

—Pero llevo atascado aquí desde anoche.

—Te mandé el enlace literalmente anoche. Que ya hayas llegado a la ciudad es terrible e impresionante. —Niego con la cabeza—. Hoy todavía no he revisado el panel de mensajes, pero lo último que sé es que ninguno de los otros betas estaba cerca de pasarse el nivel del poblado.

—Ya, bueno. Eso es porque yo soy superior a ellos en todos los aspectos. Mi opinión es la única que importa.

—¿Y tu opinión hasta el momento cuál es?

—Que este juego es la polla.

Me invade la emoción. Me encanta oír eso, sobre todo de un *gamer* dedicado como Morris, que gana un montón de dinero retransmitiendo partidos por Twitch. Sí, la gente se suscribe para verle jugar a videojuegos *online*, de verdad. Es así de bueno, por no hablar de lo increíblemente entretenido que se vuelve cuando transmite sus aventuras virtuales en directo.

No es por echarme flores, pero yo también soy algo parecido a una leyenda. No por retransmitir partidas, sino por mis reseñas. Hasta este año, he reseñado juegos para el blog de la uni y para otras páginas de *gaming* muy populares de internet. Sin embargo, dejé de hacerlo porque me consumía mucho tiempo y tenía que concentrarme en mi propio juego.

El Legión 48 no es el videojuego de rol más complejo; no es multijugador y sigue una historia muy guionizada en lugar de tener un concepto de mundo abierto. Con la agenda que tengo ya me resulta bastante complicado encontrar tiempo para jugar a videojuegos, así que imagínate para diseñarlos. Pero quería solicitar empleo en varias compañías de desarrollo de videojuegos, y necesitaba tener algo con lo que mostrarles de lo que soy capaz de hacer en términos de técnicas de diseño. Puede que el Legión 48 no sea el Skyrim ni el GTA, pero lo único que necesito es mostrarles a estos estudios que no soy un inútil absoluto.

Creo que mi punto fuerte es haber hecho todo el trabajo gráfico yo mismo, igual que haberme ocupado de la programación requerida para hacer que el juego sea funcional. La parte gráfica empezó siendo unos bocetos en bruto, luego los dibujé digitalmente y, al final, los convertí en modelos 3D. El tiempo que le dediqué es incalculable y, si le sumas mil años, te sale el tiempo que me llevó programar el maldito juego.

—¿Has encontrado algún error informático ya? —le pregunto a Morris.

—Nada grave. Cuando hablas con el dragón en la cueva, el diálogo se congela y salta al siguiente cacho.

Bien. Fácil de arreglar. Un alivio, porque me llevó horas y horas refinar y depurar todos los errores inoportunos que había en la fase alfa. Durante casi un año, apenas se podía jugar. La primera ronda de la versión beta dio luz a más errores que había pasado por alto. De alguna manera, a pesar de mi horario agotador, eliminé bastantes errores como para hacerlo totalmente funcional y dejarlo listo para esta segunda y última ronda de la versión beta. Esta vez, docenas de *gamers* lo están probando, incluidos muchos de mis amigos de la universidad.

—Todavía no se ha colgado —añade, intentando ayudar.

—¿Todavía? No lo gafes, tío. He mandado esta cosa a unos seis estudios. Si se les rompe a ellos...

—No se ha colgado, punto —corrige Morris—. No se colgará nunca. Ahora dime cómo abro el tercer portal.

—No.

—Me muero por ver la Ciudad de Acero. ¿Hay algún oráculo con el que tengo que hablar? ¿Por qué no encuentro la llave?

—Supongo que no eres tan bueno como piensas.

—Oh, vete a la mierda. Vale. En fin. Voy a ganar y luego te llamo para fardar.

—Hazlo. —Sonrío para mis adentros—. Te veo *online* luego. Entro a la ducha ahora.

—Guay. Chao.

Me desvisto y me dirijo al baño con energía. El entusiasmo de Morris por el Legión 48 ha aliviado la tensión que sentía por todo el cuerpo. Pero se me vuelven a tensar los músculos en cuanto oigo la risa de Summer en el salón.

Observo mi reflejo en el espejo y advierto la frustración en los ojos, la rigidez de la mandíbula. La expresión dura parece incluso más dura acompañada de los tatuajes, los dos que me cubren los brazos y el del pecho, de color negro. Ahora está un poco desteñido, pero casi le da un aire más guay. No es que vaya tatuado porque sea guay. Soy artista. He diseñado los tatus yo mismo, y uso cualquier cosa como lienzo. Incluso mi propia piel.

Pero cuando estoy de mal humor, tengo algo de barba y estoy atormentado delante del espejo, la tinta hace que parezca un matón.

Si soy sincero, «un matón» es lo que aspiraba a ser durante mi breve rebelión del instituto. Me hice mi primer tatu, el dragón del brazo izquierdo, cuando quedaba con los chicos que solucionaban las cosas usando los puños. O los puños americanos. No me malinterpretéis, no me presionaron para tatuarme. Pero conocían un local que tatuaba a menores sin el permiso de sus padres. Porque, la verdad, la primera vez fue para mandarles un «que os den» a mis viejos. Mi clase de arte de último curso hizo una exposición final en la que mi madre y mi padre estuvieron criticándose mutuamente en lugar de apoyar a su hijo. Estaban demasiado ocupados en discutir como para prestar atención a mi trabajo e ignoraron mis cuadros.

Así que el Colin de quince años, malote como era, se dijo: «Bien. Estáis muy ocupados peleándoos como para apreciar mi arte, así que lo pondré donde podáis verlo».

Ahora, considero los tatuajes una extensión de mi arte, pero no puedo negar que empezó de esa forma.

Se me tensan los hombros cuando oigo el suave murmullo de la voz de Hunter. Seguido por otra risa de Summer.

Supongo que está retomando lo que dejó a medias.

CAPÍTULO 8

Summer

No ha sido tan horrible. He intercambiado varias frases cordiales con Fitz sin abofetearle esa cara de tonto que lleva encima. ¡Una estrellita dorada para mí! Aunque deberían quitarme la estrellita y reemplazarla por tres plátanos podridos por el modo en que ha respondido mi vagina a esa cara de tonto.

He sentido un cosquilleo.

Estúpida vagina.

Odio que todavía lo encuentre atractivo, después de todos los comentarios estúpidos que ha hecho sobre mí.

Unos golpes en la puerta probablemente me ahorran comerme la cabeza durante toda una hora. Hunter entra en mi habitación con determinación y lanza su cuerpo esbelto y musculoso sobre mi cama.

—Necesito una siesta.

Mi boca esboza una sonrisa irónica.

—Claro, adelante, siéntete como en casa.

—Oh, gracias, rubia.

Me guiña el ojo y procede a ponerse todavía más cómodo. Se tumba de espaldas y coloca los brazos por detrás de la cabeza.

«Ejem, dos entradas para la exhibición de bíceps, por favor». Sus brazos son increíbles. Se ha puesto una camiseta de tirantes que deja al descubierto sus brazos definidos y sus hombros anchos. Y el pantalón de chándal le cae por debajo de la cadera y deja entrever un cinturón de Adonis moreno y suave. Es igual de tentador que sus musculosos brazos.

Hunter está buenísimo y lo sabe. Sus labios se curvan al sorprenderme haciéndole un repaso.

Uf, qué labios... Todavía recuerdo la presión de sus labios contra los míos. Besaba bien. Ni demasiado agresivo, ni demasiado ansioso; la dosis perfecta de lengua.

Me pregunto cómo besará Fitzy.

«Como un capullo, Summer», dice mi Selena Gomez interna. «Besa como un capullo».

Exacto. Porque es un capullo.

—¿Qué haces en mi habitación, Hunter? —pregunto, y apoyo la cadera contra el escritorio.

—Supongo que deberíamos quitarnos «la conversación» de encima.

Exhalo un suspiro de arrepentimiento.

—Buena idea.

—*Valep*. Hagámoslo.

Hago un gesto cortés hacia él.

—Los hombres primero.

Hunter resopla y contesta:

—Cobarde.

Entre risas, doy un brinco y me siento en el escritorio.

—Si te digo la verdad, ni siquiera sé qué decir. Nos liamos. No fue nada del otro mundo.

Sus ojos oscuros apuntan directamente a mis piernas descubiertas, que cuelgan del borde del escritorio. Está claro que le gusta lo que ve, porque se le derrite la mirada. Me recuerda un poco a un amigo de Dean, Logan, y no solo porque tengan el mismo pelo oscuro y un cuerpo firme. Logan irradia energía sexual. No sé cómo describirlo, pero hay algo muy primario y lascivo en él. Hunter me transmite la misma sensación, y no puedo negar que me afecta.

Pero que nos atraigamos mutuamente no significa que tengamos que hacer nada.

—Sé que nos escribimos un par de veces después de esa noche, pero tengo la sensación de que se quedaron cosas en el tintero. Nunca me has dicho qué... —Se detiene en seco.

Frunce el ceño.

—¿Nunca te he dicho qué?

Se reincorpora y se pasa una mano por el cuero cabelludo. Se ha cortado el pelo desde la última vez que lo vi, pero todavía lo tiene lo bastante largo como para enterrar los dedos en él.

—Iba a preguntarte qué significó para ti. —Me observa, horrorizado—. Me he convertido en mi peor pesadilla.

Rompo a reír.

—Ay, cari. No pasa nada, hay un montón de hombres para los que los besos de Año Nuevo significan algo. —Le lanzo una mirada penetrante.

—No me lo restriegues, rubia —responde con un gruñido.

—Perdón, tenía que hacerlo. Estabas tan gallito la otra noche…, como si cualquier chica a la que besaras a medianoche te fuera a exigir tener bebés contigo. —Le saco la lengua—. Y bueno, ¿quién es el que quiere mis bebés ahora? ¡Tú!

Le tiemblan los hombros al reírse. Me bajo del escritorio.

—Han cambiado las tornas —comento con voz cantarina.

Hunter se pone en pie. Es más alto de lo que recordaba, diría que mide más de metro ochenta. Igual que Fitz, pero supongo que la mayoría de jugadores de *hockey* suelen ser así de altos. Aunque hay un chico en el equipo de Briar que no pasa del metro setenta y pico. Creo que se llama Wilkins. Una vez oí a Dean alabar lo fuerte que estaba, teniendo en cuenta su tamaño.

—No te preocupes —dice Hunter—. No quiero tener bebés, todavía.

—¿No? ¿Y en qué piensas, entonces?

No responde. Sus ojos oscuros descienden hasta mi pecho antes de regresar rápidamente a mi cara. No llevo sujetador. Está claro que se ha dado cuenta.

Y yo reparo en que los pantalones de chándal se le ciñen más a la zona de la entrepierna que hace dos minutos.

Cuando Hunter advierte que me he fijado en ello, tose y se inclina ligeramente.

Se me escapa un suspiro de la garganta.

—¿No vas a actuar raro, verdad?

Dos hoyuelos adorables aparecen tallados en sus mejillas cinceladas.

—Define raro.

—No lo sé. ¿Va a ser incómodo? ¿Te vas a andar con rodeos conmigo?

Da otro paso hacia mí.

—¿Parece que me ande con rodeos? —pregunta lentamente.

El corazón me late más fuerte. Joder, es convincente.

—Vale. Entonces, ¿te enamorarás locamente de mí? ¿Escribirás poemas sobre mí y me harás el desayuno?

—La poesía no me va. Y no sé cocinar una mierda. —Se acerca más, hasta que nuestras caras están a centímetros de distancia—. Pero me gustará prepararte el café por las mañanas, eso sí.

—No bebo café —contesto con aire de suficiencia.

La risita con la que responde vuelve a sacarle los hoyuelos.

—Ya veo que me lo vas a poner difícil, ¿eh?

—¿Qué? —pregunto, cautelosa—. ¿A qué te refieres exactamente?

Inclina la cabeza y reflexiona por un momento.

—Todavía no lo sé —admite. Su respiración me cosquillea el oído cuando se acerca para murmurarme en él—. Pero me muero de ganas de descubrirlo.

Las puntas de los dedos de Hunter me rozan ligeramente el brazo descubierto. Y entonces, antes de que tenga tiempo de parpadear, se escabulle por la puerta.

Mi nuevo vecindario es un convento con voto de silencio comparado con la residencia Kappa de Brown. A la una de la madrugada, el único sonido que entra por la ventana de mi habitación es el de un grillo. No se oyen ni motores de coches, ni música, ni chicas de hermandad chillonas borrachas, ni tíos de fraternidad con voces potentes que se provocan mutuamente durante una partida movidita de *beer pong*.

Tengo que admitir que me incomoda ligeramente. El silencio no es mi amigo. El silencio te obliga a examinar tu propia mente. A encarar los pensamientos que has dejado a un lado durante el día, las preocupaciones que esperabas que desaparecieran o los secretos que tratabas de guardar.

No soy muy fan de mis propios pensamientos. Suelen ser un batiburrillo de inseguridades mezclado con baja autoestima y un chorrito de autocrítica espolvoreados con un exceso de confianza fuera de lugar. Mi cabeza no es un lugar agradable.

Me doy la vuelta y suelto un gruñido en la almohada. El sonido amortiguado es como una explosión de pólvora en la habitación, donde reina un silencio inquietante. No puedo *dormir*. Llevo dando vueltas desde las once y media y empiezo a cabrearme. He dormido a pierna suelta mientras los chicos estaban en Vermont. No entiendo por qué su presencia lo ha cambiado.

Intentar dormir por la fuerza es inútil, así que aparto el edredón de una patada y salgo de la cama con torpeza. A la mierda. Voy a buscar algo de comer. A lo mejor me duermo después del empacho.

Como duermo en bragas, agarro la primera prenda de vestir que encuentro. Se trata de una camiseta blanca que deja entrever el contorno de mis pezones y apenas me cubre los muslos. Me la pongo de todas maneras, porque dudo que mis compañeros de piso estén despiertos para verlo. Hunter ha dicho que tienen entrenamiento a las seis de la mañana.

Pero me equivoco. Uno de ellos está más que despierto.

Fitzy y yo soltamos un ruidito al sobresaltarnos cuando nuestras miradas se cruzan en la cocina.

—Mierda —maldigo—, me has asustado.

—Perdón. Y lo mismo digo.

Está sentado a la mesa; sus piernas largas reposan en la silla de al lado y tiene un bloc de dibujo en el regazo.

Ah, y no lleva camiseta.

Es decir, que no lleva camiseta.

No puedo...

Aparto la mirada de su pecho descubierto, pero es demasiado tarde. Todos los detalles ya se me han grabado a fuego en el cerebro. Los tatuajes que le cubren los brazos. El torbellino de tinta negra que se le extiende por la clavícula y termina justo por encima de sus pronunciados pectorales. Tiene los abdominales tan esculpidos que parece que alguien los haya dibujado con una brocha de *contouring*. Igual que Hunter, es todo músculo y cero grasa, pero mientras que el torso de Hunter es un regalo para la vista y me provoca cierto hormigueo, Fitz desata una ráfaga de escalofríos y un anhelo en mi interior.

Quiero ponerle la boca encima. Quiero seguir todas y cada una de las líneas y curvas de sus tatuajes con la lengua. Quiero tomar su bloc de dibujo y lanzarlo a un lado para ser yo quien esté en su regazo. A ser posible, con los labios pegados a los suyos y con una mano alrededor de su miembro.

Ay, Dios mío.

No lo entiendo. No es mi tipo para nada. He estado rodeada de chicos de colegios privados toda mi vida, y eso es lo que me atrae normalmente: polos, caras bien afeitadas y sonrisas de anuncio. No los chicos con tatuajes y desaliñados.

—¿No puedes dormir? —pregunta suavemente.

—No —admito. Abro la nevera y escudriño el contenido en busca de algo apetitoso—. ¿Y tú?

—Tendría que haberme rendido hace una hora o así, pero quería terminar este boceto antes de irme a la cama porque no tendré tiempo de hacerlo mañana.

Me decanto por un yogur con un poco de granola y levanto la vista hacia Fitz mientras agarro un bol.

—¿Qué estás dibujando?

—Una cosa para un videojuego en el que estoy trabajando.

Cierra el cuaderno de golpe, aunque no intentaba cotillear qué había.

—Claro. Dean me mencionó que eres *gamer*. Aunque creía que solo reseñabas videojuegos. ¿También los diseñas?

—Solo uno, de momento. Estoy trabajando en el segundo ahora mismo —comenta distraídamente.

Está claro que no quiere explayarse, así que me encojo de hombros y digo:

—Guay. Suena interesante.

Me apoyo en la encimera y me llevo una cucharada de yogur a la boca.

El silencio envuelve la cocina. Lo observo mientras como y él me mira comer. Es muy incómodo y extrañamente cómodo al mismo tiempo. ¿Cómo te quedas?

Tengo tantas preguntas en la punta de la lengua…, la mayoría en relación a Nochevieja.

«¿En serio no estabas interesado en mí esa noche? ¿Me imaginé el buen rollo que había entre nosotros? ¿De verdad crees toda esa mierda que dijiste sobre mí?».

No pronuncio ni una. Me niego a revelarle ni una pizca de vulnerabilidad a este chaval. No puede saber lo mucho que me hirieron sus críticas.

En vez de eso, decido incomodarle con otra cosa.

—Se supone que no podíais ir a esquiar.

Suelta una suspiro rápido.

—No, no podíamos.

—Entonces, ¿por qué lo habéis hecho?

—Porque somos idiotas.

Sonrío, y al instante me enfado conmigo misma por sonreír ante uno de sus comentarios.

—El entrenador se pondría hecho una furia si se enterara. Y los demás chicos también, si te soy sincero. Ha sido una putada por nuestra parte —añade con brusquedad—, así que mejor que lo del viaje de esquí quede entre nosotros, ¿vale?

Mmm...

Le dirijo una mirada avergonzada.

—Demasiado tarde.

—¿Qué quieres decir? —Su tono se ha endurecido.

—Esta mañana me he hecho mejor amiga de la hija de vuestro entrenador sin querer. Y le he contado que habíais ido a esquiar también sin querer.

Me mira boquiabierto.

—Hostia puta, Summer.

Me defiendo al instante.

—Eh, Hollis no me dijo que era un secreto cuando hablamos por teléfono.

Fitz sacude la cabeza varias veces.

—¿Cómo te haces amigo de alguien sin querer? —espeta—. ¿Y por qué habéis hablado de nuestro viaje de esquí? ¿Te ha dicho Brenna si se lo iba a contar al entrenador?

—Me ha prometido que no lo haría.

Maldice para sus adentros.

—Eso no garantiza nada. Brenna es peligrosa cuando se enfada. Nunca sabes qué puede salir por esa boca.

—No se lo dirá —le aseguro—. Como he dicho, ahora somos mejores amigas.

Hace una mueca con los labios como si se aguantara las ganas de reírse.

—Mañana he quedado con ella para ver juntas vuestro partido contra Harvard —añado.

—¿Ah, sí?

—Ajá. —Me termino el yogur y camino hasta el fregadero para lavar el bol—. Es guay. Nos llevamos muy bien.

Le oigo suspirar. Con fuerza.

Echo un vistazo hacia atrás y suelto:

—¿Y eso a qué ha venido?

—Me anticipo a todos los problemas en los que preveo que os meteréis Brenna y tú. Creo que vais a ser una terrible influencia la una para la otra.

No puedo evitar reírme.

—Es una posibilidad.

Vuelve a suspirar.

—Un hecho. Ya lo estoy viendo.

Con una sonrisa, cierro el grifo y dejo el bol en el escurreplatos. Mi corazón se sobresalta cuando los pasos de Fitzy se acercan por detrás.

—Perdón, solo quiero un vaso —murmura, y se estira hacia el armario, a centímetros de mi mejilla.

Su aroma me cosquillea las fosas nasales. Madera con un toque cítrico. Huele tan bien...

Me seco las manos con el trapo y me giro para quedar cara a cara. Se le acelera la respiración ligeramente mientras sus ojos echan un vistazo rápido a mi pecho, justo antes de descender con rapidez hacia el vaso que tiene en la mano.

Oh, es verdad. Mi camiseta se transparenta. Y tengo los pezones duros debido al agua fría en la que estaban sumergidas mis manos hace un minuto. Bueno, esa es la razón por la que los *tenía* duros. Ahora sobresalen de mi camiseta por otra razón.

Una razón llamada Colin Fitzgerald, cuyo torso descubierto está tan cerca que podría tocarlo. O lamerlo.

Creo que tengo un problema. Todavía me atrae. *Demasiado.* No puedo permitirme desear a alguien que piensa tan mal de mí.

Respiro por la boca para evitar su fragancia masculina y me aparto con rapidez de la encimera. Mi mirada busca una distracción, algo en lo que centrarse que no sea el enorme, musculoso y maravilloso torso de Fitz. Se posa en la novela voluminosa de tapa blanda que reposa al lado de los lápices de dibujo que ha dejado en la mesa.

—¡Ostras! —Mi voz suena demasiado alta. Bajo el volumen enseguida, antes de que despierte a Hunter y a Hollis—. Me encanta esta saga. —Agarro el libro y lo giro para echar un vistazo a la solapa. —¿Lo acabas de empezar o lo estás releyendo?

Como Fitz no contesta, alzo la vista y atisbo el escepticismo que reluce en su expresión. Cuando habla, su voz refleja la misma duda.

—¿Te has leído los libros de *Vientos cambiantes?*

—Los tres primeros. Aún no he llegado al cuarto. —Levanto el volumen, que seguro que sobrepasa las mil páginas—. He oído que es todavía más largo que estos.

—¿*La sangre del dragón?* Sí, es el doble de largo —responde, ausente. Todavía me mira con incertidumbre—. No me creo que te hayas leído esta saga.

Se me forma una mueca en los labios.

—¿Y eso por qué?

—Es que es muy denso, y… —Baja la voz de manera incómoda.

Tardo un segundo en comprender lo que implica.

No es que no se crea que me haya leído estos libros.

Es que *no se cree* que me haya leído estos libros.

La indignación crece en mi pecho y se me pega a la garganta hasta formar un nudo. Bueno, ¿por qué iba a creérselo, no? A sus ojos, soy superficial. ¡Una chica tonta de hermandad como yo no sería capaz de entender un libro tan largo y denso! Joder, si hasta es probable que crea que soy analfabeta. Un gruñido me brota de la boca.

—No soy idiota, sé leer.

Se sobresalta.

—¿Qué? Yo no he dicho…

—Y solo porque no tenga dragones ni hadas ni elfos tatuados por todo el cuerpo no significa que no pueda leer libros de fantasía…

—¿Que no puedas leer? Yo no he dicho...

—... por muy *densos* que sean —añado con el ceño fruncido—. Pero está bien saber tu opinión al respecto. —Con una sonrisa forzada, suelto el libro sobre la mesa con un golpe seco—. Buenas noches, Fitz. Intenta no quedarte despierto hasta muy tarde.

—Summer...

Estoy fuera de la cocina antes de que pueda pronunciar una palabra más.

CAPÍTULO 9

Fitz

Los entrenamientos previos a un partido no suelen ser tan agotadores, pero esta mañana el entrenador quiere probar algunas tácticas de tiro que prevé que nos ayudarán esta noche. Harvard ha estado imparable este año. Están haciendo una temporada perfecta y, aunque nunca lo diría en voz alta, creo que son el mejor equipo en este enfrentamiento.

Supongo que el entrenador piensa lo mismo en secreto, porque nos machaca más de lo normal. Estoy sudando cuando salgo a duras penas de la pista de hielo. Tengo el pelo apelmazado contra la frente y juro que de mi casco sale vapor, como en los dibujos animados.

El entrenador me da una palmadita en la espalda.

—Buen trabajo, Colin.

—Gracias, entrenador.

—Davenport —le dice a Hunter—. Quiero verte igual de implacable esta noche, chico. Dispara *a través* de Johansson, no por los lados. ¿Lo entiendes?

—Sí, entrenador.

Tenemos treinta minutos para ducharnos y cambiarnos antes de una reunión obligatoria en la sala de proyecciones, para analizar grabaciones de partidos. Estos serán los dos primeros partidos contra Harvard de la temporada, y queremos demostrarles lo que valemos. Para colmo, jugamos fuera de casa, así que será más duro todavía, pero la victoria será más dulce si los ganamos en su campo.

En los vestuarios, me quito la equipación de entrenamiento sudada y me dirijo a la zona de las duchas. Están separadas por tabiques y tienen unas puertas abatibles al estilo película del Oeste, lo que significa que no nos vemos las partes bajas, pero los torsos son carne de cañón. Entro en la ducha junto a la de Hollis, abro el grifo de agua fría y me empapo la cabeza. Juraría que todavía estoy sudando, a pesar de estar debajo del chorro helado.

—¿En serio no vamos a hablar de que Mike se haya depilado el pecho? —pregunta Dave Kelvin, un defensa de tercero.

Las risas rebotan contra los azulejos. Lanzo una mirada a Hollis y arqueo una ceja con actitud inquisitiva. Me he duchado, he entrenado y he ido a nadar con el chaval las veces suficientes como para saber que normalmente tiene pelo en el pecho. Ahora está más suave que el culito de un bebé.

Nate Rhodes, nuestro capitán este año, sonríe.

—¿Lo has hecho en casa o has ido a un salón de belleza?

Hollis pone los ojos en blanco en dirección al chico alto de último año y contesta:

—En casa. ¿Por qué iba a pagar a alguien por hacer algo que puedo hacer yo mismo? Menuda tontería. —Se da la vuelta para responder a Kelvin. —¿Y tú, qué? Bájate del caballo de marfil, tío.

—Torre de marfil —digo, intentando ayudar.

—Como sea. Todos sabemos que te depilas con cera el pecho y la espalda, Kelvin. Hipócrita de mierda.

Suelto un resoplido y me froto el torso con jabón. Mi temperatura corporal por fin desciende.

—¡No me depilo la espalda! —protesta Kelvin.

—Ya, claro. Nikki Orsen te ha delatado, cabronazo peludo.

Nikki es una alero derecho del equipo femenino de Briar. Juega bien y es una chica estupenda, pero también es una bocazas de cuidado. No le puedes decir nada que no quieras que sepa todo el mundo.

Kevin se sonroja como un tomate mientras Nate y otro par de chicos de último año se parten de risa.

—La mato.

—Oh, relájate, princesa —contesta Hunter, arrastrando las palabras—. Todos los chicos que ves en Instagram se depilan alguna parte del cuerpo.

—Sí, ¿qué problema hay? —responde Hollis—. No hay nada de vergonzoso en que los hombres se depilen.

—Este es un lugar seguro —coincide Nate con solemnidad.

—Exacto. Un lugar seguro. Todos los que estamos aquí nos depilamos. O al menos, deberíamos hacerlo si nos consideramos *caballeros*, joder —le reprocha Hollis.

Reprimo la risa mientras vuelvo a colocar el jabón en su sitio y empiezo a enjuagarme.

—En serio, tío, ¿a qué debemos este cambio de imagen?

—Matt Anderson se pronuncia. Como Kelvin, es un defensa de tercer año. El año pasado, ambos eran malísimos, pero nuestro entrenador de defensa nuevo, Frank O'Shea, ha estado trabajando duro con ellos toda la temporada y los ha puesto en forma.

—Tengo una cita después del partido esta noche —revela Hollis.

—¿Y qué, la chica tiene algo en contra del vello corporal?

—Lo odia. Una vez se tragó un pelo púbico, le provocó una arcada y le vomitó encima a su novio. Y entonces él empezó a potar encima de ella también porque el vómito le hace vomitar. Lo dejaron justo después.

Durante un largo momento, el único sonido en la estancia es el del agua que corre.

Entonces, se transforma en las risotadas de un montón de tíos desnudos.

—Oh, dios mío, es lo mejor que he oído en toda mi vida —comenta entre gemidos Hunter.

—¿Y te ha contado ella todo esto?

Nuestro capitán de equipo se parte de risa y no distingo si son lágrimas o agua lo que le cae por la cara.

—Dijo que ni siquiera consideraría tirarse a un tío que tuviera vello corporal. Y eso incluye torso, brazos y piernas, así que... —Hollis se encoge de hombros.

—¿Te has depilado los brazos y las piernas también? —Nate suelta un graznido.

Hunter se ríe con más fuerza.

—Las mujeres están locas —se queja Kelvin.

Algo de razón tiene. Las mujeres están fatal. Quiero decir, ayer por la noche Summer me echó la bronca simplemente por haberme sorprendido por el hecho de que haya leído *Vientos cambiantes*.

Al parecer, creyó que pensaba que no sabía leer.

¿En serio?

Aunque..., bueno, visto desde su perspectiva, entiendo por qué reaccionó de forma tan exagerada. A lo mejor, es posible que sonase como si implicara que no era lo bastante inteligente como para leer esa saga o que había mentido al respecto.

Aunque no era mi intención. Esos libros son una lectura compleja, en serio. Joder, si hasta yo estuve a punto de darme por vencido, y eso que he leído fantasía durante años.

Si me hubiera dado la oportunidad de responder, podría haberle dicho eso. Y me habría disculpado por insinuar que no me la había creído.

Pero, tal y como he sospechado siempre, Summer es la reina del drama. Nueve míseras palabras podrían haberlo arreglado: «Lo siento, no era mi intención decir eso, perdóname». Si me hubiese dejado hablar. En vez de eso, se marchó con una pataleta, como si tuviera cinco años.

Agarro una toalla y me la ato a la cintura rápidamente. «Dramas», me repito. No me interesan los dramas. Nunca me han interesado y nunca lo harán.

Pero entonces, ¿por qué no me quito su expresión dolida de la cabeza?

Las instalaciones de *hockey* del campus de Briar son de primera. Tenemos un equipamiento de última generación, vestuarios con buena ventilación, unas duchas fantásticas, una sala de estar, una cocina, las salas del fisio, hidromasaje... Todo lo que uno podría imaginar. La sala de proyecciones es especialmente bonita. Parece un pequeño cine, con tres filas de mesas semicirculares y unos sillones acolchados enormes. Al final de la tribuna, los entrenadores tienen un equipo audiovisual parecido a los de los comentaristas deportivos, con entrada para portátiles y una pantalla de vídeo sobre la que pueden escribir. Cuando destacan jugadas o rodean algún jugador, sus garabatos aparecen también en la pantalla grande.

Me dejo caer en la silla de al lado de nuestro portero, Patrick Corsen y le saludo:

—Ey.

—Hola.

No aparta la mirada de la pantalla, que está congelada en un fotograma de la pista de Harvard. Parece el partido de la semana pasada, Harvard contra el Boston College. Les dieron una paliza a los de BC ese día.

Harvard es, sin duda, nuestro principal contrincante este año. Antes eran un oponente fácil de derrotar, porque el programa de Briar siempre ha sido superior. Pero esta temporada lo están petando, y tienen la cantera con más talento que nunca. Cuando se graduaron los últimos chicos de cuarto, les dieron más tiempo en la pista a los más jóvenes, que no habían tenido oportunidad de brillar, y todos y cada uno de ellos han mejorado. Harvard ya no depende solo de la destreza de su capitán de equipo como ocurría el año pasado. Joder, Jake Connelly es buenísimo, pero no puede tirar del carro de un equipo entero.

—La línea de Connelly es tremendamente rápida —dice Corsen, taciturno.

—La nuestra lo es más —le aseguro, refiriéndome a mí, a Hunter y a Nate.

—Vale. Pero su segunda y tercera línea son igual de rápidas. ¿Podemos decir lo mismo de las nuestras? —Baja la voz—. Además, tienen mejor defensa. ¿Esos dos de segundo año? No me acuerdo de cómo se llaman, pero se les da genial mantener el disco fuera de su zona. Le quita mucha presión a Johansson.

Johansson es el portero de Harvard, y es fenomenal. La verdad es que Corsen tiene razón en preocuparse.

—Kelvin y Brodowski no son tan fuertes —murmura.

—No —coincido—, pero Matty sí.

Señalo con la cabeza a Anderson, que escribe en el móvil.

Igual que los chicos de Harvard, Matt mejoró mucho después de que Dean y Logan se graduasen. Ahora es quien más goles marca entre los defensas y uno de nuestros mejores paradores de penaltis. También es el único jugador negro del equipo, algo de lo que está tremendamente orgulloso. Entrará en las listas del *draft* este año y está impaciente por dejar huella en una liga profesional predominantemente blanca.

—Cierto. Matty es un crac. —Corsen se aplaca, pero todavía suena insatisfecho.

Entiendo por qué está preocupado. Ha firmado con Los Ángeles; jugará con ellos la temporada que viene, y siempre es un problema si el equipo que te ha comprado ve cómo la cagas. La mayoría de las veces eso te garantiza una plaza en un equipo de la liga menor, aunque, sinceramente, a veces esa es la mejor opción. Eso es lo que está haciendo Logan ahora mismo, jugar para los Providence Bruins y mejorar sus habilidades. No todo el mundo es una superestrella nata como Garrett Graham ni todos los jugadores universitarios están listos de inmediato para incorporarse a un equipo profesional.

El entrenador irrumpe en la sala y da unas palmadas.

—Empecemos.

No alza la voz, pero todo el mundo pone atención, como si hubiera gritado como un sargento. Jensen es el tipo de hombre que infunde respeto. También es parco en palabras, pero, cuando habla, ejerce su poder.

—Mirad bien a este chaval —ordena. Pulsa el botón de reproducir y la imagen de la pantalla cobra vida.

Un patinador, con el número 33 en la camiseta, cruza volando la línea azul. El entrenador pausa el encuadre, dibuja en su tableta y un círculo rojo aparece sobre el jugador, como si de un blanco se tratase.

—Tercer año, alero izquierda —comenta de forma abrupta—. Brooks Weston.

—El matón —suelta uno de segundo.

—¿Y? —espeta Hollis—. Nosotros también tenemos nuestros propios matones. Podemos con él.

—Es más que un esbirro —nos cuenta el entrenador Jensen—. Es un maldito instigador y una desgracia para este mundo.

Nos reímos con disimulo.

—Este imbécil tiene el superpoder de cometer infracciones sin que le digan nada. Y tiene mucha mucha maña en sacar penaltis al contrincante. Su especialidad es provocar peleas. Habitualmente, los partidos acaban con él yéndose de rositas mientras que el otro chaval comete una falta grave o, en el peor de los casos, es expulsado.

Un murmullo de desaprobación general se propaga por la sala, aunque estoy seguro de que todos hemos intentado provocar en alguna ocasión a un oponente para que cometiera una infracción. No obstante, algunos jugadores lo hacen habitualmente, lo usan como estrategia. El entrenador Jensen no cree en esa estrategia. Si por él fuera, la Asociación Nacional Deportiva Universitaria tendría una postura mucho más firme con respecto a las jugadas de penalti.

—No importa qué mierda salga de la boca de ese chaval, no dejéis que os afecte, ¿entendido?

Nos observa fijamente a todos con una mirada letal.

—No me da miedo un niñato rico bocachancla —sentencia Kelvin.

—¿Cómo sabes que es rico? —pregunta Hunter, divertido.

—Su nombre de pila es un apellido. Eso suele significar que sus padres lo llamaron así en honor a dos abuelos asquerosamente ricos.

—Mi nombre también es un apellido —señala Hunter.

—Sí, ¡y eres asquerosamente rico! —Hollis mete baza y resopla al reír—. Joder, si hasta es posible que conozcas al tal Wesley Brooke.

—Brooks Weston —corrige alguien.

—Lo conozco —admite Hunter, y le saca otro resoplido a Hollis—. Jugamos juntos en el Roselawn Prep. Iba un par de años por delante de mí.

El entrenador asiente.

—Estos chicos de Roselawn son como un grano en el culo.

—Acabo de decir que *yo* fui a Roselawn —protesta Hunter.

—Repito, estos chicos de Roselawn son como un grano en el culo.

Hunter suspira.

Durante los siguientes quince minutos analizamos la primera parte del partido de Harvard contra Boston College. El entrenador tiene razón. Weston Brooks, Brooks Weston o comoquiera que se llame es un puto incordio. Es agresivo como él solo, sale airoso a pesar de llevar el *stick* en alto durante más de tres minutos y se dedica a intentar provocar peleas hasta el último minuto. Weston hostiga a su oponente hasta que le da un par de empujones inofensivos, pero cuando el jugador del BC está a punto de arremeter contra él, uno de su equipo lo detiene. Weston reprime una risita mientras se aleja patinando.

Ya no me cae bien.

Cuando empieza la segunda parte, Harvard va ganando dos a cero.

—¿Soy yo o los tiros de Connelly parecen más peligrosos este año? —pregunta Kevin con pies de plomo y la mirada clavada en la pantalla.

—Oh, sí, es más peligroso —confirma el entrenador—. Y ahora es incluso más rápido. Ha marcado en todas las escapadas que ha hecho esta temporada. —Señala con el dedo a toda la sala—. No le dejéis acercarse a la red. ¿Entendido?

Todos contestamos «Sí, señor» al unísono.

Una de esas escapadas abre la segunda parte. Y sí, Connelly hace una finta a cuatro de sus oponentes, incluidos dos defensas que tienen pinta de no saber dónde están. Como en esa serie antigua de los noventa de la que hice un maratón el año pasado, donde el protagonista viaja en el tiempo y se mete en cuerpos de gente al azar para cambiar la historia. El chico se pasa los primeros cinco minutos de cada capítulo intentando averiguar dónde leches está, y en el cuerpo de quién.

Eso es lo que hace Connelly a los defensas. Sacuden las cabezas, confusos, como si les acabaran de dejar caer en la pista de hielo en mitad de un partido de *hockey*. Para cuando se dan cuenta de lo que está pasando, Connelly ya ha pasado volando por su lado y está lanzando a portería. El disco sale disparado hacia la esquina superior izquierda de la red con mucha precisión, como un águila que se sumerge en el océano para cazar su cena. El entrenador pausa el vídeo en la mirada de frustración del portero cuando el foco lo ilumina por detrás.

—Bonito disparo —comenta Nate a regañadientes.

—Sí —coincide el entrenador—. Y no quiero ver nada parecido esta noche, a menos que venga de alguno de vosotros. ¿Entendido?

—Entendido —contesta todo el mundo.

Analizamos el resto de la grabación. Mientras el entrenador señala los que considera que son los puntos débiles del equipo de Harvard, nos aferramos a cualquier palabra que diga. Tendremos que explotar todas y cada una de sus imperfecciones si queremos darles una paliza esta noche.

CAPÍTULO 10

Summer

—¿Te puedes creer lo que me dijo?

Ha pasado un día entero desde mi encuentro en la cocina con Fitz, y todavía echo chispas.

—Sí, me lo creo —responde Brenna, irritada—. Me lo he creído cuando me lo has contado la primera vez, y me lo he creído la segunda, y ahora ya vamos por la tercera y todavía me lo creo, así que, por favor, por el amor de Dios, ¿puedes dejar el tema de una vez?

—Jamás —declaro.

Su respuesta es una mezcla entre una queja y una risa:

—Ay, por favor..., eres tan terca. ¿Siempre has sido así?

—Sí. Soy terca. Lo acepto. Pero ¿sabes qué no pienso aceptar? —Me cruzo de brazos y los llevo al pecho—. Que diga que soy analfabeta. ¡Porque sé leer!

Brenna levanta la mirada hacia las vigas como si pidiera ayuda a los cielos. O a lo mejor está meditando, aunque eso sería difícil de hacer en un estadio a rebosar. Además, debemos mantenernos alerta, porque hemos llegado tarde y hemos tenido que sentarnos en una sección plagadita de hinchas de Harvard. Somos dos puntitos negros y plateados en un mar carmesí.

Hay muchísimos más seguidores vestidos con los colores de Briar, pero parece que la mayoría están congregados en el otro lado del estadio. A pesar de que Brenna me insistiera al respecto ayer, no llevamos la equipación de Briar. Y me alegro. Ya nos han mirado mal bastante por no vestir de color carmesí.

—Summer, cariño. No te acusó de ser analfabeta. —El tono de Brenna es el mismo que se usaría con un niño de preescolar que aprende a pintar con acuarelas. Uno que refleja impaciencia.

—Insinuó que soy demasiado estúpida para leer *Vientos cambiantes*.

—¡Todo el mundo es demasiado estúpido para *Vientos cambiantes*! —brama—. ¿En serio te crees que toda esa gente que dice que le encanta la saga se ha leído los malditos libros? ¡No lo han hecho! ¡Porque tienen cinco mil putas páginas! Yo intenté leerme el primero una vez y el desgraciado del autor se pasó nueve páginas describiendo un árbol. ¡Nueve páginas! Esos libros son horribles. Realmente horribles.

Se queda sin respiración y sonríe cuando se da cuenta de que me estoy partiendo el culo.

—Y esta ha sido mi charla TED sobre *Vientos cambiantes* —añade, con gracia—. De nada.

Mi buen humor no dura mucho.

—Pero fue tan condescendiente, Brenna...

Su tono se vuelve cauteloso.

—¿Lo fue? ¿O es que ahora estás más sensible por cualquier cosa que te diga porque comentó que eras superficial?

Me muerdo el labio inferior. Es verdad. Estoy demasiado sensible estos días, sobre todo con respecto a Fitz. Es que... Intento verme desde su perspectiva y la imagen que se forma no es algo de lo que estar orgullosa.

Veo a una rubia despistada a la que han echado de una hermandad y a la que han prohibido la entrada en otra que siempre está en período de prueba académica, cuyo padre tuvo que pedir el favor de que la admitieran en la universidad y cuyo hermano tuvo que pedir otro para encontrarle un sitio donde vivir.

Veo un desastre.

Con pesar, le comento algo así a Brenna, pero un rugido del público ahoga su respuesta.

Su mirada no ha abandonado la pista de hielo ni por un segundo durante nuestra conversación, y ahora está gritando a sus pies.

—¡¿Estás loco, árbitro?! —exclama—. ¡Eso ha sido una zancadilla!

Un grupo de chicos de unas filas más atrás empiezan a reírse a carcajadas por su indignación.

—Eh, no es culpa nuestra que vuestros jugadores de mierda no sepan patinar sin tropezar con sus propios pies! —se burla uno de ellos.

—Oh, ¿quieres ir por ahí? ¿En serio?

Se da la vuelta mientras yo reprimo una risa.

Aparte de la bufanda plateada que lleva, va vestida otra vez toda de negro y lleva el pintalabios rojo que la caracteriza. Con el pelo negro suelto y los ojos centelleantes, parece una malota total. Me recuerda un poco a Gal Gadot, la actriz que hace de Wonder Woman. Ahora que lo pienso, también se parece a la Wonder Woman original.

O sea, que es preciosa, y los chicos a los que fulmina con la mirada la miran dos veces cuando se dan cuenta de a quién están vacilando.

—Lo único que veo es la enorme cagada que acaba de hacer vuestro portero —les responde ella.

Me río por la nariz y suelto la risa que estaba aguantando.

—Echad un vistazo al marcador, gilipollas, y decidme qué veis —espeta mientras señala hacia las pantallas que hay arriba, en el centro de la pista.

En el marcador pone claramente Briar – 1, Harvard – 0.

Ninguno de ellos le sigue la mirada.

—Ten cuidado con lo que dices —suelta uno.

—Ten cuidado tú —responde Brenna.

—Vuestros jugadores son unas nenazas —se mofa él—, están ahí parados, suplicando una falta en lugar de jugar como hombres de verdad. ¡Oh nooo, el hombre malo me ha puesto la zancadilla!

Sus colegas se tronchan de la risa.

—No me hagas ir para allá —advierte Brenna, con los brazos en jarra.

—No me tientes. No me peleo con chicas, pero contigo podría hacer una excepción.

—Yo tampoco me peleo con hombres —contesta con dulzura ella—, pero por suerte no veo a ninguno por aquí. ¿Y tú?

—Será zorra...

Tiro del brazo de Brenna para obligarla a sentarse de nuevo. —Relájate —le ordeno. Soy muy consciente de las miradas asesinas que nos lanzan.

—No son más que una panda de idiotas —ruge—. ¡Y ese árbitro ha sido un cabrón! Le han hecho una zancadilla a Anderson. Tendría que haber sido penalti.

—Bueno, no lo ha sido. Y estamos a tres segundos de que nos asalten o de que nos echen. Así que olvídalo, ¿de acuerdo?

—¿Que lo olvide, eh? O sea, ¿lo que tendrías que estar haciendo *tú* ahora mismo en lugar de obsesionarte por un comentario sin importancia?

Aprieto los dientes.

—Perdona si me molesta que uno de los chicos con los que vivo piense que soy la típica chica de hermandad superficial.

—¿Sabes a quién consideraban también la típica chica de hermandad superficial? —me reta—. A Elle Woods. ¿Y sabes qué hizo? Fue a una facultad de Derecho y demostró lo lista que era, se convirtió en abogada y todo el mundo la adoraba, y su ex baboso intentó ganársela de nuevo y lo mandó a tomar viento. Fin.

No puedo evitar sonreír, aunque su sinopsis de *Una rubia muy legal* no es exactamente un paralelismo con mi vida, porque precisamente soy la única de mi familia que no estudiará Derecho. Bueno, menos Dean. Él siguió su propio camino, decidió echarse para atrás en el último momento y dejar la carrera de Derecho porque comprendió que prefería entrenar *hockey* y trabajar con niños. Si mis padres fueran unos esnobs ricos y estirados, se habrían horrorizado por el hecho de que Dean Heyward-Di Laurentis hubiera terminado siendo profesor de gimnasia.

Por suerte, mis padres son geniales y nos apoyan, y Dean me ha allanado el terreno para salirme del camino marcado.

Una vez me decida qué quiero hacer, claro. Porque me gusta la moda, pero no sé si quiero diseñar ropa, y el *marketing* tampoco me interesa mucho, la verdad. Mi meta es ver cómo me va el resto de la carrera universitaria antes de tomar una decisión definitiva. Además, durante el último año hacemos prácticas, así que entonces tendré más claro lo que me gusta y lo que no.

—No importa cómo te vean los demás —añade Brenna—. Lo importante es cómo te ves tú misma. —Se interrumpe de golpe y suelta una retahíla de insultos cuando Harvard marca un gol.

—¿Qué te parece esto? —le grita su nuevo archienemigo.

—¿Qué te parece si te metes un palo por el culo? —le contesta, pero su tono es ausente, y su mirada sigue atenta al partido. Durante un instante, sus ojos reflejan una gran admiración antes de entrecerrarse a causa de la rabia—. Uf, Connelly. ¿Por qué tiene que ser un rayo sobre los patines?

—¿Es eso algo malo?

—Lo es si juega en el equipo contrincante.

—Oh. Ups. —Está claro que debo estudiarme la alineación del Briar. Solo conozco a Fitz, Hunter, Hollis y a un par de chicos más que conocí en Brooklyn durante Nochevieja—. ¿Así que él es el enemigo?

—Ya te digo. Es peligroso. Si estás solo ante él, no hay nada que hacer. Y menos en una escapada. —Señala hacia el campo de Briar en la pista de hielo—. Y ese gilipollas que tiene a Hollis atrapado detrás de la red, también. Es Weston. Ese tampoco nos gusta.

—Yo iba al colegio con un chico que se llamaba Weston. También jugaba a *hockey*.

Brenna vuelve la cabeza hacia mí de inmediato y espeta:

—Te juro por Dios, Summer, que si dices que eres amiga de Brooks Weston, te pego.

Le saco la lengua.

—No lo harás. Y sí, estamos hablando del mismo chico. ¿Qué raro, no? No sabía que Weston estudiara en Harvard. Por alguna razón, creía que estaba en la Costa Oeste. —Cuando noto su mirada penetrante, sonrío—. Tranqui, no somos mejores amigos ni nada por el estilo, pero sí que pasamos tiempo juntos en el instituto. Es un chico divertido.

—Es un malvado matón demoníaco.

—Eso no hace que sea menos divertido.

—Es verdad —responde, con rencor—. Es que no me gusta que mis amigas confraternicen con el enemigo. —Levanta los dedos índice y corazón y los mueve hacia delante y hacia atrás, señalando sus ojos y los míos—. Te estoy vigilando, Barbie de Greenwich.

Con una sonrisa de oreja a oreja, me acerco a ella y le doy un beso en la mejilla.

—Te quiero. Eres mi alma gemela.

—Serás burra. —Pone los ojos en blanco y vuelve a centrar toda su atención en el partido.

Ver un partido de *hockey* en directo provoca un subidón de adrenalina. Todo es trepidante, muy intenso. Si apartas la vista del hielo durante medio segundo, es posible que, cuando vuelvas a prestar atención, se trate de un partido completamente diferente.

Antes Harvard estaba atacando. Ahora es el turno de Briar. Nuestros delanteros se apresuran a llegar al campo de Harvard, pero están fuera de juego.

Brenna maldice con impaciencia.

—¡Vamos, chicos! —grita—. ¡Concentraos!

—¡No sirve de nada concentrarte cuando eres *tan malo!* —cacarea el pesado de antes.

Brenna le muestra una peineta sin ni siquiera girarse.

Hay un enfrentamiento a la izquierda de la portería de Briar. Los centrales son serpientes de cascabel enroscadas listas para tirarse mientras esperan que alguien deje caer el disco.

—Nate es el del medio —me dice Brenna—. Y ese es Fitz, a la derecha. Hunter está a la izquierda.

Dirijo la mirada a Fitz inconscientemente. Lleva el número 55. No le veo la cara por culpa del casco, pero me imagino las arrugas de concentración máxima que le deben de surcar la frente.

El disco se cae y Nate gana el cara a cara. La posesión es suya, pero pasa el disco a Fitz de inmediato, que lo mantiene hábilmente con el *stick*, fintando a dos oponentes. Es difícil de creer que alguien tan grande pueda ser tan grácil. Su cuerpo de metro ochenta y ocho vuela hacia el área de Harvard; a mi alrededor, advierto el entusiasmo de cualquiera que vista negro y plateado.

El disco cae detrás de la red y Fitz va tras él. Estampa a alguien contra los paneles y saca el disco con su palo; entonces, hace un tiro rápido hacia la red. El portero lo para con facilidad, pero no creo que Fitz intentara marcar. Estaba dejando que Hunter se recuperase y disparara una bala hacia la red.

El portero de Harvard detiene esta también, aunque a duras penas.

Brenna se lamenta:

—¡¿Por qué?!

—¡Porque somos mejores que vosotros! —canturrea su nuevo mejor amigo.

Vuelve a ocurrir: me giro un segundo para fulminar con la mirada al pesado que no para de molestar a Brenna y, cuando miro de nuevo, Briar ya no tiene el disco. Un jugador de Harvard se lo pasa a Weston, que se lo tira a Connelly y, de repente, recuerdo lo que Brenna ha dicho que podía ocurrir si este jugador en concreto conseguía una escapada.

—¡Atrápalo! —le insto al defensa de Briar, que persigue al capitán de Harvard.

Pero nadie puede seguirle el ritmo, se mueve a la velocidad de un rayo. Connelly es demasiado rápido. Se convierte en Keanu Reeves moviéndose como en *Matrix,* de izquierda a derecha, alejándose de los defensas en potencia. Si hubiera polvo en el hielo, todos los jugadores de Briar estaría cubiertos de él.

Brenna gime y agacha la cabeza. Connelly dispara. Brenna ni siquiera mira. Yo sí, y no puedo evitar mi decepción cuando veo que el guante de Corsen no intercepta el disco.

—¡Goool! —grita una voz por megafonía. Segundos más tarde, suena la bocina que anuncia el final del partido.

Los seguidores de Harvard estallan de alegría; Briar ha perdido.

Después del partido, no abandonamos el estadio de inmediato. Brenna quiere saludar a su padre antes de que se suba al autobús del equipo de vuelta a Briar, y yo quiero encontrar a Brooks Weston.

Me acuerdo de que organizaba las mejores fiestas cuando estábamos en el instituto. Mis padres molan, pero no nos dejaban ni a mí ni a mis hermanos invitar a más que unos cuantos amigos a quedarse a dormir. El señor y la señora Weston, en cambio, siempre estaban fuera de la ciudad, así que su hijo tenía la enorme mansión para él solo casi todos los fines de semana. Su jardín trasero era legendario. De hecho, estaba inspirado en el jardín de la mansión Playboy, con la cueva incluida. Estoy bastante segura de que me lié con un chico o dos detrás de la cascada artificial.

—Te veo en la entrada en diez minutos —dice Brenna—. Y si estás empeñada en hablar con el enemigo, por lo menos intenta sonsacarle algún secreto.

—Haré lo que pueda —prometo.

Desaparece entre la muchedumbre. Me abro paso hacia el ancho vestíbulo que hay fuera de los vestuarios del equipo, donde me encuentro con un montón de guardias de seguridad y un sinfín de chicas. Brenna me avisó de que las grupis del *hockey* merodean por el estadio después de los partidos, para llamar la atención de algún jugador. Recuerdo que sucedía lo mismo cuando mi hermano jugaba.

Permanezco a una distancia prudencial y mando un mensaje rápido a Weston, con la esperanza de que tenga el mismo número de teléfono que cuando estudiábamos juntos.

¡¡Hola!! Soy Summer H. D. L. He venido a ver el partido con una amiga y estoy esperando fuera de los vestuarios.

¡Sal y nos vemos! Me encantaría saludarte.

Incluyo mi nombre por si acaso ha borrado mi número. Aunque no hay ninguna razón por la que podría haberlo hecho. No somos exnovios. Tampoco nos despedimos en malos términos después de que se graduase.

Decido darle cinco minutos y que, si no aparece, saldré en busca de Brenna. Pero Weston no defrauda. Apenas pasan dos minutos antes de que lo vea venir corriendo en mi dirección.

—¡Sííí! ¡Summer!

Me levanta del suelo y me da una vuelta, feliz, y estoy segura de que las grupis que lo esperaban ya planean mi asesinato.

—¿Qué haces aquí? —Parece ilusionado de verme. Tengo que admitir que yo también estoy contenta.

Su pelo rubio ceniza está más largo que en el instituto, ahora casi le llega hasta la barbilla. Sin embargo, sus ojos grises son igual de diabólicos. Siempre ha tenido esa mirada, como si tramara alguna travesura. Esa es una de las razones por las que nunca salí con él, porque era (y sospecho que todavía lo es) la definición de la inmadurez. Además, salió con una de mis amigas, así que el reglamento de las chicas dictaba que era terreno vedado.

—Estudio en Briar —le informo una vez me ha soltado.

Se le cae la mandíbula.

—¿Me estás vacilando?

—No. He empezado este semestre.

—¿No ibas a ir a Brown?

—Iba.

—Ah, vale. ¿Y qué pasó?

—Es una historia larga —confieso.

Weston me pasa un brazo grande por encima de los hombros y baja la voz de manera conspiratoria.

—Déjame adivinarlo: implica fiestas y alguna liada, y te pidieron muy educadamente que te fueras.

La mirada fulminante que le echo se prolonga medio segundo.

—Odio que estudiáramos juntos —gruño.

—¿Por qué? ¿Porque significa que te conozco demasiado bien? —sonríe con satisfacción.

—Sí —contesto a regañadientes—. Pero que sepas que ni siquiera estaba de fiesta cuando la lié.

Y esto es todo lo que cuento sobre el tema, la verdad. Todavía estoy terriblemente avergonzada por el incidente.

Solo mis padres conocen la historia entera, y eso es porque nunca he podido ocultarles nada. En primer lugar, son abogados, lo que significa que pueden sonsacarte información con la misma habilidad que un espía ruso. En segundo lugar, los adoro y no me gusta esconderles nada. Obviamente no les cuento *todos los detalles,* pero no existe la posibilidad de ocultarles algo tan grande como un incendio en la residencia de una hermandad.

—¡No tienes ni idea de cuánto me alegra verte! —dice Weston, y me abraza de nuevo.

Oh, sí. Las grupis me odian.

La temperatura del vestíbulo se vuelve glacial cuando se aproxima otro jugador. Las miradas codiciosas y la ola de susurros silenciosos me dicen que es el chico al que la mayoría de grupis esperaban.

—Connelly, esta es Summer —nos presenta Weston—. Estudiamos juntos. Summer, Jake Connelly.

La superestrella que ha conseguido la victoria para Harvard. Vaya. Realmente estoy confraternizando con el enemigo. Este es el chico al que odia Brenna.

También es increíblemente atractivo.

Me quedo sin palabras mientras admiro la tonalidad de verde más oscura que he visto en la vida, y juro que sus pómulos son más bonitos que los míos. No es que parezca femenino. Tiene un rostro perfecto, como Clint Eastwood de joven. Lo cual supongo que lo convierte en Scott Eastwood, ¿no? Oh, qué más da. Todo lo que puedo decir es... ñam.

Consigo salir de la ensoñación.

—Hola —saludo, y extiendo la mano—. ¿Cómo quieres que te llame? ¿Connelly o Jake?

Me dedica una larga mirada y creo que le gusta lo que ve, porque curva ligeramente los labios.

—Jake —responde, y me estrecha la mano durante unos instantes antes de retirar sus largos dedos—. ¿Fuiste al instituto con Brooks?

Creo que nunca antes había oído a nadie llamar «Brooks» a Weston. Aunque, claro, es su nombre de pila. Pero es que incluso sus padres se refieren a él como Weston.

—Oh, sí, lo nuestro viene de lejos —confirmo.

—Nos divertíamos juntos —comenta Weston, rodeándome con el brazo otra vez—. Lo cual es perfecto, porque ahora mismo vamos a una fiesta a divertirnos. Y tú vienes con nosotros.

—Oh, yo... —titubeo.

—Vienes con nosotros —repite—. Llevo como tres años sin verte. Tenemos que ponernos al día. —Hace una pausa—. Pero no le digas a nadie que estudias en Briar.

Eso despierta el interés de Jake.

—¿Estudias en Briar?

—Sí. Lo sé, lo sé, soy el enemigo. —Echo un vistazo a Weston—. ¿Dónde es la fiesta?

—En casa de un amigo, al oeste de Cambridge. No habrá mucho lío. Son gente tranquila.

No he salido desde Nochevieja, así que la idea de socializar y tomar una copa o dos me parece interesante.

—He venido con una amiga —añado al recordar a Brenna.

Weston se encoge de hombros y contesta:

—Tráetela.

—No sé si querrá venir. Es una fanática del *hockey,* y con fanática quiero decir que mataría por Briar y os odia.

Se ríe y dice:

—No me importaría ni siquiera que fuera fan del mismísimo diablo. Esto no es *Gangs of New York,* nena. Podemos socializar con gente de otras universidades. Te mando la dirección.

Cuando me doy cuenta de que Jake todavía me está mirando, pregunto:

—¿Seguro que no te importa que vayamos?

—No soy quien para decir nada —responde, y se encoge de hombros.

No sé si con eso quiere decir que la casa donde se va a celebrar la fiesta no es suya o que no tiene derecho a objetar. Pero lo acepto.

—Vale. Pues voy a buscar a mi amiga y nos vemos allí, chicos.

CAPÍTULO II
Summer

—Esto es una blasfemia —dice Brenna entre dientes mientras nos acercamos a la puerta de entrada de una casa de madera blanca. Se gira y mira con pesar hacia el Uber que se aleja rápidamente.

Pongo los ojos en blanco y contesto:

—Venga, vamos para dentro.

Mantiene los pies pegados al porche.

—No me hagas esto, Summer.

—¿Hacerte qué?

—Llevarme a la guarida de Satán.

—Ay, Dios mío. Y luego la gente dice que *yo* soy la reina del drama. —La empujo a la puerta—. Vamos a entrar. Hazte a la idea.

Pese a que Weston ha dicho que iba a ser una noche de tranquis, la casa está abarrotadísima cuando entramos sin llamar al timbre. La música está tan alta que nadie lo habría oído de todos modos.

Y, a pesar de la expresión de horror casi cómica de Brenna, esbozo una sonrisa casi de manera instantánea. No sé qué pasa con la música, el jolgorio y las aglomeraciones de gente que siempre consiguen alegrarme. Hubo una época de mi vida en que pensé hacerme organizadora de eventos, pero entonces comprendí bastante rápido de que en realidad no me gusta planear fiestas; me gusta ir. Disfruto a la hora de buscar un modelito, elegir la paleta de colores del maquillaje o decidir los accesorios que llevaré. Me encanta hacer una entrada triunfal y luego pasearme para ver qué llevan puesto los demás.

A lo mejor tengo que ser una de esas entrevistadoras que está en la alfombra roja y admira la ropa. Lo único que tendría que hacer sería colocar el micro en la cara a la gente y preguntar qué llevan. Joder. Lo cierto es que parece algo divertido, pero creo que es un poco tarde para pasarme a Ciencias de la Comunicación. Tendría que volver a empezar de cero. Además, nunca me ha interesado mucho estar delante de las cámaras.

—No me gusta. Fíjate en todos estos matones con cara de engreídos —gruñe mientras señala con el dedo.

En ese preciso momento, la espalda de un tío alto de brazos escuálidos enfundado en una camiseta de los Celtics choca contra su dedo en alto:

—¡Eh! ¿Qué coj...? —Su protesta muere cuando se da la vuelta y ve a Brenna—. Olvida lo que he dicho —suplica—. Por favor, *por favor,* sigue dándome toquecitos. Dame toquecitos toda la noche.

—No. Vete —le ordena.

El chico le guiña el ojo y añade:

—Ven a buscarme cuando te hayas tomado un par de copas.

Se me desencaja la mandíbula.

—Uf, vale, tienes que irte.

Mientras Brenna y yo nos apartamos pitando de su lado, busco a Weston o a Jake Connelly entre la muchedumbre, pero no veo a ninguno de los dos. Sé que Weston ya está aquí porque me ha mandado un mensaje hace unos diez minutos.

Agarro a Brenna del brazo y la arrastro hacia lo que espero que sea la cocina.

—Necesito una copa —anuncio.

—Yo necesito diez.

Le doy un pellizco en el antebrazo.

—Deja de ser tan melodramática. Solo es una fiesta.

—Es una fiesta de Harvard. Para celebrar una victoria de Harvard. —Niega con la cabeza—. Estás resultando ser la mejor amiga más decepcionante de la historia.

—Las dos sabemos que no es verdad. Soy tremenda.

Una explosión de risas estridentes nos recibe al llegar a la cocina. La isla de madera de cedro está cubierta de varias bebidas alcohólicas y pilas de vasos de plástico rojos, y rodeada de una multitud de gente, la mayoría chicos. No veo ni a Weston ni a Jake, pero los chicos escandalosos que hay junto a la encimera son tan grandes que lo más probable es que sean jugadores de *hockey*.

Todos y cada uno de ellos dirigen una mirada de admiración en nuestra dirección, mientras que las únicas chicas, dos rubias guapas, entrecierran los ojos. En cuestión de segundos, arrastran a dos de los chicos fuera de la cocina con la excusa de que quieren bailar. Asumo que son sus novios; esas chicas no podían haber dejado más claro que nos consideran a Brenna y a mí una amenaza.

Tengo malas noticias para ellas. Si tienen *tanto* miedo de que sus hombres cometan un desliz, es probable que pase. La falta de confianza no presagia nada bueno para sus relaciones.

Un chico con el pelo oscuro y una sudadera de Harvard nos da un repaso y sonríe de oreja a oreja.

—¡Señoritas! —nos llama—. ¡Venid a celebrar con nosotros! —Sostiene una botella de champán.

—¿Espumoso? ¡Guau! Chicos de Harvard, sois *taaan* sofisticados —señala Brenna alargando las palabras, pero dudo que ninguno de ellos advierta el sarcasmo.

El de la sudadera gris toma dos copas de champán de un armario cercano y las mueve en nuestra dirección.

—Decidme cuándo queréis que pare.

Brenna se acerca a él a regañadientes y acepta la copa. Mira hacia atrás y me justifica lo que acaba de hacer:

—Me pirra el champán.

Escondo una sonrisa. Ajá. Seguro que se ha acercado a él por las burbujas y no porque el chico es mono. Al menos, *a mí* me lo parece. Tiene una melena morena y una sonrisa muy bonita. Además, asumo que tiene un cuerpo duro, musculoso y apetecible debajo de la camiseta y de esos pantalones cargo.

Dios, me encantan los deportistas.

—¿Cuál eres tú? —le pregunta Brenna.

—¿Qué quieres decir?

—¿Qué nombre llevas en la camiseta?

Sonríe.

—Ah, lo pillo. El número 61. McCarthy. —Entrecierra los ojos.

—Has marcado el gol de empate en la tercera parte.

McCarthy sonríe.

—Sí, he sido yo.

—Buen golpe de muñeca.

Arqueo las cejas. Guau. ¿En serio le está haciendo un cumplido? Supongo que no soy la única a la que le gusta su sonrisa...

—¿Qué pasa, que tu tiro no tiene la fuerza suficiente?

... O no.

—Auch —dice él, y hace un puchero en broma.

Tendría que haberlo visto venir, no era muy creíble que le hiciera un cumplido sincero a un jugador de Harvard. Aun así, se nota que está calentando para la fiesta. Sus caderas empiezan a moverse suavemente al ritmo de la música *dance* que retumba desde el salón, y parece más relajada ahora que da sorbos al champán.

Estoy a punto de aceptar la copa que me ofrece McCarthy cuando me vibra el móvil en el bolso. Y no deja de hacerlo. Lo alcanzo cuando me doy cuenta de que es una llamada. La pantalla me avisa de que es Hunter.

—Guárdame el champán en la cubitera. Tengo que contestar. —Dirijo a todos los chicos una mirada severa y me señalo los ojos con los dedos mientras camino hacia la puerta—. No hagáis nada estúpido —les advierto.

—Está en buenas manos —promete McCarthy—. Soy un caballero ejemplar.

—Es virgen —dice uno de sus compañeros de su equipo.

McCarthy asiente con solemnidad y añade:

—Lo soy.

Brenna entrecierra los ojos y pregunta.

—¿En serio?

—Joder, claro que no. —Vuelve a sonreír y... ay, por favor, tiene hoyuelos. Este tío es sumamente adorable.

Cuando estoy al otro lado de la cocina, en una zona más tranquila, respondo a la llamada.

—Ey, ¿qué pasa?

—¿Dónde estás, rubia? —pregunta Hunter—. Pensaba que ya estarías en casa a estas horas.

—Me he cruzado con un antiguo amigo después del partido y nos ha invitado a una fiesta.

En el salón, alguien sube el volumen del tema de *drum and bass* que acaba de sonar y juro que las paredes empiezan a expandirse y contraerse como un corazón que late al ritmo. La música ahoga la respuesta de Hunter.

—Perdona, ¿qué dices? No te oigo.

Advierto su recelo al otro lado de la línea.

—¿Dónde estás exactamente?

—En Cambridge. Ya te lo he dicho, me he encontrado con un amigo del instituto. Ah, de hecho seguramente tú también lo conoces. Brooks Weston.

El silencio que sigue está cargado de acusación.

—¿Hunter?

—¿Me estás vacilando? ¿Estás en una fiesta de Harvard?

—Sí, y antes de que empieces a darme lecciones sobre confraternizar con el enemigo, no te molestes. Brenna ya me ha dado la charla.

—Esto es inaceptable —gruñe—. No puedes estar de fiesta con los cabrones que nos han destrozado esta noche.

—¿Por qué?

—¡Porque no!

Reprimo una risa y contesto:

—El deporte es así, cielo. A veces ganas y otras, pierdes. Sería muy mezquino por tu parte, por no decir estúpido, odiar a todos y cada uno de los jugadores de todos los equipos que te han derrotado alguna vez.

—Odiamos a Harvard —espeta con terquedad.

—¡Ni siquiera son vuestros rivales oficiales! Son los del Eastwood College.

—Esto es Estados Unidos, Summer. Los equipos de *hockey* universitarios pueden tener más de un rival.

Se me escapa la risa.

—¿Puedo colgar ya, Hunter? Estoy ignorando a Brenna por tu culpa.

Aunque una rápida miradita me revela que no me echa de menos para nada. Le ha dado la risa tonta por algo que le ha dicho McCarthy.

¿Guarida de Satán? Y una mierda. Se lo está pasando bien.

—Vale, puedes colgar. —Suena adorablemente gruñón—. Pero para que lo sepas, preferiría que estuvieras aquí.

Una calidez extraña me inunda el estómago. Este flirteo con Hunter me confunde. Me gustó besarle, pero ahora vivo con él. Y también vivo con Fitz, que todavía me atrae a pesar de las enormes ganas que tengo de darle un puñetazo en la entrepierna.

Como decía, es confuso.

—Siempre puedes venir tú aquí, si quieres —sugiero.

Una fuerte carcajada resuena en mi oído.

—¿A las abrasadoras cavernas de Lucifer? Ni de puta coña.

—Por favor. ¿Todos los fanáticos de *hockey* del Briar piensan que Harvard es el infierno de Dante o solo los raritos que conozco? Harvard es una universidad más que respetable con un equipo de *hockey* más que respetable que da la casualidad de que ha ganado a Briar esta noche. Superadlo.

—Hemos invitado a algunos colegas a casa, de todos modos —añade—. Esa es la otra razón por la que te llamaba, para mantenerte informada.

—Vale, genial. Estoy...

—¡Por fin! —Una voz familiar retumba desde la lejana puerta—. ¿¡Dónde te habías metido!?

Sonrío mientras Weston entra en la cocina. Cuando le señalo el móvil con un gesto y levanto un dedo para indicar que tardaré un minuto, se encoge de hombros y se vuelve hacia sus compañeros.

—Dadme cerveza.

—Tengo que colgar —le digo a Hunter—. Te veo en casa.

Ponerme al día con Weston es la bomba. Nos refugiamos en una habitación junto a la sala de estar principal que es probable que en algún momento fuera un comedor pero ahora es un sala con dos sofás tapizados, un par de sillones y una mesa de café de cristal enorme. Weston está en una punta del sofá y yo estoy acomodada en el reposabrazos. La música no se oye tan alto aquí, así que no tenemos que gritar mientras nos ponemos al día sobre lo que hacen los antiguos compis de clase con los que hemos perdido el contacto.

En el otro lado de la habitación, Brenna parece sumamente cómoda en el regazo de McCarthy. Es evidente que a él le gusta muchísimo. La rodea con un brazo y tiene el otro reposando sobre su muslo mientras miran algo en su móvil. Los he cazado besándose un par de veces desde que se han sentado y he tenido que reprimir una sonrisa en ambas ocasiones.

Ni de coña voy a desaprovechar la oportunidad de restregárselo en la cara.

—Tu amiga está tremenda —me dice Weston.

—¿Verdad que sí? Y es divertida también.

Me cuesta creer que Brenna y yo nos conociéramos ayer. Siento como si fuésemos amigas de toda la vida.

—Hablando de diversión...

Me guiña el ojo mientras se agacha hacia la mesa y hace una línea del polvo blanco que fingía no ver.

He estado cerca de la cocaína más veces de las que me gustaría admitir. Es la droga favorita de los chicos de colegios privados con tiempo y dinero que gastar cuando están de fiesta. La probé una vez en el penúltimo año de instituto, pero no es lo mío. Prefiero la cálida sensación de mareo del alcohol a ese frenesí y tensión.

Aunque no me sorprende que Weston la tome, siempre disfrutó del subidón. Igual que la mayoría de los jugadores de *hockey* del Roselawn, en realidad. Dean me dijo una vez que la coca y los jugadores de *hockey* eran sinónimos, y ahora me pregunto si alguno de los chicos de Briar también se mete. Espero que no.

Weston esnifa la raya y, luego, se frota la nariz y sacude la cabeza unas cuantas veces como si se estuviese sacando telarañas de encima.

—¿Seguro que no quieres?

—No me va —le recuerdo. Le doy un sorbo a la cerveza—. ¿No te preocupan los análisis antidrogas? —A mi hermano le jodieron la temporada pasada gracias a un test aleatorio.

—La coca desaparece del organismo al cabo de cuarenta y ocho horas, nena. —Weston pone los ojos en blanco—. Hay que ser muy tonto para que te pillen. —Me planta una mano en la rodilla, pero no hay nada sexual en el gesto—. Y ¿qué? ¿Te gusta Briar? ¿Mejor que Brown?

—Las clases todavía no han empezado, así que aún no lo sé. El campus es precioso, eso sí.

—¿Vives en una resi?

—No, me he mudado con unos amigos de Dean. De hecho, uno de ellos es Hunter Davenport, tu antiguo compañero de equipo en Roselawn.

—¡No me jodas! ¿Eres follamiga de Davenport?

—Platónicamente.

—Eso no existe.

Estoy a punto de discutirlo cuando noto un cambio de energía sutil en la habitación. Jake Connelly acaba de entrar, y hay que decir que tiene una buena presencia.

Entra con calma acompañado de un botellín de cerveza en la mano y se detiene delante del sillón que hay al otro lado de nuestro sofá. El chico que ocupaba la silla se levanta al instante. Connelly toma su lugar con calma.

Sus ojos verde oscuro se giran rápidamente en dirección a Brenna, que bebe cerveza.

Brenna se distrae momentáneamente y aparta la vista de McCarthy. Da un repaso a los vaqueros oscuros, la camiseta negra de Under Armour y la gorra de los Red Sox de Jake.

—Connelly —dice de manera cortante—. Buen partido.

Él le dirige una mirada pensativa. No había sarcasmo en su voz, pero creo que nota la dificultad con la que ha enunciado el elogio.

—Gracias —responde, y da otro sorbo a la cerveza.

McCarthy trata de llamar su atención susurrándole algo al cuello, pero sus ojos permanecen clavados en Jake. Y los de él, en ella.

—¿De qué te conozco? —dice, reflexivo.

—Mmm. Bueno, ¿oyes a alguien que te abuchea cuando estás sobre el hielo? Porque suelo ser la que te insulta —sugiere con falsa amabilidad.

Jack parece divertido.

—Lo tengo. La fanática desesperada de Briar.

—¡Ja! Ya quisieran.

—Sueles ir con el equipo. Te he visto.

—No tengo elección. —Ladea la cabeza con actitud desafiante—. Mi padre es el entrenador.

Jake ni se inmuta.

McCarthy, en cambio, está completamente horrorizado. Se levanta sobresaltado y Brenna está a punto de caer de bruces al suelo enmoquetado. Para demostrar que al menos es un caballero, vuelve a agarrarla y la coloca encima del sillón antes de ponerse de pie.

—¿Por qué no me has dicho nada? —Se gira hacia Weston; se siente traicionado—. ¿Por qué no me has avisado?

—¿Qué más da, tío? Es buena gente.

—¡Le he contado lo de la rodilla mala! El entrenador no lo iba a incluir en el informe de lesiones de la semana que viene. ¿Qué pasa si se lo chiva a su padre?

—¿Y? —A Weston sigue sin importarle.

—Pues que lo próximo que pasará será que uno de sus matones me golpeará en la rodilla, ¿sabes? *¡Ups! Ha sido un accidente,* y de repente estaré fuera de la temporada.

—Mi padre juega limpio —replica Brenna, y pone los ojos en blanco—. No tenemos ninguna Tonya Harding en el equipo.

Weston suelta una risita. Connelly sonríe y eso lo hace todavía más atractivo.

—Y además —continúa—, esto no es la CIA. Tengo cosas mejores que hacer en mi tiempo libre que espiar a un grupo de jugadores de *hockey* universitarios para mi padre.

McCarthy se relaja un poco.

—¿Ah, sí?

—Sí. —Se levanta de la silla—. He venido esta noche a relajarme con mi amiga, tomarme unas copas y, tal vez, tontear un poco con un chico mono.

La expresión del chico refleja optimismo.

—Todavía podemos tontear.

Brenna echa la cabeza hacia atrás y se ríe.

—Perdona, cariño. Has perdido ese tren cuando casi me tiras al otro lado de la habitación por piojosa.

Un par de sus compañeros de equipo se parten de risa. El pobre McCarthy no lo está pasando tan bien.

Para mi sorpresa, Connelly interviene:

—Ni caso, tío. No tenía ninguna intención de acostarse contigo.

Brenna arquea las cejas y añade:

—¿Ah, no? Creo que no me conoces tan bien como para afirmar eso.

Connelly la mira fijamente y saca un poco la lengua para humedecerse las comisuras de la boca. Es extremadamente *sexy*.

—Nunca te tirarías a un jugador de Harvard.

Ella lo mira fijamente durante unos segundos antes de sentenciar:

—Tienes razón. Ni en un millón de años. —Entonces, vuelve la vista a mí—. Es hora de irnos, chica loca. Voy a pedir un Uber.

Probablemente sea buena idea. Me agacho para darle un beso en la mejilla a Weston.

—Me ha encantado que nos hayamos puesto al día —le digo—. Y gracias por la invitación.

—Cuando quieras. Con suerte, volveremos a quedar, ahora que estás en la zona de Boston.

—Claro. —Me levanto y echo un vistazo a Jake—. Pásalo bien esta noche.

El chico se limita a asentir.

—Está a cuatro minutos —avisa Brenna, y levanta el móvil.

McCarthy continúa en pie a su lado, sin ni siquiera tratar de esconder la decepción.

—Podrías quedarte... —sugiere, y su voz se apaga a la espera de su respuesta.

En secreto, pienso que Brenna se habría liado con él; maldito sea Harvard. Por desgracia, lo ha echado todo a perder al reaccionar de esa forma tan exagerada cuando se ha enterado de quién era.

Brenna se apiada del chaval; le rodea el cuello con los brazos y le acaricia la mejilla, cubierta de una barba incipiente, con los labios.

—Tal vez en otra vida, McCarthy.

Sonríe arrepentido y ella le da un ligero cachete en el trasero antes de marcharse.

—Te tomo la palabra.

De camino a la puerta, Brenna echa la más breve de las miradas en dirección a Jake Connelly. Sus ojos verdes resplandecen divertidos mientras ella desaparece de la habitación.

Tres minutos más tarde, estamos en el asiento trasero de nuestro Uber. Brenna se dirige a mí con un tono reticente:

—No ha sido tan espantoso.

—¡Ves! Te dije que sería divertido —la provoco.

Con el ceño fruncido, levanta un dedo al aire.

—Dicho esto, por supuesto que le voy a contar a mi padre lo de la rodilla de McCarthy.

—No esperaba menos —contesto con una sonrisa.

Brenna decide quedarse en mi casa cuando se entera de que mis compañeros de piso han organizado su propia fiesta. Confiesa que es un ave nocturna y que le cuesta dormirse antes de las tres o las cuatro de la madrugada. Y no está escrito lo que a mí me gusta una buena *after party* —tanto como mis botas de Prada—, así que estoy contenta de que se quede.

Muy a nuestro pesar, cuando entramos por la puerta ya se ha ido todo el mundo. Aunque mis compis siguen despiertos. Hollis y Fitz están en el sofá, luchando el uno contra el otro en un juego de disparos. Hunter está desmayado en el sillón, vestido con unos pantalones de chándal y una camiseta hecha jirones sin mangas.

El único rastro que ha dejado la fiesta son las docenas de latas de cerveza vacías y el ligero olor a marihuana que parece emanar de Mike.

—Sal de ahí, joder —le gruñe Hollis a Fitzy—. Deja de arrinconarme.

—Deja de esconderte en el mismo almacén si no quieres que te encuentre.

Desde la puerta, veo que el soldado del lado de Mike se enfrenta al cañón de un arma que da un poco de miedo. En el lado de Fitzy, se ve clarísimo que Hollis está completamente atrapado.

—¿Unas últimas palabras? —pregunta Fitzy.

—Nunca aprendí a montar en bicicleta.

Fitz rompe a reír. Una risa profunda y *sexy* que le sale de ese abdomen musculado y que muere en el momento en que me ve.

—Su puta madre, eso ha sido gracioso —le dice Brenna a Hollis mientras se pasea por el salón—. Has dicho algo que me ha hecho reír de verdad. En plan, *contigo,* y no *de ti.*

Él responde frunciendo el ceño.

—Oh, buenas. ¿Cómo ha ido por Roma?

—¿Roma? —pregunta ella, desorientada.

—Sí. Roma. —Su oscura mirada se fija en mí—. ¿Verdad, Bruto?

Yo me vuelvo hacia Fitz en busca de ayuda, aunque con reticencia.

—¿De qué narices habla?

—*¿Et tu, Brute?* —murmura con ironía.

—Davenport nos ha dicho dónde estabais —nos acusa Hollis—. Así que no tratéis de esconderlo.

—No iba a hacerlo —respondo con jovialidad—. Be, ¿quieres algo de beber?

—Obviamente.

Desde el sillón, Hunter abre un ojo.

—Lo único que queda es la botella de Fireball —balbucea, y gesticula de forma descuidada hacia la mesa del fondo.

Echo un vistazo aprensivo a la botella de *whisky.*

—¿Te atreves? —le pregunto a Brenna.

—Siempre.

Sonriente, voy a la cocina a por vasos de chupito. Cuando regreso, Brenna está sentada al lado de Fitzy y trata de convencer a él y a Hollis de que fue a la fiesta de Cambridge coaccionada.

—Ha sido terrible —se lamenta.

—¡Mentira! Se lo ha pasado mejor que nunca.

Coloco los vasos sobre la mesa y echo un vistazo a mis compañeros.

—Os parece bien que Brenna se quede a dormir, ¿no? —Ahora me pregunto si debería haber pedido permiso.

Hollis hace un ademán displicente y contesta:

—Por supuesto que te quedas. Mi cama es tu cama.

Fitz bufa.

—Ay, cielo, no tocaría tu cama ni con un palo.

—Hablando de palos... —Arquea las cejas.

—Déjala quieta en los pantalones, Michael.

—Ten un poco de piedad con él. La necesita esta noche —dice Fitz, y pasa un brazo tatuado por detrás del hombro de Brenna.

Y no, no me pongo celosa al ver eso.

¿Por qué debería estarlo?

Aparto la mirada y me concentro en servir el Fireball.

—¿Por qué necesita que tengan piedad de él?

—Porque se ha depilado el cuerpo entero por una chica y le ha dado plantón.

Fitz tiene pinta de estar aguantándose la risa.

Desde la silla, Hunter pasa de contenerse. Se ríe un poco, medio adormilado. Creo que Hollis no ha sido el único que ha fumado hierba esta noche. Hunter apenas se ha movido desde que hemos llegado a casa.

—Ay, pobre. —Brenna alcanza a Hollis por delante del enorme cuerpo de Fitz y le da unas palmaditas en el brazo—. Lo siento, cielo.

Lo examino mientras termino de servir los chupitos. Lleva vaqueros y manga larga. No se le ve ni un poco de piel.

—En una escala del uno al diez, ¿cómo de pelado estás?

Curva los labios y responde:

—Ven aquí y descúbrelo...

Esta vez es Fitz quien lo alcanza y le da una un coscorrón en la coronilla.

—Ya vale, tío. Me está empezando a dar grima incluso a mí.

Brenna y yo brindamos con los vasos, nos los acercamos a los labios y nos bebemos los chupitos. El líquido con sabor a canela se abre camino y me quema el estómago.

—¡Jo-der! —gruño. Me arden la boca y la garganta—. Había olvidado lo potente que es esta cosa.

—Otro —me ordena Brenna—. Apenas lo he notado.

Con una risita, sirvo dos chupitos más.

Mientras bebemos la siguiente ronda, noto que la mirada cautelosa de Fitz me perfora. Me apuesto lo que sea a que quiere darme lecciones sobre el alcohol. Aconsejarme que no me acelere tanto. Pero mantiene la boca cerrada.

—Vaaale, ¡este sí que lo he notado!

Las mejillas de Brenna se han sonrojado. No pierde el tiempo en quitarse el jersey negro ajustado. Lleva unos pitillos negros y una camisola de encaje que apenas se ve.

Los ojos azules de Hollis arden.

—¿Quieres subir al piso de arriba? Contestando a la pregunta de Summer, diría un diez. Completamente depilado.

Una risita me sale de la boca. Claro, como si eso fuera a persuadirla.

—Claro que no —responde. Alcanza el mando de la Xbox abandonado de Fitz—. ¿A qué jugamos?

—Al Killer Instinct.

—Guay. Lo conozco. Déjame jugar contra Hollis. Quiero reventarle el cerebro un par de veces.

Hollis esboza una sonrisa radiante.

—Solo he oído «quiero reventarle». Y mi respuesta es sí. Reviéntame, nena.

Por desgracia suya, solo le revienta de manera virtual la cabeza media docena de veces. No me gusta mucho ver cómo otra gente juega a videojuegos, así que inspecciono la biblioteca de Spotify de Hollis en su portátil abierto y me paso la siguiente hora petándolo yo sola mientras Brenna compite contra Hollis y contra Fitz por turnos.

Nos tomamos dos chupitos más en esa hora. Y luego otros dos, después de que Hollis insista en que no tiene sentido que dejemos tan poquita cantidad en la botella.

—¡Esto es Briar! —grita, como si imitara una escena de *300*—. ¡Terminamos lo que empezamos!

Estoy lo bastante borracha como para encontrarle sentido a su discurso. Así que entre los tres nos acabamos el Fireball, mientras Hunter ronca suavemente en el sillón y Fitz me mira con lo que creo que es desaprobación. No estoy segura, porque tengo la vista un poco borrosa.

Y puede que la habitación esté dando vueltas.

Pero eso también podría ser porque yo estoy dando vueltas.

—Es hora de ir a la cama. —La voz grave de Fitz me retumba en el oído. Me llega por detrás mientras bailo una canción de Whitesnake de la lista de *metal* de Hollis.

Estaba a mitad de un movimiento de coleta, así que le azoto en la cara con el pelo mientras hago la pirueta. Ni siquiera se estremece. Solo me planta una mano grande sobre el brazo para sujetarme antes que de que me desplome.

—No estoy cansada —le informo, y me quito su mano de encima.

Otra vez, me balanceo sobre los pies. Y otra vez, me mantiene firme.

Solo que esta vez, da un paso más.

En un abrir y cerrar de ojos tengo todo el cuerpo en el aire. Fitz me lanza sobre su hombro y, de repente, estoy mirando la parte trasera de su camiseta negra y mis pies cuelgan por encima de su torso.

Le doy una patada.

—¡Bájame! ¡Por Dios, Fitz!

—No.

Le doy otra patada. Más fuerte.

—¡Bájame! ¡Brenna, sálvame!

—Cariño, has estado la última hora haciendo un pogo con el pelo mientras escuchabas *metal* —la oigo decir. No la veo porque Fitz todavía me lleva a cuestas como los cavernícolas—. Quizás tenga razón. Yo voy a subir después de esta partida.

Entreveo en su cara que se lo está pasando bien antes de que Fitz me lleve desfilando hacia las escaleras.

—En serio —gruño—. *Suéltame.*

—No. —Su brazo es como un tornillo de banco alrededor de mis muslos.

—¡En serio! ¡No soy un juguete que puedas llevar de aquí para allá! Soy un ser humano, ¡*tengo derechos!*

Lo único que obtengo como respuesta es una risita por lo bajo.

No me puedo creer que me esté *llevando a cuestas*. Como si fuera una niña de seis años que se ha saltado la hora de ir a dormir y a la que hay que desterrar y confinar en su litera de Hello Kitty. Apretando los dientes, le doy un puñetazo en el hombro de acero. Ni siquiera se inmuta. Estamos a medio camino en las escaleras. Pruebo una táctica nueva y le pellizco los deltoides. Cuando eso no funciona, voy a por los dorsales.

Retrocede como si le hubieran disparado y maldice con irritación:

—Para.

—Pararé si me dejas en el suelo. —Le pellizco otra vez, y otra.

Encoge los hombros y la espalda e intenta evitar mis ataques.

—Mierda, Summer. ¡Deja de pellizcarme! —grita.

—Oh, ¿pero tú sí puedes arrastrarme contra mi voluntad? —vocifero.

Los dos respiramos con dificultad. Noto cómo se me están formando gotas de sudor en la nuca y en el pecho. Es difícil zafarse de él. Llega al final de las escaleras y se dirige a mi habitación, soltando tacos durante todo el camino porque no dejo de pellizcarle la espalda ridículamente musculada.

—¿Cuándo te has convertido en la policía de la diversión? —le pregunto cuando al fin me suelta, con más brusquedad de la necesaria. Mis pies tocan el suelo con un golpe seco—. ¿Y quién te da derecho a arrastrarme al piso de arriba?

Sus ojos marrones me miran, en llamas.

—Estabas a tres segundos de caerte y darte un golpe en la cabeza con algún mueble. Y seguramente también de quedarte inconsciente.

—Ay, por favor, ¿por qué toda la gente que me rodea es tan dramática? ¡Solo estaba bailando!

—¿Yo soy dramático? —ruge, y por un momento estoy asombrada porque creo que nunca había oído a Fitz alzar la voz—. Ayer te enfadaste conmigo sin razón. Me acusaste de haber insinuado que no sabes leer, joder.

—¡Porque estabas actuando como un gilipollas condescendiente!

—¡Y tú estabas actuando como una niña mimada!

—¡Y tú ahora estás actuando como mi padre!

—¡Y tú sigues actuando como una niña mimada!

Nos callamos y nos miramos fijamente. Se nota que está apretando los dientes. Sus músculos del cuello son como cuerdas de guitarra demasiado tensadas. Parece que va a estallar en cualquier momento. Pero, al cabo de unos cuantos segundos, suelta el aire profundamente y se frota la oscura barba.

—Lo siento por lo de anoche, ¿vale? —musita—. No quería decir que...

—Vale —le interrumpo con brusquedad.

—Summer.

—¿Qué?

—Va en serio. No creo que seas estúpida.

«Pues solo lo piensa uno de los dos».

Destierro el pensamiento imperceptible a las profundidades de mi mente embriagada. De alguna manera, incluso borracha como una cuba, soy capaz de no darle la satisfacción de ver mis inseguridades.

Cierro los puños y los dejo caer a ambos lados de las caderas. Fitz todavía me mira; ya no está enfadado ni frustrado, pero me observa con atención. Incluso ahora, que estoy irritadísima con él, su presencia me afecta. Me palpita el corazón. Noto que las rodillas me flaquean. Siento un cosquilleo que me recorre la columna hasta llegar a las piernas. Cuando Fitz se arregla el pelo enmarañado con los largos dedos, el cosquilleo se transforma en un fuerte nudo de anhelo.

Me pone tanto... Quiero sentir esos dedos sobre mi cuerpo.

—Me gustabas —suelto.

Su mano se congela en el aire.

—¿Qué?

—Nada. Olvídalo. Estoy borracha.

Me echo para atrás como si mi vida dependiera de ello, porque Fitz no puede enterarse de que estaba interesada en él, ni de que me hizo daño. Decírselo significaría admitir que oí todas las palabras insultantes que dijo sobre mí.

Se le frunce el ceño.

—Summer...

—He dicho que lo olvides. Tienes razón, es hora de irse a la cama. Muchísimas gracias por escoltarme hasta el piso de arriba. —El sarcasmo en mis palabras es más que evidente—. Y ahora, por favor, ¿puedes salir de mi habitación?

Titubea durante un segundo. Entonces se encoge de hombros, que se le tensan mientras asiente brevemente con la cabeza.

—Buenas noches.

Suelto un gruñido de agotamiento en el preciso instante en el que desaparece.

Maldita sea. Yo y mi estúpida boca. Tengo que dejar de desembuchar lo que se me pasa por la cabeza en todo momento, en serio.

Un fuerte golpe sordo seguido por una palabrota todavía más fuerte todavía me despierta de un sobresalto a la mañana siguiente.

Tengo un sueño ligero, así que el menor ruido puede llevarme de un estado de duermevela profunda a un estado de pánico totalmente despierta. Con los ojos como platos, me siento y compruebo la hora en el móvil. Son las siete y media. Un domingo.

¿Cuál de mis compañeros de piso está armando tal alboroto? Tengo que enterarme para saber a quién tengo que matar.

Más les vale no despertar a Brenna. Doy por hecho que está dormida a mi lado, pero cuando me giro, me doy cuenta de que estoy sola. Juraría que dijo que estaba a punto de subir anoche.

—Mierda —murmura alguien.

Es la voz de Brenna.

Me destapo y me levanto de la cama de un salto. Abro la puerta al mismo tiempo que se abren otras dos. Fitz y Hunter aparecen en sus respectivas puertas, en bóxeres y totalmente despeinados.

Los tres nos quedamos boquiabiertos cuando vemos de qué habitación sale Brenna.

Se congela como un animal que acaba de oír el chasquido de una ramita. Va con la camisola y la ropa interior negra. Lleva los vaqueros colgados a un brazo y tiene el pelo desaliñado, como una rockera de los años ochenta.

Nuestros ojos se encuentran y sacude la cabeza a modo de advertencia.

—Ni una palabra.

No creo que sea capaz de emitir sonido alguno. Tengo la boca abierta y la lengua me llega hasta el suelo.

¿Brenna está haciendo el paseo de la vergüenza después de haber pasado la noche con Mike Hollis?

No lo entiendo.

Hunter abre la boca, pero ella lo silencia con un gruñido grave.

—Ni. Una. Palabra.

Fitzy sacude la cabeza con resignación, se vuelve y cierra la puerta de su habitación.

—Te llamo luego —murmura Brenna mientras pasa a mi lado de camino a las escaleras.

Asiento, sin palabras.

Al cabo de unos minutos, ya se ha marchado, y el sonido de un motor me avisa de que ha pedido un coche para volver a casa.

—Guau —suelto.

Para mi sorpresa, Hunter me sigue hasta la habitación y se deja caer sobre mi cama. Sus abdominales se pliegan y se extienden mientras se acomoda.

—Eso ha sido increíble —comenta, somnoliento.

Lo observo.

—¿Hay alguna razón por la que estés tumbado en mi cama?

—La verdad es que no.

Se da la vuelta a un lado y estira una pierna larga y musculada. Se acurruca con mi almohada y suelta un suspiro contenido.

—Buenas noches —añade.

Increíble. Se duerme en cuestión de segundos, pero ni siquiera tengo fuerzas para echarlo. Es muy temprano y solo me quedan unas cuatro horas de sueño.

Así que hago lo que haría cualquier mujer de veintiún años. Me meto en la cama con el hombre medio desnudo que se ha adueñado de ella.

Hunter emite un sonido suave y me pasa el brazo por encima para acercarme a él. Al principio me resisto, me tenso. Pero luego me relajo y dejo que la tensión se disipe. Hacía mucho tiempo que no hacía la cucharita con alguien, y es...

Jo, es bonito.

CAPÍTULO 12

Fitz

El lunes es el primer día del nuevo semestre y me despierto antes que los pájaros. El cielo es una pincelada de azul marino sobre un lienzo blanco. Un pequeño destello empieza a emerger de la oscuridad mientras miro por la ventana de la cocina, esperando a que se haga el café. Tengo ganas de empezar las clases de hoy. Solo he oído maravillas de Dirección de Fotografía para Videojuegos, y Fundamentos de la Animación 2D suena la bomba.

Curso un doble grado en Bellas Artes y Programación Informática, algo sobre lo que mi viejo nunca olvida sermonearme. Cree que es una carga innecesaria, que solo tendría que centrarme en la programación. «Los ordenadores son el futuro del arte, Colin» es su argumento estrella.

Algo de razón tiene; el diseño gráfico se lleva a cabo casi por completo en una esfera digital hoy en día y la gente dibuja directamente en sus ordenadores o tabletas. Yo mismo peco de hacerlo.

Pero para mí no hay nada mejor que sentir la superficie firme de un bloc de dibujo bajo la mano, oír los arañazos del lápiz o el raspar del carboncillo que se mueve por toda la página. Dibujar sobre papel y pintar en un lienzo está tan integrado en mi forma de ser que no puedo ni imaginar que vaya a depender únicamente de la tecnología en algún momento.

Estoy seguro de que en algún momento los museos mostrarán los cuadros solo en pantallas digitales en lugar de exhibir los lienzos y es posible que esto me convierta en un dinosaurio, pero esa idea me parece un coñazo.

Como mi primera clase no empieza hasta las diez y el entrenamiento es a las ocho, tengo mucho tiempo para supervisar el progreso de la versión beta de mi juego. Me llevo el café arriba y me instalo en el escritorio. O, como le gusta llamarlo a Hollis, la central de mando espacial.

Mi rincón de *gaming* es un poco exagerada para un estudiante universitario, con tres monitores de alta definición, un teclado programable, un ratón de *gamer* totalmente personalizable y una tarjeta gráfica que costó más de lo que me gustaría admitir. Pero vale la pena, ya lo creo que sí.

Alcanzo los cascos de color negro y verde neón que cuelgan del altavoz externo y me los coloco. Veo un par de *streamings* y luego reviso el panel de mensajes privado que creé para mi grupo de jugadores beta. Solo se puede acceder al juego por invitación, así que las únicas personas que juegan al Legión 48 son aquellas a las que he elegido y autorizado yo. En el chat, hay algunas peticiones de trucos que me hacen poner los ojos en blanco. Leo los mensajes por encima y busco información que me pueda servir. El objetivo de esta versión es arreglar los errores para que el producto final sea completamente funcional.

Nada me llama la atención. Me bebo el café mientras los comentarios y preguntas aparecen en la pantalla y el chat se actualiza automáticamente con cada mensaje. No me sorprende ver tantos jugadores conectados tan temprano. Lo más probable es que ni siquiera hayan dormido.

Cuando oigo unos pasos en el pasillo, vuelvo la cabeza con cuidado hacia la puerta. Alguien entra en el baño del pasillo y cierra la puerta. Al cabo de unos minutos se oye la ducha.

Me pregunto si es Summer. Parte de mí espera que no para así escapar de casa e ir al entrenamiento sin cruzarme con ella. Todas las interacciones que tuvimos ayer fueron más que incómodas. Y eso sin hablar de la noche anterior, cuando se puso hasta el culo y tuve que llevarla a cuestas al piso de arriba, a lo bombero.

Ese precioso culo... Es tremendo, increíblemente firme, redondo y se te hace la boca agua solo con mirarlo.

Me gustabas.

He intentado no obsesionarme con las tres palabras que me lanzó. Estaba borracha como una cuba cuando las dijo y no me tomo muy en serio las declaraciones alimentadas por el alcohol.

Se oyen más pasos al otro lado de mi puerta. Esta vez sé con seguridad quién es: Hollis. Masculla entre dientes que tiene ganas de ir al baño.

De repente me acuerdo de Brenna haciendo el mismo paseíto por el pasillo. Ayer Hollis no dejó de hablar sobre ella, actuando como si le hubiera tocado la lotería. Supongo que algo de razón tiene, porque es la primera vez que Brenna se lía con alguien del equipo. Normalmente nos evita como la peste, aunque no sé si es porque no le gustan los jugadores de *hockey* o porque es lo bastante lista como para saber qué haría el entrenador si alguno de nosotros tocara a su preciada hija.

Hollis, por desgracia, no es un lumbreras. Sí que es valiente. Pero listo, no. Porque si el entrenador se enterase en algún momento de lo que ha hecho, lo ataría desnudo a la portería, abierto de brazos y piernas, y practicaría su tiro.

—¡Eeeh!

Casi me caigo de la silla cuando un grito ensordecedor rompe el silencio de la casa. Se me hiela la sangre y, en un segundo, estoy de pie para abalanzarme contra la puerta.

Mi cerebro es el de un cavernícola.

Summer gritar.

Summer peligro.

Salvar Summer.

Con los puños en alto, salgo disparado hacia el pasillo y derrapo cuando se abre la puerta del baño. Un Hollis en calzoncillos aparece a mis pies; lo han tirado al suelo sin contemplaciones.

—¡No! —exclama Summer—. ¡No puedes entrar aquí tan pancho mientras yo me ducho! ¡Esto es INACEPTABLE!

Madre mía...

Sale a trompicones mientras el pelo rubio empapado le gotea sobre la piel dorada mojada. Tiene los brazos cubiertos de espuma de jabón y está claro que ha agarrado la toalla que no era, porque esta es demasiado pequeña: apenas le cubre los pechos y los muslos. Si el tejido blanco se desliza un centímetro en cualquier dirección, todos tendremos un problema.

Se me ha secado la boca. Sus piernas son increíblemente largas y son tan sexis que no puedo evitar imaginármelas alrededor de mi cintura.

Trago saliva. Con fuerza.

Mientras, Hollis parece confuso.

—Solo estaba echando una meada —protesta.

—¡Y yo estaba en la ducha! —grita— ¡Y había echado el pestillo!

—El pestillo está roto.

—¡Y me lo dices ahora!

—No lo veo tan grave, cielo. —Se frota los ojos.

—*No* me llames cielo.

Hunter abre la puerta de golpe.

—¿Qué coño está pasando? —Arquea las cejas con sorpresa cuando contempla la escena—. ¿Qué has hecho? —le gruñe a Hollis.

—Yo no he hecho nada —refunfuña Hollis.

—¡Ha entrado al baño mientras me duchaba!

—¡Solo estaba meando! No es que me haya metido *en* la ducha contigo.

—¡¿Y eso qué más da?! —Señala hacia la puerta del baño—. ¿Ves ese cuarto? ¡Es un cuarto sagrado! ¡Un templo, Mike! Y está pensado para una persona, solo una persona. Como un confinamiento solitario.

—¿En qué quedamos, es una cárcel o un templo? —pregunta el muy cabeza hueca.

—Cállate —espeta Summer—. Y escúchame, Hollis. A diferencia de ti, yo no tengo pene.

—Bueno, menos mal.

—Hollis —le advierto en voz baja.

Guarda silencio.

—Soy una mujer —continúa Summer. Agarra con más fuerza la parte superior de la toalla para mantenerla en su sitio—. Soy una mujer que vive con tres hombres y tengo derecho a disfrutar de privacidad. ¡Tengo derecho a darme una puta ducha sin que tengas que entrar en el baño y sacártela!

—Ni siquiera me la has visto —argumenta.

—¡Que eso no importa! —Levanta los brazos con frustración.

Y así como si nada, suelta la toalla.

Ay, madre mía. Joder.

Atisbo sus pechos color crema y los pezones rosa pálido. Disfruto de esa visión increíble y tentadora, antes de que Summer se lleve el brazo al pecho. Alcanza la toalla al vuelo con la otra mano y se cubre la parte inferior.

Hollis parece aturdido.

Los ojos de Hunter echan chispas.

Yo hago todo lo que está en mi mano para no mirarla. Fijo la vista en un punto aleatorio por encima de su cabeza y hablo con una voz sorprendentemente firme:

—No volverá a pasar, Summer. ¿Verdad, Hollis?

—Nunca más —asegura este.

Asiento en señal de aprobación y añado:

—Lo primero que haremos será arreglar el pestillo…

—¿Por qué hablas con el techo? —me pregunta Summer.

Tragándome un gruñido, me fuerzo a mirarla a los ojos. Esas dos profundas cuencas verdes solo reflejan infelicidad y vergüenza. Puede que sea una reina del drama, pero tiene razón: vive con tres chicos y merece tener su privacidad.

—Este baño es un asco —gime, abatida—. No hay espacio en la encimera. La luz es tan terrible que no me puedo maquillar. ¿Y ahora ni siquiera puedo ducharme a solas?

—Summer —digo con suavidad. Parece que va a romper a llorar, así que me acerco lentamente a ella.

No la toques. No la toques. No la toques.

La toco.

Solo acerco las puntas de los dedos a su hombro, pero el contacto me provoca un escalofrío caliente que me recorre la columna.

—Arreglaré el pestillo. Te lo prometo.

Su cuerpo se relaja al exhalar y contesta:

—Gracias.

Se da la vuelta y desfila hacia el cuarto de baño. Nos cierra la puerta en las narices. Al cabo de un momento, se vuelve a oír el agua de la ducha.

Hunter y yo intercambiamos una mirada rápida antes de volvernos a Hollis con cara de pocos amigos.

—¿Qué pasa? —pregunta a la defensiva.

—Tío, que tienes dos hermanas —lo acusa Hunter—. ¿Cómo es que no entiendes las normas de etiqueta del baño?

Fitz y yo somos hijos únicos y hasta nosotros las cumplimos, joder.

—Mis hermanas y yo nunca hemos compartido cuarto de baño. —Resopla con irritación y camina hacia mi habitación.

—¿Adónde vas? —pregunto.

—A usar el meadero del rey Colin. —Me frunce el ceño—. ¿O prefieres que utilice el fregadero?

Enseguida, hago un gesto de bienvenida con los brazos y contestó:

—Todo tuyo, tronco.

La animación 2D es tan divertida como esperaba. Después de la clase, salgo del aula de informática con mis dos colegas, Kenji y Ray. Como grandes *gamers* que son, estaban en lo alto de mi lista para probadores beta, y no paran de hablar del Legión 48 cuando salimos.

—Es brillante, Fitz —comenta Kenji mientras se sube la cremallera de la parka.

Me pongo un gorro de lana negro y me enfundo un par de guantes. Siento como si enero no fuera a terminar nunca. Juro que es como si el planeta entrase en un bucle temporal loquísimo cada año que hace que enero dure cien días. Y entonces, el bucle se interrumpe y el resto del año se pasa volando en unos cinco minutos.

—Brillante —repite Ray.

Abrimos las puertas de salida y nos recibe una ráfaga de viento helado. Maldito enero.

A pesar del frío, no puedo contener la emoción.

—¿En serio no estáis encontrando errores graves de momento?

—Ninguno.

—Vamos, tiene que haber algo.

Bajamos por las anchas escaleras hasta la acera cubierta de escarcha. Los edificios de la Facultad de Bellas Artes se concentran en el ala oeste del campus, así que la mayoría de mis talleres y clases tienen lugar aquí.

—En serio, no hay nada —contesta Ray.

—Nada de nada —coincide Kenji.

Me vibra el móvil en el bolsillo. Lo saco y frunzo el ceño al leer que pone *Número oculto*.

Kenji y Ray siguen absortos en una conversación animada sobre el juego, así que les hago una señal para avisarles de que tengo que contestar y siguen caminando.

—Por favor, manténgase a la espera para hablar con Kamal Jain —me suelta al oído una voz enérgica de mujer.

Me quedo paralizado durante un momento y, luego, suelto una carcajada precipitada.

—Claro. Buen intento...

Pero ya ha desaparecido.

Debe de ser una broma. Sí, envié una solicitud para un puesto de trabajo en Orcus Games, el estudio de videojuegos del legendario dios de los frikis y multimillonario Kamal Jain. Pero si esta mujer trabajase para Orcus de verdad, dudo mucho que me pasara con el fundador y presidente de la empresa. Es como si Mark Zuckerberg respondiera a las llamadas del departamento de atención al cliente de Facebook.

Estoy a medio segundo de colgar cuando una voz nueva aparece en la línea.

—¡Colin, hola! Soy Kamal. Acabo de ver tu currículum y, tengo que decirte la verdad, Colin. En un primer momento, estaba seguro de que no encajarías.

Se me acelera el pulso. O estoy alucinando o Kamal Jain está de verdad al otro lado de la línea. He visto cientos de entrevistas que le han hecho y reconocería su voz nasal acelerada en cualquier parte.

—¿Un jugador de *hockey* de la liga universitaria? No te voy a mentir, tío. Es fácil pasar al siguiente y rechazar al deportista y tal. Quiero decir, la mayoría de deportistas que he conocido ni siquiera saben la diferencia entre Java y C-Sharp.

Me alegra que no esté delante de mí porque así no ve la mueca que se me ha formado en los labios. Estoy hartísimo del estereotipo del deportista idiota. Está tan obsoleto, por no decir que es completamente falso. Algunas de las personas más inteligentes que conozco son deportistas.

Pero me callo la boca. Es Kamal Jain, por Dios. Diseñó su primer juego de rol multijugador con quince años, lo distribuyó él mismo y, luego, vio cómo despegaba a niveles estratosféricos y se hacía superpopular. Vendió el juego por cinco mil millones de dólares, usó el dinero para crear su propia empresa y, desde entonces, ha ganado un montón de pasta. No hay muchos desarrolladores que tengan una carrera así en la industria del *gaming*. Este chaval no tiene nada que envidiar al creador del Minecraft.

—Pero hoy uno de mis becarios me ha dicho que tenía que probar este juego tuyo. Tengo que decirte, Colin, que el código es más simple de lo que me gustaría, pero, para ser sincero, cualquier juego que no haya programado yo mismo me parece simple. ¿Qué me ha llamado la atención? El contenido. ¡Oh, Dios, oh, Dios, qué gráficos! ¿Es todo obra tuya?

Es difícil seguir el ritmo a Jain, con sus divagaciones, pero de alguna manera, respondo:

—Sí. Todo es mío.

—Estudiante de grado de Bellas Artes en Briar.

—Doble grado —corrijo—. También estudio Programación.

—Ambicioso. Me gusta. Lo del *hockey* no me hace tanta gracia, pero asumo que eso es historia si has enviado una solicitud para trabajar en mi estudio. ¿No tienes planes de jugar en la liga profesional después de graduarte?

—No, señor.

Una risa aguda me traviesa el tímpano.

—¿Señor? Olvida esa costumbre ahora mismo, Colin. Llámame Kamal, o KJ. Prefiero KJ, pero con lo que te sientas más cómodo. Muy bien. Déjame ver el calendario. —Oigo que remueve varios papeles al otro lado de la línea—. Estoy en Manhattan el viernes que viene. Le diré al piloto que haga una parada en Boston antes. Quedamos en el Ritz.

—¿Quedamos? —repito, confuso.

—Entrevisto en persona a todos los candidatos a un puesto de diseñador, y lo hago cara a cara. Te hemos preseleccionado, junto con otros seis candidatos. Tienes competencia —me avisa, aunque advierto una nota de alegría en su voz. Me da la sensación de que tal vez le guste que los candidatos compitan por un empleo—. O sea, de aquí a dos semanas. El viernes. ¿Sí?

—Sí —respondo de inmediato. Trabajar para Orcus Games sería un puto sueño. Era mi primera opción y la verdad es que no esperaba una entrevista. Como ha dicho, hay competencia. Todo el mundo quiere trabajar para Kamal Jain, que ha amasado una fortuna multimillonaria con sus propias manos.

—Bien. Le diré a mi asistenta que te mande los detalles por correo. Tengo ganas de conocerte, tío.

—Lo mismo digo.

Sacudo la cabeza al colgar, todavía incrédulo. ¿En serio acaba de ocurrir esto? ¿Tengo una entrevista de trabajo con Kamal Jain? Madre mía.

Me dispongo a escribir un mensaje a Morris, pero antes de empezar a hacerlo, vuelve a sonarme el móvil. Esta vez no es un número oculto, sino mi padre.

Como siempre, me invade una sensación de incomodidad. Nunca sabes qué va a pasar cuando se trata de mis padres.

—Colin —suelta en cuanto cojo la llamada. Mi padre suele hablar con brusquedad y firmeza, y puede parecer borde si no lo conoces, e irritante cuando sí.

—Ey, ¿qué pasa? Solo tengo un segundo antes de mi próxima clase —le miento.

—No te robaré mucho tiempo. Solo quería decirte que voy a llevar a Lucille a tu partido en Briar este fin de semana. Tiene muchas ganas de verte jugar.

Lucille es la nueva novia de mi padre, aunque no me imagino que vayan a salir juntos más de unos cuantos meses. El viejales cambia de mujer a una velocidad que es a la vez impresionante y repugnante.

Por el contrario, mi madre es la otra cara de la moneda: asegura que no ha salido con nadie desde el divorcio, que fue hace doce años. Y mientras que mi padre no tiene escrúpulos a la hora de alardear sobre sus conquistas, mi madre no tiene problemas para lamentarse sobre su vida de celibato. Es culpa de mi padre, por supuesto. Ha tirado por tierra la fe que tenía en la humanidad, especialmente en los hombres. Según él, su larga lista de conquistas es culpa de mamá, porque él tampoco puede confiar en nadie ya.

Mis padres me agotan.

—Genial. Tengo ganas de verla —miento de nuevo.

Por un momento, considero contarle lo de mi entrevista con Kamal Jain, pero enseguida decido que debo hacerlo mediante un correo electrónico conjunto a los dos, a mi madre y a mi padre. Si se lo cuento a uno antes que al otro, se termina el mundo.

—¿Va a ir tu madre al partido? —Pronuncia la palabra *madre* como si fuera venenosa—. Si es así, deberías avisarla de que llevaré a Lucille.

Traducción: deberías tomarte el tiempo de decírselo para que le restriegue por la cara que salgo con alguien.

—No va a venir —respondo, feliz de neutralizar esa bomba.

—Ya veo. Supongo que debes de estar decepcionado.

Traducción: ni siquiera le importas lo suficiente como para ver tus partidos, Colin. ¡Yo te quiero más!

Contengo un suspiro de irritación.

—No pasa nada. Ninguno de los dos tiene por qué venir al partido. En fin, tengo que colgar. Te veo este finde.

En el momento de colgar, la presión que siento en el pecho se reduce. Lidiar con mis padres es extenuante físicamente.

—¡Colin, hola!

Me giro y veo a Nora Ridgeway acercándose. Nora iba conmigo a dos de las asignaturas de arte el año pasado y este semestre estamos en Dibujo Anatómico Avanzado juntos. Es una chica guay. Hace un doble grado como yo, de Bellas Artes y Diseño de Moda.

—Ey —la saludo, entusiasmado por la distracción. Siempre tengo que esperar un par de minutos para que se disipe toda la tensión que se apodera de mi cuerpo después de una conversación con mis padres—. La clase no es hasta las dos. Lo sabes, ¿verdad?

Sonríe.

—No te preocupes, estoy al corriente. —Señala con la cabeza hacia el edificio del otro lado de la calle—. Tengo Historia de la Moda en diez minutos. Te he visto desde allí y me ha apetecido acercarme a saludar. —Mientras habla, el vaho que le sale de la boca forma una nubecilla.

—Necesitas un gorro —le digo cuando advierto que tiene las puntas de las orejas rojas.

—Eh, sobreviviré.

Ya veo por qué no quiere cubrirse el pelo. Lleva un corte al estilo *pixie* y el pelo de color negro azabache, salvo por las puntas, que son de un rosa intenso. Tiene un rollo *indie* guay que siempre he apreciado. Además, lleva tatuajes, sin duda un «pro» para mí.

—¿Cómo ha ido Animación? —pregunta—. Mi amiga Lara hace esa asignatura y tenía muchas ganas de empezar.

—Ha sido genial. —Le dedico una sonrisa—. Te aseguro que es más divertida que Historia de la Moda.

Nora me da un ligero puñetazo en el brazo.

—Ni de coña. La ropa es mucho más interesante que los ordenadores.

—Para gustos, colores.

—Y esta asignatura la da una leyenda. —Sus ojos gris claro brillan con el sol de invierno mientras la ilusión se arremolina en ellos—. Erik Laurie.

Mi cara inexpresiva la hace reír.

—El exeditor de moda de la *Vogue,* la *GQ* y la *Harper's Bazaar.* Y es el cofundador y antiguo jefe de redacción de *Italia,* probablemente la revista de moda masculina más innovadora. Es como la versión masculina de Anna Wintour.

Permanezco impasible.

—La jefa de redacción de *Vogue,* una diosa total. Es mi ídolo. Igual que Erik Laurie. Da dos asignaturas en Briar este año y encima es el director del desfile de moda de fin de curso. Estoy entusiasmadísima. Vamos a aprender muchísimo con él.

Me pregunto si Summer estará en la clase de Laurie hoy. No recuerdo si estudia Diseño de Moda o Marketing. Aunque supongo que Historia de la Moda encaja en ambas carreras.

Y hablando del rey de Roma.

Summer aparece en el caminito adoquinado, envuelta en un abrigo que le llega hasta las rodillas y con una bufanda roja enrollada alrededor del cuello y del pelo. Camina rápido y da un traspié cuando me ve. En el preciso instante en que se encuentran nuestros ojos, me acuerdo de la toalla pequeña resbalándose por su exquisito cuerpo. Esa fracción de segundo en la que entreví su pecho húmedo al descubierto. Una efímera provocación que me excita.

No articulo un hola ni levanto la mano para saludarla. Espero que lo haga ella. Pero no es así. Transcurren un par de segundos. Al final, frunce el ceño y continúa su camino. No sé si estoy ofendido o avergonzado. A lo mejor, debería haberla saludado yo primero.

—¿La conoces?

Nora se ha dado cuenta de que me he distraído. Su mirada de recelo sigue clavada en Summer mientras espera mi respuesta.

—Sí. Es la hermana de un amigo —contesto distraídamente, y decido no mencionar que vivimos juntos. Siento que eso daría inicio a una conversación que no me apetece tener.

Nora se relaja.

—Ah, guay. En fin, tengo que irme corriendo. Pero se me ha ocurrido que ya va siendo hora de que nos tomemos ese algo tan escurridizo del que llevamos hablando desde hace un año, ¿no?

Me río.

—Pues sí. —Lo hablamos el año pasado en Teoría del Color, pero estoy tan ocupado siempre que encontrar un día libre es muy difícil. Nos llamamos durante un tiempo —siempre saltaba el contestador, ahora el de uno, ahora el de la otra—, y para cuando finalmente tuve una tarde libre, Nora ya estaba saliendo con otra persona.

Es evidente que vuelve a estar soltera.

—¿Todavía tienes mi número? —pregunta.

—Todavía lo tengo.

Parece satisfecha.

—¿Qué te parece mañana por la noche en el Malone? ¿Me escribes durante el día para confirmarlo?

—Estupendo.

—Perfecto. Nos vemos allí.

Me estruja brevemente el brazo y se apresura hacia el mismo edificio donde ha desaparecido Summer.

Supongo que tengo una cita mañana por la noche.

CAPÍTULO 13
Summer

Mientras me acomodo en el asiento del aula donde damos Historia de la Moda, trato de recordarme a mí misma que estoy muy a favor del empoderamiento femenino. Vivimos en una sociedad en la que demasiadas mujeres se critican unas a otras en lugar de apoyarse. Me parece absurdo. Tenemos que empoderarnos mutuamente, enseñar a la futura generación de mujeres que es importante mantenerse unidas. Érase una vez, una época durante la que teníamos un objetivo común y un mismo enemigo. Quemábamos sujetadores y luchábamos por el derecho al voto.

Ahora juzgamos el cuerpo de las demás en redes sociales y culpamos a la otra si nuestra pareja nos pone los cuernos.

No me considero una feminista radical. No pienso que los hombres sean demonios salidos del infierno a los que hay que purgar de la sociedad. Creo que los hombres tienen un montón de cosas buenas que ofrecer al mundo. Los penes son extraordinarios, por ejemplo.

Pero molaría que mostráramos algo de solidaridad femenina, como antes.

Aunque ya sé lo que no nos lo permite: los celos. Nos tenemos demasiada envidia, y la envidia es un sentimiento muy dañino. Nos hace decir cosas y actuar de formas de las que nos avergonzamos en secreto, o, por lo menos, ese es mi caso. Me arrepiento de casi todas las cosas que he dicho o hecho por celos. Y también he estado en el otro lado, he recibido críticas por parte de otras chicas. Algunas me tenían rabia por mi aspecto. Otras daban por hecho que iba a tratarlas mal por mi apariencia, así que me atacaban primero.

A pesar de eso, siempre he tratado de sonreír y ser maja con todo el mundo, incluso con quienes me odiaban. Irónicamente, muchas de las chicas que se metían conmigo en el instituto se convirtieron en buenas amigas mías cuando dejaron de vincularme con sus propias inseguridades.

Así que sí, estoy a favor del empoderamiento femenino. De que las chicas hagan cosas por su cuenta. Soy una mujer, escucha mi rugido.

Sin embargo, odio a la tal Nora con todo mi corazón.

La he visto hablando con Fitz antes de clase. Y ahora está sentada con otras dos chicas hablando *sobre* Fitz. Sé que se llama Nora porque una de sus amigas la ha llamado así, y como solo estoy dos filas por detrás, cada palabra que emite flota hacia mí clara como el agua.

—... *tan* guay. Y es increíblemente listo. Y tiene muchísimo talento. Deberíais ver sus cuadros.

—Y que esté buenísimo tampoco es que haga ningún daño —la provoca su amiga.

—Y esos tatuajes... —comenta la otra amiga con un suspiro.

Supongo que todas han visto los tatuajes de Fitz... Ahora también detesto a las amigas.

—Es *tan sexy*... —añade Nora, y se abanica con la mano.

Y yo estoy *tan* lista para tirarle algo accidentalmente, porque es *tan* pesada y utiliza de forma excesiva e innecesaria la palabra *tan*...

—Hemos quedado para tomar algo mañana por la noche.

Las llamaradas de odio que se encienden en mi estómago se extinguen de golpe con una dosis helada de realidad.

¿La ha invitado a salir?

—No me jodas, ¿por fin vais a tener una cita? —Una de las amigas aplaude, encantada.

—¡Sí! Estoy *tan* emocionada...

Vale. Así que Fitz la ha invitado a salir. Es guapa, tiene estilo. ¿Por qué no debería salir con ella?

¿Y por qué debería importarme si lo hace?

Porque...

Porque, bueno, obviamente es una zorra. No quiero que Fitz salga con una zorra.

No es una zorra. Los celos hablan por ti.

Me digo que no a mí misma con terquedad. Me ha lanzado un par de miradas malvadas antes de juntarse con sus amigas. No me lo he imaginado. Así que es posible que sea un poco zorra.

Pues tú ahora mismo estás siendo muy zorra.

—Vete a la mierda —me ordeno a mí misma.

Unos cuantos asientos más allá, un chico con el pelo negro y bastante largo sentado en la misma fila que yo mira en mi dirección. Arquea una ceja poblada y me observa.

Levanto la mano y le saludo con amabilidad.

—Ignórame. He decidido que seré la loca que habla consigo misma en clase.

Se ríe.

—Entendido.

Nora se gira al oír mi voz, entrecierra los ojos y se vuelve.

La odio.

Te estás volviendo loca.

—¿No acabamos de decidir que he escogido el camino de la locura? —digo en voz alta, más que nada para echarme unas risas con mi compañero de fila.

Cejas Pobladas me mira otra vez y dice:

—Oh, guau. No iba en broma.

—Ya paro. Lo prometo —respondo con una sonrisa.

Delante de mí, las amigas de Nora la están interrogando para conocer más detalles sobre la cita inminente.

—¿Solo a tomar algo?

—Solo a tomar algo —confirma—. ¿En serio pensáis que volveré a aceptar alguna vez cenar en una primera cita después de Ethan el de los Ocho Platos?

Las chicas rompen a reír.

—¡Ay, Dios mío! ¡Me había olvidado de él!

Desconecto de su conversación mientras recuerdan la ocasión en que Nora se quedó atrapada en una cena carísima durante cuatro horas cuando estaba lista para dejar al chico tirado desde el primer plato. Es una historia entretenida, pero estoy demasiado ocupada intentando combatir los celos indeseados.

Fitz puede salir con quien quiera. Además, no tengo derecho a estar celosa. La otra noche dormí abrazada a Hunter. Es cierto, no hicimos nada más que la cucharita, pero fue agradable estar tumbada con el cuerpo cálido de un hombre apretujado contra el mío. Y si Hunter hubiera dado un paso más, no puedo asegurar que no le habría seguido el rollo.

Las puertas del fondo del aula se abren de golpe e interrumpen mis pensamientos. El hombre que entra en la sala no necesita presentación, y aun así, se acerca a la tarima y nos da la bienvenida como si ninguno de nosotros hubiera ojeado una revista de moda en la vida.

—¡Buenos días! Soy Erik Laurie y lamento informaros de que tendréis que aguantar mi insoportable presencia durante los próximos cuatro meses.

Las risas invaden toda el aula.

—Es broma —añade con una carcajada—. Soy sumamente encantador.

Sonrío junto con el resto de la clase. Se está autoproclamando como el profe guay desde el primer momento. Me gusta. También parece más joven que en las fotos. Tal vez porque en esas fotos suele lucir una espesa barba rubia y hoy está totalmente afeitado y la carita de bebé que hay debajo queda a la vista.

Aunque sé que tiene unos treinta y tantos. Y su sentido de la moda es tan preciso que casi ronroneo en voz alta. La ropa es de Marc Jacobs, reconozco la *blazer* retro de la colección de otoño. Y los zapatos... Tom Ford, creo. Debería verlos más de cerca para asegurarme.

—Bienvenidos a Historia de la Moda, damas y caballeros.

Su voz es tan suave y aterciopelada que la cara de todas las chicas se convierte en la versión en carne y hueso del *emoji* con corazones en los ojos. Por alguna razón, en mí no provoca el mismo efecto. Objetivamente, Laurie es un hombre atractivo, pero hay algo en su cara angulosa y simétrica que no me convence.

Nuestro nuevo profesor no pasa por alto la atención femenina que recibe. Guiña el ojo a dos chicas de la primera fila mientras reposa los brazos en el estrado. Durante los siguientes diez minutos habla sobre su impresionante trayectoria, sin revelar nada que no supiera ya.

Ha tenido una carrera increíblemente prolífica para lo relativamente joven que es, y es evidente que siente una pasión genuina por lo que hace. Cuando termina de recitar su currículo, nos habla de lo que podemos esperar de este curso. Examinaremos la influencia global de la moda, cómo se ha formado a lo largo de los años y el modo en que ciertas épocas y acontecimientos históricos han tenido impacto en el concepto y la representación del estilo.

Laurie tiene una forma de hablar que capta mi atención. Nos dice que más que una lección formal, hoy solo quiere «charlar» sobre por qué nos encanta la moda y quién nos inspira. Arranca confesando que su ídolo durante la adolescencia era Ralph Lauren y procede a hablar apasionadamente durante cinco minutos de Lauren como buen fan suyo.

Cuando termina, es nuestro turno. Cejas Pobladas, que se presenta como Ben, me sorprende al proclamar su amor por Versace. A juzgar por su estilo *hobo-chic* (no confundir con *boho*), lo habría etiquetado como un entusiasta de Alexander McQueen. Pero Ben se explaya hablando de Versace hasta que nuestro profe finalmente sonríe y pide que hable otro voluntario.

Como nunca he tenido problemas para intervenir en clase, levanto la mano.

Laurie me examina desde el estrado.

—¿Y tu nombre es...?

—Summer.

—No, cariño, es «*winter*». ¿No has visto el tiempo que hace fuera?

Nora y sus amigas se ríen con disimulo. Unos cuantos estudiantes más también sueltan una risita. Yo pongo los ojos en blanco y Laurie vuelve a esbozar una sonrisa.

—¿Te hacen mucho esta broma, no? —Hace un gesto con la mano—. Bien. Cuéntanos quién te inspira.

Contesto sin vacilar:

—Chanel.

—Ah, sí. —Asiente con aprobación—. Gabrielle Bonheur Chanel. También conocida como Coco. ¿Sabes por qué le pusieron ese mote, Winter?

Su pregunta da pie a más risas.

No estoy segura de cómo me siento con respecto al Profesor Cómico, sobre todo ahora que no para de cambiar de alternar sus dos personalidades. Durante un instante, es agradable y está seguro de sí mismo y ¡al siguiente el señor Cómico que va a contar chistes porque es uno de nosotros!

Me confunde.

—Le pusieron ese mote cuando era cantante de cabaret —respondo—. Intentó tener éxito como actriz, fracasó y entró en el mundo de la moda.

—Donde tuvo un éxito inimaginable —concluye.

—Esa es una de las razones por las que me encanta. Cuando sus planes originales quedaron en nada, no se dio por vencida. Eligió tomar un camino distinto, tuvo éxito y se convirtió en un icono. Su marca existe desde hace casi un siglo. Sobrevivió a la Segunda Guerra Mundial...

—Sí, porque colaboraba con los nazis —suelta Nora con malicia.

Cierro los puños y me presiono los muslos con ellos. ¿De qué va esta chica? Me ha interrumpido para insultar a una leyenda de la moda.

—¿Y tú eres...? —interviene Laurie.

—Nora Ridgeway. —Se encoge de hombros—. Y que Chanel era un personaje turbio lo sabe todo el mundo. Hace poco aparecieron unos documentos, hasta entonces secretos, en los que se especula sobre la posibilidad de que, durante la guerra, actuara de forma despreciable.

Nuestro profesor no lo niega.

—Sí, eso dicen. Y cuando volvió al mundo de la moda después de la guerra, muchas personas se enfurecieron a causa de estos rumores. Y sin embargo, la marca se recuperó. —Ladea la cabeza—. ¿Por qué crees que fue así, Summer?

—Porque... —Me muerdo el labio, pensativa—. Porque Coco era *la moda.* Fue la pionera del *little black dress,* por Dios. La gente la acusaba de ser demasiado conservadora, pero, sinceramente, creo que revolucionó la industria. Enseñó al mundo que la moda no se trataba solo de llevar un vestido bonito o un traje hecho a medida durante una velada nocturna; es un estilo de vida. —Hago una pausa para recordar—. Se le atribuye una cita famosa que afirma que la moda nos rodea: «Está en el cielo y en las calles, tiene que ver con nuestra forma de vida y con lo que está pasando». Esa es una filosofía en la que creo.

Asiente. Muchos de mis compañeros de clase lo imitan. Nora, sin embargo, me mira con el ceño fruncido y se vuelve a girar con frialdad.

Qué más da. No me importa si no le caigo bien. Ha intentado hacerme quedar mal por respetar a Chanel y le ha salido el tiro por la culata. Se siente.

—Muy bien dicho —contesta Laurie antes de echar un vistazo por todo el aula—. ¿Quién sigue? Quiero saber quién os inspira.

La siguiente hora se me pasa volando y, cuando nos dejan salir, yo ya estoy sufriendo. Temía la llegada de este momento y ahora todavía más, porque sé que he causado buena impresión a Erik Laurie. Y no quiero causarle una mala cuando le cuente lo de mis problemas de aprendizaje.

Mientras camino por el pasillo oigo por detrás que Nora le dice a su amiga:

—Te veo fuera. Quiero decirle lo fan suya que soy.

Oh, genial. Si ahora voy a hablar con él, Nora se pensará que intento ser mejor que ella.

—Summer —me llama Laurie desde el fondo del aula—. ¿Podemos hablar un momento?

Vale. Por lo menos no parecerá que he sido yo quien ha iniciado el contacto.

Pero creo que esto es incluso peor.

Nora se detiene en seco. Noto que su mirada me quema la espalda como el carbón candente mientras me apresuro a bajar las escaleras.

—Es un placer conocerte oficialmente. —Me extiende la mano con una sonrisa.

Le doy un apretón

—Igualmente, un placer, profesor Laurie.

—Llámame Erik.

—Oh. Mmm. Necesitaré acostumbrarme. Se me hace raro llamar a figuras de autoridad por su nombre de pila.

Se ríe.

—Me parece razonable. ¿Qué tal señor L hasta que te acostumbres a Erik? —Me guiña el ojo, y advierto un tono de flirteo en su tono de voz, aunque empiezo a pensar que solo está siendo amable. Le he visto guiñar el ojo a varias chicas durante la clase.

—De acuerdo, señor L —titubeo mientras me preparo para la parte incómoda—. No sé si ha tenido la oportunidad de hablar con el señor Richmond. Es mi tutor académico este año.

—Pues sí, la verdad. Puedes estar tranquila, me ha informado de tus dificultades de aprendizaje, y tengo la intención de sentarme contigo para hablarlo más adelante. Pero eso lo haremos durante las tutorías. —Me examina durante un instante—. Me has impresionado esta mañana. Eres una oradora muy elocuente.

—Y un escritora terrible.

—Ey, mucha gente se ajusta a esa descripción. Y hay maneras de solucionarlo. Como he dicho, lo hablaremos durante las tutorías, pero estoy seguro de que podremos acordar métodos alternativos de evaluación. ¿Tal vez escribir menos palabras en el examen parcial a cambio de alguna prueba oral?

Una sonrisita se le dibuja en la comisura de la boca al pronunciar la palabra «oral». Sé que se refiere a una presentación oral, pero la sonrisa que la ha acompañado ha disparado mi asquímetro. O está trazando una fina y peligrosa línea entre su autoridad y sus alumnas o simplemente es demasiado gracioso. De verdad espero que sea lo segundo.

—Puedes consultar mi disponibilidad en la página web del departamento, pero creo que cuanto antes nos quitemos esto de encima, mejor.

—Estoy de acuerdo.

Me da la mano.

—Y por favor, continúa interviniendo en clase de la manera en que lo has hecho hoy. Valoro a los estudiantes a los que les apasiona la moda tanto como a mí.

Otro guiño.

¿O a lo mejor no son guiños y es que su ojo se mueve así? ¿Existe la posibilidad de que pestañee así, un ojo después del otro?

No tengo ni idea, y tampoco me importa tanto. Nora sigue fulminándome con la mirada. Y Laurie todavía me sujeta la mano.

Con torpeza, deslizo la palma para zafarme de su apretón.

—Lo haré lo mejor que pueda. Y consultaré su horario de tutorías en cuanto llegue a casa. Gracias, profes... Quiero decir, señor L.

—Mucho mejor.

Guiña un ojo. O pestañea. Quién sabe.

Hago un *sprint* hacia la salida tratando de ignorar la expresión de enfado de Nora.

Fuera, tirito de frío mientras me pongo toda la ropa de abrigo. No quería hacerlo en el aula bajo la mirada de Laurie. Es posible que el hombre sea una leyenda en el mundo de la moda y que sea bastante majo, pero me ha dado muy mal rollo.

Uf. No sé. A lo mejor me estoy rayando en exceso.

Como esta era la única clase que tenía hoy, soy libre como el viento, así que le escribo a Brenna para preguntarle si está en el campus. Responde enseguida.

Brenna: Biblioteca.

Yo: Acabo de salir de clase ¿Quieres que vayamos juntas al Della?

Brenna: Síííííí. ¿Pasas a buscarme?

Yo: Vale. 10 min.

Brenna: ¡Prepárate para hablar de MH o no subes a mi coche!

Esta vez tarda en responder. Qué raro. Ayer le escribí varias veces rogando que me contara qué pasó exactamente entre Hollis y ella, pero se negó a hablar de ello.

Brenna: ¿MH?

¿En serio? ¿Se va a hacer la tonta?

Yo: Mike Hollis. Alias el Rey de los Machitos. Quiero todos los detalles hoy o esta amistad habrá terminado.

Brenna: Te echaré de menos.

Yo: ¿Crees que es un farol? He dejado de ser amiga de gente por no etiquetarme en sus publicaciones de Insta. Soy implacable, Be.

Brenna: No te creo.

Yo: Aj. Venga, porfa. No puedo más. Necesito saber:
    1) Cómo de grande la tiene
    2) ¿EN QUÉ COÑO ESTABAS PENSANDO?

Responde al cabo de una larga pausa.

Brenna: Vale. Tú ganas.

A pesar de mis amenazas, no consigo que Brenna suelte prenda sobre Hollis durante el trayecto hasta Hastings. En lugar de eso, hablamos de las clases y le confieso que me siento un pelín incómoda con mi profesor.

—Me da mal rollo, parece un pervertido —le explico, mientras busco dónde aparcar en la calle.

—¿Cómo se llama?

—Erik Laurie.

—Nunca he oído hablar de él.

No hay razón alguna para que le suene a menos que siga de cerca el mundo de la moda, y sé que no es así. Hago un repaso rápido de su trayectoria antes de describirle los guiños crónicos.

—A lo mejor no entiende el concepto —sugiere—. Tal vez, para él guiñar el ojo sea otra manera de sonreír. Y si le haces un cumplido, te dice: «¡Gracias!», y te guiña. Y cuando saluda a la gente, dice: «¡Encantado de conocerte!», y guiña.

Me muerdo el labio para no reírme.

—¿Me estás vacilando, verdad?

—Por supuesto. No hay nadie tan tonto. Guiñar el ojo es tirar la caña. Lo sabe todo el mundo.

—Entonces, ¿me estaba tirando la caña?

—¿Seguramente? —Pone los ojos en blanco—. Y si intentas decirme que es la primera vez que un profe te tira los trastos, no te creeré.

—No, me ha sucedido antes —admito—, pero no me lo esperaba de este. Es una persona muy respetada en la industria.

Su carcajada nasal retumba por todo el coche.

—Claro. Porque es imposible que un hombre respetado sea gilipollas. ¿Hablamos de cómo está el tema en Hollywood?

—No, no hace falta ir por ahí.

Encuentro un sitio donde meter el Audi y aparco.

Al cabo de cinco minutos, estamos sentadas una frente a la otra en uno de esos reservados de vinilo rojo retro. Brenna pide un café solo. Yo una infusión de menta con limón. Y de alguna manera, esto resume nuestra amistad. Si hablamos de la apariencia, me encantan los colores claritos y el maquillaje al natural, mientras que a Brenna le gusta pintarse los ojos con un efecto ahumado y el negro. En cuanto a la personalidad, yo soy más despreocupada, ella es más intensa, pero las dos estamos un poco piradas. Somos intimísimas.

—Vale, ya llevo demasiado tiempo dejándote evitar el tema —anuncio cuando la camarera nos trae las bebidas—. ¿Estás lista?

Agarra la taza de café con ambas manos y contesta:

—Dale.

Durante más de un día entero, un dique llamado Brenna ha contenido mi rebosante curiosidad. Ahora que se ha agrietado, no hay manera de evitar que se desborde.

—¿Besa bien? ¿Cómo la tiene? ¿Bajó al pilón? ¿Dormiste con él? ¿Por qué lo hiciste? ¿Es un pesado en la cama? ¿Te arrepientes? ¿Es...?

—¡Madre mía! —exclama Brenna—. No pienso contestar a *nada* de eso.

Consigo formular otra pregunta antes de que se me acabe el tiempo.

—Entonces, ¿ahora tienes novio?

—No, pero tengo una ex mejor amiga —responde con dulzura.

La ignoro.

—Hablando de tu novio, esta mañana me ha pillado en la ducha.

Eso la distrae por un momento del plan que estaba ideando mentalmente para asesinarme.

—¿Qué?

—Hollis ha entrado en el baño mientras me duchaba.

—Genial. Ya no tengo que castigarte por haberte referido a él como mi novio. El universo lo ha hecho por mí.

—Ha sido tan incómodo...

La pongo al corriente de la escena teatral de esta mañana y termino con el final apoteósico: el momento en el que se me ha caído la toalla delante de tres universitarios en calzoncillos.

Frunce los labios.

—Acabas de describir la introducción de una peli porno, así que asumo que la escena termina contigo haciéndoles una paja a los tres?

—No, serás guarra... Termina con Fitz prometiendo arreglar el pestillo. Un detalle por su parte. —Me obligo a añadir.

—¿Ves? Te lo dije, es buen chico.

—¿Estás segura? Porque antes lo he visto cerca de mi facultad y ni siquiera me ha dicho hola. Me ha mirado fijamente y me ha ignorado por completo.

—A lo mejor no te ha visto.

—¿Te has perdido la parte en la que te acabo de decir que me ha mirado?

Brenna suspira y dice:

—No es tan malo como piensas, Summer, en serio. —Y murmura para sus adentros—. Hollis, por el contrario...

Doy un brinco como cual lebrílope. Bueno, si es que dan brincos, claro. Y si supiera lo que es ese animal.

—Si Hollis es tan malo, ¿por qué te has acostado con él?

—Porque estaba borracha. Y no nos acostamos.

—Según creo recordar, ayer por la mañana no llevabas pantalones...

—No estoy segura de si te han enseñado esto en los talleres de educación sexual, pero se puede estar desnudo con alguien y no mantener relaciones sexuales. —Me da otro clavo ardiendo al que me aferro cuando cede y añade—: No besa tan mal.

—¿Te volverás a enrollar con él?

—Claro que no.

Llega nuestra comida y Brenna se apresura a dar un mordisco enorme a su sándwich club. Sospecho que es para no hablar.

Yo picoteo con el tenedor el pollo de la ensalada césar y noto cómo me quedo sin apetito al recordar qué más ha ocurrido hoy.

—Una chica de mi clase de Historia de la Moda le ha pedido una cita a Fitz.

Brenna me contesta sin dejar de masticar:

—¿En serio? ¿Quién?

—Nora no sé qué no sé cuántos. Una chica *indie* bajita con el pelo rosa. —Me llevo un poco de ensalada a la boca—. Le ha dicho que sí.

—¿Cómo sabes que ha dicho que sí?

—He oído cómo se lo contaba a sus amigas.

—Vale. —Brenna engulle y deja el sándwich en el plato—. No estoy segura de cuál es la reacción correcta: ¿quieres que me alegre por Fitzy porque ha ligado o que me indigne por ti porque todavía te gusta?

—No me gusta —objeto al instante.

—«La dama protesta demasiado», etcétera, etcétera.

La fulmino con la mirada.

—Pues claro que protesta. No me atraen los chicos que piensan que soy superficial.

—Claro. O sea que estás diciendo que, si ahora mismo te llamara y te dijese: «Oye, Summer, me gustaría tener una cita contigo y es probable que te enseñe mi pajarito al final», ¿le dirías que no?

—Por supuesto.

—Vaya trola.

—Fitz puede salir con todas las chicas de esta universidad, me la suda. Echó a perder su oportunidad conmigo.

—Trooola.

—En serio.

—Trooola.

Suelto un gruñido de exasperación y digo:

—Eres taaan infantil.

—Vale. *Yo* soy la infantil. Pero admite que todavía te gusta.

—Claro, si tú admites que te gustó tontear con Hollis —la reto.

Nos encontramos en un callejón sin salida.

Brenna se encoje de hombros y le hinca el diente al sándwich de nuevo. Yo sigo picoteando la ensalada. Mi apetito se ha desvanecido por completo, porque saber que Fitz está en una cita con otra chica me molesta mucho más de lo que pensaba.

En el instituto era animadora, capitana del equipo de baile y cocapitana del equipo femenino de natación. Esto último significaba que no solo me codeaba con jugadores de fútbol que estaban como un tren, sino también con nadadores buenorros. Chicos de músculos esbeltos y cuerpos tersos y aerodinámicos. Así que cuando, a la tarde siguiente, estoy tumbada en el sofá al lado del Mike Hollis depilado, no me perturba en absoluto.

Tiene un brazo descubierto colocado de cualquier manera en el cojín que hay entre los dos y sus piernas desnudas descansan en la mesita del café; no tiene ni un solo pelo y, sin embargo, sigue teniendo un aspecto muy masculino. Hollis puede ser un pesado, pero tiene *sex appeal,* eso hay que admitirlo.

Además, tenemos —y esto me asusta ligeramente porque no sé qué dice de *mí*— muchas más cosas en común de las que imaginaba. En la última hora he descubierto que prefiere el té al café, que no le avergüenza decir que le encanta el álbum en solitario de Harry Styles y que está tan obsesionado con la película de *Titanic* como yo. La están retransmitiendo ahora en una de los canales de cine a los que están suscritos los chicos. La hemos pillado a la mitad y ahora nos acercamos a los épicos momentos devastadores.

—A lo mejor tendremos que apagarla antes de hundirnos —me avisa. Y se ríe de su propio chiste—. Hundirnos, ¿lo pillas? Como ellos.

—Sí, Mike. Lo pillo. —Apoyo los pies sobre la mesa y le doy golpecitos en el pie izquierdo—. Y no podemos apagarla. Las escenas del final son las mejores.

—Por favor, nena. No tengo ganas de llorar esta noche.

Me atraganto con la risa. Su expresión seria me dice que no es broma.

—¿Con qué parte te vienes abajo? ¿Cuando la madre lee a sus hijos? ¿La pareja de ancianos en la cama?

—Todas las anteriores. Y no me hagas hablar de la muerte sinsentido de Jack. Era innecesaria, joder.

Asiento, conmovida.

—Había espacio para los dos en esa puerta.

—Ya ves. Si hasta lo desmontaron en *Cazadores de mitos*. No tenía que morir.

Cuando me suena el móvil, aparto la mirada de la bonita cara de un joven Leonardo DiCaprio. Aunque la verdad es que su cara sigue siendo igual de bonita que entonces. Es una maravilla atemporal.

Leo el mensaje de Hunter, que esta noche ha salido con algunos compañeros del equipo. Yo me he quedado en casa porque se suponía que Brenna tenía que venir a pasar el rato. Y tengo la sensación de que esa es la única razón por la cual Hollis tampoco ha salido. Pero ha cancelado el plan en el último minuto, así que Hollis y yo nos hemos quedado solos.

Fitz tampoco está en casa, pero me esfuerzo mucho por no darle vueltas al motivo.

—Hunter quiere saber si quieres que te traiga alitas de pollo —le digo a Hollis.

—¿En serio me pregunta eso?

—¿Eso es un sí?

—¿Tú qué crees?

—Yo creo que sí —contesto con irritación—, pero quiero asegurarme.

—No pienso responder a una pregunta que lleva implícita la respuesta.

Juro que lo voy a matar un día de estos. Le escribo a Hunter que sí y, luego, le mando un mensaje a Brenna.

Yo: Como me has dado plantón, esta noche estoy de tranquis con tu novio, y te informo de que es sumamente insoportable.

Brenna: No quería plantarte, BG. Me había olvidado del grupo de estudio.

Me lleva un segundo adivinar que «BG» significa Barbie Greenwich. Le respondo con una sonrisa:

Yo: No pasa nada, era broma. Bueno, lo de que es insoportable no. Porque lo es.

Brenna: Mucho, la verdad. Y no es mi novio.

Y lo zanja con el emoticono de la peineta. Para reírme un poco de ella, le digo a Hollis:

—Brenna te dice hola.

Sus ojos azules se iluminan.

—¿De verdad? Dile que me dé su número de una vez. Estoy cansado de pedírselo. —Guarda silencio un momento y baja la mirada hacia el móvil que tengo en la mano—. Espera, tengo una idea mejor. ¿Y si me lo dejas y se lo digo directamente?

Ay, madre. ¿Ni siquiera le ha dado su número? Pobre chico. Tengo muchas ganas de reírme, pero creo que podría herir sus sentimientos.

—Lo siento, cariño —le digo con suavidad—. No puedo. Va en contra de nuestra ley.

A pesar de su expresión decepcionada, me da una palmadita solemne en el hombro y contesta:

—Lo respeto. Todos debemos respetar la ley. —Su atención vuelve a la película—. Hostia, Kate Winslet está *supersexy* con el hacha.

Suelto una risa. Vemos a Kate intentar andar con el agua por las rodillas para rescatar al Leo esposado.

—¿Ves? Las chicas ricas también pueden ser unas malotas —le digo a Hollis.

—Si esta es tu manera de ofrecerte a romperme las esposas con un hacha, voy a tener que declinar tu propuesta educadamente. No confío en tu puntería en absoluto.

—¿Ah, no? ¿Y qué te parece esta puntería? —Rápida como un rayo, tomo un cacahuete del bote de frutos secos variados que nos hemos ido pasando y se lo lanzo.

Le da en toda la frente y rebota con un *ping*.

Me destornillo de la risa.

—¿Por… qué… ha… sonado… así? —Jadeo e intento recuperar la respiración. Me duele la barriga de tanto reír—. ¡Mike! ¿Tienes una placa metálica en la frente?

Hollis está tan perplejo como yo.

—Tío, pensaba que no, la verdad. Ahora quiero llamar a mi madre para preguntárselo.

Todavía me estoy partiendo de risa cuando se abre la puerta de la entrada. Esperaba que fuera Hunter con un plato de alitas de pollo, pero quien aparece es Fitz, llenando el marco de la puerta con la anchura de su cuerpo. Dejo de reír casi de inmediato.

Ha salido con Nora Ridgeway esta noche. Antes, cuando ha aparecido por las escaleras arreglado con unos vaqueros bonitos y una camisa informal de color azul claro, Hollis le ha vacilado.

Ah, y sin barba.

Eso es. Se ha afeitado por ella. Y, al contrario que al profesor Laurie, al que el afeitado le daba un aire de prepubescente, Fitz tiene el mismo aspecto varonil, con o sin vello facial. De hecho, el afeitado enfatiza sus características masculinas: la dureza de la mandíbula, la boca *sexy*, la barbilla partida… Antes casi me desmayo de deseo cuando he visto que tenía un hoyuelo en la barbilla.

—Ey. ¿Qué os hace tanta gracia? —pregunta con voz ronca mientras nos mira a Hollis y a mí alternativamente.

—Tengo el cráneo de metal —responde Hollis—. ¿Cómo ha ido la cita?

Son apenas las diez y media. Me pregunto si es buena señal que haya vuelto tan temprano, pero Fitz acaba con mi esperanza al decir:

—Bastante bien.

Me he prometido a mí misma que no haría ni una sola pregunta sobre su estúpida cita.

Pero parece que a mi boca no le apetece obedecer.

—Me sorprende que hayas ido a tomar algo con una estudiante de Moda —se me escapa.

Se encoge de hombros y se apoya contra el marco de la puerta.

—También estudia Artes Visuales. Su especialidad es la pintura abstracta.

Por supuesto que lo es. Nora tiene toda la pinta de ser de esas chicas que lanzan un pegote de pintura negra y rosa en un lienzo y exponen una «pieza» que representa la anarquía o la desigualdad de la mujer.

—Ya veo. Así que supongo que os habréis pasado todo el rato hablando de Monet y Dalí, ¿no? —Quería vacilarle un poco, pero mis palabras suenan casi como un ataque.

Fitz también lo nota y entrecierra los ojos.

—Hemos hablado de arte, sí. ¿Algún problema?

—Claro que no. ¿Por qué debería haberlo?

—No lo sé. ¿Por qué debería haberlo?

—Acabo de decir que no hay ningún problema.

Me rechinan los dientes y alcanzo mi botella de agua. Lo paso un poco mal al tragar porque tengo la mandíbula muy tensa, pero lo consigo.

—Me alegra que tengáis los mismos intereses. Imagínate lo horrible que habría sido si se hubiera pasado toda la noche farfullando sobre las Kardashian.

Cierro la botella y enseguida añado:

—No es que tenga nada en contra de las Kardashian.

Me encantan Kim y compañía. Creo que son todas unas mujeres de negocios espabiladísimas, la verdad.

—Me encantan las Kardashian —comenta Hollis.

—Si comentas cualquier cosa a propósito de sus culos... —le aviso.

—Me gusta el programa —me asegura—. Es divertido.

—Mentiroso. Ni de coña ves el *reality*.

—Te lo juro.

Suspiro de sorpresa.

—Dios mío. Vale. Luego hablamos de la temporada actual —Acto seguido, me dirijo a Fitz y añado—: Parece que ha sido una cita superguay. Qué bien que hayáis hablado sobre arte y eso. Muy profundo todo.

Se sujeta al marco de la puerta con una mano.

—¿Hay alguna razón por la que estás siendo tan capulla ahora mismo?

¿Qué?

—Guau —murmura Hollis.

Observo a Fitz con la boca abierta. Me tiembla la mano alrededor de la botella. ¿En serio me acaba de llamar capulla? Creo que nunca antes le había oído decir ese insulto. ¿Y dirigido a mí? Se me revuelve el estómago del dolor y la ira que se pelean en mi interior.

Es más fuerte la ira.

Doy un golpe en la mesa con la botella, me levanto y me acerco a él.

—Me parece increíble lo que acabas de decir.

—¿En serio? O sea que *tú* puedes estar ahí sentadita haciendo comentarios de mierda, pero te parece inconcebible que yo te eche la bronca por ello, ¿no?

—Chicos —interviene Hollis.

—No eran comentarios de mierda —le espeto.

—Te estabas burlando de Nora —me responde Fitz—. Y que yo sepa, eso es hacer comentarios de mierda. Y no es la primera vez que te portas como una capulla conmigo, Summer. ¿En serio te crees que no me he dado cuenta?

—¿Dado cuenta de qué? ¿De que no me hace especial ilusión estar cerca de ti? —Coloco los brazos en jarras—. Tampoco lo estaba ocultando.

—Exacto. Has sido una capulla sin esconderte.

—¡Deja de llamarme así!

—¡Deja de comportarte como tal!

—Chicos —nos intenta calmar Hollis.

—¿Por qué siempre me gritas? —gruño—. Nunca te he oído gritar a nadie más.

—Porque los demás no me están volviendo *loco* como tú. —Se pasa las manos por el pelo, enfadado—. O estás toda sonriente y dando abrazos como en Nochevieja o de repente te pones...

—*No* pienso hablar de lo de Nochevieja —lo interrumpo—. No después de que...—me detengo abruptamente.

Se le forma una arruga en la frente.

—¿Después de qué?

—¿Después de qué? —repite Hollis con curiosidad.

—Te lo acabo de decir, no pienso hablar de ello.

—¿Hablar de qué? —inquiere Fitz—. Todavía no tengo ni idea de lo que estás diciendo. ¿Qué se supone que hice?

No despego los labios.

Me escudriña el rostro durante unos segundos. Y entonces sus ojos reflejan determinación. Oh, no. Empiezo a reconocer esta expresión.

—Pues ¿sabes qué? Que vamos a ocuparnos de esto ahora mismo, joder. —Da un paso amenazador hacia delante—. Perdónanos, Mike.

—Va, tío, ¡que justo empezaba a ponerse interesante!

Mantengo los brazos en una posición defensiva mientras Fitz se me acerca peligrosamente.

—Ni se te ocurra —le aviso—, ni se te...

Antes de terminar la frase, ya estoy colgada de su hombro.

¡No me lo puedo creer, joder!

—¿*Cómo ha vuelto a ocurrir?* —chillo.

Mi protesta le entra por una oreja y le sale por la otra, porque ya se dirige al piso de arriba.

CAPÍTULO 14
Fitz

No voy a mentir. Cargar con una Summer enfadada y dando gritos me excita un poco.

Bueno, vale. La tengo dura como una piedra.

En mi defensa diré que no he empezado la discusión empalmado. Estaba enfadado de verdad con ella. Todavía lo estoy. Pero ahora, además, estoy excitado.

No es culpa mía.

—Suél-ta-me. —Summer escupe cada sílaba, y con cada sonido afilado, una cálida sensación placentera se apodera de mi entrepierna.

Estoy fatal. Me acabo de pasar las últimas tres horas con una chica que se ha arreglado para mí, que me ha lanzado miraditas y me ha tocado la mano, que lo ha hecho todo salvo llevar escrito en la frente un cartel de ACUÉSTATE CONMIGO, COLIN.

Y no he sentido ni cosquilleo ahí abajo.

Y aquí estoy ahora, con Summer, que lleva unos pantalones de cuadros anchos y una camisa de manga larga, y me insulta a gritos, y yo estoy a punto de estallar.

—¿Pensabas que antes estaba siendo una capulla? —dice con actitud amenazadora—. ¡Pues a ver qué te parece ahora!

Recurre a su movimiento estrella: los pellizcos en el culo.

Pero el pinchazo de dolor solo me excita más. Abro la puerta de su habitación de una patada.

—¿Te han dicho alguna vez que eres una niñata?

En el momento en que la suelto, intenta propinarme un puñetazo.

Se me atraganta la risa. Bloqueo su puño con facilidad antes de que impacte contra mi plexo solar.

—Para —le ordeno.

—¿Por qué? ¿Porque esto me convierte en niñata? Ah, y en una capulla también, ¿verdad? Y en una reina del drama... y en una chica de hermandad... ¿Qué más...? —Se le enrojecen las mejillas de lo que parece vergüenza—. Ah, sí. Que soy superficial. ¿Eso es lo que piensas, no? ¿Que soy una chica banal?

Sus palabras son como una patada en el estómago.

Mi entrepierna tampoco se lo toma bien; una mirada a la carita afligida de Summer y el calentón dice: «Venga, adiós».

Sus dedos, que apretaba con tanta vehemencia, se abren poco a poco y se vuelven flácidos. Cuando se da cuenta de mi expresión, suelta una carcajada amarga.

—Oí todo lo que le dijiste a Garrett en el bar aquella noche.

Oh, mierda. La culpa me desgarra todo el cuerpo antes de instalarse en mis entrañas y formar un remolino de remordimiento.

—Summer... —empiezo a decir. Y me callo.

—Cada palabra —susurra—. Oí cada palabra que dijiste, y ni una de ellas fue amable, Colin.

Me siento un completo gilipollas.

Llevo gran parte de mi vida priorizando no ser cruel con los demás. No hablar mal de nadie, ni a la cara ni a sus espaldas. Cuando era pequeño, todo lo que veía en mis padres era negatividad. Se clavaban puñaladas terribles el uno al otro. *Tu padre es un desgraciado, Colin. Tu madre es una zorra mentirosa, hijo.* Con el paso de los años se han calmado, pero no ha ocurrido lo bastante rápido. El ambiente tóxico que habían creado ya había hecho su efecto y me enseñó por las malas el daño que se puede causar con las palabras. No hay forma de impedir que el veneno actúe una vez lo has escupido.

—Summer... —vuelvo a intentarlo, y me callo de nuevo.

No sé cómo explicar lo que hice sin revelar lo mucho que la deseaba esa noche. Le buscaba defectos porque lo estaba pasando bien con ella. Porque me estaba haciendo reír. Me excitaba. La deseaba, y estaba tan confuso que empecé a destacar todo lo que percibía como defecto.

—Me sabe fatal que oyeras eso —respondo con dificultad.

Y enseguida sé que no era lo que tenía que decir. Sentada al borde de la cama, me observa detenidamente con sus ojos verdes tristes.

Dios. Su expresión... Es como una flecha al corazón.

—No soy superficial. —Su voz apenas es audible. Se aclara la garganta y, cuando vuelve a hablar, lo hace con firmeza—. Sí, tengo una energía desbordante. Sí, me gusta ir de compras y estoy obsesionada con la ropa. Sí, he estado en una hermandad y sí, me gusta bailar y pasármelo bien con mis amigos. —Exhala una ráfaga de aire—. Pero eso no me convierte en una persona superficial, Fitz. Ni tampoco significa que no haya más cosas aparte de mi apariencia. Porque sí las hay.

—Claro que las hay. —Tomo aire como puedo y me agacho a su lado—. Lo siento mucho, Summer. No quería hacerte daño.

—¿Sabes qué es lo que me ha dolido de verdad? Que simplemente diste por hecho que no soy nada más que una chica que va de fiesta y de compras. Soy una amiga fiel. Soy una buena hija, una buena hermana. Has pasado... ¿cuánto? ¿Noventa minutos en mi presencia? ¿Y ya crees que lo sabes todo sobre mí?

La culpa se abre paso hasta la garganta. Intento engullirla, pero solo se hace más gruesa, como una capa de alquitrán sobre el asfalto. Tiene toda la razón. Porque aunque estaba usando esos «defectos» como medida disuasoria, eso no quita el hecho de que, en primer lugar, pensé en ellos.

Porque *sí*, di por hecho que solo era una chica fiestera y nada más, y me avergüenzo de ello.

—Lo siento —me disculpo con aspereza—. Nada de lo que dije era cierto. Ni merecido. Y también siento haberte insultado antes. Tu actitud conmigo estos días ha sido pésima, pero ahora entiendo por qué te has comportado así. Lo siento mucho.

Summer permanece en silencio durante un largo rato. Nos separa un metro de distancia, pero parece que la tenga sentada en el regazo; así de cerca la siento. Noto el calor de su cuerpo, cómo su pecho sube debajo de la camiseta cada vez que inhala, ese olor embriagador, tan único... La espesa cascada de pelo dorado que le cae sobre un hombro me provoca un cosquilleo en los dedos, que se mueren por tocarlo.

—Me lo estaba pasando bien contigo esa noche. —Su tono es neutro, aunque refleja decepción—. Me divertí mucho hablando contigo. Y vacilándote por ser un cascarrabias —hace una pausa—. Pero cascarrabias ya no te pega. Creo que «cretino» ahora encaja mejor.

Se me encoge el corazón porque tiene razón.

—Lo siento. —Parece que es lo único que soy capaz de decir.

—En fin. —Le resta importancia con un ademán—. Es lo que me toca, por gustarme alguien que no es mi tipo. Supongo... Bueno, supongo que por eso siempre nos acaba gustando el mismo tipo de gente, ¿no? Es más fácil sentir atracción por una cierta clase de personas, que además siempre son las mismas que sienten atracción por ti. Pero no tenías por qué ser cruel, Fitz. Si no estabas interesado, me lo podrías haber dicho, en lugar de criticarme con Garrett. —Cierra los puños de nuevo y se presiona los muslos con fuerza.

—No suelo hacerlo. —Oigo el sufrimiento en mi voz. Estoy seguro de que ella también—. Pero, esa noche...

—Lo entiendo —me interrumpe—. No querías estar conmigo.

La culpa me vuelve a sellar la garganta hasta que consigo tomar un poco de aire.

—Pero para que lo sepas, soy más de lo que piensas. —Se le quiebra la voz—. No estoy vacía.

Joder, esta chica me está arrancando el corazón. No me había sentido tan mal por algo en toda mi vida.

—Conozco a gente que se pasa el día buscando el sentido de la vida, un propósito, el secreto del universo, preguntándose por qué el cielo es azul, cualquier cosa. Pero yo nunca he sido así. Se me dan bien otras cosas, como escuchar cuando alguien me necesita. Soy...

Un rayo de sol.

Igual que su nombre, Summer es un rayo de sol.

En lugar de terminar la frase, cambia de rumbo:

—Y aunque no te lo creas, puedo mantener una conversación sobre más temas que los zapatos y la ropa de diseño. A lo mejor no puedo escribir un ensayo de cinco mil palabras sobre Van Gogh y cada pinceladita que dio, pero puedo hablarte sobre la alegría y la belleza que ofrece el arte al mundo. —Se pone en pie con cierta brusquedad—. En fin. Lo siento por haber hablado mal de tu nueva novia.

—No es mi novia —musito—. Solo hemos tenido una cita.

—Lo que sea. Siento haberme burlado de tu cita. Y por si sirve de algo, va a mi clase de Historia de la Moda y no me ha causado muy buena impresión, que digamos.

Me muerdo fuerte la mejilla por dentro y repito:

—Me sabe fatal lo de Nochevieja. En serio. Nada de lo que dije iba en serio.

Me regala una sonrisa de resignación que, de nuevo, me parte por la mitad. Luego, se encoge de hombros y responde:

—Sí iba en serio.

En teoría, se supone que hablar las cosas facilita la relación entre dos personas.

A Summer y a mí nos produce el efecto contrario.

Durante los días siguientes a nuestra confrontación, mantenemos las distancias; si nos cruzamos, damos un rodeo y solo hablamos si es estrictamente necesario. No hay malicia detrás, solo una incomodidad extrema por parte de ambos. Sospecho que todavía piensa que soy un gilipollas por decir lo que dije y yo todavía me siento como tal.

Por si no era suficiente, Hunter y ella han pasado mucho tiempo juntos. Los he pillado un montón de veces sentados muy cerca en el sofá. No han dado muestras de afecto públicas ni ha habido nada abiertamente sexual, pero está claro que disfrutan de la compañía mutua. Hunter tontea con ella cada vez que puede y a Summer parece que no le molesta.

A mí sí.

Me molesta un poco demasiado, y por eso estoy acurrucado en mi habitación el domingo por la noche después de nuestra victoria contra el Dartmouth en lugar de estar de fiesta abajo con mis compañeros de equipo. Ayer también ganamos a Suffolk, así que, en realidad, es una doble celebración.

Pero no estoy de humor para ver cómo Hunter coquetea con Summer. Además, siento como si todo mi cuerpo fuese una herida enorme.

El partido contra Dartmouth fue duro. Un montón de golpes (y no todos limpios), multitud de penaltis (no se pitaron todos) y una lesión en la ingle a un defensa del Dartmouth que hizo que se me arrugaran las pelotas y se escondieran como una tortuga asustada. Así que no hace falta aclarar que estoy cansado, dolorido y de mal humor.

La música que retumba en el piso de abajo no deja de ahogar la lista de reproducción que reproduce el altavoz de mi ordenador. Es una mezcla rara, entre *bluegrass* e *indie-rock*, y por alguna razón se presta a este ejercicio de dibujo libre que me he propuesto llevar a cabo. A veces, cuando tengo un bloqueo creativo, me tumbo bocarriba con el cuaderno de dibujo encima y el lápiz en la mano. Cierro los ojos, inspiro y espiro profunda y lentamente, y dejo que el lápiz dibuje lo que quiera.

Mi profesora de Arte en el instituto me animó a probarlo un día; me dijo que era tan efectivo como la meditación para aclarar la mente y abrir los portales creativos. Tenía razón: cuando estoy bloqueado, el dibujo libre funciona.

No estoy seguro de cuánto tiempo tumbado, haciendo esbozos con los ojos cerrados, pero cuando me doy cuenta de que el lápiz ya no tiene punta y de que me duele la muñeca, la música de la sala de estar ya se ha apagado y mi lista de reproducción ha vuelto a empezar.

Sacudo la muñeca y me reincorporo. Miro el boceto que he hecho y descubro que he dibujado a Summer.

No a la chica de la sonrisa perfecta. Ni a la Summer que se ríe, ni a la Summer enfadada conmigo cuyos mofletes se ruborizan más que una deliciosa manzana roja.

He dibujado a una Summer de ojos verdes titilando de dolor, como cuando susurró las palabras «No estoy vacía».

En el papel, sus labios carnosos están congelados en el tiempo. Pero en mi mente, se resquebrajan cada vez que toma aire entre temblores. En las pestañas inferiores, unas lágrimas están a punto de escaparse y transmite una vulnerabilidad que me encoge el corazón. Pero la mandíbula firme asegura que no se rendirá sin luchar primero.

Inspiro profundamente.

Es perfecta para el personaje del nuevo juego que estoy diseñando. Llevo varios meses trabajando en los contenidos gráficos, pero no encontraba inspiración para la protagonista femenina, y eso ha ralentizado el proceso.

Contemplo el boceto durante casi cinco minutos antes de obligarme a cerrar el cuaderno y guardarlo. En el preciso momento en que mi mente sale del «modo arte» y vuelve al modo «soy una criatura que vive y que respira», reparo en que no solo necesito ir al baño corriendo, sino que además tengo más hambre que un caballo, que, por cierto, me comería entero. Las tripas me rugen tan fuerte que me sorprende que no me haya dado cuenta de las punzadas de hambre hasta este momento.

Primero me ocupo del asunto de la vejiga y, luego, bajo a gorronear algo de comida. Desde las escaleras oigo una oleada de risas procedente del salón, y la voz de Hollis que dice:

—¡*Eso* es!

Normalmente, cuando Mike Hollis suena tan emocionado por algo es o la cosa más horripilante del universo o algo increíblemente genial. No hay punto medio con este chaval.

La curiosidad me lleva a seguir la voz de Mike en lugar de dirigirme a la cocina. Cuando me acerco a la puerta, siento que me he teletransportado de vuelta al instituto. Todavía quedan algunos invitados. Incluido el capitán del equipo, Nate, que se frota las manos con alegría, deseando que la botella que hay en la mesa se detenga delante de él.

Sí, he dicho botella.

O estoy alucinando o mis amigos universitarios están jugando a la botella. Están sentados en el suelo y repartidos por los muebles formando algo parecido a un círculo. Claramente es Summer quien ha girado la botella, porque se agacha desde el sofá para verla. Mientras tanto, todos los chicos solteros de la sala la observan. Tienen muchas esperanzas.

La botella verde de Heineken se ralentiza al pasar por delante de Nate y Hollis. Casi se para delante de Katie, la novia de Jesse Wilkes. Gira unos milímetros más y se detiene. Y apunta directamente hacia la puerta del salón.

Me apunta a mí.

CAPÍTULO 15

Summer

Y esta es la razón por la que juegos como La Botella y 7 Minutos en el Cielo dejaron de molar después del instituto.

Porque, cuando tienes doce o trece años, puedes besar a chicos al azar sin preocuparte por las consecuencias.

Si eres adulto, *siempre* hay consecuencias.

Por ejemplo, si ahora tengo que besar a Colin Fitzgerald, todas las personas que están en esta habitación verán lo mucho que me gusta este chico.

—Dejadme volver a girarla —espeto—. Fitz ni siquiera está jugando.

Katie, una pelirroja guapa de boca ancha a lo Julia Roberts, menea el dedo índice con actitud de desaprobación y responde:

—¡Sí, claro! ¡Yo he tenido que besar a Hollis delante de mi novio!

—No me he sentido amenazado —comenta Jesse sin problema—. Vamos a ver, es Hollis.

—Eh —protesta Mike.

—No se trata de eso —argumenta Katie—. Lo que quiero decir es que hay que besar a quien apunte la botella. Sin excepciones.

Dirijo la mirada a Fitz. Lleva puesto lo que me gusta llamar «el atuendo que hace que mis ovarios exploten»: pantalones de chándal grises de talle muy bajo y una camiseta blanca ajustada que deja al descubierto sus brazos tatuados. Joder, este chico es perfecto. De diez.

Bueno, mejor le doy un nueve. Le quito un punto por la cara que pone, como si deseara meterse en un transbordador y teletransportarse a Siberia.

Su expresión de cero entusiasmo me indigna. ¿En serio? ¿La idea de besarme le parece *taaan* repugnante? Después de la discusión que tuvimos a principios de semana, en la que le dejé claro todo lo que había hecho mal, debería estar deseando hacer cualquier cosa para que le perdone.

El muy gilipollas debería estar *suplicándome* que le besara.

Fitz camina hacia atrás y dice:

—Voy a, ejem, voy a pillar algo de comer.

Desde el otro lado del sofá, Hunter señala:

—Buena idea.

Lo dice como si no diera importancia a lo que ha ocurrido, pero atisbo un tono de inquina en su voz.

Igual que yo, Hunter tenía muchas ganas de jugar a este juego, aunque no he visto que se quejara cuando le ha tocado besar con lengua a Arielle hace diez minutos. Arielle es la otra chica soltera del grupo, y tiene un cuerpazo. Katie y Shayla tienen pareja, pero, al parecer, a sus novios (Jesse y Pierre, respectivamente) no les importa compartirlas por el bien del juego.

—¡Alto! —ordena Katie cuando Fitz intenta dar un paso.

Deja de moverse.

—Siento comunicarte esto —le informa—, pero Summer te va a besar.

Ay, madre mía. ¿Dónde está Brenna cuando más la necesitas? De estar aquí, no habría permitido que Katie y Arielle nos convencieran a todos para jugar a este estúpido juego. Brenna se habría reído en sus caras y les habría retado a un concurso de chupitos, que estoy segura de que también habría acabado en mucho besuqueo. Pero no en estos besos obligatorios.

Pero no, Brenna tenía otros planes. Será capulla.

—Vuelvo a girarla —insisto. Llegados a este punto, preferiría besar a cualquier otra persona, incluso a Hollis. O a alguna de las chicas.

Para mi asombro, Hollis está del lado de Katie.

—No, cielo, las normas son las normas. —Mi expresión de recelo y descontento solo aumenta su determinación—. Os irá bien, chicos. —Mira hacia la puerta, desde donde Fitz lo mira con el ceño fruncido—. No hacéis más que pelearos. Ya va siendo hora de que os deis un beso y hagáis las paces.

Estoy exasperada.

—Venga ya, Hollis.

—¡Veis! Mejor, incluso —añade Katie, contenta—. Tenéis que arreglar las cosas.

—Con lengua —añade solemnemente Arielle mientras su pelo oscuro ondea.

Nate, el capitán del equipo de *hockey*, resopla de emoción. ¿Por qué no puedo besarlo a *él?* Maldita sea. Es alto y tiene un cuerpo de infarto y unos preciosos ojos de color azul oscuro.

En un abrir y cerrar de ojos, Katie ya me está tirando del brazo. Se me desencaja la mandíbula al ver que esta pelirroja, que no debe de medir más de un metro cincuenta, me levanta a pulso y me da un empujoncito.

—Estás superfuerte —le digo. Y tengo que mirar *hacia abajo,* porque le saco una cabeza como mínimo, y aun así puede conmigo.

—Lo sé —contesta con una sonrisa.

Fitz pasea la mirada con recelo por el salón.

—¿Cómo de borrachos estáis exactamente, chicos? —Arquea una ceja al mirar a su capitán de equipo—. ¿Y desde cuándo jugamos a La Botella?

Nate se encoge de hombros y levanta la botella de cerveza.

—Solo se vive una vez, ¿no? —dice, relajado.

—Muy bien, chicos. —Katie da unas palmas—. Ya podéis besaros y hacer las paces.

Suelto un chillido cuando vuelve a empujarme por la espalda. Me balanceo hacia delante y, cuando estoy a dos segundos de estamparme la nariz contra el marco de la puerta, Fitz me atrapa con esas manos tan firmes que tiene.

Cuando entro en contacto con su piel, un rayo de calor me recorre el cuerpo y respiro de forma entrecortada al ver que se le ha suavizado la mirada. De hecho, no. Ha perdido el matiz de dureza, pero no es una mirada suave en absoluto. Sus ojos entrecerrados resplandecen con una fogosidad inesperada.

Entonces, parpadea y la exasperación sustituye el fuego.

—Hagámoslo para que se callen —susurra para que solo yo lo oiga—. Si no, no nos dejará en paz.

Se refiere a Katie, y creo que tiene razón. Acabo de conocerla, pero a los cinco segundos de que me la hubieran presentado ya tenía claro que es una mandona de cuidado. A ver, que no se malinterprete, es divertida. Pero tengo la sensación de que, entre sus amigas, ella siempre tiene la última palabra.

—Vale —murmuro—. Sin lengua.

Atisbo el leve indicio de una sonrisa.

—No prometo nada.

Apenas tengo tiempo de procesar su tono provocador antes de que Fitz me tome la barbilla con la mano. Oigo vagamente un silbido fuerte; creo que proviene de Hollis. Y entonces, queda ahogado por la fuerza de mis latidos cuando los labios de Fitz tocan con suavidad los míos.

Oh.

Oh, vaya.

No me esperaba que lo iniciase con tanta ternura. Delante de todo el mundo. Pero lo hace. Desliza el pulgar por mi mejilla mientras su boca se mueve lentamente sobre la mía. Tiene los labios más suaves que he probado nunca, y los usa con confianza. Siento un escalofrío cuando incrementa la presión y sella los labios con fuerza contra los míos. Y entonces, me recorre el labio inferior con la punta de la lengua, y yo doy un brinco, como si hubiera metido el dedo en un enchufe.

En el momento en que nuestras lenguas se tocan, estoy perdida. Un zumbido de deseo me retumba entre las piernas, se propaga hasta mis pechos y me endurece los pezones. Me rindo por completo a su beso. Dejo que introduzca la lengua por completo en mi boca. Permito que se aferre a mi cintura con ademán posesivo, que su cálida respiración me caliente la boca, que su aroma seductor me inunde los sentidos.

No lo puedo evitar: presiono su torso, duro como una roca, con una mano. Con la otra, me agarro a su nuca y sus pelitos me cosquillean la palma. Su pectoral izquierdo se estremece bajo mi mano y noto sus latidos. Su corazón late tan acelerado como el mío.

Cuando siento que empieza a separarse, me recorre una sensación frenética de desamparo. Lo agarro con más firmeza por la nuca y le beso con fuerza. Enredo la lengua con la suya y ahogo el sonido ronco que emite. Espero que no lo haya oído nadie más.

Porque ese precioso sonido de desesperación me pertenece. Es todo mío. Quiero memorizar su resonancia seductora y volverlo a escuchar una y otra vez más tarde, cuando esté tumbada a solas en la cama, al deslizar la mano entre las piernas y tocarme mientras recuerdo este beso.

Jo. Estoy muy excitada. Me tiemblan las piernas. Tengo la ropa interior empapada.

Me obligo a despegarme de su boca. Lo que requiere todavía más fuerza de voluntad es no mirarlo. Me da pánico ver su expresión, así que la evito mirando hacia atrás, a nuestro público.

Pero la noto. Es como un hierro candente que me quema justo en el centro de la columna.

Rezo para que nuestros amigos no vean a través de la expresión de indiferencia que me apresuro a forzar.

—Ahí lo tenéis —suelto con una sonrisa demasiado amplia y una voz demasiado alegre—. Nos hemos besado y hemos hecho las paces. ¿A quién le toca ahora?

He aquí algo sobre los besos. Algunos se dan antes como antesala al sexo. Algunos se dan por aburrimiento. Algunos te hacen sentir un hormigueo por todo el cuerpo, otros no te hacen sentir nada en absoluto. ¿Pero qué tienen en común todos estos besos? Que solo son besos.

No son EL BESO.

Aquel que recuerdas durante horas, incluso días después. El que hace que te toques los labios sin querer y te provoca un escalofrío cálido cada vez que recuerdas la sensación de su boca sobre la tuya.

Y no requiere una producción épica, la verdad. No hace falta que tenga lugar delante de la Torre Eiffel durante la puesta de sol con unos caballos majestuosos de fondo y la aurora boreal en el cielo (haciendo una aparición milagrosa en París).

La última vez que experimenté EL BESO, ocurrió detrás de una bala de heno en el rancho de mi amiga Eliza, en Kentucky.

Tenía dieciséis años y estaba enamorada de su hermano mayor, Glenn, que llevaba siglos saliendo con la misma chica. Ese verano, cuando me uní a ellos para visitar el rancho de su abuela, su novia y él por fin (¡por fin!) habían cortado. Y Glenn por fin (¡por fin!) se fijó en mí.

Me besó con el relincho de los caballos y el olor del estiércol de fondo. Fue torpe y furtivo, pero fue un beso que no olvidaré nunca. Volvimos a Connecticut y salimos durante siete meses. Perdí la virginidad con él y pensé que íbamos a casarnos y tener hijos juntos, pero entonces su exnovia decidió que lo quería recuperar y ahora son *ellos* quienes están casados y tienen hijos juntos.

Me alegro por Glenn. No creo que hubiera sido feliz con él a largo plazo. ¿Yo viviendo en un rancho en mitad de la nada? Paso.

Aunque no había experimentado otro beso así desde entonces. Hasta ayer.

Fitz me dio EL BESO. Duró menos de un minuto, ocurrió delante de una decena de personas jugando a La Botella, y aun así... Es lo único en lo que he pensado desde el segundo en que me fui a la cama ayer por la noche hasta que he abierto los ojos esta mañana. Y, sin duda, también he soñado con él, aunque no lo recuerde.

No puedo permitirme obsesionarme con él. Fitz solo lo hizo para que Katie se calmase; acto seguido, desaparecido. Tal vez para mí fuera EL BESO, pero para él solo fue... un beso.

Qué deprimente.

Por suerte, el día de hoy me ofrece muchas distracciones, aunque no son exactamente buenas. Primero tengo otra reunión con el señor Richmond, que es tan seco y tiene una actitud tan condescendiente conmigo como la última vez que nos vimos. Los labios del Hijo de Sapo se fruncen con aversión cuando le explico que he decidido diseñar una línea de bañadores para el desfile de moda.

Supongo que a los falsos británicos no les gusta nadar.

Y de nuevo, cuando salgo de su despacho, me debato entre no querer verlo nunca más y la desesperación por rebuscar en todos los rincones de su vida para descubrir si su acento es real.

Mientras salgo del edificio de administración, le mando un mensaje a Brenna con mis sospechas.

Yo: ¡Te juro que no es británico!

Brenna: ¿Quién?

Yo: El vicedecano, también conocido como mi tutor académico. Te hablé de él la semana pasada.

Brenna: Cierto, vale. TENEMOS que investigarle.

Yo: ¿A que sí? ¿Por dónde empezamos?

Brenna: Era ironía. Tiene que haber una manera de transmitirla por escrito. O sea, pensaba que las mayúsculas de TENEMOS implicaban la ironía, pero ya veo que no.

Yo: Va en serio, B.

Brenna: Eso es lo triste.

Yo: ¿Cómo encuentro su lugar de nacimiento? En su perfil de LinkedIn pone que fue a la Universisad de Columbia en Nueva York. ¡O sea que ni siquiera estudió en Inglaterra!

Brenna: 1) Un montón de gente de fuera viene a Estados Unidos para estudiar. 2) Estás loca. 3) ¿Vamos a ir al final al partido del sábado?

Yo: Sí, vamos a ir. Y gracias por TU ayuda.

Yo: Has pillado la ironía, ¿no?

Brenna: Vete a la mierda.

Después de caminar diez minutos a través del campus con un frío que pela, toco a la puerta del despacho de Erik Laurie, mi segunda reunión del día. A pesar de mi ropa invernal, estoy más fría que un cubito de hielo. Me castañetean los dientes y juraría que tengo escarcha en la nariz.

—Oh, Dios mío. Has traído el frío al contigo —se burla de mí Laurie con un escalofrío al dejarme entrar en su despacho. Es sorprendentemente espacioso, con un sofá marrón de cuero en la pared del fondo, un escritorio grande en el centro y unas vistas preciosas al patio nevado.

—Me dejo el abrigo puesto, si no le importa —digo con ironía—. Tengo hasta las pestañas congeladas.

—Por mucho que me encantaría ver el conjunto deslumbrante y *fashion* que seguro que llevas debajo de todas esas capas, te lo dejaré pasar. —Me guiña el ojo—. Esta vez.

Una sensación familiar de incomodidad me revuelve el estómago. Es la segunda semana de clase y Laurie ha sido muy majo conmigo, pero cada vez que estoy cerca de él el asquímetro se dispara. Lo de los guiños tampoco ha parado. Ayer guiñó el ojo como mínimo diez veces a varias chicas de la clase.

—Siéntate. —Señala una de las cómodas sillas para los visitantes y se acomoda en la suya—. Hablemos primero del examen parcial.

Asiento y me hundo en la silla. Ya hemos intercambiado varios correos electrónicos sobre cómo lo haremos para adaptarnos a mis problemas de aprendizaje. Tenemos que escribir dos ensayos para esta asignatura, pero yo solo haré uno, el de la prueba parcial. En lugar del ensayo final, me ha dado permiso para hacer una presentación delante de toda la clase, a partir de la cual moderaré un debate sobre el tema que me asigne Laurie.

El lunes nos entregó una lista de temas para el parcial y yo elegí uno sobre el que creí que me resultaría más fácil escribir. Ahora solo queda que me dé su aprobación.

—¿Has elegido el tema? Quiero asegurarme de que estás cómoda con tu decisión antes de que empieces a escribir.

Su preocupación genuina hace que el recelo disminuya. A pesar del guiño de ojos crónico y del mal rollo ocasional que da, parece un buen profesor. Al que le importan sus alumnos.

—Me gustaría escribir sobre la moda en Nueva York. Creo que encontraré muchas cosas que decir sobre el tema. Quería empezar con el borrador esta misma noche.

—Muy bien. Perfecto. Y tienes mi correo electrónico, así que me puedes escribir si te quedas atascada o si quieres que le eche un vistazo.

—Gracias —respondo con sinceridad—. Puede que lo haga.

Laurie esboza una amplia sonrisa.

—Bien. Ahora, pasemos a lo siguiente. Tenemos que revisar tu propuesta para el desfile de moda.

—La tengo aquí mismo. —Rebusco en mi bandolera y saco la carpeta de piel donde guardo mis bocetos, una breve descripción de mi línea de baño y las fotografías de referencia que me pidió—. He incluido imágenes de algunos diseñadores no tan conocidos que me han inspirado últimamente. —Deslizo la carpeta sobre la mesa.

El brillo de la mirada de Laurie refleja aprobación mientras ojea las fotos.

—Kari Crane —comenta, y asiente con la cabeza—. Estaba en primera fila en su debut en Milán.

—¿En serio?

—Por supuesto. Nunca me pierdo las semanas de la moda.

—Yo voy a las de París y de Nueva York —le digo—. A Milán no suelo ir.

Laurie pasa a la foto de la siguiente diseñadora.

—Estas son intrigantes. Me encanta el uso de la pedrería que hace Sherashi en estos tops altos.

Parece que conoce a absolutamente todos los diseñadores del planeta, cosa que me impresiona bastante.

—A mí también. Y también me encanta cómo la colección está imbuida de su propia cultura.

—Bollywood mezclado con la Riviera francesa. Es brillante.

—Sí. Exacto. —No puedo evitar sonreír. Y no ha guiñado el ojo ni ha coqueteado en los últimos cinco minutos, lo cual me alivia bastante—. Para mi línea, quiero combinar lo clásico con lo moderno, con un toque de *boho-chic*.

—Interesante. Déjame ver tus bocetos. —La frente de Laurie se arruga por la concentración mientras estudia los dibujos que he incluido.

—Son bastante buenos, Summer.

Me pongo roja. No soy la mejor con los retratos ni los paisajes, pero siempre se me ha dado bien dibujar ropa. Cuando era pequeña, llenaba cuadernos de dibujo enteros con lo que consideraba atuendos o estilismos perfectos.

—Gracias —titubeo mientras analiza una serie de bocetos con troncos masculinos como protagonistas—. Sé que la ropa de baño no es tan difícil de diseñar como, digamos, la ropa de calle, pero es que me apasiona. Y obviamente puedo incluir más piezas para demostrar que mi trabajo es comparable al de mis compañeros.

—No me preocupa eso —contesta, ausente, y pasa al siguiente esbozo. Cuando termina de examinarlos todos, levanta la mirada con una sonrisa de satisfacción—. Estoy de acuerdo con tu proyecto.

La ilusión me remueve por dentro.

—¿En serio?

—Ya lo creo. Tengo ganas de ver qué se te ocurre. —Y justo cuando creía que ya lo habíamos superado, me guiña el ojo—. Siento especial curiosidad por saber a qué modelos escogerás para llevar tus diseños.

Puaj. Qué manera de arruinar el momento.

—Eres una chica alta —añade—. Deberías plantearte desfilar tú misma. Estoy seguro de que estarías impresionante en bikini.

Doble puaj.

—Mmm, ya, nunca me ha interesado ser modelo. —Me levanto y señalo la carpeta—. Así que, ¿tengo su aprobación para seguir adelante?

—Por supuesto. —Me devuelve la carpeta de cuero.

—Genial. Gracias. Nos vemos en clase.

Es un alivio salir de su despacho, aunque eso implica volver a congelarme hasta los ovarios. Cada vez que empiezo a pensar que es inofensivo, vuelve a hacer que salte mi asquímetro.

Fuera, me azota una ráfaga de viento helado. *Te odio, enero. Muérete de una vez.* Empiezo a atravesar el campus y reviso el móvil de camino al aparcamiento, donde he dejado el coche. Me encuentro con una llamada perdida de mi madre junto con un mensaje que me hace sonreír.

Llama a tus padres, Summer. Echo de menos a mi niña.

Tengo el corazón henchido de amor. Uf, los echo tanto de menos... Apenas he hablado con ellos desde que empezó el semestre. He estado ocupada, pero ellos también. Mi padre ha empezado un proceso de selección de jurado para un caso mediático de asesinato y mi madre ha ido a visitar a la abuela Celeste a Florida.

Devuelvo la llamada a mi madre, pero me salta el contestador. Pruebo con mi padre.

Responde enseguida:

—¡Princesa! ¡Ya era hora!

—Lo sé, lo siento. He estado muy liada. Por cierto, no me creo que te haya pillado fuera del tribunal.

—Por poco —admite—. Solo estoy disponible porque el fiscal ha solicitado un descanso de cinco minutos. Su siguiente testigo llega tarde.

—¡Eso es inaceptable! —exclamo, medio en broma—. No les dejes salirse con la suya, papá. Presenta cargos por desacato.

Se ríe.

—No funciona así, cariño, pero gracias por preocuparte. ¿Cómo va la universidad?

—Bien. Acabo de tener una reunión con mi tutor académico particular. Y voy a diseñar una línea de ropa de baño para el desfile final.

—¿Y qué tal el resto de clases? ¿Cómo llevas los trabajos?

Le hago un pequeño resumen de lo que estoy estudiando este trimestre y admito que todavía no se ha puesto demasiado difícil.

—Pero esta noche empiezo a escribir el guion de un ensayo. Deséame suerte.

—No necesitas suerte, princesa. Lo vas a bordar.

Tiene tanta fe en mí que me entran ganas de llorar. Mis padres no me han llamado tonta ni una sola vez en la vida. Aunque estoy segura de que lo han pensado. ¿Cómo podrían no haberlo hecho cuando volvía a casa con exámenes suspendidos cada dos por tres? ¿Cuando todos mis trabajos escritos estaban cubiertos de correcciones en rojo y con comentarios por todos los márgenes?

—Pero si tienes problemas, avísame. A lo mejor puedo hablar con David...

—No —le interrumpo con firmeza. Se refiere a David Prescott, el decano. No me da la gana—. Papá. Tienes que dejar de hablar de mí con Prescott y de pedirle favores. El vicedecano ya me odia porque cree que recibo un trato preferente... Espera, olvídalo —me detengo—. Si tienes tantas ganas de hacer favores, sí que necesito uno.

—¿Estás segura de que quiero saber a qué te refieres? —pregunta entre risas.

—¿Puedes averiguar dónde nació Hal Richmond?

—¿Quién?

—El vicedecano de Briar. Tiene acento británico, y estoy segura de que es falso.

Hace una pausa.

—Princesa. —Suspira—. ¿Estás torturando a ese pobre hombre?

—No estoy torturando a nadie —protesto—. Solo que tengo sospechas y sería genial que comprobases su lugar de nacimiento. Solo te llevará cinco segundos, lo sé.

Su risa me retumba en el oído.

—Veré qué puedo hacer.

Todavía estoy de buen humor cuando más tarde me siento para preparar el guion del ensayo. Mi madre consiguió ponerse en contacto conmigo antes de cenar y hemos pasado una hora al teléfono, poniéndonos al día. Mis tres compañeros de piso están fuera esta noche, así que puedo trabajar en silencio. Con el TDAH, cualquier mínima distracción hace que me retrase. Me desvío de lo que tengo que hacer con demasiada facilidad.

El tema de mi ensayo es cómo evolucionó la moda neoyorquina durante la primera mitad del siglo XX y los factores que provocaron cada transformación. Es una tarea de enormes proporciones porque tengo que analizar cinco décadas de moda, marcadas por grandes acontecimientos como la Gran Depresión y la Segunda Guerra Mundial.

En el instituto, mi profesor de Educación Especial... Ay, solo decir eso me da ganas de vomitar. *Profesor de Educación Especial.* Es humillante. En fin, que el profesor que me asignaron tenía un arsenal de consejos para ayudarme a organizar mejor mis pensamientos. Como hacerme tarjetitas o usar notas adhesivas para apuntar mis ideas. Con el tiempo, descubrí que me resultaba más útil escribir una idea en cada nota y, luego, ordenarlos hasta que formaban una cadena de pensamientos coherente.

Para empezar el guion del trabajo escrito, me siento en el suelo con mi material escolar ordenado y listo para ser usado: subrayadores, notas adhesivas y bolígrafos de tinta deleble. Llevo unos calcetines de lana gruesos y tengo una taza enorme de té lista para beber. Puedo con esto. Soy una estrella del *rock*.

Empiezo escribiendo títulos de décadas en cada nota amarilla: 1910, los años veinte, los años treinta, los años cuarenta... Seguramente será más fácil organizar el artículo cronológicamente. Sé que tengo un montón de trabajo de investigación por hacer, pero de momento confío en lo que ya sé sobre estos períodos temporales. Hasta la Gran Depresión, estoy bastante segura de que arrasaban los colores vívidos. Lo escribo en una nota.

Durante los felices años veinte, la moda *flapper* era tendencia. Otra notita.

La moda femenina favoreció un *look* algo masculino durante un tiempo. Me parece que fue en los años treinta... Pego otra nota al suelo. Sin embargo, tengo la sensación de que en esa misma década también hubo mucha producción de camisas con volantes. Y hablando de camisas con volantes... Vi como cinco en los grandes almacenes Barneys que hay en Madison Square durante las vacaciones. ¿Vuelven a estar de moda?

Ah, ¡y se me ha pasado por completo contarle lo de Barneys a una amiga de Brown! Van a hacer unas rebajas supersecretas VIP durante el fin de semana de San Valentín. Se va a volver loca cuando se entere.

Cojo el móvil y mando un mensaje a Courtney. Su respuesta es instantánea.

Court: ¡¡¡¡¡¡Madre mía!!!!!!

Yo: ¡¡¡Lo sé!!!

Court: Vamos, ¿no?

Yo: ¡¡OBVIAMENTE!!

Nos escribimos durante un rato entusiasmadísimas hasta que reparo en que he pasado diez minutos hablando de rebajas de ropa en lugar de hacer mi trabajo.

Grrr.

Respiro profundamente y me obligo a concentrarme. Escribo todas las tendencias que se me ocurren y asiento con aprobación. Ahí están. Ahora solo tengo que ahondar en cada una de ellas y explicar los factores sociales y los acontecimientos que definieron la moda a lo largo del tiempo.

Espera. ¿Esa es mi tesis?

No, idiota. Todavía tienes que pensar una.

Me muerdo el labio más fuerte de lo necesario. Mi crítica interna es, francamente, una cabrona total. Mi antigua terapeuta siempre me sermoneaba sobre el amor propio y me instaba a tratarme con delicadeza, pero es más fácil decirlo que hacerlo. Cuando una inseguridad brutal te controla la vida, el subconsciente no te permite olvidarlo.

Amarse a una misma es bastante difícil. Silenciar las críticas internas roza lo imposible. Al menos en mi caso.

Inhalo lenta y profundamente. Todo va bien. No pasa nada. No tengo que reflexionar sobre la tesis del trabajo en este preciso instante. Puedo recopilar toda la información primero y, cuando empiece a juntarla, daré forma a una hipótesis general.

Pero hay demasiada información. Cinco míseros minutos de búsqueda en Google y estoy saturada de datos. Y cuanto más leo, más amplio se vuelve el tema. No tengo ni idea de cómo reducirlo y la sensación de pánico me golpea como un puñetazo en el estómago.

Vuelvo a inspirar, pero esta vez lo hago rápido y de forma entrecortada. Creo que ni siquiera me llega el oxígeno a los pulmones.

Lo odio. Odio este trabajo y me odio a mí misma.

Noto el calor en los ojos. Empiezan a picarme. Me los froto, pero el hecho de tocarlos desencadena el mar de lágrimas que intenta frenar.

Deja de llorar. Estás siendo ridícula. Solo es un trabajo escrito, me dice mi crítica interior.

Vuelvo a intentar llevar aire a los pulmones. Mi mente empieza a repasar todos los ejercicios que me han recomendado los terapeutas y mis padres durante un ataque de pánico: me repito que todo irá bien. Me visualizo dándome un abrazo a mí misma. Pienso en la abuela Celeste (que siempre me calma). Pero me detengo de golpe cuando mi mirada se topa con el mar de notas adhesivas amarillas que hay en el suelo, que se asemejan al batiburrillo de pensamientos de mi mente chiflada.

Se me escapa otro sollozo ahogado.

—¿Summer?

Me quedo paralizada al oír la voz de Fitz. La sigue un suave golpe en la puerta.

—¿Estás bien?

Se me escapa el aire en un resoplido tembloroso.

—¡S-sí! —respondo a duras penas, y me avergüenzo al oír que se me quiebra la voz.

Él también lo nota.

—Voy a abrir la puerta, ¿vale?

—No —suelto—. Estoy bien, Fitz. En serio.

—No te creo.

Se abre la puerta y veo su preciosa cara de preocupación.

Me lanza una mirada y maldice con brusquedad. En un abrir y cerrar de ojos, lo tengo de rodillas a mi lado. Me toma la barbilla con una mano cálida y me obliga a mirarlo.

—¿Qué pasa? —pregunta.

—Nada. —Vuelve a flaquearme la voz.

—Estás llorando. Eso no puede ser nada.

Baja la mirada hacia la decena de notitas pegadas al suelo.

—¿Qué es todo esto?

—La prueba de mi estupidez —mascullo.

—¿Qué?

—Nada.

—Deja de decir nada. Cuéntame. —Me pasa un pulgar suave por la húmeda mejilla—. Sé escuchar, te lo prometo. Cuéntame qué pasa.

Empiezan a temblarme los labios. Joder, ya noto otra oleada de lágrimas que se acerca. Y eso me vuelve a enfadar.

—Que no puedo hacerlo, jo, eso es lo que pasa.

Paso la mano por las notas adhesivas para hacerla volar por los aires. Algunas se quedan pegados al suelo de madera y otros llegan hasta debajo de mi cama.

Fitz agarra una y la lee.

—¿Es para un trabajo en el que estás trabajando?

—Una prueba de evaluación parcial —susurro—. Que voy a suspender.

Exhala y se reincorpora. Duda un momento antes de acercarse más a mí.

A lo mejor, si no fuera tan vulnerable ahora mismo, tendría las fuerzas necesarias para apartarle. Pero me siento débil y abatida, así que, cuando me ofrece sus brazos, me coloco en su regazo, entierro la cara en su pecho y dejo que me consuele.

—Ey —murmura, y me acaricia la espalda para reconfortarme—. Es normal agobiarse por la uni. Nos pasa a todos.

—¿A ti te pasa? —pregunto en un susurro.

—Constantemente.

Me pasa los dedos por el pelo y, de repente, vuelvo a sentirme como una niña. Cuando era pequeña, mi madre me acariciaba el pelo cuando me enfadaba. A veces, mi hermano Nick también lo hacía, si me pelaba las rodillas o me daba con la cabeza contra algo por hacer cualquier pirueta temeraria. Era una niña revoltosa. Para qué engañarnos, soy una adulta revoltosa.

La calidez del cuerpo fuerte de Fitz me llega hasta los huesos. Presiono la mejilla contra su clavícula y formulo una confesión avergonzada:

—Tengo una dificultad de aprendizaje.

—¿Dislexia? —Su voz está cargada de comprensión.

—No. Es más bien un cúmulo de síntomas relacionados con el TDAH. Me cuesta horrores concentrarme y organizar mis ideas sobre el papel. Cuando era pequeña, me medicaba, pero las pastillas me provocaban dolores de cabeza terribles y náuseas, así que dejé de tomarlas. Las probé de nuevo durante la adolescencia, pero tenía los mismos síntomas. —Me río, burlándome de mí misma—. A mi cerebro no le gustan las pastillas. Por desgracia, eso significa que tengo que concentrarme por mí misma, y a veces se me hace muy cuesta arriba.

—¿Qué puedo hacer para ayudarte?

Doy un respingo de sorpresa.

—¿Qué?

Su mirada es honesta y emana sinceridad. Ni rastro de lástima.

—Tienes problemas con este trabajo, así que ¿cómo puedo ayudarte?

Estoy un poco mareada. Me bajo de su regazo con torpeza y me siento con las piernas cruzadas a su lado. En el momento en que nuestros cuerpos se separan, echo de menos su calidez. Por un momento, EL BESO regresa a mi mente, pero descarto el recuerdo como si fuera una mosca. Fitz no ha mencionado el beso en ningún momento y ahora no me mira como si quisiera meterme la lengua en la boca.

Parece realmente dispuesto a ayudarme.

—No lo sé —respondo al fin—. Es que... Hay tanta información. —La ansiedad vuelve a apoderarse de mi estómago—. Tengo que analizar cincuenta décadas de moda. No estoy segura de en qué debo centrarme y, si no puedo condensar la información, este ensayo tendrá cincuenta páginas, y se supone que solo son tres mil palabras, y no sé cómo organizar las ideas, y...

—Respira —me ordena.

Dejo de hablar y hago lo que me dice. El oxígeno me aclara un poco el cerebro.

—Te estás dejando llevar por la situación de nuevo. Tienes que ir paso a paso.

—Es lo que intento. Para eso servían las estúpidas notitas, para descomponer el tema.

—¿Y qué te parece hablar de ello en voz alta? ¿Te ha ayudado alguna vez?

Asiento lentamente:

—Sí. Normalmente me grabo dictando todos los puntos e ideas, y después lo transcribo, pero todavía no he llegado a ese punto. Estaba intentando sacar la premisa principal cuando me ha dado el ataque de pánico.

—Vale. —Estira las piernas largas—. Pues hablemos de la premisa básica.

Me muerdo la mejilla por dentro y contesto:

—Aprecio la oferta, pero estoy segura de que tienes mejores cosas que hacer con tu tiempo. Como dibujar. O trabajar en tu videojuego. —Me encojo de hombros ligeramente—. No tienes que ayudarme con el trabajo.

—No lo voy a hacer gratis.

—¿Quieres que te pague? —digo con una mirada de recelo.

Fitz arquea las cejas y contesta:

—¿Qué? No. Por supuesto que no. Quería decir… —Inspira rápidamente y aparta la mirada—. También voy a necesitar tu ayuda con algo.

—¿Ah, sí?

Vuelve a mirarme, extrañamente avergonzado.

—¿Qué te parece un intercambio? Yo te ayudo con este trabajo, con el guion y la tesis. Y mientras lo redactas, reviso si hay errores y te ayudo a organizar las ideas. Y tú, a cambio, me… —Mascula el resto—:… dejas dibujarte.

Esta vez, soy yo quien lo mira con sorpresa.

—¿Quieres dibujarme?

Asiente con brusquedad.

—¿Como a una de tus chicas francesas? —Se me ruborizan las mejillas. ¿Me está diciendo que quiere dibujarme desnuda?

Dios mío.

¿Por qué me excita tanto la idea?

—¿Qué chicas francesas? —pregunta, confundido.

—¿Estás seguro de que no estabas viendo en secreto *Titanic* con Hollis y conmigo la otra noche?

Resopla.

—Ah, el retrato desnudo. Me había olvidado de esa escena. Y no, no estarías desnuda. —Se le agrava la voz al decir eso, y me pregunto si se ha imaginado lo mismo que yo.

Yo. Desnuda, tumbada delante de él. Mi cuerpo completamente expuesto.

Se me acelera la respiración cuando la escena cambia de golpe y adquiere un matiz obsceno. De repente, Fitz también está desnudo. Desnudo y empalmado. Sus bíceps tatuados se flexionan cuando coloca su cuerpo largo y musculado encima del mío y...

Tose, y no me pierdo la llamarada de fuego que emiten sus ojos.

—Estarías totalmente vestida —responde—. Basaría un personaje de mi juego en ti. Bueno, en tu apariencia. Me ha costado mucho decidir cómo sería esta chica, y... —Se encoge de hombros, avergonzado, y es increíblemente adorable—. Creo que podría parecerse a ti.

Se me desencaja la mandíbula.

—¿Quieres basarte en mí para diseñar a un personaje de tu videojuego? Qué guay. ¿Cómo se llama?

—Anya.

—Oh, me gusta. Es muy de princesa élfica.

—En realidad es humana.

—Deberías planteártelo. Suena a nombre de elfa —contesto con una sonrisa.

Me sonríe de vuelta y señala el desastre del suelo.

—¿Trato hecho? Yo te ayudo y tú me dejas dibujarte.

—Sí —accedo de inmediato. Me lleva un segundo darme cuenta de que todo rastro de derrota y desesperación ha abandonado mi cuerpo. Me siento revitalizada, y el sentimiento de gratitud que me llena el pecho amenaza con desbordarse.

—Gracias, Fitz.

—De nada.

Nos miramos fijamente. Ojalá supiese en qué piensa. Ojalá sacara el tema de nuestro beso tonto del otro día para averiguar cómo se siente al respecto.

Ojalá volviera a besarme.

Noto que se le mueve el cuello y traga saliva visiblemente. Se lame los labios.

La excitación me recorre el cuerpo. Ay, Dios. ¿Va a hacerlo, en serio?

Suplico en silencio. *Por favor.* Con cualquier otro chico, probablemente tomaría el toro por sus metafóricos cuernos. O sea, que se la agarraría.

Pero con Fitz, no. Me aterra volver a quedar en evidencia cuando todavía noto el sabor amargo de su rechazo en Nochevieja en la garganta. Aún lo deseo, sí. Pero nunca lo admitiré, a menos que él dé el primer paso.

No lo hace.

Una ola de decepción me inunda cuando aparta la vista de mí. Se aclara la garganta, pero su voz suena ronca cuando dice:

—Voy a por mi bloc de dibujo.

CAPÍTULO 16

Fitz

—Quítate la ropa.

Pasar tiempo con Summer es... todo un reto. Y eso lo digo yo, un jugador de *hockey* universitario que juega en un equipo de primera división... Puedo afirmar con tranquilidad que mi rigurosa carrera deportiva es un camino de rosas comparada con la resolución que se necesita para mantener una amistad con Summer Heyward-Di Laurentis.

En primer lugar, es imposible olvidar el beso que nos dimos. Tal vez ella ha conseguido sacárselo de la cabeza, pero yo puedo asegurar que no he sido capaz. Lo que significa que, cada vez que le he mirado la boca estos últimos días, me he acordado de la agradable sensación al notarla contra la mía.

En segundo lugar, todavía me atrae, así que normalmente, cuando admiro su boca, la fantasía no se detiene en un beso inofensivo. Sus labios y su lengua han protagonizado muchísimas fantasías tórridas que han acabado conmigo masturbándome mientras pienso en ella cada mañana en la ducha.

En tercer lugar, hacer eso me dificulta mirarla a la cara cuando nos vemos.

Y por último, cuando eres amigo de Summer, hace cosas como entrar bailando en tu habitación y ordenarte que te quites la ropa.

—No —respondo.

—Quítate la ropa, Fitzy.

Arqueo una ceja.

—No.

—Ay, por Dios, ¿por qué no te quitas la ropa?

—¿Por qué quieres que me desnude? No soy una de tus chicas francesas —gruño.

Se destornilla de la risa. Summer se ríe a lo grande. Sus ataques de risa suelen implicar lágrimas, doblarse por la mitad y dar golpes a su alrededor. Cuando se ríe, lo hace con cuerpo y alma.

Y no hace falta decir que me encanta provocar en ella una reacción así.

—No quiero dibujarte —responde entre carcajadas. Se endereza y pone los brazos en jarras—. Intento ayudarte, imbécil.

Me trago un suspiro. Me arrepiento profundamente de haberle contado lo de la entrevista con Kamal Jain que tengo mañana por la mañana. Salió el tema anoche durante nuestra sesión nocturna de dibujo y estudio, una rutina que hemos seguido los últimos cuatro días. Cuando me preguntó qué pensaba ponerme, me encogí de hombros y dije:

—Tal vez unos vaqueros y una americana.

Me miró horrorizada y replicó:

—Lo siento, cielo, pero no es un *look* que te favorezca. Justin Timberlake puede lucirlo. Pero tú..., ni de coña. —E hizo un gesto con la mano—. No te preocupes. Yo me encargo.

No estaba preocupado, ni tampoco pregunté qué significaba exactamente que «se encargaría».

Ahora me arrepiento de no haber preguntado, porque son las ocho en punto de la tarde de un jueves y Summer acaba de arrojar una docena de bolsas de ropa sobre mi cama y me ha pedido que me desnude.

—No voy a probarme ropa para ti —contesto con terquedad.

—¡Ya te he dicho que no es para mí! —ruge, frustrada—. Es *para ti*. Te estoy haciendo un favorazo, Fitz. ¿Sabes cuántos miles de dólares vale la ropa que hay en estas fundas?

Frunzo el ceño.

—No me importa lo que cueste. Quiero llevar algo que sea mío.

—¿Qué?

Carga contra la puerta de mi armario y la abre de golpe.

—¿Te refieres a esto? Unas cuantas camisetas. Pantalones vaqueros y cargo. Algún jersey, un par de camisas y un montón de camisetas de deporte. Y más camisetas de tirantes de las que un hombre debería tener.

—Y el traje que llevé para el funeral de mi tío Ned —añado, por si ayuda en algo—. Puedo ponerme eso, si quieres.

—No quiero. —Rebusca entre las perchas—. Todo lo que tienes es negro o gris. ¿Qué tienes en contra de los colores, Colin? ¿El rojo te hizo *bullying* en el colegio? ¿El verde te robó la novia? Negro, gris, gris, negro, negro, ¡oh, mira! ¡Más negro! Esto es de locos. Me estoy volviendo loca de verdad viendo tu armario.

Summer se gira y me fulmina con la mirada.

—Me vas a dejar vestirte para la entrevista, ¿me oyes? Es mi derecho, ahora que somos mejores amigos.

—¿Mejores amigos? —escupo entre risas—. Yo no he accedido a esto.

—Lo que yo decida es la ley. —Me saca la lengua—. Y tú no tienes ni voz ni voto.

Lejos está la chica de ojos llorosos a la que consolé hace escasos días, y debo admitir que me encanta ver su sonrisa. Ver cómo su luz innata me irradia en lugar de mirarme con una sombría cautela e incertidumbre.

—Vamos, Fitz. Porfa… Pruébate unos cuantos conjuntos. Si no te gustan, los devuelvo.

—¿Adónde? —Se me revuelve el estómago—. Por favor, dime que no los has comprado.

No se me da bien aceptar regalos, sobre todo si son caros.

—Oh, no. Habría hecho una gran mella en mi cuenta bancaria. Mis padres me habrían matado. —Se encoge de hombros—. Me los ha mandado una amiga como favor. Es la estilista de un actor.

—¿Qué actor? —No puedo evitar preguntar, y lanzo una mirada curiosa a las bolsas.

—Noah Billings.

—Nunca he oído hablar de él.

—Sale en una serie de superhéroes de la CW. Tenéis más o menos la misma constitución, tal vez es un pelín más bajito. La mayoría están confeccionados a su medida, pero ya veremos qué podemos hacer. En fin, que Mariah dice que puedes usar lo que quieras, siempre que lo llevemos a la lavandería antes de devolverlo. Así que ahora a callar y a desnudarse, cielo. Quiero que mañana causes una buena impresión. O sea, es que es muy fuerte.

Tiene razón. Es *muy* fuerte. Trabajar en Orcus Games sería un sueño hecho realidad.

—Tienes razón —admito—. No puedo parecer un andrajoso.

—Perdona, ¿has dicho que tengo razón? ¿Que estás equivocado?

—Sí, Summer. Tienes razón. Debo causar una buena impresión. —Lanzo un suspiro de derrota—. Veamos qué hay en esas fundas.

Profiere un grito tan fuerte que me estremezco. Ostras, tiene unos agudos muy agudos.

—No te arrepentirás. Va a ser tan divertido...

Aplaude contenta, da un par de piruetas y su cabellera rubia se sacude contra su esbelto cuerpo. Finaliza el baile de emoción con un saltito durante el que levanta ambas piernas y aterriza directamente sobre las puntas de los pies descalzos.

—Guau —suelto, realmente impresionado—. ¿Dónde aprendiste a hacer eso?

—Hice seis años de *ballet*. —Se dirige hasta la silla y agarra la primera funda.

Cierto, recuerdo que mencionó que le gustaba el *ballet*.

—Lo dejaste, ¿eh?

—Ya te dije que me aburro con facilidad. —Baja la cremallera de la bolsa y saca una percha de la que cuelga...

Un jersey gris.

—Es un puto jersey gris. —La acuso—. ¿Sabes? Como el que cuelga a dos metros de distancia. El que acabas de criticar.

—Primero, no es gris. Es color pizarra.

—Es gris.

—Segundo, es un Tom Ford. ¿El que cuelga en tu armario es un Tom Ford? No lo creo. Tercero, calla la boca y tócalo.

Tengo miedo de que me pegue si no voy, así que hago lo que me ordena.

No puedo evitar silbar cuando palpo la lana más suave que he tocado en mi vida.

—Es muy agradable —admito.

—Perfecto, entonces lo probamos con... —Mira qué hay en la segunda percha—. Oh, con esta camiseta de Saint Laurent debajo. Espera, no... ¿Sabes qué? Creo que no hace falta que pongamos nada debajo. Creo que este jersey es lo bastante grueso para que no se te marquen los pezones. Lo combinaremos con estos pantalones. Date la vuelta.

—¿Para qué?

—Quiero verte el trasero.

—No —respondo con indignación.

—Gírate.

Obedezco porque no estoy como para perder otra discusión, pero suelto un comentario mordaz solo para ponerla nerviosa.

—¿Te gusta lo que ves? Puedes darle un apretón si quieres.

Pega un chillido.

—¿Estás *tonteando* conmigo? Eso es muy inapropiado.

—Dijo la mujer que me está mirando el culo.

—Claro, tú sigue pensando eso —responde. Pero distingo un jadeo en su voz—. Vale. Vamos a probar estos pantalones, aunque el trasero de Noah Billings no es tan musculoso como el tuyo. A lo mejor te lo marca demasiado.

—¿Eso es posible? —pregunto con solemnidad.

Summer sonríe.

—*Touché*. Venga. Veamos cómo te queda.

Estoy a punto de quitarme la camiseta cuando advierto que todavía me mira fijamente.

—¿Qué? ¿No puedo tener privacidad?

—Solo te estás quitando la camiseta. Ni que te estuvieras desnudando entero.

Sí, pero sigue pareciendo un momento... íntimo. Me saco ese pensamiento de la cabeza. Si estuviéramos en la playa, no tendría problema en ir con el pecho descubierto. Estoy siendo un gallina.

Me quito la camiseta.

Summer abre sus ojos verdes como platos. Veo en su expresión que le gusta lo que ve y, joder, mi ego se hincha como un globo de helio. Y se hace todavía más grande cuando emite un jadeo que viaja directamente hasta mi entrepierna.

—Me encantan tus tatuajes —comenta.

—¿Sí?

—Ajá.

Tiene la mirada fija en mi torso desnudo. Madre mía, si sigue mirándome así, no voy a poder evitar tocarla. Ya me supone un esfuerzo titánico dibujarla cada noche sin sucumbir a todos los deseos carnales que me instan a abalanzarme sobre ella.

Pero no puedo. No si ella no da el primer paso. Ya desaproveché mi oportunidad con mi comportamiento en Nochevieja. Mis críticas la hirieron, y solo porque haya aceptado mis disculpas no significa que ahora le guste. Y el hecho de que se haya referido a nosotros como «mejores amigos» probablemente sea un indicador de dónde me encuentro.

Soy un pagafantas.

—¿Permiso para aproximarme al torso?

Se me escapa una carcajada, y respondo:

—¿Permiso concedido?

Da un paso hacia delante para examinar con detenimiento la tinta que me cubre los brazos y el pecho.

—¿Los diseños son tuyos?

—Sí.

—Dios mío, Fitz. Eres muy bueno.

Siento que la vergüenza me trepa la garganta. No se me da bien recibir cumplidos. Nunca se me ha dado bien. Así que emito un sonido ambiguo que espero que interprete como un gracias.

—Estás muy puesto con el imaginario fantástico, ¿eh? —Se centra en mi bíceps izquierdo—. Esta espada es una pasada. ¿Está inspirada en la espada de cristal de *sir* Nornan en *El bosque de cristal*? Ah, no, que la espada no aparece hasta el tercer libro.

—*El llanto de los diablos* —confirmo al nombrar otro título de la saga *Vientos cambiantes*. Los nervios hacen que me detenga, porque no quiero volver a cagarla.

—¿Cuál es tu favorito? —añado rápidamente—. No es una pregunta trampa, lo prometo. Sé que te los has leído.

—A ver, en realidad no me los he leído, he escuchado los audiolibros. Estoy obsesionada con los audiolibros —revela—.

Y para contestar a tu pregunta, supongo que me quedo con el primero. El primer libro siempre es el mejor.

—Estoy de acuerdo.

Me toca el hombro.

—Vaya, qué bonito es este. Estas rosas —Su mirada pícara se encuentra con la mía—. No es muy masculino —me vacila.

Estoy demasiado distraído como para responder u ofenderme porque todavía me está tocando la piel desnuda con las yemas de los dedos. El aire se me queda atrapado en la garganta. El dulce aroma de su champú me cosquillea la nariz, junto con una nota de su perfume por excelencia.

Me sorprendo al preguntar:

—¿Qué perfume es ese?

—Chanel n.º 5. —Se le curvan los labios en una sonrisa—. La única fragancia que debería tener una dama.

—Te tomo la palabra.

Mi cuerpo sufre al dejar de estar en contacto con el suyo cuando aparta la mano.

—Basta de cháchara, Fitzy. Ponte esto.

Y lo siguiente que ocurre es que me mete el jersey por la cabeza. Me siento como un niño pequeño que pasa los brazos por las mangas y saca la cabeza por el cuello de la prenda. Y juro que las uñas de Summer me arañan el abdomen al tirar el jersey para abajo.

Me recorre un escalofrío. Esto es excitante.

Muy excitante.

Mierda, y ahora tendré que quitarme los pantalones, y llevo unos bóxeres cortos que me marcan el paquete a la perfección. Se va a dar cuenta.

Ding.

El móvil de Summer suena con la llegada de un mensaje nuevo. Ay, gracias a Dios. Mientras se gira para ver el mensaje, me quito los pantalones de chándal de golpe y me pongo los pantalones de pinza negros. Me aseguro de que su mirada está ocupada y me las apaño para que no se me marque demasiado la zona de la entrepierna. Cuando Summer se vuelve hacia mí, espero que parezca que no la tengo dura como el mármol.

Silba con suavidad.

—Oh, me gusta, Fitz. Te queda superbien. Mírate.

Cierra la puerta del armario para que vea mi reflejo en el espejo de cuerpo entero.

Me sorprendo gratamente. Se me ve elegante.

—Genial —comento—. Nos quedamos con este.

Veo su expresión incrédula a través del espejo. Y entonces, rompe a reír.

—Colin —dice, entre carcajadas—, ¿siempre eres tan ingenuo?

Frunzo el ceño.

—¿Qué quieres decir?

—Pues que es el primer conjunto que te has probado.

Me da unas palmaditas en el hombro al pasar por detrás de mí y se ríe por lo bajo.

—Esto es solo el principio.

—¿El principio de qué? —pregunta una voz suspicaz.

Nos giramos y vemos a Hunter en la puerta.

Me empiezo a sentir incómodo. Hunter me ha estado evitando desde el domingo por la noche. No ha dicho que le molestó lo del juego de La Botella, pero tengo la sensación de que se trata de eso.

En mi defensa diré que ni siquiera estaba jugando al juego y que no habría besado a Summer si la mandona de la novia de Jesse no hubiera insistido. Sé que no vale la pena discutir con Katie.

Además, si Hunter está enfadado porque Summer y yo nos besamos, podría actuar como un adulto y hablarlo conmigo.

—Escucha esto —le dice Summer con voz divertida—, he traído seis bolsas con conjuntos para que Fitz se los pruebe. Ya sabes, para su entrevista de mañana. Solo se ha probado uno —señala la combinación Ford/Saint Laurent—. Y se piensa... —Parece que va a estallar de la risa—. Y se piensa que ya hemos terminado.

Espero que Hunter responda con una cara de indiferencia. Sin embargo, mi compañero de equipo se ríe de mí ante la broma.

—Qué ingenuo que es el cabrón...

Entra en mi habitación y se tumba en la cama.

—Esto será divertido. —Guiña un ojo a Summer—. Ve a buscar a Hollis. Dile que haga palomitas.

—Voy —responde Summer. Acto seguido, sale por la puerta y grita—: ¡Mike!

—Traidor —le gruño a Hunter.

Apenas sonríe.

—Le has dado permiso a una heredera de Connecticut para que te elija el atuendo que llevarás a una entrevista. ¿En serio crees que voy a perderme el espectáculo?

Suspiro. Supongo que podría plantarme y declarar que esto se ha terminado, pero está claro que Summer se lo está pasando en grande, y es la primera vez que Hunter no parece enfadado conmigo. A lo mejor me lo había imaginado y ni siquiera le ha dado importancia al beso.

—Oye, sobre Summer y tú... —empieza a decir.

He hablado demasiado pronto..

—Me dijo que la estás ayudando con un trabajo.

—Ajá. Sí.

Finjo que estoy ocupado con la manga izquierda del jersey, examinándola como si tuviera la respuesta a todos los secretos del universo.

—Y también hubo toda eso... Mmm... Lo del beso del domingo. —Por el rabillo del ojo, veo que se toca el pelo con la mano; está nervioso—. Te lo voy a preguntar directamente. ¿Hay algo entre vosotros dos? ¿Estáis enrollados?

—No, qué va. —Hostia, esta manga es fascinante—. Solo somos amigos.

—¿Seguro?

Me obligo a mirarlo a la cara como un adulto maduro.

—Por si se te ha olvidado, yo estaba ocupado con mis propios asuntos cuando esa botella me señaló a mí. Ninguno de los dos quería hacerlo, ¿te acuerdas?

—Es verdad. —Asiente lentamente—. Parecíais muy incómodos.

¿En serio?

Trato de no fruncir el ceño. Porque lo que *yo* recuerdo es cómo sus labios hicieron que me ardiera todo el cuerpo. Me acuerdo de su lengua restregándose contra la mía y enviando descargas eléctricas a mi entrepierna. Recuerdo respirar su fragancia adictiva y estar a punto de desmayarme de deseo.

Pero Hunter vio incomodidad. Interesante.

A lo mejor por eso Summer no ha sacado el tema del beso desde entonces. Mierda. ¿En serio solo me ve como un amigo?

—Creo que es maravillosa, Fitz. —Se encoge de hombros—. No iba de coña cuando al volver de Vermont dije que «me la pedía». Me gusta mucho.

Dirige la vista a la puerta, como si le preocupara que Summer estuviera ahí. Pero se relaja al oír su risa y la de Mike desde el piso de abajo.

—Y creo que yo también le gusto —continúa. Vuelve a encogerse de hombros—. O sea, nos liamos en Nochevieja. Hemos dormido acurrucados.

¿Cómo que han dormido *acurrucados?* El pinchazo de celos que siento me duele más de lo que esperaba.

—Me estoy planteando pedirle salir. —Ladea la cabeza y me observa con precaución—. ¿Te importaría?

¿Qué coño se supone que tengo que responder a eso? ¿Sí, me importaría? ¿Qué pasa si digo eso? ¿Eh? ¿Nos tendríamos que batir en duelo por el honor de Summer?

—Como dije cuando hablamos sobre que se mudara con nosotros, no me importa lo que hagas siempre que no afecte a nuestro acuerdo. —Me cuesta muchísimo pronunciar estas palabras, pero la alternativa supondría unos problemas con los que no estoy dispuesto a lidiar ahora mismo.

Si Summer se hubiera desnudado y me hubiera suplicado acostarse conmigo, tal vez mi respuesta sería distinta.

Pero no lo ha hecho.

CAPÍTULO 17

Fitz

Me crie en un suburbio de las afueras de Boston, así que mis probabilidades de ver un tornado eran igual de nulas que las de que mis padres volviesen a estar juntos.

Esta mañana, por fin tengo la oportunidad de presenciar uno.

El nombre del tornado es Kamal Jain. Aparece en el bar del hotel como una mancha borrosa de color gris y negro. Es una visión efímera de dientes blancos y piel oscura, y saluda con sus dedos rechonchos a la camarera cuando pasa por su lado.

El torbellino se detiene para revelar la figura bajita y fornida de Kamal Jain. Me cuesta horrores mantener la mandíbula en su lugar al darme cuenta de que no va vestido de gris y negro.

Va de color pizarra y color carbón, como diría Summer.

Y lleva exactamente el mismo puto conjunto que me probé anoche. El primero, el que Summer me aconsejó desestimar a cambio del que llevo ahora: unos vaqueros azul oscuro de Ralph Lauren, una camisa de traje de Marc Jacobs sin corbata y unos mocasines marrones de Gucci. Summer estaría orgullosa de mí por recordar los nombres de cada diseñador y saber qué prenda le corresponde a cada uno.

Gracias a Dios que no me quedé con el primer conjunto porque, si no, esta entrevista no habría empezado bien del todo.

—¡Colin! —me saluda Kamal con entusiasmo, y me estruja la mano mientras habla—. ¡Qué alegría conocerte! Mírate, ¡eres enorme! Pareces mucho más pequeño en la foto que tengo. ¡En persona eres gigante!

—¿Foto? —pregunto, desconcertado.

—Mi asistente encontró tu foto de la ficha de *hockey* en internet. ¿Se llama así? ¿Ficha? Ni idea. ¿Cuánto mides? ¿Uno ochenta? ¿Uno ochenta y pico?

—Uno ochenta y ocho.

—Uno ochenta y ocho, ya te digo. Yo mido uno setenta y seis, soy un tipo bajito con una gran cuenta bancaria, ¿verdad? —Se ríe con su propio chiste—. ¿Nos sentamos?

—Claro —respondo, aunque dudo que me haya oído. Parece que Kamal Jain solo hable consigo mismo y que tú solo estés ahí para acompañarlo.

El bar del Ritz parece uno de esos clubs donde los caballeros van a fumar puros, como los de las películas. En una pared hay reservados con mesas redondas, pero la mayor parte de la sala está llena de sillones de cuero para darles un aire de privacidad a los jefes. Incluso hay una chimenea encendida, una de verdad, que oigo crepitar cuando pasamos por delante mientras la camarera nos conduce hacia la mesa.

Nos sentamos en un par de sillas en una esquina de la sala. Kamal pide un vodka con tónica. Son las diez y media de la mañana, pero no pienso comentar nada. No voy a criticar la elección de bebida de mi posible jefe. Además, su fama me deslumbra un poco, así que hablar en general ya supone todo un reto. He visto la cara de este hombre en portadas de revistas. He seguido su trayectoria durante años. Es surrealista estar sentado delante de alguien a quien he admirado durante tanto tiempo.

—Gracias por venir hasta aquí para verme, señor Jain —empiezo a decir.

—¡Señor Jain! Ya hemos hablado de esto, tío. Llámame Kamal o KJ. «Señor» me pone los pelos de punta. Es demasiado autoritario para mi gusto.

—Perdón. Kamal. —Decido ir de frente con él. Imagino que lo va a apreciar—. Lo siento. Me da hasta vergüenza mi actitud ahora mismo. Soy un gran fan suyo.

Suelta una buena carcajada.

—Oh, créeme, sé de lo que hablas. Una vez conocí a Stan Lee en una convención de cómics y casi me corro en los pantalones. Lo juro, noté un cosquilleo ahí abajo.

Resoplo para camuflar mi risa.

—Bueno, por suerte fue capaz de controlarse —digo, en un intento de ser amable.

—¡Qué va! Ese hombre es una leyenda. Voy a divorciarme de mis padres y pedir que me adopte.

Ahora sí que se me escapa la risa. Ya sabía por las entrevistas que he visto que Kamal no tiene filtros a la hora de hablar. Pero experimentarlo en primera persona es un espectáculo totalmente distinto.

—¿Eso es de Marc Jacobs? —señala mi camisa. —Te sienta bien, los puños son la bomba. Es carísima. Espero que no te hayas fundido la cuenta de ahorros por mí. Estás en la universidad, todavía no te puedes permitir compras tan frívolas, Colin. Le diré a mi asistenta que te mande un cheque de reembolso.

—Oh, no hará falta...

—Bien —me interrumpe—, tengo cuatro minutos más. Vayamos al grano.

¿Cuatro minutos? Pero si acaba de sentarse.

Me pregunto cómo se siente al ser TAN IMPORTANTE que vuelas hasta Boston para una reunión de cinco minutos antes de tener que subirte al *jet* de la empresa otra vez.

Durante los próximos tres minutos, Kamal me lanza preguntas como si me disparara con un rifle de entrevistador. Parece que no vengan a cuento. Salta de un tema al otro en un abrir y cerrar de ojos, y solo me concede unos diez segundos para responder antes de disparar de nuevo.

¿Cuáles son tus influencias artísticas?

¿Cuál es tu película favorita?

¿Comes carne?

¿Estarías dispuesto a trabajar en fin de semana si fuera necesario?

¿Qué piensas de No Man's Sky?

¿Te consideras un deportista engreído?

La verdad es que el tema del deportista engreído sale al menos en tres preguntas. Me da la sensación de que Kamal es antideportistas. Sospecho que le hicieron la vida imposible en el instituto.

No sé si he respondido correctamente alguna de las preguntas ni si mis respuestas son de su agrado. Si Kamal se mueve y habla como un tornado, la entrevista en sí es como un tsunami; me golpea una y otra vez sin avisar, como las olas.

En un abrir y cerrar de ojos, se pone de pie y ya me está dando otro apretón de manos.

—¿Puedes estar en Manhattan en un par de semanas?

—Ejem, no estoy seguro. Depende del calendario de partidos...

—Es un jueves por la noche. ¿Jugáis los jueves? —Frunce el ceño. Está claro que ahora mismo el *hockey* es lo que más juega en mi contra.

—No, pero... —Frunzo el ceño—. ¿Qué pasa en Manhattan?

¿He conseguido el empleo? ¿Se supone que empiezo a trabajar ese día? En la carta de motivación dejé claro que no podía empezar hasta después de la graduación.

—Organizo un evento benéfico en el hotel Heyward Plaza. Es para concienciar sobre el autismo. No, es una gala para los niños con leucemia. La del autismo es en abril —masculla—. «Abril: el mes para concienciar sobre el autismo». A mi equipo le encantan las aliteraciones. He invitado a los demás candidatos al puesto. Ya solo quedan tres. Hubo dos que no me impresionaron cara a cara.

¿Y yo sí? Estoy desconcertado de verdad. No comprendo cómo me ha evaluado, teniendo en cuenta lo que ha durado la entrevista y lo absurdas que eran las preguntas.

—Ahora la cosa está entre vosotros cuatro. En la gala para recaudar fondos contra la leucemia veré cómo os desenvolvéis y creáis contactos.

Oh, mierda. Socializar no es lo mío.

—Además, será divertidísimo. Habrá barra libre, un montón de chicas. Puedes traer acompañante si hay alguna chica que te espera en casa, pero recomiendo eso mismo, dejarla esperando en casa... —Me guiña el ojo, y yo escondo mi desagrado.

No es ningún secreto que Kamal es un mujeriego. Según un artículo que leí, estuvo a punto de casarse con su novia de la universidad hará unos diez años, pero al final no lo hizo porque ella se negó a firmar un acuerdo prematrimonial. Desde entonces, lo han fotografiado liándose con tal cantidad de supermodelos, actrices y herederas varias que parece el mismo Leonardo DiCaprio.

—Mi asistente te enviará la invitación por correo electrónico. Si no respondes para confirmar tu asistencia, daré por hecho que has retirado tu candidatura. —Me da una palmadita en el hombro—. Pero nadie sería tan estúpido, así que... —Esboza una sonrisa amplia—. Te veo el mes que viene.

Sale del bar igual de rápido que un tornado y me deja de pie, solo. Al cabo de dos segundos, vuelve la camarera con una bandeja y el vodka de Kamal y mi café.

Me mira confundida.

—Vaya. ¿Su acompañante se ha marchado? ¿Todavía...? —Levanta ligeramente la bandeja—. La cuenta ya se ha pagado.

Miro la taza de café, luego el vaso de cristal. A la mierda. Qué más da que sea temprano.

Alcanzo el vodka con tónica y me lo bebo de un solo trago.

—Cinco minutos —les cuento a mis amigos esa noche. Estamos en el Malone, embutidos en uno de los reservados. Y justo debajo de un altavoz, lo que significa que tengo que levantar la voz si quiero que me oigan por encima del tema de Drake que retumba por todo el bar—. Ha durado *cinco* minutos de reloj.

—El tiempo es oro —dice Hollis.

—Ni siquiera sé cómo ha ido la entrevista —comento, con un gruñido—. En serio. No me ha dado una sola pista como para saber si le he gustado o no.

—Por supuesto que sí —contesta Summer con firmeza. Está al otro lado de la mesa, entre Hunter y Matt Anderson—. No te habría invitado a la gala benéfica si la entrevista hubiese ido mal.

—El tiempo es oro —repite Hollis.

Nate le da un coscorrón en la cabeza.

—Déjalo, tío. Que Fitzy haya conocido en persona a un multimillonario no te convierte en multimillonario por asociación.

—Si no te estuviera considerando en serio, no habría volado hasta aquí para conocerte en persona —señala Matt—. Se lo habría delegado a alguien.

—No necesariamente —replico—. Era un niño pobre de Detroit cuando diseñó su primer juego. De hecho, robó muchos de los componentes que necesitaba para fabricarse su propio ordenador. La empresa es como su bebé. Yo creo que hace todo lo que puede por su cuenta.

—En cualquier caso, esta noche hemos venido a celebrar que has llamado la atención de un importante diseñador de juegos, y eso ya es maravilloso —declara Summer—. Aunque no te den el trabajo, es un honor que te hayan tenido en cuenta.

—¡Brindemos! —salta Hollis, que levanta la pinta de cerveza—. ¡El tiempo es oro!

Nadie participa en el brindis, pero me da pena el chaval y acerco mi cerveza a su vaso. Fue idea de Hollis salir a celebrarlo y, por mucho que no me guste ser el centro de atención, me ha conmovido ver que me apoya tanto. Creo que está más emocionado que yo ante la posibilidad de que me ofrezcan un puesto de trabajo en Orcus Games.

Por suerte, el bar no está demasiado lleno esta noche, seguramente porque no hemos tenido partido. El Malone suele ser un bar para los jugadores de *hockey*, aunque a veces viene algún futbolista. Sin embargo, los futbolistas prefieren organizar las fiestas en sus casas, fuera del campus, a la patética vida nocturna de Hastings. Son famosos por sus celebraciones. Yo prefiero el bar. Implica no tener que recoger nada después. Además, la cerveza es barata y los viernes por la noche tienen las alitas a mitad de precio.

—Bueno, vale —se rinde Summer, que levanta su vaso para chocarlo con el de Mike—. ¡El tiempo es oro!

Me dedica una sonrisa y un guiño de ojos rápido y me deshago por dentro como si fuera mantequilla sobre una sartén caliente. Tiene una sonrisa que hace que quieras empezar a escribir mala poesía. Te encandila porque es auténtica y preciosa, como toda ella.

Llevo medio empalmado desde que hemos llegado. Cuando hemos salido de casa, Summer parecía un muñeco de nieve, cubierta por una parka con una capucha de pelo, guantes y bufanda: el kit de invierno completo. Cuando hemos llegado al Malone se ha desabrochado el abrigo y se ha quitado el resto de accesorios, dejando al descubierto unos pitillos que se le pegan a sus piernas increíblemente largas y un top revelador que le deja la espalda y la barriga completamente al aire. Es brutal.

—Brenna ha escrito que está aquí —dice Summer al revisar el móvil—. ¿La veis?

—¡Ha llegado mi Julieta! —dice Hollis, contento.

—Tío. No le interesas —comenta Hunter entre risas.

—¿En serio? Porque creo recordar que estaba muy interesada cuando entró en mi habitación la semana pasada… y parecía muy satisfecha al salir… —Bambolea las cejas.

Summer roba una patata frita a Matt para tirársela a Hollis.

—Uno, prohibido conversaciones de vestuario. Y dos, Hunter tiene razón.

—Yo siempre tengo razón —responde Hunter.

—¿Dónde estará…? —Summer se vuelve y muestra toda la espalda desnuda.

Joder. Es tan bonita como el resto de su cuerpo. Hombros delicados. Piel suave y bronceada.

Mi semierección se convierte en un empalme completo al imaginar que le beso toda la espalda hasta llegar al final de su columna, donde mis labios se encuentran con el principio de su culo perfecto. Lo estrujaría con las manos. Mmm. Y lo que haría con la boca… Tal vez empezaría dándole mordisquitos en esas nalgas firmes y redondas.

Hostia. Gracias a Dios que la mesa cubre la parte inferior de la mesa porque la tengo dura como una piedra.

—¿Por qué os escondéis en el rincón? —pregunta Brenna cuando finalmente aparece—. ¿Cómo se supone que tengo que comerme con la mirada a todos estos buenorros si no los veo?

—Puedes comerme a mí —ofrece Hollis.

Lo ignora y observa cómo está la cosa para sentarse. Cuando ve que no hay sitio en ninguno de los dos bancos, se encoge de hombros y me sonríe.

—Supongo que tú puedes ser mi silla, Fitz.

Abro la boca para protestar, pero es demasiado tarde. Ya se ha dejado caer en mi regazo.

Abre mucho los ojos.

Pega un chillido de sorpresa y yo la agarro de la cintura y le lanzo una mirada de advertencia. Si dice una sola palabra de la erección que se le está clavando en la nalga izquierda, seré el hazmerreír de mis compañeros de equipo hasta el fin de los tiempos.

—¿Qué pasa? —pregunta Summer, preocupada.

Brenna se recupera enseguida y dice:

—Perdón, no os quería asustar. Creo que me he sentado encima de tu móvil, Fitz. —Hace un gran espectáculo al cambiarse de sitio y me mete la mano en el bolsillo para sacar el móvil—. Se me estaba clavando esto en el culo.

—Qué *sexy* —comenta Hollis.

Ella vuelve a ignorarlo, probablemente porque está concentrada en sacar su propio móvil del bolsillo de su sudadera negra. Lleva la cremallera medio bajada y se le ve la parte superior del sujetador negro de encaje. Solo Brenna llevaría una sudadera con cremallera y nada más debajo aparte del sujetador.

Escribe algo con una mano y me aguanto un suspiro de resignación cuando noto que me vibra el móvil. Leo el mensaje con indiferencia.

Brenna: ¡Por favor, por favor dime que esa erección no ha sido por mí!

Suspiro de nuevo. Cuando arquea una ceja, escribo rápidamente.

Yo: NO.

Brenna: Vale, bien. Ya estaba ahí antes de que me sentase así que he dado por hecho de que no era por mí. Solo quería asegurarme. Tú y yo no podemos estar juntos, dulce Fitzy. Te comería vivo.

Ja. Se comería vivo a cualquier hombre. Y por alguna razón, siento la estúpida necesidad de justificar por qué tengo una erección. O bueno, tenía, en realidad, porque se ha retirado como un soldado confederado.

Yo: Una chica me ha mandado fotos desnuda justo antes de que llegases. Soy un tío. A veces pasa.

Brenna: Piensa en Hollis. A mí siempre me mata el deseo.

Suelto una fuerte carcajada y todo el mundo mira en mi dirección.

—¿Qué te hace tanta gracia? —pregunta Summer con sutileza.

Dejo el móvil en la mesa y agarro el botellín de cerveza.

—Nada. Una amiga me ha mandado un meme gracioso —contesto.

—¿Te refieres a tu novia? —El tono de Summer ya no parece tan relajado. Atisbo algo oscuro, algo que no acabo de descifrar.

Nate parece sorprendido.

—¿Tienes novia? ¿Desde cuándo?

—¿Está buena? —pregunta Hollis.

Brenna agarra una servilleta y se la lanza.

Él la caza al aire y añade:

—Ey, es una pregunta válida.

—Nunca es una pregunta válida si viene de ti —dice con un suspiro.

—Es guapa —comenta Summer con cierto rencor.

Estoy un poco perdido. Pensaba que era una conversación de broma, pero claramente se está refiriendo a una persona real. De repente lo pillo:

—Oh, ¿te refieres a Nora?

Summer esboza una mueca de disgusto.

—Sí.

—No pareces muy fan suya —dice Nate, intentando contener una sonrisa.

Ella se encoge de hombros y alcanza su vodka con zumo de arándanos. Da un sorbo, y veo cómo todos los chicos de la mesa le miran los labios.

—Creo que tiene una actitud condescendiente. Y fue borde conmigo porque admiro a una simpatizante de los nazis.

Hunter se atraganta con la cerveza.

—Perdona... ¿qué?

—Chanel —explica Summer—. Chanel es mi ídolo, y la novia de Fitz...

—No es mi novia...

—... no se callaba la boca en clase sobre cómo Chanel fue una criminal de guerra. —Summer levanta la barbilla con terquedad—. Bueno, presunta criminal de guerra.

Nate resopla.

—¿Cómo se atreve? —dice Brenna con sorna.

—Espera, ¿y es tu novia? —me pregunta Matt.

—No. Tuvimos una cita —respondo, exasperado—. Y dudo que haya una segunda.

La mirada contemplativa de Summer se fija en mí.

—¿No?

—Seguramente no —contesto, y me encojo de hombros.

Nora y yo nos hemos intercambiado varios mensajes desde que fuimos a tomar esas copas, pero la verdad es que no he sentido que encajemos. Nora es muy maja, pero no hay química entre nosotros. Por lo general, pienso que hacen falta dos citas para saber si alguien realmente no te interesa. La gente suele estar nerviosa en las primeras citas. Quizá Nora estaba ansiosa y por eso la conversación no fluyó.

Cuando sugirió que nos volviésemos a ver, accedí, pero no he insistido más. Y ahora no estoy seguro de que vaya a hacerlo. El hecho de que me la casque cada mañana fantaseando con otra chica ya me dice un poco todo cuanto necesito saber sobre Nora.

—Vale, está claro que nuestra camarera no va a volver nunca —anuncia Brenna, y se levanta de mi regazo—. Voy a pedir algo en la barra.

—Voy contigo —se ofrece Summer. Y Matt se levanta para que salga del reservado.

Nos giramos para admirar a las dos chicas mientras se alejan. Dos pares de pitillos significa que tenemos dos culos perfectos con los que salivar, y la suave piel de la espalda descubierta de Summer es un bonus. Significa que no lleva sujetador, y se me seca la boca cuando otra imagen obscena aparece en mi mente: el pecho desnudo de Summer se mueve suavemente con cada paso sensual que da.

Nate silba por lo bajo y comenta:

—Ñam, ñam. Son las chicas más *sexies* de todo el bar.

—Todo el mundo quiere darnos una paliza —coincide Matt con una sonrisa de arrepentimiento.

—Eh, podemos con ellos —asegura Hunter. Y no exagera. Tal vez Summer y Brenna sean las chicas más atractivas de todo el bar, pero nosotros somos los chicos más mazados de todo el bar.

Por el rabillo del ojo veo que las chicas se aproximan a la barra. Otra sombra cruza mi visión periférica. Me giro para echar un vistazo y escondo un ceño fruncido. Un chico vestido con un polo negro habla con Brenna, que le toca el brazo y dice algo que le hace soltar una fuerte risotada.

—Está tremenda —comenta Hollis, y exhala un suspiro intenso que te atrapa el alma. Tiene los ojos pegados en Brenna.

—Ay, ¿por qué estás tan triste, muñeco? —se burla Nate.

—Ya, deberías estar sonriendo eternamente porque esa preciosidad tonteó contigo. —Hunter echa más leña al fuego—. Seguro que así se sintió Jesús cuando convirtió el agua en vino.

Matt y Nate ríen.

Hollis levanta el dedo corazón, pero no responde con una de sus características respuestas de imbécil. Se limita a tomar el vaso de cerveza.

Arqueo una ceja y preguntó:

—Qué, ¿no vas a decir que eso no fue un milagro porque tú eres un semental, etcétera, etcétera?

En lugar de responder, se termina la cerveza, como si necesitara coraje líquido para pronunciar sus próximas palabras.

—Tíos. Creo que solo se enrolló conmigo esa noche porque estaba aburrida.

Todo el mundo se calla de golpe.

Hunter es el primero en reírse. Y yo tampoco puedo resistirme. Finalmente se nos unen Nate y Matt.

Hollis se tapa la cara con las manos. Cuando levanta la cabeza, veo que tiene el ceño fruncido.

—Sois los capullos menos compasivos que he conocido nunca.

—Tío, te da largas cada vez que te ve —responde Hunter al fin. No obstante, reparo en que ha suavizado el tono. Intenta suavizar el golpe sutilmente.

Me siento mal por permitir que lo haga Hunter solo, así que también me pronuncio.

—Tío, no va a pasar... —le digo a Hollis.

—Puede que sí —protesta.

Volvemos a mirar hacia la barra. Brenna se pasa el pelo largo y oscuro por encima del hombro. Todavía está con el chico de la fraternidad. Y no lo digo solo porque lleva un polo, sino porque se le han unido un par de amigos, y uno de ellos lleva una sudadera con el logo de Sigma Chi. El otro habla con Summer.

Me fijo en que los hombros de Hunter se tensan al ver a Summer con el chaval. Por suerte, el camarero de la barra por fin les da las bebidas a las chicas. No veo que haya un intercambio de dinero, lo que me dice que el camarero está igual de encandilado con ellas que el resto de gente del bar.

Regresan a la mesa. Summer lleva un segundo vodka con arándanos en la mano y Brenna una botella de Harpoon. En esta ocasión, Brenna se acomoda a mi lado en lugar de sentarse encima de mí y Summer se sienta al lado de Matt en el borde del banco en vez de colocarse entre él y Hunter. Hunter le lanza una mirada pensativa.

—Los chicos de fraternidad son lo peor —nos dice Brenna mientras se acerca la cerveza hacia los labios, pintados de rojo—. Creen que tienen derecho a cualquier cosa y me da mucha rabia. Incluso los que menos dinero tienen.

—¿Hay chicos de fraternidad que no son ricos? —suelta Nate.

—Claro. Cualquiera puede entrar en una fraternidad. —Brenna pone los ojos en blanco—. Aunque hay más probabilidades de que te admitan si eres rico.

Summer se encoge de hombros.

—Tampoco estaban tan mal esos chavales.

Una puñalada de celos me atraviesa las entrañas. Por suerte, la respuesta de Brenna me asegura que no tengo que preocuparme por la posibilidad de que Summer vuelve a casa con uno de esos idiotas.

—El gilipollas del polo ha intentado meterme la mano por debajo de la camiseta para palparme una teta, Summer.

Summer se sorprende.

—¿En serio? Dios mío. Qué asco. —Niega con la cabeza—. Pensaba que el de la camiseta color salmón era majo.

—Rosa —gruñe Hollis—, simplemente di rosa, Summer.

—Existen diferentes tonalidades de rosa, Mike.

—¿En serio? Dime diez.

—Vale. —Como una profesional, empieza a enumerar tonos—. Salmón, rosa, rosáceo, fucsia, sandía, flamenco, cereza, chicle, magenta…,

Va por la novena cuando un borrón de color rojo y amarillo se abalanza sobre la mesa.

Apenas tengo tiempo de pestañear cuando un brazo pálido deja caer una cascada de líquido que nos llueve encima. El blanco intencionado era Brenna, que recibe la mayor parte, pero Hollis, Nate y yo somos víctimas de salpicones secundarios.

A Brenna se le desencaja la mandíbula mientras una rubia iracunda la fulmina con la mirada.

—¿Qué coñ…?

—*¡No te acerques a mi novio!*

CAPÍTULO 18
Summer

Brenna está empapada. A pesar de la conmoción inicial, se recupera rápido y alcanza una servilleta para secarse la cara.

—¿Quién es tu novio exactamente? —pregunta con calma.

La rubia señala hacia un punto a unos tres metros a su derecha. Lleva las uñas largas pintadas de fucsia intenso (o rosa, como diría el ingenuo de Hollis), y una garra puntiaguda dirige mi mirada hasta el chico del polo que le ha tirado la caña a Brenna. El estrujatetas.

—¿Ese?

La preciosa cara de Brenna refleja desdén.

—Sí.

—Qué gracioso. No ha mencionado que tuviese novia cuando me ha ofrecido dar una vuelta en su Lamborghini.

Hollis se ríe.

—Eres una mentirosa. Davey nunca haría algo así. —La chica sigue enfadadísima, con las mejillas más rojas que la camiseta carmesí que lleva puesto. No le pega nada con las uñas. Queda fatal—. Me ha dicho que te has insinuado.

Los labios de Brenna se curvan en una sonrisa burlona.

—Claro que ha dicho eso. Porque le he herido el ego. Pero si hubiera aceptado hacerle una mamada en el coche deportivo de lujo una vez tú estuvieras en casa..., te garantizo que no te habrías enterado de que hoy había hablado con alguien más aparte de ti.

—Cierto —apunta Hunter.

Escondo una sonrisa. Tiene toda la razón. El único motivo por el que ese fracasado ha mencionado la existencia de otra mujer a su novia es porque necesita que le eleven el ego. Seguro

194

que sabía que, si se lo contaba, su novia se volvería loca con Brenna y reivindicaría que su novio es suyo, cosa que le hace sentirse bien y deseado después de las risas de Brenna cuando le ha sugerido enrollarse en su Lamborghini.

Brenna se levanta. Tiene la cara seca, pero la parte de delante de la sudadera sigue empapadísima. El líquido no apesta a alcohol así que sospecho que solo era agua. Con un suspiro de fastidio, Brenna se baja la cremallera y se quita la sudadera.

—Madre mía —gruñe Hollis, con los ojos oscurecidos por la excitación.

Solo lleva unos vaqueros y un *bralette* de encaje negro que es más un top que un sujetador y no mucho más provocador que lo que lleva la rubia. No la van a echar del Malone por llevar un atuendo indecente, pero sin duda es la responsable de todas las erecciones que se producen a nuestro alrededor.

¿Incluso el de Fitzy? —me provoca una voz.

Trato de tragarme los celos. No me gusta la idea de que Fitz se empalme por Brenna, sin importar lo increíbles que se ven sus tetas en ese *bralette*.

Pero una mirada rápida al otro lado de la mesa me revela a un Fitz con una expresión dura y una mueca de disgusto que observa al chaval del polo, que ahora se acerca con sigilo a su novia. Las manos grandes de Fitz no son puños exactamente, pero están cerradas sobre la mesa. Está en guardia y no le gusta adónde está derivando la situación.

—Eh, cariño —le dice Brenna a la rubia—. Tu novio es un capullo integral. Déjalo antes de que te haga más daño.

—¡¿Acabas de llamar a Davey capullo?! —responde llena de furia—. ¡En tu vida tendrás la *suerte* de tener a alguien como él! Si ha intentado ligar contigo y lo has rechazado, eres una zorra estúpida.

Los ojos marrones de Brenna centellean.

—Primero te enfadas porque crees que te lo he intentado robar. Ahora estás cabreada porque lo he rechazado. Elige una injusticia y sé coherente, cielo.

No puedo evitar reírme. La rubia me clava dagas con la mirada.

—Pero si quieres, estaré encantada de acostarme con él —ofrece Brenna—. Su técnica cuando ha intentado tocarme las tetas ha dejado mucho que desear. Podría enseñarle algunas cositas.

—Puta —espeta la chica.

—Claro que sí. La puta soy yo, no él.

—No reconocerías a un hombre bueno ni aunque se te acercase y te diera una bofetada en la cara.

—Tú tampoco, al parecer.

Hunter se ríe.

La chica tiene la cara tan roja que casi me sabe mal por ella. Casi.

—¡Puta idiota!

Y de repente, llego al límite de veces que estoy dispuesta a escuchar la palabra «puta».

Me pongo en pie.

—Ya vale con lo de «puta» —le espeto—. ¿Te das cuenta de a cuantas décadas atrás te remontas cada vez que llamas «puta» a otra chica? Hemos pasado años luchando para que no nos vieran como objetos sexuales y para que no nos juzgasen y culpasen por disfrutar del sexo. Ya es bastante malo que los hombres sigan utilizando esa palabra. Pero cuando tú lo haces, estás mandando el mensaje de que está bien tratar así a las mujeres.

—Cállate —replica—. ¡Tú también eres una puta!

Cruzo los brazos por delante del pecho y respondo:

—Vuelve a decirlo. Atrévete.

—Eres. Una. Puta —repite con una sonrisa petulante.

Debería dejarlo estar. De verdad que sí. Si no fuera porque ha dado un paso hacia delante y ha sacudido sus uñas afiladas por delante de mi mejilla en un gesto de burla que transforma mi visión en una neblina roja.

Me abalanzo sobre ella.

—¡Pelea de gatas! —grita Hollis, y salta del reservado.

Estoy demasiado ocupada derribando a la rubia como para reprender a Hollis por disfrutar de la escena. Me coloco encima de ella y consigo asestarle un buen puñetazo antes de que su puño vuele e impacte contra una comisura de mi boca. Noto el sabor a cobre en el labio inferior, lo lamo y le agarro un mechón de pelo. Profiere un grito cuando lo estiro con fuerza.

—¿Qué coño ha pasado con el *girl power*? ¿Es que nunca has escuchado a las Spice Girls? —le rujo a la cara— ¿Qué coño te pasa?

Me da una bofetada con una de esas garras suyas.

—¡Quítate de encima!

Sus deseos son órdenes, porque de repente me apartan de ella. Unos brazos fuertes me agarran por la cintura para mantenerme alejada de la chica, que se pone en pie y vuelve a abalanzarse sobre mí.

—¡Me has roto la uña! —me chilla.

Davey la atrapa y tira de ella hacia atrás. Ella se aferra a su brazo como si fuera el último bote salvavidas del *Titanic*.

Frunzo el ceño al verlo.

—El fracasado de tu novio ha intentado manosearle la teta a otra chica, ¿cómo es posible que no estés enfadada *por eso*?

Agarrando a su novia de manera protectora, Davey anuncia al mundo que es un imbécil por elegir ese preciso instante para meterse en la conversación. Porque solo un imbécil señalaría a Brenna y diría lo siguiente:

—¡Mira lo que lleva puesto! ¡Lo estaba pidiendo!

Oh, no, no acaba de decir eso.

Vuelvo a abalanzarme hacia delante, pero los brazos grandes me sujetan con más fuerza. Me doy cuenta de que son los de Hunter. Pero aunque hubiese salido disparada, ni de coña habría sido tan rápida como Fitz. En solo un segundo, pasa de estar sentado a agarrar al imbécil de Davey por el cuello.

—¿Que lo estaba pidiendo? —dice Fitzy con actitud amenazadora—. ¿En serio acaban de salir esas palabras de esa boca asquerosa tuya de violador?

Davey toma una bocanada de aire y responde:

—No quería decir eso...

Fitz estampa al chico de la fraternidad contra la pared de ladrillo junto a la mesa. Juro que noto cómo tiembla toda la sala. En el Malone hay marcos con recuerdos deportivos colgados en las paredes y algunas fotos de jugadores de *hockey* que no reconozco impactan contra el suelo, pegajoso por la cerveza. Oigo el crujido del cristal debajo de las botas Timberland de Fitz cuando cambia de posición.

Una camarera se acerca a toda prisa, pero es una mujer bajita que no puede competir con un Colin Fitzgerald rabioso de metro ochenta y ocho. Sus ojos oscuros escupen fuego mientras levanta a Davey medio metro del suelo con una mano alrededor de su cuello.

Estoy muy preocupada. Mierda, esto no está bien. Fitz está estrangulando al...

No, le acaba de dar un puñetazo. Lleva la mano libre hacia atrás y le propina un golpe fuerte en la nariz. Seguro que le ha roto algo. Suelta a Davey, que se cae al suelo pegajoso mientras la sangre le sale a borbotones de la nariz.

—¡Te voy a denunciar por agresión!

—Hazlo. —Fitzy parece divertido ante la amenaza, y hay algo extremadamente *sexy* en ello—. Así le ahorrarás a Brenna la llamada a la policía. Puede presentar cargos contra ti al mismo tiempo.

No puedo apartar los ojos de su cara. Tiene la mandíbula más afilada que el acero. Su boca es dura y peligrosa. Y sus brazos son... Ay, Dios, tiene los músculos contraídos de la tensión y de la rabia, y parece que los tatuajes se le extiendan por la piel al presionar los brazos esculpidos contra los costados. El dragón que tiene en el bíceps izquierdo parece que está a punto de alzar el vuelo y escupir una lluvia de fuego sobre el mundo entero. Fitz se encuentra en un estado igual de primitivo que la criatura de su brazo. Se alza imponente sobre Davey, que sigue en el suelo. Irradia un poder masculino puro, primario.

Nunca había tenido tantas ganas de acostarme con alguien.

—Buena idea —salta Brenna, y sonríe a Davey—. No sé si lo sabías, pero manosear a una chica en un bar se considera acoso en este estado.

Sus palabras hacen que el chico empalidezca. La nariz sangrienta combinada con las mejillas faltas de color confieren a Davey un aspecto macabro. Se pone en pie a duras penas e intenta pasar por el lado de Fitz.

Fitz es un muro de músculos. Los muros de músculos no ceden.

—Colin —murmura Hollis.

Al cabo de unos segundos, Fitz se aparta para dejarle pasar.

—Vamos, Kerry —masculla Davey a su novia—. Estos hijos de puta no merecen la pena.

Lo dice como si hubiera sido él quien le ha puesto la mano encima a Fitz y no al revés.

—Puta. —Es el insulto de despedida que me regala la rubia.

Ahogo un suspiro. Hay gente que no aprende nunca.

—Lo siento —se excusa Fitz con voz ronca. Está hablando con el personal del local—. Pagaré por los daños que he causado.

—No —lo interrumpo, y doy un paso hacia delante—. Lo haré yo. He sido yo quien ha empezado la pelea. Ha sido culpa mía.

Que Fitz no lo discuta ni insista en pagar me dice que él también piensa lo mismo sobre quién es el culpable. Un rápido vistazo basta para percatarme de su mirada acusatoria.

Oh, vale, me culpa a mí.

Espero a que me eche la bronca. O tal vez a que me lance sobre su hombro como suele hacer. En lugar de eso, maldice en voz baja, agarra la chaqueta y murmura:

—Me voy.

La incredulidad me corroe al ver que se marcha. Me quedo paralizada por un momento. Entonces, aparto la vista de él y cojo mi bolso Chanel del asiento.

Nate y Matt intentan ayudar a la camarera aturdida a recoger los marcos de foto rotos y Hollis murmura algo a Brenna al oído.

Solo me queda Hunter. Le tiro el bolso Chanel y le digo:

—Tengo efectivo, ¿puedes pagar lo que sea necesario? Quiero ver cómo está Fitz.

Sin darle oportunidad de responder, salgo disparada hacia la puerta.

Fuera, me doy cuenta rápidamente de mi error. Me he olvidado de que es invierno. Tengo la chaqueta dentro y llevo una camiseta que deja mi espalda al descubierto. Se me pone la piel de gallina cuando el aire congelado me besa la piel desnuda. Corro tan rápido como me lo permiten las botas Prada y mi instinto de supervivencia. Los tacones no son demasiado altos, pero una capa de hielo cubre el suelo que hay debajo.

Alcanzo a Fitz abriendo el coche en el aparcamiento que hay detrás del Malone.

—Espera —exclamo.

Al oír el sonido de mi voz, todo su cuerpo se tensa.

—Vuelve dentro, Summer. Te vas a congelar.

Me apresuro a su lado.

—No hasta que me asegure de que estás bien.

—Estoy bien. —Su tono es cortante.

—Te están sangrando los nudillos. —Alarmada, le agarro la mano y le froto un nudillo. La yema del pulgar se me tiñe de rojo.

—¿Qué más da? Tienes sangre en el labio.

Me seco la boca con la palma de la mano.

—No me lo ha partido —le aseguro—. Me ha arañado con esas uñas demoníacas.

Ni siquiera sonríe.

—Vuelve dentro —repite—. Yo me marcho.

Hay algo en su expresión que me pone los pelos de punta.

Bueno, algo no. Sé exactamente qué es: la desaprobación con la que me mira.

—¿Estás cabreado porque he tumbado a esa chica? —pregunto.

—Claro que estoy cabreado. —Cierra de golpe la puerta del conductor y se acerca a mí—. ¿En qué coño estabas pensando?

—Me estaba defendiendo a mí misma y a mi amiga —espeto—. No sé a ti, pero a mí no me gusta especialmente que me llamen puta repetidas veces.

—Y a mí no me gustan especialmente las peleas de bar —replica. Su aliento queda suspendido en el aire gélido antes de disiparse.

—Claro, ¡porque yo estoy todo el día peleándome en los bares! —Aprieto los dientes porque tengo frío y no paran de castañetearme, pero también porque tengo la loca necesidad de morderle. Tal vez tenga razón.

—En fin —añade de forma desinteresada—. No quiero volver a encontrarme en esta situación, ¿vale?

—¿Qué situación?

—En la de tener que defender tu honor.

Se me desencaja la mandíbula.

—¡Yo no te lo he pedido! Has sido tú quien ha decidido agarrar por el cuello a ese capullo. Está claro que se lo mere...

—Ese imbécil no habría abierto la boca si tú no hubieras atacado a su novia —me interrumpe Fitz. Niega con la cabeza y frunce profundamente el ceño—. No me gusta pelear, Summer. Aprendí hace mucho tiempo que los problemas no se resuelven a puñetazos.

—Ha manoseado a Brenna —le recuerdo—. Se merecía un puñetazo.

Por su expresión inflexible, veo que no está de acuerdo. En su mente, yo lo he obligado a pelearse en un bar, fin de la historia.

—Vuelvo dentro —digo, y doy media vuelta.

—No.

Con una mirada de incredulidad, me giro de nuevo.

—¿En serio? ¡Estoy haciendo lo que querías! No dejas de decirme que vuelva dentro.

—He cambiado de opinión —espeta—. Te llevo a casa. Ya has causado suficientes problemas por hoy.

—¡¿Que yo he causado problemas?! ¿Y qué hay de la loca que ha empapado a Brenna? ¿O de su novio asqueroso de manos largas? ¡No puedo creer que me culpes a mí por todo lo que ha pasado ahí dentro!

Da un paso en mi dirección y yo levanto los brazos en una posición de artes marciales. Hice tres meses de kárate cuando tenía doce años. Puedo con él.

—Si me vuelves a colgar del hombro, voy a gritar con todas mis fuerzas —le aviso—. No es mi culpa que hayas decidido darle una paliza a alguien esta noche. Asume las consecuencias de tus actos.

Sus ojos oscuros me miran, ardientes.

—No tendría que lidiar con esas consecuencias si tú no hubieses perdido los papeles por una chica idiota que no merecía tu ira.

Y así, mi cuerpo reacciona como si alguien hubiera subido la palanca de mi medidor de excitación hasta el nivel de *Peligro: orgasmo inminente*. A un chico tan *sexy* como este no se le permite pronunciar la palabra «bragas». Porque ahora me imagino variaciones de esa frase. En mi cabeza, oigo su voz ronca que retumba al decir: «Quiero arrancarte las bragas con los dientes, Summer».

—No me mires así, joder.

Levanto la mirada hacia la suya. Vale, las palabras no son las mismas, pero la voz es igual de ronca que la que había oído en mi cabeza.

—¿Así, cómo? —pregunto débilmente. Mi pulso se ha disparado de cero a un millón en una fracción de segundo y hace que me tiemblen las rodillas.

—Ya sabes de lo que estoy hablando —susurra a la vez que exhala—. Y tienes que parar.

—¿Parar qué?

Gruñe. Es un gruñido frustrado y animal que envía un rayo de calor a mis piernas antes de propagarse por cada centímetro de mi cuerpo en llamas. Ya no siento el frío. Podría estar desnuda en la tundra siberiana y seguiría sintiendo que estoy en llamas. Pensaba que conocía la lujuria, pero estaba equivocada.

—Deja de jugar conmigo, joder. —Sus palabras suenan atormentadas, temblorosas—. Un día estás tonteando conmigo y, al siguiente, duermes abrazada a Hunter.

Siento una punzada de culpa. Mierda. Había olvidado la noche que Hunter y yo dormimos acurrucados. ¿Fitz se ha enterado?

—Un día nos llamas mejores amigos y al siguiente estás de pie delante de mí como si quisieras chupármela.

Siento un dolor tan fuerte en el estómago que casi me doblo por la mitad. Oh, Dios mío. Esa imagen *no* era necesaria ahora mismo.

Sacude la cabeza antes de bajar la mirada hacia sus botas llenas de rozaduras.

—No me gusta que me manipulen, y el drama me gusta menos todavía —musita.

—Fitz —digo con cautela—. ¿Por qué estás cabreado ahora mismo, en serio?

Se le tensa la mandíbula. Por un momento, creo que no va a responder, pero entonces masculla:

—Podrían haberte hecho daño ahí dentro.

Me sobresalta la sorpresa. ¿Se trata de *eso*? ¿Estaba preocupado por mi integridad?

—Pero no ha sido así —le aseguro—. Créeme, sé cuidar de mí misma. Soy una luchadora.

—Me he dado cuenta.

Sacudo la cabeza con irritación y añado:

—¿Por qué no me has dicho esto desde el principio? «Summer, no me gusta la idea de que te hagan daño». Ahí lo tienes. Fácil. En lugar de eso, ¿me gritas como un loco y luego actúas como si estuviera haciendo algo mal al pensar que estás irresistible cuando te enfadas?

Alza la cabeza lentamente.

Me quedo sin aliento. Me lanza una mirada ardiente de deseo que me obliga a cerrar las piernas con fuerza desesperadamente. Vuelven las palpitaciones, pero ahora es peor. Nadie me había mirado nunca así.

—¿Crees que estoy irresistible cuando me enfado?

—Sí, lo creo. Me estabas gritando de una forma muy *sexy*. No tengo la culpa. —Lo fulmino con la mirada—. Solo porque yo no te atraiga no significa que…

—¿Que tú no me atraes? —me interrumpe, incrédulo. Y sin que me dé tiempo a procesarlo, me agarra la mano de un tirón y la lleva a su entrepierna—. ¿Lo notas? Esto es lo que me provocas. Me excitas. Constantemente.

Me presiona la palma más fuerte contra su cuerpo y se me atraganta un gemido en la garganta. Estoy fascinada por la forma gruesa que hay debajo de mi mano. Es enorme. Quiero decir, supongo que me lo esperaba. Es un tío grande. Alto, musculoso, hombros anchos. Manos grandes…, pero eso no siempre es un indicador fiable. Una vez salí con un chico con manazas de oso y zapatos de la talla 48 que la tenía minúscula. El tipo de pene que te hace llorar de verdad porque es sumamente decepcionante.

Pero Fitz no defrauda. Ojalá pudiera agarrarla, llevármela a la boca. Pero lleva puestos los malditos pantalones, así que me conformo con acariciar toda su tentadora longitud. Solo un poquito y, de alguna manera, el contacto efímero basta para que de su garganta salga un gemido profundo y atormentado.

—¿Crees que es divertido ir por la vida así? Con solo respirar en mi dirección, me provocas esto. Pienso en ti las veinticuatro horas del día.

—Pero... —Trago saliva—... si piensas que soy superficial.

—Por favor. ¿Otra vez con eso? Solo le dije toda esa mierda a Garrett porque trataba de convencerme a mí mismo de que no puedo estar contigo.

—¿En serio? —farfullo. Experimento una explosión de esperanza..., hasta que comprendo lo último que ha dicho y experimento un dolor punzante. Dejo caer la mano de su entrepierna—. ¿Por qué no puedes estar conmigo?

—Porque me vuelves loco. Desearte es agotador, Summer. Estar cerca de ti es agotador. —Lanza las manos hacia arriba antes de pasárselas por el pelo enmarañado—. Soy un introvertido y tú eres la persona más sociable que conozco. Y agotadora. ¿He mencionado ya que eres agotadora?

Frunzo el ceño.

—No sé s...

—¿Todo bien por aquí?

Nos giramos al oír la voz de Hunter. Nuestro compañero de piso atraviesa el aparcamiento en nuestra dirección, con mi parka colgada del brazo. Me la da y, pese al calor que todavía me recorre la sangre, acepto el abrigo y me lo pongo.

—Gracias —le digo a Hunter—. Y sí, todo bien. —Me muero por mirar a Fitz, pero me da miedo lo que pueda ver.

Resuelve mi dilema al dirigirse hacia su coche.

—Asegúrate de que Summer vuelve a casa sana y salva —le pide a Hunter.

Ni siquiera mira hacia atrás.

Al cabo de un momento, su cuerpo desaparece en el asiento del conductor, el motor cobra vida y se marcha pitando del aparcamiento sin esperar ni siquiera cinco segundos a que desaparezca el vaho de la luna del coche.

Empiezo a notar las lágrimas. Parpadeo fuerte y rápido, pero aun así consiguen escapar. La adrenalina provocada por la pelea del bar (la mía y la de Fitz) brota de repente, como si alguien succionara mi cuerpo con una aspiradora. Estoy agotada.

Hunter me acerca a él y me pasa el brazo por encima de los hombros.

—Ey, no llores, rubia.

Me muerdo el labio y parpadeo más rápido para mantener las lágrimas a raya.

—Perdón. Creo que es por el subidón de adrenalina.

—Lo pillo. —Advierto un tono de humor en su voz—. Quiero decir, le has dado una buena paliza a esa chica esta noche.

—Qué va.

Su mano libre alcanza una de las mías. Me acaricia suavemente el interior de la palma con el pulgar.

—Ha sido brutal por tu parte, por cierto. Defender así a Brenna.

Por lo menos alguien lo piensa.

—Gracias.

Suelta una risita suave.

—Aunque estoy bastante seguro de que la pelea de gatas le ha dado a Mike suficiente material para pajas para al menos un año.

—Puaj, espero que no —respondo con una mueca.

Los dedos callosos de Hunter me raspan la palma antes de aferrarse a los míos. Darle la mano es a la vez reconfortante e incómodo, pero no tengo fuerzas para soltarlo. Estoy usando la mayor parte de mi energía para encontrar sentido a todo lo que me ha dicho Fitz antes de marcharse tan rápido.

Le vuelvo loco.

Cree que soy agotadora.

Me desea, pero no quiere desearme.

—Rubia —dice Hunter de repente.

—¿Mmm? —Mi mente sigue trabajando a toda pastilla y hace difícil que me concentre. O, mejor dicho, hace todavía *más* difícil. Mi TDAH me coloca en una situación de desventaja.

—El sábado que viene... —empieza a decir.

—¿Qué pasa?

—No tenemos partido —titubea—. ¿Quieres que salgamos esa noche? ¿Que cenemos juntos?

Ahora es mi turno de titubear. Sus intenciones están claras. Quiere salir conmigo. Y tal vez si Fitz no estuviera de por medio, yo...

Mi Selena Gomez interior grita. *¡¿Me estás vacilando, idiota?!*

Guau. Un insulto, qué raro. Normalmente, mi Selena interior es formal y tranquila. No deja que el comportamiento exasperante de los hombres afecte a su forma de ser elegante y pura.

Pero tiene toda la razón. Tengo a un chico que no quiere desearme y a otro que está orgulloso de declarar que lo hace, ¿y me estoy decantando por el primero?

¿Por qué? En serio. ¿Por qué? ¿Por qué siquiera me lo pienso? Hunter es guapísimo. Besa bien. Y está haciendo un esfuerzo para estar conmigo en lugar de salir corriendo con cada oportunidad que tiene.

Me gusta Fitz, pero me confunde demasiado. ¿Y cree que *yo* lo manipulo? Él ha pasado de decirle a Garrett que nunca saldría conmigo a consolarme durante la crisis por mi ensayo y ofrecerme ayuda, a confesar que le atraigo y, luego, a decir que es demasiado agotador estar conmigo.

Claro que sí. *Yo* soy agotadora.

Quiero un hombre con las ideas claras. Un hombre que se lo curre y al que le haga ilusión pasar tiempo conmigo. Un hombre que *quiera* desearme.

Si tiene que luchar contra sí mismo para estar conmigo, es probable que nunca luche por mí si tuviera que hacerlo.

¿Qué mujer elegiría a alguien así?

Apoyo la cabeza en el hombro de Hunter y dejo que el calor de su cuerpo cale en mis huesos cansados. Le aprieto la mano y respondo:

—Me encantaría ir a cenar contigo.

CAPÍTULO 19

Summer

Cuando era adolescente, pensaba que mis amigas me criticaban. Mi círculo del instituto era supercompetitivo, cosa que inevitablemente llevaba a que nos insultáramos, nos apuñaláramos por la espalda y nos traicionáramos en público. No compartía todos los aspectos de mi vida ni siquiera con las chicas en las que (más o menos) confiaba. Aunque, es posible que sea una buena regla. Mantén siempre oculta una parte de ti.

A Fitz se le da muy bien, pero lo lleva hasta el extremo. Y yo todavía no lo he perfeccionado del todo. Aún comparto algunos detalles personales con mis amigos, como, por ejemplo, si he besado a alguien. Quién me interesa. Si me ha gustado una cita o si ha sido horrible.

¿Pero admitir que ayer pasé prácticamente de masturbar a un chico por encima de los pantalones a aceptar una cita con otro? Mmm. No. Si confesara esto a cualquier amiga del instituto o a cualquier compañera de la hermandad de Brown, los rumores de que soy una zorra ya se estarían propagando por todo el campus. Por no hablar de todos *tweets* en los que me criticarían sin mencionarme y otras publicaciones en redes sociales con las que tendría que lidiar.

Normalmente no tendría problema en compartir una confidencia con mi madre, pero esta vez estoy demasiado avergonzada como para confesar lo que sucedió. Ni siquiera sabría cómo expresarlo. *Hola, mamá, ayer se la toqué a un chico. Hablemos.*

Por primera vez en la vida, creo que he encontrado a una amiga con la que me siento cómoda al compartir todos los detalles indecentes que otras chicas seguro que juzgarían. Estoy completamente segura de que Brenna no intentará hacer que me sienta mal por mis actos con una actitud maliciosa y pasivo-agresiva.

Así que no me arrepiento de haberle contado todo.

Pero sí que me arrepiento de contárselo mientras estamos sentadas en un sitio público.

—¡¿Se la has tocado a Fitzy?! —grita.

Maravilloso. Seguramente debería haberla llamado ayer después de que pasara. Pero tenía que reflexionar sobre lo ocurrido. Y esta mañana también lo estaba rumiando. Y esta tarde. Y hasta esta noche, cuando hemos llegado al estadio de Briar, no he decidido que necesito consejo. Brenna y yo ya ni siquiera nos preguntamos si vamos a los partidos que Briar juega en casa. Lo damos por sentado sin más. Y esta noche voy a conocer a algunas de sus amigas, lo cual me hace ilusión. Hemos quedado en el Malone para tomar algo después del partido y me ha prometido que son unas chicas geniales.

—¿Te importa bajar la voz? —le pregunto, mirando alrededor para asegurarme de que nadie nos presta atención.

—¿Cómo narices pasó? —inquiere—. Saliste del bar para ver si estaba bien después de la pelea. ¿Eso requería palpársela? ¿Llevaba los calzoncillos puestos? —Toma aire—. ¿Hubo mamada?

Me atraganto de la risa.

—Fue por encima de los pantalones. Y ya te lo he dicho, solo se la toqué. Puede que se la acariciase un poco.

Parece confusa.

—Así que... ¿no hubo polla al descubierto?

—No hubo polla al descubierto.

—Una pena. Apuesto a que es perfecta.

Las chicas de delante se ríen de forma nerviosa, cosa que me alerta de que hemos pronunciado la frase «polla al descubierto» demasiadas veces. La más valiente de las dos se gira para mirarnos y sonrío, mortificada.

Me devuelve la sonrisa con vergüenza. Creo que son de primero. Todavía tienen ese aire de inocencia.

A mi lado, Brenna baja la voz y continúa.

—¿Y qué tal?

—Fue intenso.

—Me refería a cómo la tiene, Summer. ¿Cómo es? ¿Grande? ¿Pequeña? ¿Larga? ¿Gorda? ¿Feliz? ¿Triste?

Entierro la cara entre las piernas, muerta de risa. Cuando por fin me he calmado, pregunto:

—¿Cómo puede un pene ser triste?

—Créeme, he visto salchichas tristes. —Hace un ademán y sus uñas rojas emiten un destello—. Bueno, ya hablaremos sobre el tamaño luego. ¿Por qué fue intenso?

—No lo sé. —Trago saliva al recordar la pasión que reflejaba el brillo de sus ojos—. Simplemente lo fue. Pero luego se volvió insoportable.

—¿Y eso por qué? —inquiere con el ceño fruncido.

—No paraba de decir que me deseaba, pero que no quería desearme. Fue... —Me lo pienso—... insultante —concluyo.

—Normal. No quieres al señor Resistente. Quieres a un chico que le diga a todo el mundo la suerte que tiene de estar contigo.

—Exacto.

Me encanta que tengamos la misma opinión al respecto. Siento que hay demasiadas chicas que se olvidan de una verdad vital: nos merecemos a alguien que nos dé el cien por cien. El esfuerzo a medias no es esfuerzo. El amor a medias no es amor. Si un hombre no ofrece todo, nosotras no debemos ofrecer nada.

—Así que sí. Se volvió raro y, cuando nos interrumpió Hunter, Fitz se marchó. —Esquivo su mirada—. Y entonces acepté salir con Hunter el sábado que viene.

—¿El Día de San Valentín?

—*¡¿Es San Valentín?!*

Mi chillido hace que todas las personas que tenemos alrededor miren en nuestra dirección. Brenna vuelve a hacer un ademán rápido con la mano.

—Nada que ver, gente. Disfrutad del partido —suelta.

—Dios mío, ¿crees que él sabía que era San Valentín cuando me pidió la cita? —susurro.

—Lo dudo. La mayoría de tíos no prestan atención a ese tipo de cosas.

—Tiene razón —confirma una voz familiar.

Me doy la vuelta justo para ver cómo Brooks Weston se deja caer en un asiento vacío detrás de nosotras. Y Jake Connelly va con él y toma asiento a su lado con su ancho cuerpo. Lleva el pelo negro peinado hacia atrás, ni un solo mechón le cae sobre el rostro, que parece esculpido, y no sé si es por el viento o si se ha peinado con gomina, pero me parece *sexy* en cualquier caso. Ambos chicos van vestidos con sudaderas visiblemente desprovistas del logo o de los colores de Harvard.

Claro, porque *eso* no es sospechoso.

Veo que Brenna piensa lo mismo que yo cuando les lanza una miradita desconfiada.

—¿Espiando al rival?

Weston asiente sin inmutarse y contesta:

—Por supuesto. Jugamos contra vosotros en un par de semanas. —Guiña el ojo—. Corrijo: os derrotaremos en un par de semanas.

—Ya te gustaría. Tenemos la ventaja de jugar en casa —le recuerda Brenna.

Weston se limita a sonreír.

Entonces, Brenna mira a Jake.

—¿Y tú, qué? ¿No te apetece vacilarnos con la paliza que nos vais a dar?

Jake arquea una ceja.

—Es que os la vamos a dar. No veo necesario restregarlo. —Y me mira a mí—. Y para responder a tu pregunta, dudo que supiera la fecha. No solemos marcar el Día de San Valentín en el calendario, a menos que tengamos novia.

—¿Novia? —repite Brenna con brusquedad—. Por lo que he oído, tú no sabes lo que significa esa palabra.

—¿Has estado preguntando por mí? —pregunta Jake, con una sonrisa sumamente seductora.

—No. Tus admiradoras desesperadas hablan mucho. —Se encoge de hombros—. Al parecer nunca sales dos veces con la misma chica.

—¿Y? —De alguna manera, es capaz de inyectar chulería, vergüenza y pura sensualidad en una sola sílaba.

—¿Creéis que debería avisarle del día que es? —les pregunto a los chicos antes de que Brenna pueda responder.

—Depende —contesta Connelly.

—¿De qué?

Ignoro por completo el partido que transcurre en la pista de hielo que hay a nuestros pies. Me doy la vuelta en el asiento, desesperada por un consejo masculino.

Jack se lame el labio inferior. No estoy segura de si lo hace intencionadamente o de si tiene los labios secos. Pero, de nuevo, me parece *sexy* en cualquier caso.

La fascinación extraña que siento por este chico es un poco alarmante. No es que quiera estar con él, pero soy totalmente consciente del *sex appeal* que irradia. ¿A lo mejor me alimento de la energía de Brenna? A pesar de que se burle de manera constante de él, he notado que siempre le aguanta la mirada un poco más de lo necesario.

—Depende de si te lo quieres tirar o no —explica Jake.

—Es verdad —coincide Weston—. Si te lo quieres tirar, no se lo digas. Es probable que cancele el plan si se entera de la fecha. A menos que quieras que lo cancele...

—No sé si quiero —confieso.

Es innegable que Hunter es increíblemente atractivo. Es fácil hablar con él, me hace reír, me pone. Pero Fitz hace que sienta algo en el estómago. Decir que me despierta mariposas en el estómago sería quedarse corta. También me provoca algo en el corazón. No tengo ni la más remota idea de qué es ese *algo*, pero me lo provoca, eso seguro.

Mierda. A lo mejor fue un error aceptar salir con Hunter. Aquí estoy, gastando saliva para decir que merezco a alguien que me dé el cien por cien y... ¿acaso Hunter no merece lo mismo?

Mientras tenga a Fitz en la cabeza, aunque solo ocupe un rinconcito, ¿es justo que salga con alguien más?

No lo digo en voz alta porque no quiero revelarles a estos chicos de Harvard que estoy indecisa entre mis dos compañeros de piso. Pero, en el fondo, sospecho que realmente no hay nada que decidir. Deseo a Fitz desde el momento en el que lo vi por primera vez el año pasado. De hecho, creo que fueron las primeras palabras que le dije a la novia de Dean. Señalé a Fitz y dije: «Me lo pido».

Y esto no tiene nada que ver con que sea una niñata mimada que se encapricha de un juguete resplandeciente nuevo. Fitz no es un par de tacones de Louboutin ni un bolsito de Valentino.

No lo deseo solo porque ha hecho que vaya detrás de él.

Por mucho que al principio fuera una necesidad física, algo ha cambiado.

Creo que ahora quiero más.

Mierda.

El marcador del partido está sorprendentemente bajo. Estamos jugando contra Eastwood, nuestro rival oficial de la liga, y se les da muy bien mantener el disco fuera de su zona. Cuando los chicos de Briar cruzan la línea azul, tienen que aprovechar al máximo la oportunidad, y no lo han hecho durante las dos primeras partes. Además, Eastwood tiene a un matón en el equipo que me está volviendo loca. Ya ha provocado varios encontronazos, pero nada que haya llamado la atención de los árbitros.

—El hombre de mi vida —comenta Weston entre risas detrás de nosotras cuando el matón vuelve a dar un buen empujón a un jugador de Briar antes de irse patinando.

—Normal que te hayas enamorado. Un matón siempre reconoce a otro matón —dice Brenna con dulzura.

Weston la alcanza y la despeina.

—Soy un matón con orgullo, nena.

Sobre el hielo, el chico malo de Eastwood acaba de robar el disco a Matt Anderson después de estampar al defensa contra los paneles que rodean la pista. Toma posesión y vuela hacia la red, y sus compañeros de equipo se deslizan deprisa tras él.

—Uf, ¡odio a ese chaval! —La irritación me hace dar un saltito—. ¡Fuera! —grito— ¡Nadie te quiere aquí!

Jake y Brenna sueltan una risotada al unísono y luego se miran mal como si cualquier reacción común fuera inaceptable.

Weston me da en la corva con el pie.

—Ey, sabes quién es ese, ¿no?

—No. —No veo ni el número ni el nombre de la camiseta. Solo sé que lo odio.

—Es Casper Cassidy. Del Greenwich —responde. Es el instituto al que fue Dean, mi hermano.

Estudié el primer curso de secundaria en Greenwich, pero luego me cambié al Roselawn porque no podía con la carga de trabajo. Greenwich da mucha más importancia a los aspectos académicos que Roselawn. De hecho, entre el circuito de colegios privados, Roselawn tiene la reputación de ser un colegio fiestero. Los alumnos son lo bastante ricos como para pagarse el acceso a la universidad, así que nadie se preocupa por tener buenas notas.

A pesar de que mi padre movió hilos para que entrara en Briar, por lo menos estoy orgullosa de poder decir que me admitieron en Brown por mis propios méritos. Mi nota media no era para tirar cohetes, pero me las arreglé con las actividades extraescolares y haciendo voluntariados.

—¿En serio? —espeto con sorpresa al intentar fijar mi atención de nuevo en el matón. Hay demasiadas camisetas peleándose detrás de la portería—. ¿Ese es Casper Cassidy? ¿Ha pegado un estirón, no? Parece enorme.

—No, siempre ha sido enorme —replica Weston.

Vuelvo a girarme en el asiento.

—Jugué a 7 Minutos en el Cielo con él en una fiesta de Greenwich y me masturbó dentro de un armario. Créeme, no era tan enorme.

Connelly rompe a reír.

—Eres de lo que no hay, Di Laurentis. Sin filtros. —Se toca la cabeza—. ¿No te da vergüenza admitir eso, no?

—No.

—¿Por qué debería darle vergüenza? —pregunta Brenna con actitud desafiante—. ¿Qué? ¿Piensas que las chicas no tienen derecho a enrollarse con nadie?

Jake esboza una sonrisa irónica y responde:

—Jensen, creo que discutes cualquier cosa que diga yo.

—Eso no es cierto.

—Lo estás haciendo ahora mismo.

—Porque me estás incordiando.

—Qué coincidencia —se burla—, tú me estás incordiando a mí.

Un jadeo intenso por parte de todo el público interrumpe su riña. Yo estaba girada, así que no sé qué ha pasado, pero me pongo en pie cuando veo la sangre.

—Oh, mierda, ese es Fitz —dice Brenna— ¿Qué narices ha pasado? —Al parecer ella tampoco prestaba atención.

Las chicas de primero de delante nos echan un cable.

—Ha parado un golpe con toda la cara —dice una de ellas.

—¡¿Qué?! —Se me sale el corazón por la boca.

—Se ha tirado hacia delante para bloquear el tiro de Cassidy —explica Weston— y ha desviado el disco.

—Pero si lleva casco.

—Probablemente el casco es lo que le ha cortado —responde Jake con ironía.

—Está bien —añade Weston —, no parece muy grave.

Ahora que ha sonado el pitido y que los jugadores se han alejado de la portería, veo claramente las gotas rojas que manchan la superficie blanca. No hay tanta sangre como creía. Pero aun así...

Mi mirada llena de pánico busca a Fitz. Está en el banquillo de Briar. Una mujer, que asumo que es la doctora del equipo, le inclina la cabeza hacia atrás. Le presiona la ceja derecha con una gasa. No es el ojo. Siento alivio.

Fitz discute con la mujer. Mueve la boca y su cuerpo prácticamente vibra de frustración. Quiere volver a salir al hielo, pero la mujer niega con la cabeza. Reajusta la gasa y se me revuelve el estómago cuando veo el río de sangre que le recorre un lado de la cara.

—Va a necesitar puntos —dice Brenna, descontenta.

Fitz mueve una mano enguantada hacia el marcador, supongo que para señalar el reloj. Quedan ocho minutos de la tercera parte. Está claramente decidido a seguir jugando. La doctora vuelve a negar con la cabeza, inflexible. El entrenador Jensen les grita algo y Fitz se levanta.

Con el corazón todavía atascado en la garganta, veo cómo se lo llevan. Lanza con ira un guante contra los paneles de la pista de hielo antes de desaparecer por el túnel que lleva a los vestuarios.

Yo ya me dirijo al pasillo.

—Hasta luego, espías. —Me despido de los chicos de Harvard, y ordeno a Brenna—: Vamos, Be.

Creía que se iba a negar, que insistiría en ver el resto del partido, pero me sorprende al seguirme por las escaleras. Cuando llegamos junto a las puertas de la pista, la miro e imploro:

—¿Me puedes colar en los vestuarios? ¿O en la enfermería? O como se llame. Quiero asegurarme de que está bien.

Asiente y se le suaviza la mirada.

—Claro. Te llevo.

En el pasillo, me guía mientras yo trato de mantener su ritmo enérgico. Cuando llegamos a una puerta que solo se abre con una tarjeta, Brenna saca una del bolso y la acerca al escáner. El lector emite una luz verde y entramos. Al parecer, ser la hija del entrenador tiene sus ventajas.

La doctora que discutía con Fitz sale del vestuario cuando nosotras nos acercamos.

—Ey, Alex —la saluda Brenna— ¿Cómo está Fitzy?

—¿Físicamente? Bien. Le he puesto puntos. —La mujer, Alex, se frota el puente de la nariz. Está visiblemente irritada—. Pero su actitud deja bastante que desear. Tu padre ha dicho que ha terminado por hoy.

Brenna asiente y responde:

—Tiene sentido. Hemos marcado dos goles. —Gesticula hacia mí—. ¿Te importa que Summer entre un segundo a verlo?

Alex me escudriña durante un momento. Es una mujer bajita y fornida con las facciones duras y la mandíbula estrecha, pero percibo amabilidad en su mirada. Finalmente, asiente.

—Sé rápida —me dice. Luego se dirige a Brenna—: Si tu padre pregunta, yo no os he visto.

—Eres la mejor, Alex.

Cuando la doctora del equipo desaparece tras la esquina, Brenna me dedica una sonrisa descarada.

—Esperaré aquí, para vigilar. Si viene alguien, ulularé como un búho.

Reprimo una risa.

—Una gran idea —respondo mientras alcanzo el picaporte de la puerta.

Cuando entro en el vestuario, me lo encuentro completamente vacío. Ni rastro de Fitz; solo unos bancos lisos, unas taquillas acolchadas y un ligero olor a sudor y a calcetines usados. Honestamente, huele muchísimo mejor que en otros vestuarios en los que he estado. Las instalaciones de *hockey* de Briar pueden presumir de un sistema de ventilación con el que el resto equipos probablemente solo sueñan.

El sonido del agua corriendo capta mi atención. Miro hacia el marco de la puerta que hay al otro lado de la sala. Unas volutas de vapor flotan desde el interior, pero no se ve nada de luz. Detrás de esa puerta solo hay oscuridad.

—¿Fitz? —digo, con cautela.

Un segundo.

Dos.

Y, entonces, una voz igual de cautelosa y amortiguada responde:

—¿Summer?

—Sí, soy yo. Voy a entrar, ¿vale?

Atravieso el marco y me envuelve una nube de vapor. Mis ojos tardan un segundo en adaptarse a la oscuridad y a la neblina y otro en distinguir la figura corpulenta que hay en la ducha más cercana a la puerta. No estoy segura de por qué no enciendo la luz. Supongo que porque él no lo ha hecho. Si él quiere ducharse en la oscuridad, ¿quién soy yo para impedirlo?

Me acerco a la ducha. En las tinieblas, alcanzo a ver los remolinos de sus tatuajes y las protuberancias de sus abdominales. Se me seca la boca cuando me doy cuenta de que está desnudo. La única barrera entre el cuerpo desnudo de Fitz y yo es una pequeña puerta batiente. Con solo acercarme un poquito más a la ducha, disfrutaría de unas vistas completas de...

—¿Qué haces aquí? —Su voz áspera interrumpe mis pensamientos.

—Quería asegurarme de que estás bien. ¿Qué tal el ojo?

—Bien —responde con un gruñido.

Cierra el grifo de la ducha y camina hacia la puerta. La velocidad de los latidos de mi corazón se multiplica por tres. El agua le resbala por el pecho desnudo, le recorre el tatuaje y los pectorales definidos. Levanta un brazo musculoso y se me olvida cómo respirar. ¿Intenta… alcanzar la toalla que hay colgada detrás de mi cabeza? Sí, definitivamente.

Trago saliva con la esperanza de humedecerme un poco la boca, que noto seca. Fitz se coloca la toalla alrededor de la cintura y sale de la ducha, pero, en lugar de dirigirse a la zona de los bancos, se queda quieto. Y permanecemos así, en la oscuridad, mirándonos el uno al otro. El ambiente es cálido y húmedo por el vapor, pero ahora también percibo tensión.

Sexual.

Porque me mira como si estuviera dentro de mí.

Intento caminar hacia atrás, pero mis rodillas chocan. La verdad es que no me lo he pensado dos veces antes de venir para ver cómo estaba. Acaba de salir de la pista en mitad de un partido rápido y exigente. Está adolorido porque ha parado el disco con la cara. Probablemente todavía sienta el subidón de adrenalina.

Es peligroso.

No temo por mi integridad física. Temo por mi cordura.

Las sombras bailan sobre sus rasgos masculinos. Atisbo cómo se humedece el labio inferior con la lengua y se pasa una mano de dedos largos por pelo mojado. Y entonces, con una voz grave que me provoca un escalofrío caliente por toda la columna, dice:

—Deberías irte.

El pulso se me dispara en la garganta. No oigo nada más que el pum pum implacable de mi corazón.

—¿Y qué pasa si no lo hago? —Me sorprendo al hacer la pregunta en voz alta, y los dos oímos la nota jadeante en cada palabra.

Se acerca más. Poco a poco. A propósito. Hasta que me tiene completamente atrapada contra la pared de azulejos.

—¿Si no te vas? Entonces, lo más probable es que te bese —contesta sin rodeos.

Tengo la boca tan seca que no puedo responder. Trago saliva una, dos veces. No sirve de nada. Mi boca parece un desierto. No me queda saliva. El corazón me late todavía más rápido. Juro que me va a explotar en cualquier segundo.

Entonces, baja la cabeza y las siguientes palabras me retumban en el oído.

—¿Qué te parece, Summer? ¿Quieres que te bese? —pregunta en un murmullo sedoso.

Es la pregunta más *sexy* que he oído en toda mi vida, pronunciada por el chico más *sexy* que jamás he conocido. Me armo de valor para levantar la cabeza y mirarle a los ojos. Está demasiado oscuro para bien ver su expresión, pero no me hace falta. Sé exactamente qué siente ahora mismo. Yo también lo siento.

Una lujuria incontrolable e irresistible.

—¿Sí o no? —susurra.

Al fin, soy capaz de articular una respuesta.

—Sí.

CAPÍTULO 20

Fitz

Esta chica va a acabar conmigo.

Está acabando conmigo.

Debería insistirle en que se marche de los vestuarios. Mis compañeros de equipo pueden aparecer trotando en cualquier momento. No quedaba mucho tiempo de la tercera parte cuando la doctora Alex me ha obligado a abandonar la pista para darme unos puntos.

Pero, aunque el sentido común me dice que es una mala idea, no soy capaz de parar. Todo cuanto me rodea desaparece. Al inhalar, solo existe Summer y su Chanel n.º5.

A la mierda. Lo necesito demasiado. Y ella también lo necesita; si no, no habría dicho que sí.

Le agarro la nuca con una mano y, con la otra, le acaricio el pelo. Es como si fuera seda entre mis dedos.

—Colin —susurra. Y el sonido de mi nombre en sus labios me insta a actuar.

Bajo la cabeza, pego mis labios a los suyos y emite el sonido más dulce del mundo. Un gemido suave de desesperación. Entonces, intensifica el beso y me toca a mí gemir. Cuando nuestras lenguas se encuentran, siento como si me hubieran disparado con una pistola eléctrica. Una corriente me recorre hasta llegar a la entrepierna. Me fríe el cerebro. Hace que me tiemblen las manos.

Sabe a Coca-Cola y menta, y sus labios son muy suaves. Permanecemos de pie en la oscuridad, con su lengua en mi boca, con mis dedos enterrados en su pelo. Levanta una pierna y me rodea la cintura. Y no sé si era su intención, pero su pie hace que la toalla que me cubre caiga al suelo.

Separa la boca de forma abrupta.

—Estás desnudo —me informa.

Me atraganto con la risa.

—Sí.

—Guay. —Su tono de voz está teñido de humor—. Solo quería asegurarme de que lo sabías.

Nuestras miradas se encuentran mientras coloca una palma sobre mi pecho desnudo. Mientras tanto, mi erección es imposible de ignorar. Es como si hubiera una espada afilada entre los dos y que se clava en su barriga.

Sus dedos trazan un camino hacia abajo, hasta estar a solo un centímetro de mi erección, encima de mis abdominales. A pesar del vapor que flota en el aire, siento un escalofrío.

Su mano deja de moverse.

—¿Tienes frío?

—No —respondo con voz ronca.

Disfruta de la lentitud con la explora mi torso, una nueva forma de tortura. Sus dedos delicados me acarician los abdominales antes de rozarme un poco más abajo.

—¿Te acuerdas de la noche que nos conocimos? —murmura— ¿Cuánto te vacilé y te dije que me la enseñaras?

Suelto una risa y contesto:

—¿Cómo podría olvidarlo?

Inclina la cabeza y su sedosa cabellera le cae como una cascada por encima del hombro.

—Dijiste que no ibas por ahí enseñándosela a todo el mundo.

—No lo hago.

—Entonces, soy especial.

—Mucho.

Sus dedos me rodean la base del miembro, que me arde. En el preciso instante en que me toca, me recorre un temblor y se me humedece la punta. Dios. Estoy húmedo. Así de cachondo estoy.

Desliza la mano arriba y abajo unas cuántas veces. Y entonces, me acerca hacia ella sin soltar mi erección y estampa sus labios contra los míos otra vez.

Con un gruñido, embisto su puño cerrado. Introduzco la lengua en su boca y disfrutamos del beso más sensual que he experimentado en la vida. Y de nuevo, estoy perdido en la neblina. Estoy perdido en ella. Ya apenas noto el dolor del ojo.

Ahora mismo, estoy besando a Summer mientras ella me acaricia y estoy en el puto paraíso.

Cuando acerco las manos a su cuerpo para aferrarme a sus pechos por encima del fino jersey escotado que lleva, enseguida pierdo la habilidad de pensar con claridad. Noto sus pezones incluso a través del sujetador; están tan duros que se me hace la boca agua. Siempre me han gustado las chicas con un buen escote, y estoy desesperado por chuparle y mordisquearle los pezones. La fantasía me hace gemir más fuerte contra sus labios. Mueve la mano más rápido y, cuando pensaba que ya no podía ir a mejor, aparta las manos y se arrodilla.

—Deja que te haga disfrutar.

Miro hacia abajo, pero apenas distingo su expresión. Está demasiado oscuro, aunque muero de placer cuando su boca caliente y húmeda me envuelve.

—Joder —profiero.

Me la chupa toda hasta la base y, luego, me la relame hasta la punta. Su lengua coquetea con mi glande antes de deslizarse hasta la parte inferior de mi miembro, y casi me desmayo.

—Dios... joder, qué bien...

Su gemido de respuesta vibra a mi alrededor. Juro que lo noto hasta en las puntas de los dedos. Se la lleva más al fondo y chupa más fuerte, bombeando con la mano mientras me atormenta con la lengua.

En el fondo de mi mente oigo una alarma. *Para esto*. Me ordeno a mí mismo que debo detener lo que está ocurriendo. Pero es imposible parar cuando la cabeza rubia de Summer se mueve hacia arriba y abajo, sin soltarme. Entierro los dedos en su pelo, pero no tomo las riendas. Dejo que vaya a su ritmo, confiando en que me llevará hasta donde necesito llegar.

Y así lo hace. Cuando intensifica la succión y acelera el ritmo, me tiemblan las pelotas y siento un hormigueo en el glande. Estoy a punto.

—Voy a correrme —digo con una voz ahogada.

No me suelta. Me muerdo el pulgar para no gemir en alto al sacudir las caderas y alcanzar el éxtasis en su boca.

Summer se lo traga todo mientras me estremezco de un placer que limita con el dolor.

Cuando Summer se pone en pie, la acerco a mí y descanso la barbilla en su hombro. Todavía tiemblo después de haber llegado al clímax.

—Lo necesitaba —digo con voz ronca.

—Lo sé. —Me planta un beso entra los pectorales, vuelve a dirigir la mano hacia mi pene y lo acaricia con suavidad.

Siento escalofríos.

—Me estás matando.

Cuando se ríe, me hace cosquillas en la clavícula.

—Perdón. Es que me gusta mucho tocarte. —Hace una pausa—. Supongo que debería irme ya.

—Sí.

—Pero no quiero.

—Yo no quiero que te vayas.

Noto que tiembla cuando vuelve a besarme fugazmente en el hombro.

—¿Qué acaba de pasar, Fitz?

Has hecho que me estalle la polla y la cabeza.

Estoy a punto de decir eso, pero ya sé a qué se refiere. Quiere saber qué significa esto.

—Yo...

—¡Uuu, uuu! ¡Uuu, uuu!

Levanto la cabeza, alarmado. ¿Eso ha sido un búho?

—Oh, mierda —suelta Summer—. Es la señal.

—¿Señal?

—Sí. Brenna está en el pasillo. Le he pedido que vigilase para asegurarme de que nadie me pilla aquí dentro.

En cuanto termina de hablar, ya oímos las voces. Y los pasos. Muchas voces y muchos pasos. Mis compañeros de equipo se acercan a través del túnel.

Summer recoge mi toalla del suelo y me la coloca rápidamente alrededor de la cintura. Sus dedos me rozan la entrepierna y ahogo otro gemido. Todavía la tengo dura.

Inspiro y señalo hacia la puerta al otro lado de las duchas.

—Ahí está la sala de fisioterapia. Lleva a los despachos de los entrenadores y, desde allí, hay otra salida a la pista.

Los pasos se oyen cada vez más fuerte, acompañados de voces masculinas animadas y risas escandalosas. Mis compañeros de equipo parecen contentos, lo que significa que hemos ganado.

—Summer —digo, al ver que no se mueve—. Tienes que irte. Y rápido, antes de que entren los chicos y se desnuden.

—Tenemos que retomar esta conversación —titubea.

—Lo haremos —le prometo—. En casa.

Se muerde el labio.

—Brenna y yo hemos quedado con unas amigas en el bar.

—Pues hablaremos en el bar. O luego. Ahora debes irte.

Summer asiente. Se pone de puntillas, me da un beso en la mejilla y, luego, desaparece.

Soy un gallina. No voy a buscar a Summer después del partido ni me acerco al Malone. Tampoco voy a casa.

Como soy gilipollas, cojo el coche y me dirijo a Boston.

Mi amigo Tucker compró un bar en la ciudad el otoño pasado. Le ayudé con las reformas para que estuviera listo para la gran apertura en noviembre. No me sorprende que la única persona a la que quiera contarle lo ocurrido ahora mismo sea Tuck. Es muy fácil hablar con él y tiene la cabeza en su sitio. También da buenos consejos y, ahora mismo, estoy desesperado.

Me acerco a la salida de la autovía cuando me suena el teléfono. El modelo de mi coche es viejo y no tiene Bluetooth, así que tengo que usar el altavoz del móvil. Si no fuera el número de mi madre el de la pantalla, seguramente ignoraría la llamada. Pero ignorar a mamá nunca es buena idea.

—¡Colin! ¡Cielo! ¿Estás bien? —Su saludo contiene una dosis considerable de preocupación.

—Estoy bien. ¿Por qué no debería estarlo?

—Tu tío Randy estaba en el partido esta noche ¡y me acaba de mandar una foto de tu cara por el teléfono!

—Puedes decir simplemente «foto», mamá. No tienes que especificar que te la ha mandado «por el teléfono».

—Es que la ha mandado desde su teléfono al mío.

—Ya, pero... —Me obligo a dejarlo estar. *Escoge tus batallas, tío.*

Mi madre no es una señora mayor, o sea que no tiene excusa para su total falta de conocimiento sobre cualquier cosa relacionada con la tecnología. Pero también está muy aferrada a sus costumbres y discutir con ella no tiene sentido. Si todavía usa una BlackBerry, por el amor de Dios.

—Te lo prometo, estoy bien. Me han puesto puntos y ahora estoy como nuevo.

—¿Cuántos puntos?

—Solo dos.

—Vale. —La preocupación abandona su voz. Por desgracia, la sustituye la ira—. Todo es culpa de tu padre.

Ya estamos.

—¿Y eso por qué? —Ni siquiera sé por qué le sigo el rollo, si ya sé la respuesta.

—Porque te obligó a jugar al *hockey*.

—No me obligó. Me gusta el *hockey*.

Es como si hablara con el parabrisas del coche.

—Ese hombre es un capullo y un egoísta —se queja—. Vamos, Colin. ¿No crees que es patético que un hombre adulto trate de vivir indirectamente a través de su hijo?

Se me tensa la mandíbula. Pero decirle a mi madre que pare no serviría de nada. Como tampoco lo haría decírselo a mi padre. Ninguno de los dos va a parar nunca.

—En otro orden de cosas —digo, e intento desviar el tema hacia un territorio seguro—. Mi entrevista de trabajo fue bien.

—¿Has tenido una entrevista? —Parece sorprendida.

—Sí. —La pongo al día sobre lo de Kamal Jain mientras salgo de la autovía y me detengo ante un semáforo rojo—. Supongo que tomará la decisión después de la gala benéfica de Nueva York.

—No hay decisión que tomar, eres *claramente* el mejor candidato —responde con la confianza inquebrantable propia de una madre.

—Gracias, mamá. —Giro hacia la calle donde está el bar de Tuck y pongo el intermitente para aparcar en la última plaza disponible que hay junto a la acera—. Acabo de llegar a casa de mi amigo y tengo que aparcar en paralelo. Te vuelvo a llamar durante la semana.

—Genial. Te quiero. —¿Me quiere? A veces lo dudo.

—Yo también te quiero.

Colgamos, y siento la misma sensación de alivio abrumador como la que sentí la semana pasada después de hablar con mi padre.

Salgo del coche y miro hacia los letreros de neón que hay delante del bar de Tucker. Hay cola para entrar. El negocio va claramente bien. Me alegro por él.

Al acercarme a la acera, le mando un mensaje rápido.

Yo: Tío, estoy en la puerta de tu bar. No dejarás que se me congelen las pelotas haciendo esta cola, ¿verdad?

Aparecen tres puntitos mientras escribe la respuesta.

Tuck: Estoy arriba. Sube. Y en el futuro, dile tu nombre al segurata y te dejará entrar. Estás en la lista de invitados permanente

Guay. Soy VIP.

Paso por delante de la puerta de entrada y camino hasta el lateral del edificio, donde una puerta estrecha se abre con un zumbido en el momento en que la alcanzo. Sé que Tuck me está viendo por la cámara ahora mismo. Le ayudé a montar el sistema, que puede controlar por completo desde el móvil. Así es más fácil entrar y salir de aquí. Además, se toma la seguridad en serio. Su hija y su chica son lo más importante en la vida para él.

—Ey —digo al llegar al *loft* del segundo piso.

Tuck me saluda con la pequeña Jamie sobre su regazo.

—¡Gaaa! —chilla al verme.

La verdad es que es uno de los bebés más bonitos que he visto nunca. Parece salida de un anuncio de pañales o de la etiqueta de un tarrito de comida para bebés. Ha heredado lo mejor de sus padres, que son asquerosamente atractivos, sobre todo Sabrina.

Jamie abre la boquita rosa y me ofrece una enorme sonrisa desdentada. Sacude los brazos en mi dirección.

Tuck suspira.

—A esta pequeñaja le encanta llamar la atención.

—Oh, no me importa. —Extiendo los brazos, y la niña de seis meses prácticamente da un salto mortal para venir conmigo—. Está enorme, tío.

—Ya lo sé. Juro que, cada vez que aparto la vista durante cinco segundos y vuelvo a mirarla, está el doble de grande.

Jamie se ríe, feliz, en mis brazos y casi al instante dirige las manitas rechonchas hasta mi barba incipiente. Le encantan las texturas y le fascinan los colores. La última vez que la vi estaba totalmente embelesada con mis tatuajes.

—¿Estás seguro de que no te importa que me haya pasado? —le pregunto cuando cierra la puerta de entrada.

—Claro que no. Eres bienvenido siempre que quieras, tío.

—¿Dónde está Sabrina?

—Con el grupo de estudio.

—¿Tan tarde? Son casi las diez.

—Sí. Esa mujer esa una currante. —Atisbo un orgullo profundo en su voz.

Sabrina estudia en la Facultad de Derecho y, a decir verdad, no tengo ni idea de cómo compagina el hecho de ser madre con sus estudios para ser abogada. Por suerte, cuentan con ayuda: la madre de Tuck se mudó a Boston desde Texas en diciembre. Al parecer, vive en un apartamento a pocas manzanas de aquí.

—¿Qué le parece Boston a tu madre?

—Odia el frío con toda su alma.

Sonrío. Me imagino que un febrero en Texas es disfrutar de un paraíso tropical comparado con los inviernos gélidos de Nueva Inglaterra.

—Pero su piso tiene unas vistas preciosas al río Charles. Dice que le encantan, y puede ver a su nieta siempre que quiera, así que está contenta. Todos lo estamos.

—Parece que os las estáis arreglando bien.

Tucker asiente. Contempla con alegría a su hija, que me sigue acariciando la barbilla con sus deditos. Chilla cada vez que encuentra un pelo nuevo.

—¿Quieres una birra? —me ofrece.

—Claro. Pero solo una. Tengo que volver en coche esta noche.

—Solo tenemos latas. Últimamente, Jamie toquetea y tira todo lo que se encuentra en la encimera cuando pasamos por el lado. He tenido que recoger tantos cristales que hemos decidido que ya está bien. Ahora somos una familia que bebe cerveza en lata.

—La cerveza en lata está bien —le aseguro. Todavía con el bebé en brazos, acepto la lata de Peak IPA que me da y nos dirigimos al sofá.

El apartamento tiene una disposición abierta, con el salón a un lado, la cocina al otro y el comedor al fondo.

Los ventanales, que van desde el suelo al techo, ofrecen unas vistas decentes al parque infantil que hay al otro lado de la calle y del comedor sale un pasillo que lleva a las habitaciones. Ayudé a Tuck a reformar una de esas habitaciones para convertirla en el cuarto de Jamie y, mientras me instalo entre los cojines del sofá y la recoloco en mi regazo, me pregunto por qué la niña no está ahora en su cuarto.

—¿No debería estar durmiendo?

—Me estaba preparando para darle de cenar. De hecho, estaba gritando a pleno pulmón treinta segundos antes de que llegaras. Se acaba de calmar justo ahora.

—Mentiroso. Esta preciosidad no es capaz de gritar a pleno pulmón —replico mientras le hago cosquillas a Jamie en el pie por encima del minicalcetín—. Mira qué dulce es y que calmada está.

Jamie suelta una risita de deleite.

—Vete a la mierda. Es tan dulce y está tan calmada porque tenemos invitados. En realidad, es un pequeño terremoto. ¿Verdad, cariño?

La niña ofrece a su padre una mirada de pura adoración y Tuck cede enseguida.

—Lo retiro —le dice a su hija—. No eres un terremoto. Fitz, entretén a la princesa mientras le preparo el biberón.

Eso no es complicado. Hago brincar a Jamie con la rodilla y le cosquilleo la barriga por encima del mono rosa mientras hace ruiditos adorables. Jo, es que esta niña es adorable.

—Y bueno, ¿qué ha pasado? —me dice Tucker desde la cocina—. No has venido porque sí. Sobre todo, siendo hoy noche de partido. El tiro en el ojo parecía horrible, por cierto.

—¿Lo has visto?

—Sí, iba alternando entre tu partido y el de Garrett. El suyo todavía no ha terminado. Van por la segunda parte.

—¿Ge juega hoy? —Miro hacia la tele, pero hay un anuncio de detergente en la pantalla.

—Sí. Está jugando unos cuantos partidos fuera de casa estos días. Esta noche juegan contra Los Ángeles.

—¿Cómo van?

—Empatados a dos. Ge está a tope.

—¿Alguno de los goles es suyo?

—No. Pero ha hecho una asistencia en uno.

—Guay.

Estoy muy ilusionado por el éxito de Garrett en su primera temporada en Boston. Tiene mucho talento y además es un buen chico. Un poco flipado, sí. Y un sabelotodo total. Pero tiene un gran corazón y es un buen amigo.

—Mierda, Fitz. —El acento sureño de Tuck aparece cuando empieza a echarme la bronca—. Has vuelto a distraerme. ¿Por qué no estás celebrando la victoria de hoy en el Malone?

Me encojo de hombros.

—No tenía ganas de estar con gente.

—Vale. ¿Entonces por qué no estás en casa?

Porque mi compañera de piso me ha hecho una mamada esta noche y ahora no sé cómo comportarme cerca de ella.

—Es... Es complicado. —Mantengo la mirada en la coronilla de Jamie—. Ahora la hermana de Dean vive con nosotros.

—Algo de eso he oído —responde Tucker con cautela—. ¿Y qué tal va eso?

Bueno, me ha hecho una mamada esta noche y no sé cómo comportarme cerca de ella.

—Bastante bien —respondo con despreocupación y le doy besitos en la mejilla a Jamie, que se ríe otra vez. Pero enseguida me quita a la niña, que usaba como escudo.

—¿Estás lista, pequeñaja? —dice Tucker, alargando las palabras—. Mamá se ha extraído esta delicia solo para ti.

Suelto una risotada.

A Jamie se le ilumina la cara al ver la botella. Al cabo de un momento, ya está succionando contenta la tetina del biberón. Con un cojín debajo del codo y un bebé satisfecho en brazos, Tuck me dedica una mueca.

—¿Todavía le gustas? —pregunta.

—¿A Jamie? Sí, me adora.

Pone los ojos en blanco.

—Hablo de Summer di Laurentis. Recuerdo que el año pasado sentía algo por ti. ¿Todavía le gustas?

—Sí.

—Ya veo. —Parece que esté tratando de no sonreír—. ¿Y tú, qué? ¿Sientes lo mismo por ella?

Al cabo de un segundo reticente, asiento con la cabeza, y libera la sonrisa.

—Entonces, ¿cuál es el problema? ¿Estás preocupado por cómo va a reaccionar Dean?

—No. Es que... —Suelto otra bocanada de aire—. No sé si quiero.

Entonces, probablemente no deberías haber dejado que te la chupase esta noche.

Puede ser, pero claramente soy incapaz de controlarme cuando se trata de Summer. Me obliga a hacer cosas que no son propias de mí. Bueno, no me «obliga». Simplemente, ocurren. Que le he dejado chupármela en los vestuarios, por el amor de Dios. Podría habernos pillado cualquiera y, para ser alguien que odia las muestras públicas de afecto, el drama y la atención, que se haga público un rollo que he tenido la verdad es que no está en la lista de cosas que quiero que me pasen.

Y es gracioso porque la otra noche dije que, si Summer se me lanzaba, retaría a Hunter, que «se la pidió» antes. Bueno, pues ahora ya no se pueden malinterpretar las intenciones que tiene para conmigo. No soy un simple pagafantas. Sus actos de esta noche lo han probado.

Pero en lugar de hacer una declaración de intenciones, he huido.

Me paso las manos por el pelo, que ya está demasiado largo para mi gusto. Prefiero que no se me meta en los ojos cuando dibujo.

—A Hunter también le gusta —le digo a Tuck.

—Oh.

—Sí. Y lo besó en Nochevieja.

Sus cejas rojizas se arquean.

—Oh.

—Pero esta noche... —me detengo.

—¿Esta noche qué?

—Ha aparecido en los vestuarios después de que me hayan puesto los puntos y nos hemos besado. —Hago una pausa—. Y quizás algo más.

—Define «más».

—Me ha hecho una mamada en las duchas.

Tucker da un respingo, sorprendido y la tetina se sale de la boca de Jamie. La pequeña empieza a gritar, indignada.

—Oh, lo siento, cariño —canturrea—. Está bien, sigue comiendo. Papá ha sido un tontaina.

—¿Un tontaina? —Me río.

—Anda, calla. Tú eres incluso más tontaina. ¿Has oído eso, pequeñaja? Tu tío Fitzy es el rey de los tontainas. —Le acerca la tetina del biberón a los labios hasta que vuelve a aferrarse a él. Entonces, frunce el ceño en mi dirección—. ¿Y esto ha pasado esta noche?

Asiento.

—Y en lugar de quedarte a hablar con la chica que te ha chup... —Posa la mirada en su hija y, enseguida, elige otras palabras—... la chica que te ha hecho cosas, ¿has venido aquí?

Me quema la culpa. Mierda. Soy un gilipollas. Una chica preciosa y maravillosa se ha puesto de rodillas sobre unas baldosas mojadas e incómodas por mí esta noche y me ha hecho sentir que estaba en el paraíso. Debería estar llenándole el móvil con mensajes de disculpa ahora mismo.

Me las arreglo para asentir a Tucker.

—Nunca te había tomado por un cobarde.

—No suelo serlo —respondo con aspereza.

Tucker coge un paño azul pequeño de la mesita auxiliar y seca las comisuras de la boca a Jamie, por donde se le ha escapado un poco de leche. La mira con tanto amor que siento una chispa de envidia. Me pregunto cómo es amar tanto a alguien.

—No sé cómo manejar la situación, Tuck. Summer quiere hablar, supongo que sobre «nosotros», y no tengo ni idea de qué decirle.

Una arruga le surca la frente.

—¿Te refieres a que no sabes cómo rechazarla? ¿Estás diciendo que no quieres estar con ella?

Me muerdo la parte interna de la mejilla.

—Tampoco estoy seguro de eso. Es que esta chica es... Es demasiado, tío.

—Demasiado —repite—. ¿Y eso qué significa?

—Que es demasiado de todo. —Una sensación de impotencia me aprieta la garganta—. Es demasiado guapa. Tiene demasiada energía. Es demasiado abierta... —Suelto un gruñido—. Atrae a todo el mundo. A todos. Entra en cualquier sitio y los ojos de todos se posan sobre ella, y no es solo porque esté buena. Summer es una de esas chicas que llaman la atención. No puede evitarlo. Te absorbe en su órbita.

—Y eso es malo porque...

Porque nunca me he sentido tan atraído por alguien y me da miedo, joder.

—Porque no quiero llamar la atención —respondo en su lugar.

Tuck no entendería el miedo que siento con respecto a Summer. A él no le asustan las emociones. Él supo que quería estar con Sabrina desde el momento en que la conoció, y la certeza que sentía de que era imperativo que estuvieran juntos y la persecución incesante para ganarse su corazón eran incomprensibles para mí.

—Estar con alguien como ella significa estar en el punto de mira. Y siempre habrá algún drama. La otra noche empezó una pelea en un bar. —Gruño—. Summer no sabe lo que significa la palabra «discreción». Sus reacciones son exageradas, llama la atención y es extravagante. Y yo no soy así.

—No —coincide, y me dedica una sonrisa irónica—. Pero dejar que una chica te la coma en los vestuarios tampoco es muy propio de ti, así que... Debe de gustarte muchísimo si te has arriesgado tanto esta noche.

Tiene razón.

Ahogando un gemido, descanso la cabeza en las manos durante un largo momento de tortura.

—Estoy en su órbita, tío —mascullo entre las palmas.

Se ríe.

—¿Y qué vas a hacer?

Levanto la cabeza.

—No tengo ni la más remota idea.

CAPÍTULO 21
Summer

Pues nada, supongo que la gente ya no habla del sexo oral. Simplemente lo practicamos, provocamos orgasmos guste o no guste y ya nunca más se vuelve a sacar el tema. ¿Así es el mundo en el que vivimos? Si es así, me bajo del carro. Me compraré una cabaña en medio del bosque donde no haya ni un pene a la vista.

Los animales del bosque tienen pene, Summer.

—Oh, cállate, Selena —mascullo en voz alta—. Te quiero, pero hoy no necesito esto.

Mi compañero de fila, Ben, me lanza una mirada, suspira y vuelve a mirar al frente del aula. Ya se ha acostumbrado a mis divagaciones de loca de los gatos. No estoy segura de si es algo bueno o malo.

Han pasado dos días desde el incidente de los vestuarios y Fitz ha estado completamente desaparecido en combate. No está en casa por las tardes (según Hollis, se las pasa en el estudio de pintura), no ha cenado (ni comido, en realidad) en casa, y ambas noches ha vuelto alrededor de las doce de la noche declarando estar *cansadísimo* cuando he intentado hablar con él.

¿Y qué me queda decir al respecto?

Pues que te den, Colin Fitzgerald. Que te den pero bien. Es la última vez que su estúpido pene se acerca tanto a mi boca sagrada. Una chica tiene que tener ciertos valores.

Brenna se muestra de acuerdo conmigo cuando le escribo para ponerla al día sobre Fitz después de clase.

Yo: Todavía ni una palabra de lo que pasó. Ayer por la noche dijo que tenía migraña y se encerró en la habitación.

Esta mañana se ha ido a entrenar a las 5. Se ha escabullido como un ladrón en mitad de la noche.

Brenna: Los hombres son lo peor.

Yo: Lo peor de lo peor. Dan asco.

Brenna: Lo peor de lo peor de lo peor.

Le mando el emoticono de la caca porque no encuentro ninguna bolsa de basura, y la caca es una alternativa adecuada.

Brenna: Ahora en serio, BG. Nunca pensé que Fitz fuese un mierda, pero la gente está llena de sorpresas.

Yo: Igual que los contenedores de basura.

Brenna: Ja, ja, ja, ja, ja, ja.

Sonrío para mis adentros mientras guardo el móvil en el bolso. El Prada huele a cuero nuevo, un aroma que nunca decepciona a la hora de subirme el ánimo. Apareció ayer por la mañana en mi rellano, cortesía de UPS y de la abuela Celeste. Juro que esa mujer siente cuando sus nietos lo están pasando mal. Es como si tuviera un radar incorporado que le gritase: «¡Rápido! ¡Hay que llamar a Prada!» cada vez que a alguno de sus nietos le pasa algo tan horrible como cortarse con un papel.

Aunque no es que me queje de mi maravilloso bolso nuevo. No estoy loca.

Bajo las escaleras hacia el estrado desde el que da clase Laurie. Hoy no ofrece tutorías, pero accedió a verme después de clase para que empezase a escribir el ensayo hoy en lugar de esperar hasta el miércoles para que apruebe mi trabajo.

Y lo bueno de que Erik Laurie sea el profe de Historia de la Moda y, a la vez, mi tutor particular es que puedo matar dos pájaros de un tiro: puede dar luz verde a los argumentos de mi ensayo al tiempo que lo pongo al día sobre mi colección de ropa de baño.

Todavía no sé cómo explicarlo, pero el hombre sigue dándome mal rollo. El resto del mundo lo adora, sobre todo las chicas. Se ríen de sus chistes. Le toleran el trastorno de los guiños.

Y luego estoy yo, que salgo de cada encuentro con él con la sensación de que necesito una ducha. Me recuerda a ese personaje insoportable de *Harry Potter*, Gilderoy Lockhart, concretamente a la versión que bordó el actor Kenneth Branagh. Laurie no es tan extravagante, pero, al igual que Lockhart, es unególatra vanidoso que quiere ganarse el amor de todo el mundo.

O, en realidad, que asume que todo el mundo lo adora.

Sé que estoy siendo dura, así que trato de quitarme la idea de la cabeza mientras me acerco al profesor.

—¡*Winter!* —me vacila—. Me han gustado las ideas que has expuesto en clase hoy.

—Gracias.

Revuelve unos cuantos papeles, luego mira por detrás de mí y asiente con la cabeza a alguien. Me doy la vuelta y veo que Nora espera a una distancia prudencial.

—Hay otra alumna que tiene que entregarme su informe de progreso, así que será rápido —me advierte.

Gracias a Dios. Cuanto más rápido mejor.

Lee mi borrador, sugiere un par de modificaciones menores y lo firma. Una vez nos quitamos esto de encima, le informo sobre el pedido de telas que he hecho. El Departamento de Moda ofrece una selección decente de telas gratuitas a los estudiantes, aunque también podemos comprar las que queramos si lo preferimos. Como algunos de mis tops de bikini son de ganchillo, he tenido que pedir una lana más ligera que no diese de sí ni encogiese al mojarse. Laurie aprueba la elección y asiente cuando le explico el razonamiento que hay detrás. Para terminar, le hablo sobre los modelos con los que quiero contar para el desfile.

Lleva la cabeza hacia atrás y rompe a reír cuando menciono que me gustaría que algunos jugadores de fútbol americano desfilasen con los bañadores de la línea masculina.

—Es buena idea, Summer. Seguro que venderás unas cuantas entradas. ¿Y qué hay de las modelos para la línea femenina?

—Todavía no estoy segura.

Me guiña el ojo.

—¿Así que no has cambiado de parecer sobre lucir sobre la pasarela uno de tus propios trajes de baño?

Puaj.

¿Por qué?

¿Por qué, Gilderoy?

Fuerzo una risa.

—No, no me interesa.

—Qué pena. Bueno, quedemos de nuevo a finales de semana. —Apoya una mano en mi hombro y me da un ligero apretón.

Y o bien me lo imagino o bien me roza la nuca con las yemas de los dedos cuando me giro para irme.

Un escalofrío de repugnancia me recorre la columna. Me supone un gran esfuerzo no hacer un *sprint* a lo Usain Bolt para salir del auditorio. En lugar de eso, camino a un ritmo normal y actúo como si su roce no me hubiera asqueado por completo.

—Nora, estoy contigo en un minuto —le dice Laurie mientras se aleja para contestar una llamada.

—Es todo tuyo —le murmuro a Nora.

Hace un ruidito burlón por lo bajo y contesta:

—Pues no lo parece, al menos por lo que veo.

Me giro y le frunzo el ceño.

—¿Qué se supone que significa eso?

Comprueba si Laurie sigue al teléfono antes de espetar:

—¿No estás cansada de usar tu apariencia para conseguir lo que quieres?

—¿De qué hablas? No estoy usando nada.

—Tienes a Laurie comiendo de tu mano. Se le cae la baba cada vez que entras en el aula. Actúa como si cada palabra que dijeses mereciera un premio Pulitzer. Y te juro que si no diera las clases de pie, se levantaría para ovacionarte cada vez que abres la boca.

Aprieto la mandíbula tan fuerte que empiezan a dolerme los dientes.

—No es que le pida que lo haga. Me interesa mucho el tema en el que estamos trabajando.

—Por supuesto que te interesa. —Pone los ojos en blanco y se coloca un mechón de pelo rosa detrás de la oreja—. A lo mejor si pasases menos tiempo flirteando y más tiempo aprendiendo no te habrían echado de tu antigua universidad.

—Ajá. Que tengas un buen día, Nora.

Me tiemblan las manos mientras me alejo de ella como puedo. Es una persona muy cruel. No me puedo creer que le haya gustado lo suficiente a Fitz como para salir con ella.

Me pregunto si también le hizo una mamada y luego la ignoró igual que a mí.

Este pensamiento hace que sienta vergüenza de nuevo. Tener relaciones sexuales no es algo de lo que me avergüence, ni siquiera cuando estaba en el instituto y me lié con algún que otro chico borracha. Es culpa de Fitz. Al no reconocer y admitir lo que sucedió, siento vergüenza por lo que hice.

Intento deshacerme de estos pensamientos negativos mientras salgo del edificio. En la calle, vuelve a hacer frío. Juro que febrero es incluso peor que el mes de enero. Aunque, al menos, es más corto.

Igualmente, no sé cuánto aguantaré esto. A lo mejor me tomo una semana libre y compro un billete para volar a nuestra casa de San Bartolomé y escribo el ensayo tumbada en la playa y disfrutando de unas piñas coladas. Mmm. La verdad es que no es mala idea.

De camino al coche, repaso la lista de contactos de mi móvil. Tengo que asegurarme de que cuento con los modelos que quiero. Necesito doce. Seis chicos y seis chicas. Brenna se reiría en mi cara si le pidiera que se pusiera un bikini y caminase por una pasarela. Pero conozco a algunas chicas que quizá accedan. Mis hermanas de Kappa. O, mejor dicho, exhermanas, pero eso no es más que una cuestión semántica.

Las chicas de hermandad se mueren de ganas de que les presten atención y la mayoría de ellas no tienen problema alguno en ir ligeras de ropa. Además, tengo la sensación de que Bianca tal vez acepte solo porque se siente culpable. Creo que no le gustó en absoluto la manera en que Kaya lidió con el tema de la residencia el mes pasado.

No tengo el número de Bianca, así que abro mi perfil de MyBri, la red social de la universidad. No la tengo agregada como amiga, pero no es necesario para mandar un mensaje a alguien. Le escribo para explicarle lo que necesito y cierro la aplicación.

Respecto a los modelos masculinos, hablaba en serio sobre los jugadores de fútbol americano. A nadie le apetece ver a chicos flacuchos a los que se les marcan las costillas y las caderas enfundados en unos bañadores *slip*. Tener tableta es un requisito, cari.

Llamo a mi hermano, que me contesta a pesar de que es un día lectivo.

—Hola —saludo a Dean—. ¿No estás dando clase?

—Ha habido una nevada —responde.

—Hala, ¿está nevando por ahí? A nosotros nos han caído un par de copos esta mañana, pero ya se ha despejado. —Rezo para que la ventisca que ha azotado Nueva York no decida hacer acto de presencia en Massachusetts.

—Sí, aquí hace un tiempo de mierda. ¿Qué pasa, mocosa? ¿Qué necesitas?

—¿Todavía eres amigo de algún jugador de fútbol americano de Briar o ya se han graduado todos?

—Todavía hablo con algunos.

Pasa un segundo antes de que llegue a mi Audi y responda.

—Perfecto. ¿Me los puedes presentar?

—¿Para qué? —pregunta con recelo.

—Necesito modelos para mi desfile de moda. Quería reclutar algunos cuerpazos.

Se ríe y el sonido me retumba en el oído.

—Si alguno de ellos dice que sí, espero una entrada en primera fila para poder reírme de ellos.

—Trato hecho. La mayoría de ellos viven en la misma calle de Hastings, ¿verdad? ¿Elmway? ¿Elmhurst?

Recuerdo que Brenna lo mencionó un día que pasamos por delante del barrio de camino a casa después de un partido de Briar.

—Elmhurst —confirma—. La casa de Rex es tu mejor opción. Vive con unos cuantos payasos a los que les encanta fardar de musculitos.

—Perfecto. Tengo un rato libre así que supongo que me acercaré ahora con el coche. ¿Me puedes pasar el número de alguno de ellos?

—Ni de coña vas a ir a la casa de unos jugadores de fútbol americano tú sola. —Sus palabras destilan horror—. Deja que llame a uno de los chicos y le pido que os encontréis allí. Justo estaba hablando con Hunter, así que sé que está por la zona.

Pongo los ojos en blanco ante su actitud sobreprotectora. Aunque supongo que es un detalle por su parte.

—Vale. Dile que lo veo en media hora.

Sin embargo, no es el Range Rover de Hunter el que se detiene detrás de mi Audi al cabo de treinta minutos. Es el Sedan magullado de Fitz.

¿Mi hermano ha mandado a Fitz?

Ja.

Si Dean tuviera la más remota idea de lo que hicimos Fitz y yo en los vestuarios este fin de semana, jamás le habría pedido a él que viniese a la avenida Elmhurst.

No sé quién de los dos parece más incómodo cuando nos acercamos. Fitz tiene las manos metidas en los bolsillos de la chaqueta.

—Hola. Me ha mandado Dean —dice, evitando mirarme a los ojos.

—Me lo imaginaba. —Mi tono de voz probablemente es más duro de lo necesario, pero...

Selena me interrumpe.

¡Es absolutamente necesario!

Es cierto. Se corrió en mi boca y, luego, huyó.

—¿Has... esto... tenido clase esta mañana? ¿Historia de la Moda? —pregunta con evidente incomodidad.

¿Está de cháchara?

¿En serio?

—Sí, Fitz, he tenido clase —respondo. Me cambio el bolso de hombro y me dirijo a la entrada de la casa victoriana delante de la que hemos aparcado. Según Dean, unos ocho jugadores de fútbol americano viven aquí.

—¿Qué tal va el trabajo?

Me detengo en mitad del camino pavimentado.

—¿Te refieres a ese con el que te comprometiste a ayudarme? —espeto sin poder evitarlo.

Su expresión refleja descontento.

—Lo siento. Sé que te he dejado tirada. He estado...

—¿Ocupado?

—Sí.

—Y no nos olvidemos de los dolores de cabeza —añado con sarcasmo—. Esos dolores de cabeza tan horribles que has sufrido...

Fitz exhala. Levanta la mano para pasársela por el pelo y se detiene al advertir que lleva una gorra de los Red Sox puesta.

—No te preocupes —musito mientras me trago el sabor amargo que me ha aparecido en la boca—. Lo tengo controlado.

Seguimos caminando hacia la entrada. Tiene las piernas más largas que yo, así que acorta los pasos para seguirme el ritmo.

—¿Estás segura? ¿Tu profesor ha aprobado tu propuesta? ¿Te ha dado algún consejo para orientarte?

La mención a Laurie hace que me olvide por un momento de que estoy cabreada con Fitz.

—Me ha hecho algunas sugerencias, pero tenía tanta prisa por marcharme de allí que no he prestado demasiada atención a lo que me ha dicho. Leeré los comentarios que me ha escrito en los márgenes cuando llegue a casa.

Fitz examina mi rostro. Su expresión es inescrutable.

—¿Por qué tenías tanta prisa por irte?

—¿Sinceramente? Me incomoda.

Una mueca le tensa las comisuras de la boca.

—¿De qué forma?

—No sé. Es muy simpático. —Hago una pausa—. Un poco demasiado simpático.

—¿Ha intentado algo? —pregunta Fitz.

—No. Qué va, no —aseguro—. No... no lo sé. A lo mejor estoy demasiado sensible. Me da un poco de mal rollo, eso es todo.

—Fíate de tu instinto, Summer. Si notas algo raro, normalmente lo es.

—Mi instinto no es exactamente un barómetro preciso —respondo, inexpresiva—. O sea, me dijo que te siguiera a ti hasta los vestuarios este fin de semana y mira cómo ha terminado *eso*.

Al mencionar lo que sucedió el fin de semana (que me puse de rodillas para él), la expresión de Fitz se llena de arrepentimiento.

—Lo… —Se aclara la garganta—. Lo siento mucho.

No sé cómo responder porque no entiendo por qué se disculpa: ¿por desaparecer después de lo que ocurrió o por el hecho de que ocurriera en primer lugar?

—Lo sientes —digo, finalmente.

—Sí.

Espero a que se explaye un poco más. Cuando no lo hace, vuelvo a enfadarme con todas mis fuerzas y paso por su lado rápidamente para llegar a la entrada de la casa.

La puerta se abre antes de que me dé tiempo siquiera a llamar al timbre y un chico negro enorme con la cabeza rapada aparece delante de mí. En medio segundo, la ilusión en sus ojos se transforma en una profunda decepción.

—¡No es la *pizza!* —grita hacia atrás.

—Hijo de puta —maldice alguien desde dentro.

El chico enorme mira detenidamente detrás de mí.

—¿Fitzgerald? ¿Eres tú?

Fitz alcanza la puerta.

—Ey, Rex. ¿Cómo vas?

—Fatal. Pensaba que tu chica era el repartidor, pero veo que no viene con ninguna *pizza*.

—Lo siento. —Trato de no reírme.

Fitz parece intentar lo mismo.

—Te das cuenta de que apenas es mediodía, ¿no?

—¿Y estás diciendo que no se puede comer *pizza* al mediodía? Tío, puedes comerla cuando te apetezca. Mediodía, medianoche. Para cenar, para desayunar… Es *pizza*, hostia.

—Es *pizza*, hostia —repito solemnemente. Entonces, extiendo la mano—. Soy Summer di Laurentis. He obligado a Fitz a venir aquí porque necesito un favor.

—Me tienes intrigado. Te perdonamos por lo de la *pizza*. —Rex nos aguanta la puerta abierta—. Entrad. Tengo frío.

Entramos en la casa y señala la enorme cantidad de ganchos para abrigos y zapateros que hay en el recibidor.

—Dejad vuestras cosas por aquí. Estamos jugando al Madden. ¿Quieres unirte a la siguiente ronda, Fitz?

—No, qué va, no creo que nos quedemos tanto rato. ¿No? —me pregunta.

Niego con la cabeza.

—Seré rápida. Tengo que volver a casa y trabajar en mi proyecto.

Seguimos a Rex hacia la enorme sala de estar con un sofá en forma de U que ahora mismo aguanta el peso de ocho jugadores de fútbol americano. Calculo que son alrededor de trescientos o cuatrocientos kilos de músculo.

—¡Fitzgerald! —exclama uno de ellos. Sacude el mando de la consola y pregunta—. ¿Te unes?

—En otra ocasión —responde Fitz.

Rex se deja caer en un sillón y señala el único libre.

—Siéntate, monada. Summer, tú puedes quedarte de pie. —Suelta una risotada ante su propio chiste antes de decir—: Es broma. Fitz, tu culo feo puede quedarse de pie.

Tomo asiento en el sillón que me indica y siento que el cuero marrón me engulle. Es el sillón más grande del planeta. Me siento como un niño pequeño que intenta sentarse en la silla de la gente mayor.

Rex me presenta a sus compañeros, me resulta difícil recordar todos los nombres y las posiciones en las que juegan. Todos pertenecen al equipo ofensivo: dos alas cerradas, un corredor y un receptor abierto. Rex también recibe.

—Lockett, Jules, Bibby, C-Mac. Esta es Summer di Laurentis. Necesita un favor.

—Lo haré —dice un jugador al instante. Creo que es Jules. Es muy mono, con el pelo oscuro hasta la barbilla, hoyuelos y un pendiente de diamante en una oreja.

—Ni siquiera sabes qué voy a pedir —contesto con una sonrisa.

—Da igual. Ninguno de nosotros va a decir que no a una carita como la tuya —responde C-Mac, alargando las palabras. Lleva rastas y tiene la carita más adorable que he visto nunca. Si no fuera por los bíceps como troncos y los enormes pectorales, pensaría que tiene catorce años.

—Chica, en serio. Podrías pedirme que te dejase depilarme las pelotas con cera y te diría que sí —añade Lockett, el chico más pequeño de la habitación. Y con pequeño quiero decir que seguramente mida metro sesenta en lugar de dos metros y que pese ochenta kilos en lugar de ciento quince. Es decir, es un humano de tamaño normal.

—Vaya. —Ahoga una risa—. Bueno... Eso sí que es comprometerse.

Rex suelta una carcajada.

—Aunque si accedéis a ayudarme, puede ser que os toque un poquito los huevos.

—¡¿Qué?! —escupe Fitz, que se gira para dirigirme una mirada de enfado—. Dean dijo que solo necesitabas modelos.

—¿Dean? —Lockett se incorpora y, al comprender quién soy, sus ojos oscuros brillan—. Oh, mierda. ¿Dean Di Laurentis? ¿Heyward-Di Laurentis? ¿Eres la hermana de Dean?

—Sí. Y necesito seis modelos para mi desfile —les explico a los futbolistas. Solo hay cinco en la habitación, pero si por lo menos dos se animasen, estoy segura de que podría conseguir que se apuntasen los necesarios—. Tendré que tomaros medidas y deberéis probaros las prendas. Y, como he dicho, puede que os roce la entrepierna por accidente. Lo siento de antemano.

—*Nunca* pidas perdón por tocarle las pelotas a un hombre —me dice Rex.

Bibby, un ala cerrada con una espesa barba pelirroja, pregunta con curiosidad:

—¿Con qué desfilaríamos?

—Ropa de baño.

—¡Me pido el *slip!* —contesta Lockett al instante.

El brazo de C-Mac se levanta como un resorte.

—Yo, el tanga.

Me sorprende lo fácil que es. Pero en caso de que me estén tomando el pelo, les ofrezco más detalles, para así juzgar si mienten.

—El desfile tendrá lugar en un mes, justo antes de las vacaciones de primavera. Todavía estoy diseñando los trajes de baño, pero, si realmente os comprometéis, os tomaré las medidas en los próximos días y podréis probaros los bañadores en un par de semanas. También practicaremos un poco cómo será el desfile sobre la pasarela...

—Yo no necesito practicar —me interrumpe Logan—. He visto el programa *America's Next Top Model*.

—Yo también —añade Jules—. No tengo nada que envidiar a Tyra Banks.

Me muerdo el labio para no reírme. Sí. Estos son exactamente los chicos que necesito.

—Entonces, ¿os animáis? —Hago un barrido con la mirada por toda la sala—. ¿Todos?

Asienten con la cabeza.

—Allí estaremos —promete Rex.

—Aunque necesitarás a alguien más —dice Bibby. Me echa un vistazo—. Se lo preguntaré a Chris.

No tengo ni idea de quién es Chris, pero contesto:

—Me parece genial. Gracias.

—Todo por una Di Laurentis —responde, encogiéndose de hombros.

Rex asiente con vehemencia.

—Tu hermano siempre venía a pasar el rato con nosotros. Era muy amigo de muchos de los jugadores de último curso.

—Lo sé. —Antes de que pueda evitarlo, la pena se instala en mi garganta—. La muerte de Beau le afectó mucho.

A mí también me afectó, pero no lo digo en voz alta. Beau Maxwell fue *quarterback* de Briar durante tres temporadas y el año pasado murió en un accidente de coche. Cuando me enteré de la noticia, me encerré en mi habitación en la residencia de Kappa y lloré a mares. Dean no lo sabe, pero Beau y yo nos liamos una vez. Fue una estupidez de borrachera, pero los dos juramos que nos llevaríamos el secreto a la tumba porque ninguno quería lidiar con la ira de mi hermano.

Se me encoge el corazón al darme cuenta de que Beau se llevó el secreto a la tumba de verdad.

—Beau era buena gente —comenta Rex con voz ronca, y el ambiente de la sala se vuelve algo más sombrío.

—Bueno. —Fitz se aclara la garganta—. Nosotros deberíamos irnos ya.

—Crearé un chat grupal en MyBri —les digo a los chicos—. Y muchas gracias por animaros a hacerlo.

No permiten que me marche sin más; primero, cada uno de ellos tiene que darme un abrazo de oso, mientras Fitz contempla la escena con resignación.

—¿Todos los hombres hetero de este planeta se enamoran de ti a primera vista? —musita una vez estamos fuera.

—No. Algunos enloquecen de lujuria. —Le dedico una mirada lacónica—. Y algunos tontean conmigo y luego fingen que no ha pasado nada.

Se detiene cuando estamos a unos dos metros de nuestros coches.

—No estoy fingiendo que no ha pasado nada.

—¿Ah, no? Entonces, ¿me estás ignorando sin motivo alguno? ¿Solo para pasar el rato? —Aprieto los dientes y me abro paso a su lado.

Me atrapa cuando llego al Audi.

—Summer. Venga ya. Espera.

—¿Esperar a qué? —espeto—. ¿A que decidas que soy digna de tu tiempo y atención?

—¿Qué...? —pregunta con los ojos marrones abiertos como platos.

—¿No es ese el resumen? —le interrumpo. Un tono de resentimiento tiñe mi voz —. ¿Que no quieres pasar tiempo conmigo?

—Eso no es verdad.

—Vale. Deja que lo reformule. Estoy bien para pasar el rato, pero luego no me merezco tener una conversación sobre lo que ha pasado.

—Deja de decir esas palabras —gruñe—. Digna. Merecer. No tiene nada que ver con eso.

—¿Y qué es «eso»? —exploto; mi frustración ha llegado a un nivel estratosférico—. En serio, Fitz. ¿Con qué tiene que ver? Te restriegas contra mí en el aparcamiento del Malone y luego te vas en el coche sin más. Me arrodillo por ti en el vestuario y desapareces durante dos días. No tengo ni idea de qué sientes por mí. Así que perdóname por asumir que no quieres nada conmigo. —Esbozo una sonrisa carente de humor—. ¿Por qué iba a pensar eso, no? —Se me escapa el sarcasmo—. Quiero decir, si un chico se esfuma después de que le haga una mamada, eso significa que le encanto, ¿verdad?

Atisbo algo de culpa en sus ojos al mencionar lo ocurrido en los vestuarios, pero permanece en silencio, lo cual me irrita.

Me rechinan los molares. Siento que los voy a pulverizar de lo cabreada que estoy.

—Voy a salir con Hunter este fin de semana —declaro, y me sorprendo a mí misma.

Eso consigue una respuesta por su parte. Se le tensa la mandíbula y, entonces, musita:

—¿Desde cuándo?

—Me pidió una cita la semana pasada. —Abro el coche con el mando—. ¿Y sabes por qué accedí? Porque me sentí muy bien al ver que alguien que, no sé..., que no se avergüenza de mí me pidiera una cita.

Fitz exhala lentamente antes de hablar.

—No me avergüenzo de ti —murmura—. Es solo que...

—¿Que qué?

—Se me da mal expresarme...

—Mentira. Eres la persona más elocuente que conozco.

—No cuando se trata de hablar de sentimientos. —Suena igual de desanimado que yo.

—¿Sentimientos? ¿Oh, quieres decir que tú sientes cosas?

Se le tensan todos los músculos de la cara. Es la única señal visible que me permite discernir que mi acusación lo ha molestado. Su expresión es impenetrable.

—Joder, no se me da bien todo esto, Summer. —Sus palabras son toscas. Parece afectado.

—¿No se te da bien qué? —Aprieto los puños, exasperada—. ¡No es tan difícil, Colin! O quieres estar conmigo o no quieres. —Me tiemblan los dedos sobre la manilla de la puerta—. Decídete.

Titubea.

Titubea de verdad.

El dolor me obstruye la garganta.

—Respuesta incorrecta —musito, y entonces, entro en el coche y cierro de un portazo.

CAPÍTULO 22

Summer

Hace unos días era Fitz quien me evitaba. Ahora los dos nos evitamos mutuamente.

Si está en la sala de estar con Hollis y Hunter, entonces yo me quedo en mi habitación. Si yo estoy en la cocina, él se encuentra en cualquier otra parte. Nuestra casa se convierte en el escenario de una partida patética del Juego de la Silla: Edición Habitaciones mientras hacemos todo lo que está en nuestra mano para no compartir el mismo espacio o respirar el mismo aire.

Aunque tal vez sea algo bueno. A lo mejor no debería estar cerca de él. Porque cuando eso ocurre, no puedo evitar tocarle o darle placer, y me niego a que eso vuelva a ocurrir.

Como siempre, para cuando yo estoy lista para ir a la facultad, Fitz y los chicos ya hace rato que se han ido a entrenar. Esta mañana tengo otra reunión con Hal Richmond. Qué guay. Será divertido. Qué ganas tengo.

Conduzco hasta Briar y aparco detrás del edificio de administración, pero no salgo del coche. He llegado quince minutos antes y no pienso pasar más del tiempo necesario con el Hijo de Sapo. En lugar de eso, enciendo la calefacción, reproduzco una lista de canciones antigua y empiezo a cantar al son de «No Control», de One Direction.

Todavía estoy tarareando la misma canción al cabo de diez minutos de camino a la oficina del decanato. Jo, ¿por qué 1D se separó? Eran tan mágicos...

—Volved de una vez —pido en un suspiro, a la vez que una chica con el pelo oscuro aparece por la esquina del pasillo.

Da un brinco de sorpresa.

—Perdona, ¿qué?

Hago un gesto con la mano para quitarle importancia.

—Estaba hablando con los 1D. Que tienen que volver.

Sacude la cabeza, visiblemente entristecida.

—Ya, tía. Me rompieron el corazón.

Por mucho que me encantase pasarme el resto del día, qué digo, el resto de mi vida, hablando del enorme hueco en el alma que me dejó la pérdida de One Direction, me fuerzo a seguir mi camino. No puedo permitirme llegar tarde. Cada vez que veo al Hijo de Sapo, juro que su actitud es más condescendiente. Es como si, cada noche, volviese a casa y se pusiera a practicar todo lo que puede decirme para hacer que me sienta como una mierda de perro pegada a su zapato.

Hoy tampoco defrauda. Sus aires de superioridad se hacen evidentes incluso antes de que tenga tiempo de sentarme en la silla de las visitas. Me pregunta cómo les fue el partido de golf a mi padre y al decano Prescott el fin de semana pasado.

—Debe de ser agradable poder volar hasta Florida solo para jugar un partido. —Su tono de voz no es claramente sarcástico, pero sus ojos no engañan.

Respondo con sequedad que no mantengo un registro del calendario de golf ni de los viajes de mi padre, y procedo a informarle sobre cada una de mis clases.

Cuando llegamos a Historia de la Moda, el Hijo de Sapo se acomoda en su silla acolchada y me pregunta:

—¿Qué le parece el profesor Laurie? No sé si sabrá que recibió buenas ofertas de trabajo en otras universidades de la Ivy League. Al final se decantó por Briar, en parte, por mí.

—Por usted —repito, con la esperanza de que mi rostro no refleje escepticismo.

—Mi madre fue a la escuela North London Collegiate con Anna Wintour. Fascinante, ¿verdad? —Su falso acento británico se vuelve más pronunciado. O por lo menos, yo sigo pensando que es falso. Mi padre no me ha dicho nada más del tema, así que no tengo pruebas sobre el lugar de nacimiento del Hijo de Sapo.

—Fascinante —comento, con una leve sonrisa.

—Bueno, el caso es que siguieron en contacto a lo largo de los años. Anna apareció en la fiesta de cumpleaños de mi madre el año pasado. Erik la acompañaba y lo convencí de que Briar era el lugar donde mejor encajaría alguien con tanto renombre como él.

—Guay. —La verdad es que no se me ocurre nada más que decirle.

—¿Asumo que le gusta su asignatura?

—Sí. Está bien.

—¿Solo «bien»? —Ladea la cabeza—. Si me baso en los comentarios que hemos recibido hasta el momento, parece que tiene un éxito apabullante.

—La clase en sí es interesante. —Me inundan las dudas cuando me debato entre si seguir o no.

A lo mejor debería comentar algo de los guiños. Y su necesidad de tocarme. Los apretujones en el hombro y las caricias en la mano. Sus dedos en mi nuca.

Pero el señor Richmond no me tiene mucho aprecio, y no estoy muy segura de cuál puede ser su reacción.

Díselo.

La voz de mi madre me retumba en la cabeza y me insta a ser directa. Sé que eso sería lo que me aconsejaría. Mi madre nunca se guarda las cosas.

—Me interesa la materia de estudio —continúo, y paro un segundo para inhalar profundamente—. Pero... el profesor Laurie... —Exhalo rápidamente—. Es un poco raro, la verdad.

Richmond entrecierra los ojos.

—¿Raro?

—Sí. —De repente, se me seca la boca y un sudor frío me cubre las manos. Me las seco con la parte delantera de los vaqueros—. Me toca mucho la mano y los hombros, y cuando me mira, mantiene la mirada más rato de lo normal...

—Supongo que debe de tratarse de un malentendido —me interrumpe Richmond—. Erik es muy simpático. De hecho, esa es una de las razones por las que todo el mundo lo adora.

Me muerdo el labio.

—Eso es lo que creí al principio, que solo era simpático. Pero creo que va un poco más allá. No me gusta cuando me toca. Me parece inapropiado...

—¿Summer? —me interrumpe el vicedecano.

—¿Sí?

—Siendo una chica tan guapa, estoy seguro de que ha crecido acostumbrada a que la admiren y, tal vez, le haya ocurrido con tanta frecuencia que, cuando alguien es amable o le dedica una atención especial, da por hecho que su comportamiento tiene una clara connotación sexual o de admiración...

Se me desencaja la mandíbula por la conmoción.

—Aun así, estoy seguro de que está malinterpretando las señales que cree que le manda el profesor Laurie. —Se mueve hacia delante en la silla y entrelaza las manos encima del escritorio—. ¿Se da cuenta de que ir por ahí haciendo este tipo de declaraciones podría suponer una seria amenaza para la carrera de alguien, hasta el punto de destrozarla?

Ya no tengo las manos sudadas. Están secas como el polvo y las cierro sobre el regazo.

—No trato de destrozar la carrera a nadie. Solo...

—¿Le gustaría presentar una queja formal? Si es así, podemos empezar ahora mismo. Pero debería saber antes que suele ser un proceso lento y difícil para todas las partes involucradas.

Empiezan a arderme los ojos.

—Yo, mmm...

Frunce el ceño, impaciente.

—Summer. ¿Va a presentar una queja formal contra el profesor Laurie?

Después de un largo momento de indecisión, respondo:

—No.

—Ya veo. —Richmond se levanta de la silla—. Bueno, avíseme si cambia de opinión. Hasta entonces, le sugiero ser prudente a la hora de hacer este tipo de acusaciones.

—No he hecho ninguna acusación —protesto—. Usted me ha preguntado qué pensaba de él, y yo le he dicho que me incomoda.

Richmond rodea el escritorio.

—La veré la semana que viene, Summer. La acompaño a la puerta.

Esa tarde, sigo pensando en el desdén con el que me ha tratado el Hijo de Sapo. Pero al mismo tiempo, empiezo a cuestionarme a mí misma. Las descripciones que he compartido con Richmond no parecen demasiado sólidas cuando vuelvo a reproducirlas en mi cabeza.

Me toca mucho la mano y los hombros, y cuando me mira, mantiene la mirada más rato de lo normal...

Eso no describe exactamente un comportamiento inapropiado con claridad. Cuantas más vueltas le doy, más me planteo si, tal vez, la primera impresión que tuve de Laurie era la correcta, y solo es un hombre muy simpático y amable. El hecho de que Richmond haya admitido que a Laurie se lo conoce por ser «muy simpático» me hace dudar todavía más. Si el vicedecano no cree que las maneras amistosas de Laurie son un motivo por el que preocuparse, a lo mejor yo tampoco debería. ¿O sí?

Uf. Sinceramente ya no sé qué pensar.

—¡Au!

Madison, la estudiante de segundo a la que tomo medidas, da un respingo, incómoda. Eso me alerta de que la cinta de medir le presiona demasiado el pecho.

—Perdón —digo enseguida, y la libero—. Déjame terminar con el busto y ya estaremos.

Echo un vistazo a Bianca, que está espatarrada en un sofá recargado mientras hojea el último número de la *Vogue*.

—Muchas gracias por acceder a participar, por cierto. Creo que será la bomba.

—Gracias por proponérnoslo. Estoy superemocionada —admite Bianca.

—¡Yo también! —Madison, que va en calcetines, da una vueltecita—. No me puedo creer que hayas convencido a los del equipo de fútbol americano para que desfilen con bañadores *slip*.

—Al equipo entero, no. Solo a seis jugadores. —Le guiño el ojo—. Seis jugadores que están buenísimos.

Se le ilumina la cara.

—Madre mía. Qué ganas de ir a la fiesta de después.

Cuando Bianca me escribió para decirme que ella y otras cinco chicas más de la hermandad se animaban a desfilar para mí, endulcé la oferta al invitarlas a la fiesta de después. Pero no a la oficial que organiza Briar, sino a la de *después* de esa, con el equipo de fútbol americano. Ya le había pedido a Rex que nos invitase a todas. Lo único que tuve que decir para que accediera fue «chicas de hermandad».

—Qué ganas de ver los diseños finales —comenta Bianca con entusiasmo—. Las fotos que nos mandaste de los bocetos son lo más.

—Ya ves, son geniales —coincide Madison.

—Gracias. Me hace mucha ilusión veros con los bañadores puestos. —Apunto la medida del busto de Madison y enrollo la cinta métrica. La guardo en mi bolso Prada, junto con mi libretita—. Genial. Perfecto. Tengo todo lo que necesito. La próxima vez que venga, os los probaréis y...

—¿Qué narices está pasando aquí?

Kaya aparece en la puerta. Su rostro precioso se oscurece por la sospecha.

—Ey, Kaya —la saludo jovialmente.

Bianca se levanta del sofá con cautela y Madison huye de la habitación como un animal que advierte que se acerca una tormenta.

Kaya me fulmina con la mirada.

—¿Qué haces aquí?

—He venido a tomar unas medidas. —Me cuelgo el bolso del hombro y hurgo dentro en busca del móvil.

—¿Para qué?

—No es de tu incumbencia —espeto.

Pero Bianca enseguida hace que sea de su incumbencia.

—Algunas de las chicas y yo vamos a participar en el desfile de Summer.

—Bueno —me meto—, no es *mi* desfile. La Facultad de Moda lo organiza cada marzo.

Kaya me ignora. Está demasiado ocupada mirando mal a Bianca.

—¿Y por qué ibas a participar en su desfile?

Bianca flaquea por un instante.

—Porque parecía divertido.

—¿Tan divertido que no me habéis preguntado si yo también quería participar?

Arqueo una ceja en dirección a la chica enfurruñada.

—¿Te gustaría hacer de modelo en mi desfile, Kaya?

—Claro que no.

Es difícil no poner los ojos en blanco, pero, de alguna manera, me contengo.

—Creo que tendrías que haberme informado antes de aceptar —dice con brusquedad—. Soy la presidenta de esta hermandad, Bianca. Cualquier cosa que haga alguien de Kappa puede afectar negativamente a mi reputación.

—Cálmate, Kaya. Solo es un desfile de moda, y creo que quedará genial en el historial de la hermandad, te lo prometo. Estamos ayudando a una estudiante. A las de la sede nacional les gusta que mostremos espíritu de comunidad.

—¿Cuántas de vosotras habéis accedido a participar? —exige saber Kaya.

—Seis.

—¿Seis? Dios mío. ¡No me puedo creer que todas hayáis dicho que sí y ni una sola me lo haya contado!

—Porque no tenía nada que ver contigo.

Me dirijo a la puerta.

—Mmm. Yo me marcho ya...

—¡Después de todo por lo que tuve que pasar por Daphne! Sabéis perfectamente lo mal que me sentó cuando me enteré de que hacía cosas a mis espaldas, ¿y ahora vosotras me hacéis lo mismo?

—Nadie está haciendo nada a tus espaldas —responde Bianca con tono apaciguador. Me lanza una mirada que dice «sal de aquí mientras puedas».

Me escapo, atravieso corriendo las puertas de la residencia que, en lugar de llamarse Kappa Beta Ni, debería llamarse *Daphne Kettleman estuvo aquí,* porque, joder, la chica dejó huella.

Mientras abro el coche, «Cheap Trills» empieza a sonar en mi bolso. Saco el móvil y lo giro para ver qué nombre aparece en la pantalla.

Hunter.

—Hola —contesto, demasiado alegre para mi gusto.

—Rubia. Hola.

Su voz ronca hace que sienta una ola de culpabilidad. Se acerca la noche del sábado y he estado aplazando el decirle que vamos a salir en San Valentín. Porque o bien querrá que cenemos juntos de todas formas o querrá aplazar la cita, y yo ni siquiera sé todavía si quiero salir con él.

—A ver. Me han dicho que programé nuestra cita para el Día de San Valentín. —Se ríe—. *Mea culpa.*

Yo hago lo propio, aliviada.

—Vale, menos mal. Iba a avisarte, sí, porque... No sé si tener una primera cita en San Valentín es la mejor idea.

—No, lo entiendo perfectamente. Es mucha presión.

—Supongo que deberíamos dejarlo para otro día —digo, ahora incluso más aliviada. Tal vez podamos aplazarla indefinidamente, por lo menos hasta que tenga claro qué siento por él.

Pero Hunter hace añicos mi plan.

—¿Qué te parece esta noche? —sugiere.

Trago saliva.

—¿Esta noche?

—Sí. No hay partido, yo no tengo planes. ¿Y tú?

—No. —Mierda. ¿Por qué he dicho que no? Ahora no hay ninguna razón para negarme a salir con él.

—Pues venga. ¿Cena?

—Sí —concedo.

—Genial. Paso a buscarte por tu casa.

Se me vuelve a escapar una risa.

—Ha sido lamentable.

—Lo sé. —Se ríe entre dientes—. ¿Te parece bien que salgamos de casa alrededor de las siete?

—De acuerdo. —Espero que no advierta el tono de incertidumbre en mi voz.

—Hasta luego, rubia.

Nada más colgar llamo a mi madre.

—¡Cielo! —Parece encantada—. Me has pillado en buen momento. Justo acabo de salir de una reunión.

—¡Tengo problemas de chicos! —suelto.

Hay un segundo de silencio y, entonces, responde:

—Vale, cariño. Venga, dale.

No puedo reprimir la risa. Amo a esta mujer.

—Tengo una cita con uno de mis compañeros de piso esta noche. Hunter. Iba al Roselawn, un año por detrás de mí.

—De acuerdo... —Prácticamente veo el surco que se le ha formado entre las cejas mientras asimila mis palabras—. ¿Estás nerviosa por la cita?

—No, la verdad es que no. Pero... —Exhalo—. Besé a otro de mis compañeros de piso.

Entre otras cosas. Pero lo que no sabes no te hace daño.

—¿Le besaste antes de la cita?

—No, no besé al chico con el que voy a salir esta noche. Bueno, sí, pero eso pasó hace mucho. El sábado besé a otro.

—A Hunter.

—No. A Fitz.

—¿Fizz?

—¡Fitz! —exclamo—. Colin Fitzgerald. Mamá, mantente al día.

—Lo siento, Summer, tal vez me sería más fácil seguirte el ritmo si tu vida amorosa no fuera como un episodio de *The Bachelor*.

—*The Bachelorette*, que soy una chica —la corrijo—. Vale. Presta atención. Hunter es con quien salgo a cenar esta noche. Fitz es al que besé.

—Ya veo. ¿Y sientes algo por ambos?

—¿Sí?

—¿Me lo preguntas a mí?

—¿No? O sea, no lo sé. De verdad que no lo sé.

—Bueno, no sé muy bien qué decirte, cielo. Estás escatimando en detalles y en contexto. Supongo que deberías elegir al que más te guste.

—¡Mamá! Eso no me ayuda en absoluto —gruño—. En fin. Ya me las arreglaré sola. —Repito su consejo cutre—: *Elegir al que más te guste.* Venga ya, mamá. Esto es serio.

Su risa me llega al oído.

—Eh, pues es todo lo que puedo ofrecerte. Llámame luego. Y ya me contarás cómo ha ido todo.

Maravilloso. Mi madre suele dar los consejos más sabios del mundo. Pero hoy no me ha dado nada. Es que hasta las galletas de la suerte con errores gramaticales ofrecen mejores soluciones que *elige al que más te gusta.*

Además, no se trata de si me atraen. La mayor parte del tiempo ni siquiera estoy segura de si Fitz me gusta. Casi siempre me vuelve loca. Pero me atrae y no me lo puedo quitar de la cabeza. Pienso en él mucho más que en Hunter.

A decir verdad, ni siquiera consideraría salir con Hunter si Fitz me dijese: «Hagámoslo».

Pero Fitz *no* va a decir eso. No dice nada aparte de «se me da mal expresar mis sentimientos» y «no se me da bien todo esto».

¿Qué se supone que debo hacer? ¿Rogarle que mágicamente se le dé bien «todo esto»? Es hora de que me olvide.

Hunter es un chico majo y nos llevamos bien. ¿Qué hay de malo en conocerlo mejor?

Le vas a confundir.

No necesariamente. A lo mejor nos lo pasamos tan bien en la cita que lo que siento por Hunter eclipsa lo que siento por Fitz.

O tal vez eso no ocurra y le confundas.

¿Voy a la cita o la cancelo? No tengo ni idea de qué hacer.

Todavía me lo estoy planteando cuando, más tarde, me doy una ducha. Una ducha sin preocupaciones gracias al nuevo pestillo que ha instalado Hollis en la puerta del baño.

Todavía me lo estoy planteando mientras me seco el pelo y me visto. Combino un vestido de punto gris perla con unas medias negras y unas botas militares de ante negro de Jimmy Choo.

Todavía me lo estoy planteando cuando Hunter me avisa desde el piso de abajo que va a encender el motor del coche.

Y todavía me lo estoy planteando cuando Fitz entra en mi habitación sin llamar a la puerta y se sincera conmigo usando solo dos ásperas palabras.

—No vayas.

CAPÍTULO 23

Summer

—¿Q-qué?

La pregunta me sale en forma de un chillido tembloroso, mientras el corazón me late al doble de velocidad.

Fitz se me acerca con su cuerpo alto y musculoso. Me sorprendo a mí misma moviéndome hacia atrás. Alejándome de él, porque su intensidad es un poco terrorífica. Normalmente tiene los ojos de un tono marrón normal. Ahora tienen el color del chocolate negro y arden. El calor que desprenden me incendia el cuerpo.

Me aparto hasta que no puedo más, porque me doy de espaldas contra la pared. Fitz no se detiene hasta que su cuerpo está a pocos centímetros del mío. Si inhalase, se me alzarían los pechos y, probablemente, le rozarían el torso.

—Summer —dice con voz grave y afligida.

Me roza la mejilla con sus ásperos dedos. Apenas puedo respirar. Dirijo la mirada a la puerta de mi habitación, preocupada. Está entreabierta. Hunter o Hollis podrían pasar por delante en cualquier momento y nos verían.

—No salgas con él esta noche. —Suena como si le arrancaran las palabras de la garganta.

Se me acelera el pulso. Los labios de Fitz están tan cerca de los míos que casi lo saboreo. El tatuaje del pecho sobresale por encima de la camiseta gris desgastada y tengo que luchar contra el impulso de no extender la mano y recorrer con los dedos la tinta descolorida.

—No salgas con Hunter —repite, con voz áspera, con sus ojos ardientes clavados en los míos.

Al fin encuentro mi voz, pero es más temblorosa de lo que me gustaría.

—Dame una razón para no hacerlo —titubeo.

Traga saliva visiblemente.

Suplico en silencio. No puedo pronunciar las palabras por él, pero si no quiere que salga con Hunter, tiene que decirme por qué. *Necesito* que me diga por qué.

No lo hace. Se le tensa un músculo de la mandíbula, pero no habla.

—¿Se puede saber qué te pasa, Fitz? Porque estás en misa y repicando. Nos enrollamos y, luego, te alejas de mí. Ahora no pretendas decidir con quién puedo salir y con quién no, no te debo nada. Ya tuviste tu oportunidad.

—Lo sé —responde al fin, igual de confuso que yo.

Está claro que, cuando ha entrado a lo loco en mi habitación, no había ensayado nada más que «no vayas con Hunter». Bueno, pues eso no basta.

—Ya sé que la he liado. —Su mirada emana remordimiento—. Evitarte después de lo que pasó en los vestuarios fue una gilipollez. Y egoísta.

—¿En serio?

—Lo siento por haberlo hecho —añade con la voz ronca—. En serio, lo siento mucho. Y no estoy en misa y repicando. O por lo menos, no lo estoy haciendo a propósito. Solo sé que me enferma pensar que vas a salir con él esta noche.

Quiero que se explaye. Pero como siempre, no lo hace.

—¡Entonces, dime por qué debería quedarme, Fitz! Y no me digas que es porque estás cachondo las veinticuatro horas del día por mi culpa. No podemos volver a enrollarnos, ¿vale? No me interesa tener un lío contigo. Aunque tengo la sensación de que no eres de esos chicos que solo busca pasar un buen rato.

—No —responde con la voz quebrada.

—Entonces, ¿qué es esto? —Exhausta, señalo el espacio que hay entre nosotros—. ¿Por qué no debería salir con Hunter?

—No estoy diciendo que no puedas.

—¡No estás diciendo nada de nada! —De repente, recuerdo que la puerta está abierta y bajo el volumen—. ¿Qué *quieres*, Colin? Solo tienes que decirme lo que sientes.

Nos miramos durante lo que parece una eternidad. No veo ni una sola emoción en su expresión. Se le da muy bien esto;

ocultar lo que siente con la mirada. Se guarda los pensamientos y las emociones con la dedicación de un agente secreto. Joder, es que seguramente preferiría que le disparasen antes que compartir sus sentimientos con alguien.

Y, lo haga queriendo o sin querer, juega conmigo. Me gustan los juegos de las fiestas, a los que juegas con tus amigos. Cuando se trata de mi vida amorosa, no me interesa tener que adivinar qué siente o piensa la otra persona.

—Tengo que irme —musito.

Fitz emite un ruido de frustración antes de decir:

—Summer.

Pero ya estoy saliendo por la puerta.

Y no me detiene.

No hace falta decir que estoy bastante distraída cuando Hunter me ofrece una silla en la mesa del restaurante más bonito de Hastings. Se llama Ferro y lo recomiendan encarecidamente Allie y una amiga suya, Grace Ivers. Grace es la novia de Logan y, al parecer, comen juntas en el Ferro constantemente.

No puedo negar que Hunter está *sexy* esta noche. Lleva unos pantalones que le hacen un trasero muy firme y se cortó el pelo hace poco. Prefiero a los chicos con pelo corto.

Mientras le hago un repaso, él hace lo mismo conmigo. Me admira con una mirada seductora desde el otro lado de la mesa.

—Qué vestido tan bonito, rubia.

Esbozo una sonrisa.

—Gracias. —¿Notará que estoy preocupada? O peor, ¿notará que estoy enfadada? Porque lo estoy. Todavía estoy alterada por el encuentro con Fitz.

¿Por qué no ha podido simplemente decirme cómo se siente? ¿Por qué tengo que sonsacarle cada palabra como si me sacara una astilla de debajo de la uña? Hablar con Fitz es doloroso y frustrante, y no lo entiendo, joder.

Ni siquiera me doy cuenta de que llega el camarero a preguntar qué queremos de beber hasta que Hunter dice:

—¿Summer? ¿Vodka con arándanos?

Niego con la cabeza.

—De momento, solo agua —contesto al camarero. Cuando se marcha, le explico mi elección a Hunter—. No he comido desde hace horas. No me gusta beber con el estómago vacío.

—Ya. Tiene sentido. —Me observa mientras desenrollo la servilleta.

Es elegante, de tela, y me tiemblan las manos cuando me la coloco en el regazo.

—¿Hay algún problema? —pregunta con el ceño fruncido.

Trago saliva.

—No, todo bien. Es que ha sido un día horroroso y muy largo.

—Has ido a ver a tu tutor, ¿verdad? ¿Qué tal ha ido?

—No muy bien. Richmond me odia a muerte. —Empiezo a apretar los dientes, pero me obligo a parar—. Prácticamente me ha provocado para que dijera que uno de mis profesores me da mal rollo y, luego, me ha echado la bronca porque no debería hacer acusaciones de ese tipo.

—¿Acusaciones? —Hunter parece alarmado—. ¿Qué ha hecho ese cabrón?

—Nada —respondo enseguida—. En serio, no ha hecho nada. Pero me da mal rollo y le gusta mucho manosear. Se lo he contado a Richmond y, como he dicho, me ha echado la bronca.

El camarero regresa con nuestras bebidas y pregunta si estamos listos para pedir. Ninguno de los dos ha abierto el menú todavía, así que Hunter le dice que necesitamos más tiempo.

Cogemos los menús. Trato de concentrarme desesperadamente en el listado de aperitivos, pero mi mente sigue en mi habitación, junto a Fitz.

Hunter suelta un suspiro.

Levanto la cabeza.

—¿Estás bien?

—¿Yo? Yo estoy bien. —Sacude la cabeza con brusquedad—. ¿Y tú? No parece que estés bien.

—Lo estoy —aseguro débilmente.

—Summer, llevo un mes viviendo contigo. Se me da bastante bien descifrar tu estado de ánimo. Estás más distraída de lo normal esta noche.

—Lo sé. Lo siento. —Me aferro a las piernas con las manos—. Yo...

Titubea durante un largo momento y pregunta:

—¿Qué hay entre nosotros?

Siento que la tristeza me quema la garganta y me pican los ojos. No sé cómo explicarle lo que siento, porque *no sé* qué siento.

Se me detiene el corazón cuando reparo en que estoy en la misma situación que Fitz hace veinte minutos. Una situación en la que yo lo he puesto, al exigirle que compartiera conmigo sus pensamientos. Al insistir en que me dijera qué siente por mí.

A lo mejor, es verdad que no lo sabe. Si ni siquiera yo soy capaz de describir con exactitud lo que siento por *él*. ¿Y aun así, espero que luche por mí? ¿Que me declare su amor incondicional? Y aquí está Hunter, que me pregunta qué hay entre nosotros y soy incapaz de responderle.

—Summer —dice, con dureza.

Me muerdo el labio inferior. No me gusta decepcionar a la gente, pero no estoy segura de que tenga otra opción ahora mismo.

—Creo que tengo que irme —susurro.

Hunter no responde.

Alzo la mirada, en dirección a la suya. No atisbo ni una nota de sorpresa en sus ojos.

—¿Es por Fitz? —Sus palabras suenan secas, graves.

A pesar de la culpa y los remordimientos que me debilitan el cuerpo, me obligo a responder.

—Sí.

Su mirada penetrante me atraviesa. Ni siquiera intento adivinar en qué piensa. Y no tengo muy claro qué va a hacer ahora. ¿Arrojar la servilleta sobre la mesa y marcharse como si nada del restaurante? ¿Perder los papeles y llamarme zorra desalmada?

No hace nada de eso. Se levanta de la silla arrastrándola con un chirrido y se acerca para ayudarme a levantarme de la mía.

—Vamos. Te llevo a casa.

Deja un billete de veinte dólares sobre la mesa, mucho más dinero del necesario para las dos botellas de agua que ni siquiera hemos bebido.

Lo sigo a la puerta esforzándome por no llorar.

Ninguno de los dos dice una sola palabra de camino a casa. Es superincómodo, y se vuelve peor cuando Hunter se detiene junto a la entrada, pero no apaga el motor.

—¿No vas a entrar? —pregunto, y me maldigo a mí misma por pronunciar la pregunta más estúpida del mundo. Por supuesto que no va a entrar. Lo acabo de rechazar. No creo que le apetezca sentarse en el sofá conmigo y ver videoclips de 1D en YouTube juntos.

—No. —Da unos toquecitos con los dedos en el volante. Parece lleno de energía o, tal vez, solo está impaciente porque salga del coche—. No puedo estar ahí dentro ahora. Voy a salir, buscaré alguna fiesta. —Se encoge de hombros—. No me esperes despierta.

—Escríbeme si decides pasar la noche fuera, para que no me preocupe.

Por primera vez desde que le he dicho que me interesa Fitz, percibo algo de ira.

—Estoy bastante seguro de que estarás demasiado ocupada esta noche como para preocuparte de lo que haga yo, Summer —responde con una sonrisa cínica.

Me atraviesa la culpa.

—Hunter...

Quiero decirle que no se comporte así conmigo, pero ¿cómo voy a culparle? Acepté salir con él y, a los diez minutos, le he dicho que quería estar con otra persona. Es horrible hacerle eso a alguien, y no sé si seré capaz de compensárselo algún día.

—Gracias por traerme de vuelta —susurro.

—Por supuesto.

Extiendo la mano para tocarle el hombro con suavidad y se retuerce como si le hubiera hecho daño. Me doy cuenta de que lo he hecho, solo que no físicamente. No sabía que le gustaba tanto. Pensaba que se trataba más de un flirteo por su parte.

Abro la puerta y salgo del Rover. Apenas me ha dado tiempo a dar un paso cuando oigo que Hunter se marcha. El tubo de escape deja una estela de humo que me quema las fosas nasales antes de desvanecerse en el aire de la noche.

Al entrar en casa, me siento fatal. Supongo que Hollis ha salido, porque no está en el comedor y su habitación está vacía cuando paso por delante de su puerta, abierta. Ignoro mi habitación y camino hacia la más grande. No veo luz por detrás de la puerta, pero sé que Fitz está en casa porque su coche está aparcado. A menos que haya salido a algún lado con Hollis, pero supongo que ahora lo descubriré.

Inspiro, me armo de valor y llamo a la puerta suavemente.

No hay respuesta.

Mierda. A lo mejor sí que ha salido.

Titubeo durante un segundo antes de girar el pomo y abrir la puerta. La habitación está bañada en sombras. Entrecierro los ojos en la oscuridad y atisbo una figura encima de la cama. No está debajo del edredón, pero una manta de lana le cubre la parte inferior del cuerpo de cualquier manera.

—¿Fitz?

El colchón se mueve.

—¿Summer? —pregunta, medio dormido.

—Sí. He vuelto.

Emite un sonido somnoliento, una mezcla entre un gemido y un gruñido. Es tan adorable...

—¿Durante cuánto rato he estado dormido?

—No mucho. Apenas son las ocho.

—Te has ido hace media hora. —La afirmación está cargada de confusión.

—Sí.

—Y ya has vuelto.

—Sí.

—¿Por qué?

Cierro la puerta y me acerco al pie de la cama.

—No estoy segura todavía. Pero... tengo tres preguntas que hacerte. —Tomo aire—. ¿Podrías intentar responderlas, solo por esta vez? No espero un discurso ni nada por el estilo. Un sí o un no bastará. —Busco su mirada entre las sombras—. Por favor, Fitz.

Retira la manta para incorporarse.

—¿Qué quieres saber? —pregunta, con voz ronca.

—¿Todavía piensas que soy superficial? —digo, con una exhalación temblorosa.

—No. No lo pienso. —Sinceridad total.

Asiento lentamente.

—¿Planeaste huir después de lo que pasó en los vestuarios?

—No. No lo planeé. —Arrepentimiento verdadero.

Trago saliva.

—¿Estás igual de cansado que yo de luchar contra la atracción que hay entre nosotros?

—Sí. Lo estoy. —Puro deseo.

Me tiemblan las manos al agarrar el dobladillo de mi vestido y tirar de la suave lana hacia arriba por todo mi cuerpo y por encima de la cabeza. Esto es una locura. Pero loca podría ser mi segundo nombre.

Fitz suelta un ruidito ahogado.

—¿Summer?

Lo ignoro. Me dejo las medias puestas porque el suelo de madera está muy frío. También la ropa interior, pero me desabrocho el sujetador sin tiras y lo dejo caer al suelo.

Inspira con intensidad.

Me subo a la cama y me meto debajo de la manta con él.

—No llevas camiseta —señala con una voz áspera.

—No.

—¿Por qué?

Me acerco hasta que nuestros labios están a centímetros de distancia.

—¿Tú qué crees?

CAPÍTULO 24

Fitz

Summer está en mi cama. Y no me refiero al verano. Me refiero a la chica. A la chica preciosa sin camiseta que me acaba de despertar y me ha dicho que está cansada de luchar contra la atracción que siente por mí.

Ya sé que tenemos que hablar de más cosas. Antes le he suplicado como he podido que no saliera con Hunter, y lo ha hecho de todas formas. Y estoy seguro de que ella también tiene preguntas, preguntas que indudablemente me va a costar la vida responder. No porque no quiera, sino porque me asustan.

Summer me asusta. Siempre lo ha hecho. Hace que me quiera abrir con ella, y eso no es algo normal en mí.

Y hablando de necesidades, me provoca una muy básica cuando me acerca las yemas de los dedos a los labios y me los acaricia con suavidad.

Me aproximo más y hago todo lo posible por no mirarle el pecho. Que no se malinterprete, me muero por hacerlo. Pero estoy a punto de ofrecerle que salga antes de que se nos vaya de las manos y, si lo hace, prefiero que paremos antes de que les tome demasiado cariño a esas tetas.

—¿Estás segura? —susurro.

—Al cien por cien. —Una nota de vulnerabilidad le tiñe la voz—. ¿Y tú?

No puedo reprimir una carcajada.

El cuerpo de Summer se tensa por completo.

—¿Me estás vaci...?

—No —contesto rápidamente—. No me estoy riendo de ti. Te lo prometo. Es solo que... ¿Que si estoy seguro? Joder, Summer, me la casco pensando en ti cada puto día. No puedo dejar de pensar en ti y, desde lo de los vestuarios, es incluso peor. Ahora me la casco *dos veces* al día.

Me responde con un beso.

Sí, ninguno de los dos piensa parar esto. Hace mucho que lo estábamos esperando. Muchísimo...

Nos desnudamos. No sé exactamente cómo ni cuándo, pero de repente, estoy encima de ella y deslizo una pierna entre las suyas, mientras la parte inferior de mi cuerpo se pega a ella. Su boca se funde con la mía y levanta las caderas para frotarse descaradamente contra mi entrepierna, haciendo fuerza para acercarse más.

Le meto un poco la lengua entre los labios. Los abre a la orden y me da acceso a su boca. Cuando nuestras lenguas entran en contacto, deja escapar un gemido de desesperación que hace que me vibre todo el cuerpo. Suelto una risita, salgo de su boca y mordisqueo el labio inferior, carnoso, antes de acribillarla a besos por toda la mandíbula.

Cuando llego al cuello, ladea la cabeza y coloco la boca sobre su piel, chupando con suavidad. Gimotea de placer y se estremece con más fuerza contra mí.

Intenta bajar la mano entre nuestros cuerpos para llegar hasta mi erección, pero le aparto las manos con suavidad.

—No, no —murmuro—. Hasta ahora solo me has dado placer tú. Me toca.

Y procedo a excitarla tanto como puedo. Olvídate de las drogas: ¿quieres un colocón de verdad? Chupa las tetas perfectas de Summer. Bésale ese punto sorprendentemente sensible justo por debajo del ombligo y observa cómo arquea las caderas cuando su sexo empieza a buscar el calor de tu pene.

Le rasco un poco la parte inferior de un pecho redondo y firme con la barba incipiente mientras asciendo sin dejar de lamerla y jugueteo con sus pezones. Me paso un buen rato besándola y lamiéndola, mientras ella me agarra la cabeza para mantenerla allí. Ja. Como si fuera a moverme... Succiono un pezón con fuerza hasta que consigo sacarle un gemido de los labios y, entonces, paso la lengua con movimientos ligeros sobre los duros pezones hasta que las caderas de Summer empiezan a balancearse de nuevo.

—Fitz —suplica—. No me provoques más. Necesito...

Me deslizo hacia abajo y entierro la cara entre sus piernas.

—¿Necesitas esto? —gruño contra su piel.

Su trasero se separa del colchón como un resorte.

Con una risita, la sujeto por las caderas para sostenerla antes de acariciarla con la lengua. Cada largo y perezoso lametón invoca en ella un lloriqueo, un gemido o un suspiro jadeante. Cuando introduzco un dedo, sus músculos internos se aferran a él con codicia y casi me explota el glande. Oh, Dios, es increíble. Se me nubla la mente al encontrar el clítoris con la boca y succiono mientras mi dedo se mueve sosegadamente dentro de ella.

—Ay, madre mía —dice con una voz ahogada—. No pares. Estoy cerca...

Me detengo.

—¡Por qué! —lloriquea Summer.

Me paso la lengua por los labios. Dios, la saboreo.

—Todavía no —respondo mientras me incorporo.

—¿Quién te da derecho a decidirlo? —Resopla—. ¡Es mi cuerpo, Colin!

—Es mi lengua —replico con una mueca sonriente.

—Quiero correrme.

—¿No es eso lo que queremos todos?

—¡Aj! —Su frustración me provoca la risa—. Te odio, ¿lo sabes?

—No me odias.

—Me voy a morir si no llego al orgasmo —dice con un tono serio—. De verdad. Y entonces tendrás que explicarle a mi padre cómo podrías haber prevenido mi muerte si hubieras terminado lo que estabas haciendo. A mi *padre*, Fitz. ¿Es eso lo que quieres?

Sello los labios para luchar contra otra oleada de risa. Esta chica es la mejor. La mejor, joder.

—¿Sabes qué te digo? —Me sale una voz grave—. ¿Por qué no llegamos a un acuerdo? —Abro el cajón inferior de mi mesilla de noche y saco un preservativo—. Podemos corrernos los dos y así nadie tiene que morirse.

—Es la mejor idea que podrías haber tenido.

Me observa cuando me levanto para ponérmelo. Bajo la mirada hacia ella y se me entrecorta la respiración. Tiene las mejillas sonrosadas, sus ojos verdes brillan de excitación y se le mueve el pecho con cada inspiración. Nunca he visto a nadie tan *sexy.*

Sus jadeos van en aumento.

—¿Por qué no estás dentro de mí? —pregunta.

Buena pregunta.

Coloco mi cuerpo desnudo sobre el suyo y me deslizo dentro de ella con un movimiento dolorosamente lento. *Oh, joder.* Es la mejor sensación del mundo. Es... una sensación de pertenencia que nunca había sentido. Y se me ensancha el pecho de la forma más extraña cuando miro a Summer y veo que ella también tiene la vista fija en mí.

Creo que ella también lo siente.

Los muelles de la cama chirrían cuando empiezo a moverme con embestidas lentas y profundas. Me retiro cada vez que intenta que llegue más hondo.

—Más —me ruega.

—No.

Mi autocontrol me impresiona incluso a mí. Me muero por acelerar el tempo. Me muero por correrme. Pero tampoco quiero que esto termine nunca. No quiero dejar de experimentar nunca esta sensación de estar justo *donde quiero y debo estar.*

Así que la saco, con las caderas moviéndose con tanto cuidado que me aparecen gotas de sudor en la frente. Cuando Summer intenta aferrarse a mi culo con las piernas, la castigo dándole un mordisco en el cuello y retirándome del todo.

—Joder, Fitz... por favor. Por favor, por favor, *por favor.*

He conseguido que me suplique. Oh, sí.

Me sale una risa ronca.

—Creo que me gusta atormentarte. —Para puntualizar eso, deslizo el miembro en su interior de nuevo y balanceo lentamente las caderas.

Se me aferra a los hombros, con los pechos aplastados contra mi torso. Sus pezones son como piedrecitas calentadas al sol que se me clavan en la carne. Su sexo se aferra a mí con tanta fuerza que veo puntitos negros.

—Necesito correrme.

Esa única palabra temblorosa, «necesito», me hace sucumbir. Necesito, no quiero. Ya la he torturado bastante.

Con un gruñido agonizante, la embisto con todas mis fuerzas y ya estamos perdidos. El sexo se vuelve duro, rápido y obsceno. Esta vez, dejo que me rodee con las piernas, y este nuevo ángulo me permite restregarme contra su clítoris cada vez que ella se mueve hacia abajo. Summer alcanza el clímax primero y yo la sigo no mucho después. Entonces, los dos nos jadeamos de placer y respiramos con dificultad como si ya lo hubiéramos hecho cien veces antes.

A lo mejor me he desmayado, porque cuando el placer finalmente remite, estoy tumbado sobre la espalda y Summer está encima de mí. No recuerdo habernos quedado en esta posición. El preservativo usado está junto a mi rodilla izquierda. Tampoco recuerdo habérmelo quitado. Con mi último brote de energía, lo agarro, le hago un nudo y lo dejo sobre la mesilla de noche.

Summer apoya la mejilla sobre mi clavícula.

—Te va el corazón muy deprisa.

—A ti también. —Su pulso rápido me vibra contra el pecho, casi al ritmo de mis propios latidos erráticos. Entierro los dedos en su pelo.

Suspira de felicidad.

—Me gusta remolonear desnuda contigo.

—A mí también —admito con la voz áspera.

—Me gusta hacerlo contigo. —Su aliento me calienta el pezón izquierdo y me estremece—. Me gustas y punto. Me gustas mucho.

—Yo... —Se me seca la boca. Casi digo «ídem», pero me doy cuenta a tiempo de lo poco considerado que sería por mi parte. Así que digo algo todavía mejor: nada.

Porque así soy yo.

Summer advierte mi cambio de humor. Sé que lo hace porque suspira por lo bajo. Pero, para mi sorpresa, no pierde los papeles como otras veces que no le he dicho las palabras cariñosas y reconfortantes que claramente necesitaba.

—Antes he tenido una epifanía.

Le acaricio el pelo.

—¿Ah, sí?

—Ajá. Sigo esperando a que te abras, compartas tus sentimientos y a que te muestres como eres sin miedo conmigo, y a lo mejor no es justo. —Me pasa los dedos de forma ausente por el abdomen, dejándome la piel de gallina a su paso—. Tengo que recordar que no todo el mundo es como yo. Yo digo cualquier cosa que se me pase por la cabeza.

—Decir lo que se te pasa por la cabeza no es lo mismo que compartir cómo te sientes —puntualizo.

—Eso también lo hago.

Me río.

—Es verdad.

Se queda en silencio y casi oigo a su mente en acción.

—No lo comparto absolutamente *todo*.

Me pica la curiosidad.

—Me ocultas secretos, ¿eh?

—No solo a ti. Se los oculto a todo el mundo.

Lo dudo. Como acaba de decir, Summer es una de las personas más abiertas que conozco.

—Ajá. ¿Como por ejemplo?

—Ja. No voy a revelar nada a menos que reciba algo a cambio. —Se apoya sobre un codo—. Hagamos un trato. Comparte conmigo una cosa. Un momento único, real y vulnerable. Y si lo haces, yo... —Frunce los labios durante un segundo—. Yo te cuento por qué incendié la residencia de mi hermandad.

Con *eso*, soy todo oídos. Es la primera vez que admite que incendió la residencia de forma intencionada.

—Trato hecho —respondo—. Pero tú primero.

—Sabía que dirías eso. —Gatea hacia delante y alcanza la manta de lana, que se ha hecho una bola a los pies de la cama.

—¿Tienes frío? —pregunto.

—Claro que tengo frío. Estamos en Nueva Inglaterra. —Se cubre los hombros con la manta y vuelve a sentarse a mi lado.

Yo estoy espatarrado bocarriba, en pelotas y todavía me arde el cuerpo. Suelo acalorarme en exceso.

—Vale, pero tienes que prometerme que no se lo dirás a nadie. —No paso por alto la nota de vergüenza que hay en su voz—. Las únicas personas que lo saben son mis padres.

—¿Y qué hay de Dean? ¿Y tu otro hermano?

—Nicky y Dicky piensan que me emborraché en una fiesta universitaria y que tiré una vela sin querer —admite.

—¿Y no es eso lo que pasó?

Niega con la cabeza.

La trama se complica…

—Entonces, ¿qué ocurrió?

—Tienes que prometerlo, Fitz.

Sus ojos verdes están más serios que nunca.

—Lo prometo.

Se lleva la mano a la boca y empieza a morderse la uña del pulgar. Es la primera vez que la veo morderse las uñas. Me preocupa, y no me gusta. Con cuidado, le tomo la mano. Me la llevo al pecho y la cubro con mi palma.

—Sí que era una fiesta de esas en las que los invitados llevan togas —explica al fin—. Esa parte es verdad. Y estaba borracha, pero no tanto como piensan mis hermanos. La residencia de Kappa tiene un porche enorme, justo delante de la sala de estar. En realidad, creo que no era exactamente un porche. Era más como un invernadero, un anexo a la mansión, y tenía una pared enorme con ventanales y cortinas gruesas. —Se encoge de hombros irónicamente—. Resultaron ser unas cortinas de un tejido muy inflamable.

—Oh, oh.

—Sí. —Intenta morderse el otro pulgar, así que le robo esa mano también y la coloco sobre mi pecho—. Era prácticamente la única que usaba ese invernadero. No estaba bien aislado, así que solía hacer mucho frío. Iba allí a sentarme, sobre todo cuando estaba de mal humor y necesitaba estar sola. Bueno, total, que había una fiesta. La habíamos organizado junto con la fraternidad Alfa Fi y algunos de sus miembros iban a mi clase de Sociología. El profesor adjunto nos había devuelto los ensayos parciales esa mañana y los chicos estaban comentando sus notas y los oí de casualidad. —Su tono de voz se vuelve lúgubre—. Todos lo habían bordado. Y yo había sacado un cero.

Me trago un suspiro.

—Ay, nena. Lo siento. —Se me escapa el apelativo cariñoso antes de que pueda evitarlo, pero creo que Summer ni siquiera se ha dado cuenta.

Sus ojos se oscurecen por la vergüenza.

—Lo plagié.

La revelación me sorprende.

—¿En serio?

—Sí. —Se le quiebra la voz—. Aunque no sabía que eso se consideraba plagio. Parafraseé cosas de unas cuantas páginas web y no cité las fuentes correctamente. Indiqué las citas directas, pero las otras referencias, no. Las metí en la bibliografía, pero supongo que no lo hice bien. —Se frota los ojos y, cuando me mira, su expresión está nublada por la tristeza—. Tuve muchos problemas con ese trabajo, Fitz. Fue un desastre. Pedí ayuda extra, pero no fue suficiente. Mandé un correo al profesor adjunto y le pedí que me ayudara más, pero fue un cabrón y me dijo que ya lo había adaptado tanto como había podido. Y bueno, ya has visto qué me pasa cuando me agobio.

La compasión me inunda el pecho.

—Lo siento.

—Entregué el ensayo a sabiendas de que sacaría una nota de mierda, pero no me esperaba un cero. Y cuando intenté hablar con el profesor adjunto después de clase y explicarle que no había plagiado intencionadamente, me dio la típica charla de «se siente, qué mal» y dijo que podía reclamar a la universidad si quería, pero que dudaba que me hicieran caso.

Cuando le suelto las manos, Summer se asegura con más fuerza la manta contra el cuerpo.

—Vayamos a la fiesta. Los chicos de la fraternidad estaban alardeando de sus notas y yo estaba allí de pie, vestida con esa toga ridícula y me sentía como una completa idiota. Estaba... —Suelta un gruñido suave—. Joder, estaba muy cansada de ser la tonta del pueblo, ¿sabes? Solo podía pensar en que, en el piso de arriba, en mi escritorio, estaba mi trabajo, con ese cero enorme de color rojo y la palabra «plagio» escrita en mayúsculas. Estaba cabreada. Y quería, no sé, eliminar cualquier rastro de mi estupidez.

Me duele el corazón al oír su tono afligido y se me parte en dos cuando le veo los ojos. Dios. Realmente piensa lo que acaba de decir. Cree que es tonta de verdad.

—Así que fui arriba y cogí el trabajo, volví al invernadero y encendí una cerilla. Había un bol de cerámica sobre la mesa debajo de una de las ventanas. Tiré dentro el ensayo en llamas. —Suspira—. De verdad que creía que solo se quemaría el papel. Probablemente es lo que habría pasado si no hubiese sido por las cortinas y por el hecho de que alguien había dejado la ventana abierta. —Niega con la cabeza, asombrada—. Precisamente, esa noche, había ido alguien más al invernadero aparte de mí. Increíble, ¿verdad?

No puedo evitar reírme.

—Entonces —continúa—, la brisa avivó las llamas y las cortinas se incendiaron, y ya no hubo invernadero.

—¿En serio se quemó por completo?

—No. O sea, la pared de fuera quedó destrozada y tienen que volver a levantarla, pero la que estaba conectada a la mansión quedó intacta. —Deja caer la cabeza, avergonzada—. Cuando llegaron los bomberos, mentí y dije que me había chocado con una vela mientras bailaba sobre la mesa. En plan, «¡Ups, solo soy una chica de hermandad borracha y en toga!». Lo consideraron un accidente, mis padres hicieron una donación considerable a la hermandad y a la universidad, y me invitaron a marcharme muy amablemente.

—Guau. —Me siento contra el cabecero y la acerco a mí. Está enrollada en la manta, así que le acaricio la cabeza para reconfortarla—. Entonces, para que me quede claro —digo, suavemente—…, ¿prefieres que la gente piense que eres una chica fiestera borracha antes de que sepan que has sacado un cero en un ensayo de la uni?

—Básicamente. —Levanta la cabeza para encontrarse con mi mirada—. Pero suena muy ridículo cuando lo dices en voz alta.

Le tomo la mejilla y le acaricio el labio con el pulgar. Se estremece al contacto.

—No eres estúpida, Summer. Tienes una dificultad de aprendizaje. Es distinto.

—Ya lo sé. —La falta de confianza en su tono de voz me preocupa profundamente, pero no me brinda la oportunidad de ahondar más en el tema—. Aquí tienes. Ya sabes algo realmente vergonzoso sobre mí. Te toca.

Como no respondo enseguida, saca la mano de la manta y entrelaza sus dedos con los míos.

—Comparte algo, lo que sea. Me has prometido contarme algo importante, Fitz.

Lo he prometido. Pero eso no significa que me resulte fácil hacerlo.

—Yo... —refunfuño, frustrado—. No me contengo a propósito —le digo—. Es solo... la costumbre.

—La costumbre. —Arruga la frente—. ¿Contenerse es una costumbre?

—Sí. Nunca hablo de mis sentimientos.

—¿Pero por qué no?

Me encojo de hombros.

—No lo sé. Supongo que... me acostumbré a que cualquier cosa que decía luego se usara en mi contra.

—¿Qué narices significa eso?

Una sensación de incomodidad me recorre la espalda, hasta que me noto la nuca fría, tensa. Tengo muchas ganas de huir, pero también de aferrarme a Summer. Inspiro.

—¿Fitz? —apunta.

Exhalo.

—Mis padres se divorciaron cuando tenía diez años, fue una experiencia muy desagradable. Mi padre fue infiel. Pero si se lo preguntas, dirá que es porque mi madre lo obligó a hacerlo. En cualquier caso, no se soportaban entonces y tampoco se soportan ahora.

—Lo siento. Parece que fue duro.

—Todavía no sabes ni la mitad. Hasta que tuve doce años, tenían la custodia compartida. Y entonces mi padre empezó a salir con una mujer a la que mi madre odiaba, así que pidió la custodia completa. Mi padre se cabreó y decidió que *él* merecía la custodia completa. Y ahí es cuando empezaron las manipulaciones.

—¿Las manipulaciones...?

—La batalla por la custodia fue incluso peor que el divorcio. Me usaban para hacerse daño mutuamente.

Abre los ojos como platos.

—¿Cómo?

—Cuando estaba a solas con mi padre, intentaba coaccionarme hablando mal de mi madre. Ella hacía lo mismo. Si me quejaba a mi padre de que mi madre no me dejaba jugar al *hockey* sobre hierba con mis amigos hasta que ordenase mi habitación, de repente venía una asistente social a preguntarme si mi madre me «aislaba socialmente». Si le decía a mi madre que mi padre me dejaba comer cereales con azúcar antes de irme a la cama, otra asistente social venía a interrogarme sobre todo lo que me daba de comer mi padre. Y todo se documentaba. Cada palabra que decía llegaba a los abogados.

—Oh, Dios mío, es horrible.

—Se lanzaban acusaciones de negligencia, abuso emocional, «privación nutricional». —Sacudo la cabeza, en señal de desaprobación—. Y no les podía contar cómo me hacía sentir eso. Cómo me sentía en general. De lo contrario, empezaba el juego de las culpas.

—¿El juego de las culpas?

—¿Que estaba triste por algo? «Es culpa de tu padre». ¿Que estaba enfadado? «Es culpa de tu madre». ¿Que estaba nervioso por la función del colegio? «Es porque tu padre no ha repasado el guion contigo». ¿Que algo me asustaba? «Es porque tu madre está criando a un gallina». —Suelto el aire al recordar lo agotador que era tener cualquier conversación con ellos. Joder, es igual de agotador ahora.

—¿Y no le dijiste al juez con quién de los dos querías vivir? —pregunta Summer, curiosa—. ¿Eso no habría resuelto la batalla de la custodia?

—Podría parecer que va así, pero no. Sí que hubo un juicio. Bueno, fue más una vista en una sala de conferencias con unas cuantas mesas, pero había una juez.

Me da mal rollo solo pensarlo. Me acuerdo de darle la mano a una asistente social mientras me acompañaba a la habitación y me pedía que me sentara. Mis padres estaban sentados al lado de sus respectivos abogados. Mi madre me suplicaba con los ojos. Mi padre me observaba con una mirada alentadora, como si dijera «sé que tomarás la decisión correcta». Todo el mundo me observaba. Fue jodidamente cruel.

—La juez me pidió que describiese mi rutina en ambas casas. —Acaricio los nudillos de Summer de manera ausente—. Me preguntó qué comía, si me gustaba jugar al *hockey* y un montón de preguntas con las que me di cuenta de que mis padres les habían dicho a los abogados todo lo que yo les contaba. Y entonces, la juez me preguntó con quién quería vivir.

A Summer se le traba la respiración.

—¿A quién elegiste?

Frunzo los labios pensando en lo que viene, y respondo:

—Me acogí a la Quinta Enmienda.

Se le desencaja la mandíbula.

—¿Tenías doce años y te acogiste a la Quinta Enmienda?

—Sí. Creo que lo vi en *CSI* o alguna serie de esas. —Me río—. La juez dijo que no podía hacer eso y me obligó a elegir. Así que elegí a ambos. Quería vivir con los dos. —Sonrío con sarcasmo—. Les otorgó la custodia compartida, que es el trato que tenían. Dijo que creía que era mejor para mi bienestar mental y emocional pasar la misma cantidad de tiempo con los dos.

—¿Y las cosas mejoraron después de eso? ¿Tus padres se calmaron?

—No. Siguieron hablando mal el uno del otro. Todavía lo hacen, pero no es tan horrible como entonces.

Frunce el ceño.

—¿Cómo lidiaste con ello durante la adolescencia?

—Me volví invisible —contesto con sequedad—. Bueno, tuve una fase rebelde durante la que me hice mi primer tatuaje a sus espaldas y los reté a que me prestasen atención, pero la mayor parte del tiempo me escondía en mi habitación. Mientras no me vieran, no podían ponerme el uno contra el otro.

—Siento mucho que hayas tenido que pasar por todo eso.

Me encojo de hombros.

—Lo estás haciendo de nuevo —me chincha con una sonrisa—. Vale, escúchame. Ya sé que estás acostumbrado a que conviertan tus emociones en algo negativo, pero te prometo que cualquier cosa que me digas se quedará en nuestro círculo sagrado de confianza. Jamás lo compartiré con un juez.

Se me escapa una sonrisa.

—Lo siento. Es una mala costumbre. Intentaré cambiar. —Le dedico una mirada rigurosa—. Pero solo si tú prometes que dejarás de ser tan dura contigo misma. Debes dejar de decirte que eres estúpida.

—Lo intentaré —contesta, y supongo que no puedo pedir más que eso—. ¿Tienes hambre? Al final no he cenado.

Le quiero preguntar por qué y qué ha pasado con la cita con Hunter, pero me reprimo. No quiero alterar el ambiente hablando de otro chico. Eso puede esperar a mañana.

Esta noche, solo quiero pensar en Summer y en mí.

CAPÍTULO 25

Summer

—Mis chicas francesas no tienen nada que envidiarte —me informa Fitz tres noches más tarde.

Desde el suelo de su habitación, levanto la vista de los papeles que tengo en el regazo y le saco la lengua. Me doy cuenta de que no lo dice en broma. Noto una mezcla de asombro y aprecio en sus ojos marrones mientras me observa.

—Eres espectacular —insiste.

—Para —le ordeno—. Vas a hacer que me ponga roja.

—Ya, claro. Los cumplidos no te hacen enrojecer. Te encantan.

Bueno, es cierto. Me gustan. Pero la intensidad de su cara me incomoda bastante. Hemos retomado la rutina: él me dibuja mientras yo trabajo en mi ensayo, pero normalmente no dice mucho mientras esboza, y menos para dedicarme palabras como «espectacular».

Suelo ser yo quien habla; le leo fragmentos de mi ensayo en voz alta, intentando verbalizar mis pensamientos antes de plasmarlos sobre el papel. Su presencia me ayuda a concentrarme, la verdad. Me hace sentir responsable. La entrega del trabajo es en dos días, pero me siento bien al respecto. No digo que sea material para un sobresaliente, pero estaría perfectamente satisfecha con un notable o un bien.

Fitz examina su boceto. Flexiona el bíceps cuando cambia el brazo de postura y añade otro detalle en la página con el lápiz.

Dios, está más caliente que un incendio de código cinco. En apariencia y, al parecer, también en temperatura corporal. Se ha quitado la camiseta al cabo de diez minutos de nuestra sesión de estudio/dibujo, y me tienta con su torso descubierto. La verdad es que no sé cómo mi cerebro con TDAH ha conseguido centrarse en los deberes.

—Espectacular —vuelve a decir, esta vez para sí mismo—. Entiendo por qué otras mujeres se sienten amenazadas por ti.

Noto cómo me sube el rubor hasta las mejillas.

—Nadie se siente amenazado por mí. Estás loco.

—¿Ah, no? ¿No te acuerdas de la chica del bar?

—Se sentía amenazada por Brenna, no por mí.

—No, qué va, era por ambas. —Vuelve a examinar su dibujo—. Dios. No lo supero. Eres preciosa, pero es un tipo de belleza… inalcanzable. Es de otro mundo.

Me río por la nariz.

—Qué poético por tu parte, cariño.

Pero por dentro, Selena Gomez y yo estamos haciendo una rutina completa de animador, llena de ruedas y saltos mortales. Nadie me había dicho nunca que soy «de otro mundo». Creo que me gusta.

Al oír unos pasos en el pasillo, nos quedamos congelados. Y esto es algo que no me gusta: la horrible tensión que hay en toda la casa. Si estamos en mi habitación o en la de Fitz, la sensación se disipa. La conversación fluye y siento una conexión que nunca había sentido con ningún otro chico.

En cualquier otra parte de la casa, se masca la tragedia.

Hunter apenas nos ha dirigido la palabra desde el jueves por la noche. Lo hemos estado eludiendo, e incluso Hollis, al que nunca le molesta nada, ha admitido que las rayadas de Hunter empiezan a agobiarle. Pero no sé cómo mejorar la situación. Hunter necesita tiempo para acostumbrarse a la idea de que Fitz y yo estamos… ¿saliendo, supongo?

Todavía no le hemos puesto ninguna etiqueta, pero no tengo prisa. Sé que le gusta pasar tiempo conmigo, y eso es lo que importa de momento. Además, no es que pueda sacar el tema durante el finde de San Valentín. Eso sería presionar demasiado a cualquier chico.

En realidad, apenas nos dimos cuenta de que ayer fue San Valentín. Vimos *Titanic* con Hollis y, luego, fuimos al piso de arriba y nos liamos un rato (sin Hollis).

Oigo unos pasos que bajan las escaleras, hasta que el sonido queda amortiguado por completo. Alguien enciende la televisión en la sala de estar. Nos relajamos. Debe de ser Hollis. Hunter lleva días sin pisar el salón.

—Vale, creo que escribiré la conclusión mañana. Mi mente necesita descansar.

Dejo el portátil y la libreta en el suelo y agarro la carpeta de piel que tiene todo lo relacionado con *Summer Lovin'*, el nombre cursi que he elegido para mi línea de baño.

Voy a hacer las primeras pruebas de vestuario con los modelos en un par de días. Casi todas mis prendas están confeccionadas, he cosido la mayoría de ellas yo misma en el taller de costura de la Facultad de Moda. Ayer Brenna me hizo compañía durante unas horas, y me llamó «Barbie de la Economía Doméstica» para vacilarme. He tenido que delegar los bikinis de ganchillo a una costurera maravillosa de Hastings. Cuando ajuste los trajes de baño a mis modelos, haremos una última prueba de vestuario para planchar cualquier pliegue indeseable, y todo estará listo.

—Tengo que volver a hacer este par de calzoncillos —digo de forma ausente mientras echo un vistazo a mis diseños—. Mi costurera dice que el corte es demasiado alto para ser de hombre. Dibujaré un par de opciones más y a ver qué dice.

—¿Dibujarás? —Atisbo diversión en su voz.

Lo miro, confundida por la sorpresa que encuentro en sus ojos.

—Sí. ¿Cómo piensas que he diseñado estos trajes de baño? He hecho bocetos.

—Bocetos. —Fitz me mira como si fuera la primera vez que lo hace.

—Sí. Bocetos. ¿Se puede saber qué te pasa?

Sacude la cabeza un par de veces, como si la tuviera cubierta de telarañas.

—Es que… no me puedo creer que dibujes y sea la primera vez que te oigo hablar de ello.

Arqueo las cejas.

—¿Qué pasa, que eres el único que puede dibujar en esta casa? ¿Eso es un poco arrogante por tu parte, no crees?

Fitz deja su cuaderno a un lado y se acerca a mí.

—Tengo que ver eso. Enséñamelo.

Cierro la carpeta de golpe y la abrazo contra mi pecho. Antes, le habría enseñado mis bocetos orgullosa. Pero ahora, con esos ojos ansiosos y esas manos acaparadoras, siento una presión enorme en la garganta.

—Son unos cuantos bikinis y *shorts*. Nada espectacular —insisto.

—Déjame verlo.

Se me calientan las mejillas.

—No. Eres el artista con más talento del mundo. —Me ha enseñado fotos de algunos de sus cuadros, la mayoría son mundos de fantasía y paisajes distópicos, y sus obras me parecen increíbles—. Yo solo dibujo *ropa*.

—Las prendas pueden ser muy difíciles de dibujar.

—Ajá. No hace falta que te rías de mí.

—Hablo en serio. La ropa tiene elementos que muchos artistas tienden pasar por alto. Hay sombras y arrugas en la tela de las prendas, maneras específicas en la que se pliegan algunos tejidos... —Se encoje de hombros—. Puede ser todo un reto.

—Supongo. —Todavía pienso que se ríe de mí, pero su expresión de honestidad hace que le deje los bocetos.

Fitz no dice ni una sola palabra mientras los examina. Intento ver los dibujos a través de sus ojos, pero es difícil saber qué piensa de ellos. Las figuras son básicas. Sin cara, con extremidades largas que no son correctas anatómicamente, pero eso no importa. Solo están ahí para lucir las prendas.

—Son muy buenos —me dice, y luego se pasa un largo rato examinando un bañador con un enorme escote, que revela el pecho perfectamente redondeado de la modelo que he dibujado a lápiz.

—Buena delantera —destaca.

Reprimo una risa.

—Sabes que no son reales, ¿verdad?

—¿Ah, no? Bueno, no pasa nada. Apoyo que una mujer se opere el pecho si quiere. Cualquier cosa que le haga feliz.

—Qué gracioso.

Vuelve a mirar el boceto.

—¿Te usaste a ti misma como referencia? —pregunta, arrastrando las palabras.

—Venga ya. Estas son mucho más grandes que las mías.

Su mirada seductora se detiene en mi pecho. Todavía llevo el vestido con el que he ido a la facultad hoy. Tiene el escote alto y es de manga larga, así que no enseño mucho canalillo. Pero Fitz me está comiendo con los ojos como si estuviera completamente desnuda.

—No sé... Las tuyas son bastante grandes.

—Uso una copa C. Eso es lo normal.

—Eso no es lo normal.

—Ajá. ¿Y tú lo sabes porque...? ¿Has hecho una encuesta a todas las mujeres del planeta?

—No, pero existe una cosa en internet, Summer. Se llama porno. ¿Has oído hablar de ello?

No puedo contener la risa. Me lo paso muy bien con este chico, en serio.

—Estoy muy cachondo ahora mismo —añade—, solo para que lo sepas.

—¿Porque he dibujado a una chica con las tetas más grandes de lo normal?

—No, porque eres una artista. Ahora me pareces cien veces más *sexy*.

Pongo los ojos en blanco, recojo mis cosas y me pongo en pie.

—Voy a guardar todo esto en mi habitación. ¿Todavía quieres ver algo en Netflix?

—Por supuesto que sí.

Su voz ronca hace que me detenga en seco. Cuando veo su expresión, me recorre un escalofrío.

Me está mirando como si fuera su próxima comida.

—Estás que ardes —le informo.

Fitz se acerca a mí y me quita las cosas de clase de las manos. Sin una sola palabra, deja todo sobre la cama. Y vuelve.

Se está desabrochando los pantalones mientras camina.

Se me entrecorta la respiración. Oh, Dios mío.

Empiezo a salivar. Parece que tiene un cohete a punto de despegar en la entrepierna. Lo quiero. Por desgracia, se mete una mano en los pantalones desabrochados y se coloca la erección por debajo de la cinturilla de los bóxeres.

Se me desencaja la mandíbula.

—¿Me estás vacilando? ¿Te has desabrochado los pantalones para que no vea tu dulce pene?

Se atraganta con la risa.

—Mi dulce pene puede esperar un par de minutos.

—¿Esperar a qué...?

Su boca se abalanza sobre la mía antes de que me dé tiempo a terminar de hablar. Dejo escapar un gemido fuerte y su boca de labios suaves y hambrientos lo ahoga.

—Calla —murmura cuando su lengua se entrelaza con la mía en un beso muy sensual—. Mike está en el piso de abajo. Y mi puerta no está cerrada con llave.

—¿Deberíamos cerrarla...?

Me vuelve a interrumpir con otro beso. Supongo que confía en que nuestro compañero de piso honrará el código de privacidad.

Con sus labios pegados a los míos, me tira hacia atrás. Mi trasero choca contra su escritorio y un par de auriculares caen al suelo. Fitz lo ignora y me mete una mano por debajo del vestido. Me estremezco cuando sus dedos me rozan el interior del muslo. Sus nudillos me acarician brevemente las bragas húmedas y, entonces, aparta la tela a un lado y me presiona el clítoris con la yema del pulgar.

El aire sale de mis pulmones en un gemido rápido.

—¿Te gusta? —me susurra al oído.

—¿Tú qué crees?

Sonríe, y es atrevido y adorable a la vez. Desliza su mano sobre mí. Acerca la base de la mano hacia mi clítoris hinchado, mientras su dedo corazón me tienta en la apertura. Todas las terminaciones nerviosas de mi cuerpo cobran vida. No quiero que esto acabe nunca.

Fitz se inclina y me besa la garganta. Estoy segura de que siente mi pulso palpitando. Su boca arde sobre mi cuello mientras se desliza con los dedos hacia dentro. No llega muy lejos. En lugar de eso, flexiona los dedos y acaricia el punto adecuado dentro de mí.

—Estás empapada —grazna.

Sí. Lo estoy. Y apenas puedo mantenerme en pie. Por suerte, me agarra del trasero con la otra mano y me mantiene firme mientras me acaricia con los dedos de manera experta. El placer crece hasta ser inaguantable y me balanceo sobre los pies incluso a pesar de que me sujeta con fuerza.

Se ríe con voz ronca.

—Súbete al escritorio.

Estoy a punto de llorar cuando saca el dedo, pero sigo sus órdenes y busco un espacio libre, lo que es difícil, porque hay monitores de ordenador y equipamiento de *gaming* por toda la mesa.

En el mismo instante en que me apoyo sobre la madera firme, Fitz arruga el dobladillo de mi vestido para subirme la tela hasta la cintura. Su mirada hambrienta se concentra en mis braguitas rosas. En un abrir y cerrar de ojos, me las quita y las lanza a un lado.

Ahora estoy completamente expuesta a él y me mira como si acabara de descubrir un tesoro secreto.

—No me provoques esta noche. —Hay una nota de desesperación en mi voz—. Solo fóllame.

Empieza a reírse y toma un preservativo del cajón. Se baja los pantalones cargo y los calzoncillos por las caderas hasta que su miembro queda libre y choca contra su tableta de chocolate.

—Eres tan *sexy*... —jadeo mientras contemplo la gran erección.

La presión entre mis piernas se intensifica. Es muy grande y masculino. Nunca he deseado a nadie como lo deseo a él.

Lamiéndose los labios, Fitz se pone el preservativo. Cuando se agarra el miembro por la base, la expectación se propaga por todo mi cuerpo.

Abro más las piernas.

Sus ojos arden. Da un paso hacia mis muslos y se dirige a mi interior.

Y es en ese momento cuando la puerta se abre de golpe y Hunter entra en la habitación dando un traspié.

CAPÍTULO 26

Fitz

—Oh, genial, qué agradable.

Summer y yo nos quedamos helados cuando Hunter realiza su entrada poco elegante tambaleándose en mi habitación sin avisar. No tenemos más opción que quedarnos paralizados, porque tengo el culo al descubierto y mi pene todavía está dentro de ella.

Pero Hunter todavía no lo sabe. Desde su punto de vista, parece que Summer esté sentada en mi escritorio y que yo esté de pie entre sus piernas. Con el culo al aire, por supuesto, pero no creo que haya reparado en eso.

Está visiblemente borracho. Es decir, muy borracho. Deambula en zigzag por mi habitación con su gran cuerpo musculoso. Su mirada se fija en la mía durante un momento y me doy cuenta de que le cuesta enfocar. Tiene los ojos vidriosos a causa de la embriaguez. Finalmente, se detiene a los pies de la cama, abre los brazos y se deja caer bocarriba sobre el colchón. Aterriza con un golpe sordo y rompe a reír.

Se reincorpora usando los codos y me dedica una sonrisa. Todavía no se ha dado cuenta de que tengo el culo al aire.

—Hostia, Fitz, tu cama es mucho más cómoda que la mía. Qué suerte tienes, cabrón.

Las manos de Summer me tiemblan sobre la cintura. Las desliza despacio hasta dejarlas sobre el escritorio. Siento los espasmos de su sexo alrededor de mi miembro, todavía duro. No sé si es adrede o de forma involuntaria, pero me aguanto un gemido sea lo que sea.

—Acabo de volver de una fiesta en Sigma Cow. Chow. Chi. Sigma Chi. —Mascula las palabras—. Y mi colega estaba en plan, ¿cómo que estás cabreado con Fitzy? ¿Ahora tienes vagina o qué?

Summer se mueve y le dirijo una mirada de aviso. Estoy esperando el momento adecuado para salir. Y no puedo hacerlo si Hunter me mira como si tuviera monos en la cara.

Me lleva varios segundos encontrar la voz.

—Tío, ¿podemos hablar de esto luego? ¿Tal vez en privado?

—¿Qué estás...? —Se le apaga la voz. Entrecierra los ojos. Entonces, se ríe—. ¿Estás dentro de ella ahora mismo?

—Sal de aquí, joder —gruño.

Sacude los hombros de la risa.

—Sí que lo estás. Jesús. Eso me pone un poco.

A la mierda. Aunque me esté taladrando con la mirada, me aparto del cálido cuerpo de Summer y me la guardo en los pantalones apresuradamente, con el condón todavía puesto. Summer se baja la falda y salta del escritorio. Dos manchas rojas le cubren las mejillas.

—Oh, no teníais que parar por mí.

—Hunter —digo con contundencia.

—¿Qué? —Levanta las manos, en un gesto de inocencia—. Somos compañeros de piso. A veces los compis ven cómo follan entre ellos.

Summer sale de mi habitación sin mirar atrás. No la culpo. Veo que tiene los hombros tensos, pero sé que no está enfadada conmigo. Joder, probablemente tampoco esté enfadada con Hunter. Tal vez sea por pura vergüenza.

—Hola, eh, rubia —la llama Hunter, pero no obtiene respuesta. Se encoge de hombros y se vuelve a poner en pie—. ¿No has perdido el tiempo, eh, Fitz? ¿Cuánto tardaste en sacártela después de que te la trajera a casa?

Me contengo. Está borracho. Y por mucho que odie admitirlo, tiene algo de razón.

—Mejor hablamos cuando estés sobrio, ¿vale?

—Mejor no. —Niega con la cabeza y continúa riéndose mientras se tambalea hacia la puerta—. Tú y la rubia id a lo vuestro. Yo iré a lo mío. Y seremos felices por nunca jamás. O sea, por siempre. Felices por siempre jamás.

Frunzo el ceño cuando se aparta.

—Hunter.

—¿Mmm?

—¿Todo bien entre tú y yo? —pregunto, con cautela. Mira hacia atrás y responde:

—No.

Después de esa conversación, hago todo lo que puedo para mantenerme alejado de Hunter, sobre todo en casa. Es lo mínimo que puedo hacer. Por un lado, Summer y yo no hemos hecho nada malo, no es que estuvieran saliendo oficialmente ni nada de eso. Pero Hunter me había dejado claras sus intenciones. Se la había «pedido» y yo pasé de eso. Pero no creía que algo entre Summer y yo fuera posible. Pensaba que me quería solo como a un amigo.

Sin embargo, no es ni una cosa ni la otra. No puedes cambiar el pasado. Solo puedes intentar mejorar el futuro.

En este caso, significa darle espacio a Hunter; tanto Summer como yo pensamos que es lo mejor que podemos hacer ahora mismo.

Si fuera Hollis o Tuck, seguramente lidiaría con la situación de otra manera, hablaría con ellos, intentaría arreglar esta mierda. Pero Hunter y yo, aunque seamos amigos, no estamos muy unidos. Tiene un buen sentido del humor y es divertido estar cerca de él, pero la verdad es que no lo conozco demasiado.

Así que mantengo las distancias. Pensaba que sería más difícil hacerlo, teniendo en cuenta que vivimos juntos, pero Hunter no pasa mucho tiempo en casa los días siguientes a nuestra confrontación. Aunque no puedo ignorarlo por completo, porque estamos obligados a vernos durante los entrenamientos.

Harvard todavía está a la cabeza de nuestra liga. Jugamos contra ellos de nuevo en unas semanas, así que el entrenador Jensen y el entrenador O'Shea están trabajando todavía más duro con nosotros estos días. El miércoles por la mañana hacemos varios ejercicios de uno contra uno y luego jugamos un minipartido de tres contra tres: Jesse, Matty y yo contra Hunter, Nate y Kelvin.

Hunter y yo vamos al centro. Mientras se coloca en posición, veo determinación en su cara y sé que no va a ser agradable.

No me equivoco. Gana posesión y se aleja patinando. Cuando intenta pasar el disco a Nate, Matt lo intercepta y me lo envía directamente a mí. Vuelo hacia la línea azul, lanzo el disco y vuelvo a cazarlo detrás de la red. Apenas consigo poner el palo encima cuando me embisten contra los paneles. El golpe es más fuerte de lo necesario, igual que el codazo en las costillas, cortesía de Hunter.

Me dedica una sonrisa irónica, me roba el disco y desaparece. *Hijo de puta*, eso me ha dolido. Pero bueno. En fin. Tengo que dejarlo pasar. Tiene derecho a estar enfadado y es mejor que se ponga agresivo sobre el hielo que fuera de él.

En la pista, la violencia está bajo control, lo cual es una de mis cosas favoritas del *hockey*. Puede ser algo primitivo, y a lo mejor nos hace ser tan tontos como las mujeres dicen que somos, pero a veces sienta bien liberar la agresividad contenida en un sitio donde no puedas meterte en problemas por ello.

Mientras sigue el entrenamiento, los encuentros entre Hunter y yo son cada vez más físicos. Nuestros compañeros de equipo empiezan a percatarse. Nate silba por lo bajo cuando le doy a Hunter un golpe con el palo que le hace estremecerse. Juro que oigo cómo el aire abandona sus pulmones.

—Guárdatelo para el partido —me insta Nate cuando suena el silbato.

Nos alineamos para otro cara a cara. Los ojos de Hunter arden al mirarme. No le ha gustado esa infracción. Bueno, a mí tampoco me ha gustado ese codazo en las costillas, pero qué le vamos a hacer.

Esta vez gano yo el enfrentamiento. Jesse y yo nos vamos pasando el disco mientras planeamos nuestro ataque. Lento y agresivo. A la línea de Hunter no le gusta que jueguen con ellos y, mientras se preparan para atacar, Jesse me pasa el disco y disparo. Corsen lo para con el *stick* y se lo pasa a Hunter.

Lo persigo y acabamos detrás de mi red. Empezamos a darnos codazos. Me propina uno en la garganta. Por un momento no puedo respirar. Intento tomar aire, pero no me funciona la tráquea. Siento que me ahogo.

A Hunter se la suda. Me da un empujón y se aleja sobre los patines, y yo consigo mantener el equilibrio para no caerme. ¿Ese golpe en la garganta? Ni de coña voy a tolerarlo.

Patino tras él; el partido ya es agua pasada.

—¿Qué cojones ha sido eso?

El silencio reina en la pista. Oigo el chirrido de las cuchillas de Nate mientras se acerca para detenerse a pocos metros de nosotros.

—Ha sido un golpe limpio —replica Hunter.

Suelto un gruñido.

—No ha habido nada limpio en eso.

—¿No? Entonces, perdona. Culpa mía.

Su tono despreocupado me toca las narices.

—Como quieras, tío. Si darme palizas hace que te sientas mejor, adelante.

—Oh, qué generoso por tu parte, darme permiso para golpearte. Compensa totalmente el hecho de que te estés tirando a la chica que me gusta.

Sí, lo ha dicho.

Nate se acerca y agita el palo.

—Vamos, chicos, tenemos trabajo que hacer.

Lo ignoramos.

—Mira, Summer y yo hemos estado tonteando desde hace más de un año. Me gustaba incluso antes de haberte conocido a ti.

—Qué gracioso, porque no comentaste nada cuando te conté que *me* gustaba.

Noto que nuestros compañeros de equipo nos observan, cosa que aumenta la ya familiar sensación espinosa de que todas las miradas están fijadas en mí por estar involucrado en un drama que no puedo evitar.

Paso por su lado, pero me agarra la camiseta.

—Podemos hacer esto en otra parte —musito.

—¿Por qué? ¿No quieres que todo el mundo se entere de lo capullo que eres?

—¡Ey, chicas! —nos grita el entrenador—. No tenemos todo el día. Al banquillo los dos.

Hunter obedece con reticencia. Yo lo hago satisfecho, porque ser el centro de atención me pone la piel de gallina.

El entrenador anuncia que vamos a hacer más ejercicios de enfrentamiento. El primero implica a dos jugadores, uno tiene que intentar llegar a la red desde la esquina y el otro debe intentar detenerlo. Desde el banquillo veo cómo se enfrentan varias parejas. Llega mi turno, y no me sorprendo en absoluto cuando el entrenador anuncia que me enfrentaré a Hunter. A lo mejor, como yo, espera que libere toda su hostilidad en el hielo y la pelea no vaya a más.

En el mismo segundo en el que suena el silbato, Hunter usa todos los trucos sucios que existen para mantenerme atrapado en la esquina. Finalmente, me libero y consigo lanzar el disco, pero el portero de segundo curso, Trenton, captura el disco fácilmente con el guante y lo arroja al aire con una sonrisa.

—Otra vez —pide el entrenador.

Y obedecemos. De nuevo, nos enfrentamos el uno al otro en la esquina. Consigo tomar posesión y llegar a la red, pero antes de que pueda disparar, el dolor me recorre el brazo cuando el muy gilipollas me da en la muñeca.

—¿Qué mierdas te pas...?

No logro terminar la oración. Lo siguiente que sé es que estoy tumbado de espaldas y me he quedado sin respiración.

Tira los guantes. Me estampa un puño contra el pecho. Se me sale el casco y otro puño impacta contra mi mandíbula. Oigo las ovaciones y los gritos de nuestros compañeros de equipo. Algunos nos están alentando, otros tratan de separarnos. Alguien intenta quitarme a Hunter de encima. No funciona del todo, pero me brinda la oportunidad de quitarme los guantes y de darle un par de puñetazos decentes. Pero entonces, Hunter me golpea de nuevo y noto el sabor de la sangre en la boca.

Respirando con dificultad, nos damos un par de golpes más hasta que Nate se lanza sobre nosotros y nos separa a la fuerza. Llegan un par de chicos más de último curso y nos sujetan para que no volvamos a atacarnos.

—Bueno, ¿qué? ¿Lo habéis solucionado ya, chicas? —Desde su silla alta, al lado del banquillo del equipo local, el entrenador Jensen parece francamente aburrido.

O'Shea tiene pinta de aguantar la risa.

—A las duchas —nos dice.

Miro hacia abajo y veo unas gotitas rojas sobre el hielo. Es mi sangre; Hunter está intacto. Pero me alegra ver que se le empieza a hinchar la mejilla. Mañana tendrá un moratón. Y yo tendré el labio partido. No es un empate, pero al menos le he hecho algo de daño.

Me encuentro con su mirada seria.

—Lo siento, tío.

Creo que está apretando los dientes porque sus mejillas no paran de moverse.

—Sí. —Se encoge de hombros—. Creo que lo dices en serio.

—Lo digo en serio.

Nos miramos fijamente el uno al otro. Hunter abre las piernas mientras se prepara para patinar y los de cuarto se tensan, listos para volver a separarnos. Pero no se dirige hacia mí; patina varios metros hacia atrás y me mira con una expresión pensativa.

Entonces, vuelve a encogerse de hombros, se gira y deja su equipo tirado por el hielo tras de sí. Me mira por encima del hombro.

—No te preocupes, Fitz. Lo superaré.

Yo no estoy tan seguro de eso.

CAPÍTULO 27

Fitz

Tres semanas más tarde

Seis jugadores de fútbol americano medio desnudos compiten en un concurso de *twerk* mientras «It's Raining Men» suena a todo volumen por los altavoces inalámbricos.

No, no es el principio de un chiste verde.

Es lo que nos encontramos Hollis y yo cuando volvemos a casa una mañana fría de martes. Acabamos de salir del entrenamiento y hemos ido a desayunar a la cafetería de Hastings porque Summer dijo que necesitaba el comedor y el salón para sus pruebas de vestuario finales.

A Hollis se le desencaja la mandíbula al contemplar la escena que se desarrolla ante sus ojos.

—¿Nos hemos equivocado de casa? —me pregunta.

—¡Eso es, Rex! —grita Brenna, sentada en el sillón. Agita un billete de un dólar en el aire, mientras Summer y una chica que no reconozco se ríen en el sofá sin parar.

El receptor estrella del equipo de fútbol de Briar mueve el trasero antes de pasearse ante Brenna y procede a ofrecerle un *lap dance*.

—No —musita Hollis—. No, no, no.

Un segundo más tarde está delante del equipo de música y desconecta el altavoz.

La música para.

El baile de Rex termina de forma abrupta. Primero, parece decepcionado, pero luego me ve en la puerta y dice:

—¡Fitzgerald! ¿Qué te parece? —Se señala el Speedo con los dedos índices.

Bueno, técnicamente no es un Speedo, sino un original de la colección Summer Lovin'. Rex lleva unos *slips* azul marino con rayas plateadas a los lados y, cuando da una vuelta entera sobre sí mismo, sonrío al ver la S cosida en la parte de atrás.

—Es bonito —le digo. Pero es un bañador, y no puedo opinar mucho sobre bañadores. Yo llevo usando el mismo desde hace unos cinco años.

Summer pone los ojos en blanco.

—Ni lo intentes con Fitzy. No entiende la moda. —Se levanta del sofá y se acerca a Grier Lockett—. No te muevas durante un segundo. Hay algo raro con esta costura.

Y entonces, mi novia se pone de rodillas delante de la entrepierna de otro hombre y empieza a toquetearle.

—Summer —digo educadamente.

Saca la cabeza por detrás de Lockett.

—¿Qué pasa, cariño?

—¿Necesitas ayuda para cascársela?

Rex y los demás estallan de la risa. Summer me muestra el dedo corazón y se me desencaja la mandíbula cuando extiende el brazo y le da una palmada a Lockett en el culo.

—Vale, quítatelo y ponte ropa de verdad. Voy a tener que coserlos de nuevo.

Lockett pasa los dedos por debajo de la goma.

—¡En el baño! —chilla ella antes de que Lockett se desnude—. ¡Por Dios!

—De verdad, eres una aguafiestas. —Lockett sale del salón haciendo pucheros.

—El resto os podéis vestir también. Todo está genial.

Se gira para dirigirse a Rex, que sé que es el líder no oficial del equipo ofensivo. Es posible que el *quarterback*, Russ Wiley, sea el capitán de verdad, pero he oído que Russ es un egocéntrico. A Rex, en cambio, lo quiere todo el mundo.

—Entonces, ¿lo tenemos todo listo para la semana que viene? El desfile empieza a las nueve, pero necesitaré que estéis allí al menos una hora antes.

—No te preocupes, monada. Allí estaremos, puntuales como una verga suiza.

—Un reloj suizo —le corrige desde el sofá la amiga de Brenna.

Rex se queda mirándola muy serio.

—Audrey. Cuando digo verga, es verga.

Ella se ríe por la nariz y vuelve a mirar el móvil.

—¿Estáis seguros de que os va bien la hora? —insiste Summer—. He oído que Bibby mencionaba algo sobre un retiro de *teambuilding,* ¿pero no estamos fuera de temporada?

—Sí—gruñe Bibby.

Jules, otro receptor abierto, pone los ojos en blanco.

—El entrenador nos obliga a asistir a un curso *hippie* porque nos vinimos abajo en los *playoffs.*

—Porque Wiley se vino abajo en los *playoffs* —corrige Lockett, refiriéndose a su *quarterback.*

No paso por alto la decepción que hay en sus ojos. Antes de esta temporada hacía tiempo que Briar no conseguía que su equipo de fútbol americano obtuviera tan buenos resultados. El hecho de que este año hayan llegado tan alto para luego perder en la postemporada debe de haberles sentado fatal.

—Cree que tenemos problemas de confianza —añade Jules, que se encoge de hombros—. Así que nos ha sentenciado a cinco días de compañerismo forzoso.

Brenna arquea las cejas.

—¿Cinco días? Eso es una locura.

—Volvemos el día del desfile —comenta Rex. Cuando se da cuenta de la mirada preocupada de Summer, le revuelve el pelo para tranquilizarla—. Tendremos tiempo de sobra. El bus nos dejará en la facultad alrededor de las siete y media u ocho.

Summer asiente con alivio evidente.

—Vale. Perfecto.

Mientras los jugadores se marchan del salón para cambiarse, Summer recoge el material y lo mete dentro de un costurero enorme que hay en la mesa del salón. Audrey está hablando con Lockett, que vuelve en pantalones de chándal y una sudadera de los Patriots. En el sillón, Brenna se inclina sobre su móvil y el pelo le forma una cortina oscura por delante de la cara.

—¿Con quién hablas? —le pregunta Summer.

—Con nadie.

Pero está claro que es alguien por el tono reservado y la miradita rápida que dirige a Hollis. El dolor que hay en sus ojos es inconfundible y siento una punzada de compasión por dentro. Creo que todavía no ha desistido de la idea de salir con Brenna, pero hace más o menos un mes desde que se liaron, y es evidente que ella no quiere repetirlo.

—Voy a preparar café —musita finalmente, y aparta la mirada de Brenna—. ¿Quieres uno, Fitz?

—No, gracias. Me he tomado dos en el Della y sigo agitado.

En el momento en que desaparece por la cocina, Summer se lanza a interrogarla.

—Suéltalo, Be. ¿Quién es? ¿Lo conozco?

Brenna se encoge de hombros.

—Lo has visto una vez.

Summer no deja de mirarla como un halcón.

—¿Quién es? —Estoy bastante seguro de que se está aguantando la respiración mientras espera la respuesta de Brenna. Cuando no consigue nada en tres segundos, escupe:

—¿Es Jake Connelly?

Giro la cabeza hacia Brenna y exclamo:

—¿Me estás vacilando?

—Dios, no. No es Connelly. Es un imbécil.

—¡¿Entonces quién?! —inquiere Summer—. Dímelo ya. O te robo el móvil y…

—Relájate, loca. Es Josh, ¿vale?

—¿Quién?

—McCarthy —aclara Brenna.

Summer se queda sin aliento.

—¿El chico de Harvard? Ay, madre mía. ¿Cómo has conseguido su número?

—Me mandó un mensaje por Facebook. Quería disculparse por haber actuado como un idiota cuando se enteró de quién era mi padre. —Brenna vuelve a encogerse de hombros—. Solo estamos tonteando, eh. Nada serio.

No me pierdo el momento en que mete discretamente el móvil en el bolso, como si parte de ella estuviera preocupada porque Summer realmente se lo vaya a quitar. Y no hablamos más del tema porque el resto de chavales entran en la sala de estar y se despiden de Summer. Brenna y Audrey anuncian que también se marchan, así que nuestro recibidor se llena cuando ocho personas (seis de ellas, jugadores de fútbol americano enormes) se ponen los abrigos, las botas y demás accesorios de invierno.

—Ey, Summer. —Uno de los jugadores titubea junto a la puerta. Tiene una mata de pelo marrón rizada y una expresión avergonzada—. ¿Sabes si todavía quedan entradas? Lo miré en la web del desfile y ponía que se han vendido todas.

—Sí, pero los diseñadores tenemos algunas extra. Creo que me quedan cinco o así. ¿Cuántas necesitas, Chris?

—Solo una. Es para mi novia, Daphne.

Summer se queda en *shock*. Está completamente conmocionada. Estaba a punto de apartarse el pelo debajo de la oreja y el brazo se le queda paralizado en el aire. Entonces, lo deja caer bruscamente a un lado y, durante al menos cinco segundos, clava la mirada en Chris, que a juzgar por su lenguaje corporal, está bastante incómodo.

—Quieres decir… Por casualidad, no habrás salido con una chica Kappa que se llamaba Kaya, ¿verdad?

Chris mueve las manos dentro de los bolsillos con los guantes ya puestos.

—Sí, salí con Kaya. Pero eso fue hace mucho. —Frunce el ceño—. Ahora estoy con Daphne.

—¿Daphne Kettleman?

Parece alarmado.

—Sí. ¿La conoces?

El cuerpo entero de Summer parece vibrar de la emoción.

—No. No la conozco.

Desde que se ha mudado con nosotros, he visto a esta chica emocionarse por muchas cosas.

Sus botas Prada.

One Direction.

Leonardio DiCaprio.

El sexo.

Pero nunca he visto que se le iluminase la cara como lo hace al hablar de la tal Daphne Kettleman. Sea quien sea esa chica.

—Ay, madre mía. Vale. Lo siento. Estoy teniendo un ataque de nervios. —Prácticamente da saltitos—. Qué ganas de conocerla. Dile que soy muy fan suya. Oh, Dios mío, dile que tenemos que tomarnos algo juntas en la fiesta de después del desfile.

Chris la mira extrañado.

Normal. Yo también me sentiría rarísimo si una rubia loca perdiera la cabeza sin motivo aparente al enterarse de que va a conocer a mi novia.

—Mmm. Claro. Se lo diré. —Empieza a caminar hacia la puerta, musita un adiós apresurado y huye.

—Lo que acaba de pasar no ha sido raro en absoluto —le digo a Summer.

Me mira con una sonrisa de oreja a oreja.

—No tienes ni idea. La reputación de Daphne la precede. —Y balbucea no sé qué sobre Daphne y una intoxicación etílica y algo sobre que alguien robó la ropa de Daphne, y la sigo por las escaleras mientras intento seguirle el hilo hasta que se me vidrian los ojos.

Entramos en mi habitación y cierro la puerta con llave. Le callo de la única forma que sé: besándola.

Pero besarla siempre da lugar a una excitación intensa, cosa que nota al instante.

—Son las nueve de la mañana, Fitz. ¿Cómo es posible que siempre estés tan cachondo, sin importar el momento?

—Mi pene no sabe qué hora es.

Se ríe; es una dulce melodía que hace que mi miembro se mueva a su son, anticipándose. Vuelvo a besarla y en solo unos instantes, estamos desnudos, besándonos en la cama con las piernas enredadas y las manos ocupadas, explorándonos el uno al otro.

Pasea los dedos por mi pecho descubierto y suspira de felicidad.

—Debería existir una ley que dijera que no puedes llevar camiseta nunca. —Le suelto las piernas y la beso por todo el cuerpo, hasta llegar a mi rincón favorito en todo el mundo.

Se lo como hasta que se aferra a las sábanas y me suplica que entre en ella, pero en lugar de colocarme sobre ella, me tumbo bocarriba y dejo que se ponga *encima de mí.*

—Móntame —le digo, y está contenta de obedecer.

En un segundo, me pongo el condón y tengo a una chica preciosa danzando encima de mi erección. Siento una punzada de dolor en los pectorales cuando me clava las uñas en la piel y su pelvis se mueve a un ritmo lento y seductor. Pero el momento de provocarme no dura mucho. Enseguida, aumenta el ritmo y me monta en serio.

Me tumbo y admiro las vistas, sus pechos respingones se mecen con sus movimientos, se le ruborizan las mejillas. Se muerde el labio inferior y veo en sus ojos que está a punto de llegar al clímax. Tiene esa mirada difusa de placer que me encanta. Cuando gimotea y colapsa encima de mí, su orgasmo me lleva hasta el final. La rodeo con los brazos mientras me exprime hasta la última gota de placer del cuerpo. Solo puedo respirar de forma entrecortada, y me lleva varios minutos que el cerebro vuelva a funcionar con normalidad. Cuando abro los ojos, veo que Summer me sonríe.

—¿Estás bien? —me vacila.

Gruño.

—No siento las piernas.

—Oh, cariño. —Me acaricia los hombros y me da un beso entre los pectorales—. ¿Cómo puedo ayudarte a sentirte mejor?

—Acabas de hacerlo.

Gruño cuando se aparta de mí. Todavía la tengo dura, cosa que no pierde tiempo en comentar cuando vuelve del baño.

—¡Ay, Dios! —Se le iluminan los ojos—. Pronto estarás listo para la segunda ronda.

Ruedo sobre la cama.

—Chica, ¿un orgasmo no es suficiente para ti? Tienes las expectativas increíblemente altas.

—Solicito como mínimo dos. —Da un salto para meterse en la cama y se acurruca delante de mí para hacer la cucharita—. Es broma. Estoy bien por ahora. Ha sido increíble.

—Ajá —coincido. Le paso el brazo por encima y la abrazo con fuerza. De repente, tengo sueño—. ¿Quieres echarte una siesta?

—Ajá. —Ella también parece somnolienta.

Se me cierran los párpados. Empiezo a sentir que estoy a la deriva, que mi mente empieza a apagarse, cuando de repente recuerdo algo.

—Ey, cariño.

—¿Mmm? —Me frota la ingle con el trasero y noto el calor de su cuerpo penetrando en el mío.

—El jueves por la noche…

—¿Qué pasa?

—Es la recaudación de fondos. A la que Kamal Jain quiere que vaya. Su asistente me ha enviado un correo con los detalles esta mañana. Es en tu hotel.

Eso capta su atención.

—¿En el Heyward Plaza?

—Ajá. —Le recorro la cadera con los dedos. Tiene la piel tan suave, joder…—. Puedo llevar acompañante.

—¿Mmm?

Me río.

—Creo que podríamos mantener una conversación entera solo con «mmm» y «ajá».

—Deberíamos probarlo cuando no esté en coma después de un orgasmo.

—Trato hecho. —Le estampo un beso en la nuca—. ¿Quieres ir a la gala conmigo?

—Espera. ¿Me estás invitando a una fiesta glamurosa para la que tengo que arreglarme y ser sociable? ¿Qué narices te pasa? No es mi rollo *en absoluto*.

Suspiro.

—Tienes razón. Ha sido una pregunta estúpida.

—Por supuesto que voy a ir. Pero con una condición.

—¿Mmm?

—Yo elijo tu ropa.

—Bueno, vale. —Me tiemblan los hombros mientras me río y la abrazo más fuerte—. Nunca me ha hecho ilusión decidir qué me voy a poner.

CAPÍTULO 28

Fitz

—Vamos a llegar tarde —le digo al armario de Summer. Me gustaría decírselo a la Summer de verdad, pero lleva encerrada en el vestidor desde hace dos horas.

Al principio no me ha importado, porque he podido explorar el ático, cosa que no hice la vez que vine con Dean. Es una casa de diseño moderno y elegante, y lujosa a más no poder. He entrado a ver la biblioteca y he tenido que salir porque me habría llevado tres días enteros examinar meticulosamente todo el contenido de la habitación con paneles de nogal.

No me puedo creer que haya gente que viva aquí de verdad. Y ni siquiera a tiempo completo; los padres de Summer dividen el tiempo entre este ático surrealista y la mansión que tienen en Greenwich. Me da miedo ver fotos de esta última. He oído que tiene una pista de patinaje en el patio trasero.

Ha sido mucha suerte que la gala benéfica para la leucemia de Kamal Jain se celebre en uno de los salones de las plantas inferiores. Esto significa que Summer y yo no tenemos que pagarnos una habitación en este hotel increíblemente caro. No, nos quedamos gratis en el ático. Aunque no es un detalle que quiera revelar a Kamal. Siento que no le gustaría la idea de que duerma en un sitio mejor que él, asumiendo que se queda en este hotel. Hasta donde yo sé, es probable que después de la fiesta se monte en su *jet* privado y vuele a una villa en el Mediterráneo.

—Ya casi estoy —me responde la voz amortiguada de Summer.

—Define casi —contesto.

—Tres minutos. Cinco minutos arriba, cinco minutos abajo.

Me atraganto con la risa. Esta chica es de lo que no hay.

Llegamos anoche y, de momento, nos lo hemos pasado genial. Bajé al pilón de nuevo en la mesa de billar, fue muy intenso. Ella me hizo una mamada en su colchón tamaño California King y, luego, nos acurrucamos en la cama e hicimos maratón de una serie sobre infanticidas. Summer aceptó verla conmigo a cambio de... Uf. No quiero ni pensarlo. Pero es posible que haya aceptado ver la última temporada de *The Bachelor* con ella. Summer tiene este efecto en mí. Mi primer instinto es acceder a cualquier cosa que pida porque quiero hacerla feliz.

Hemos pasado juntos casi todo el tiempo libre que hemos tenido las últimas tres semanas. Duerme en mi habitación. Su maquillaje se amontona en el mueble de mi baño. Cada mañana, deshace su cama para que parezca que todavía duerme en su habitación. Creo que lo hace por Hunter, pero no es idiota. Lo sabe.

No importa lo silenciosos que seamos cuando nos acostamos, estoy segurísimo de que Hunter y Hollis son muy conscientes de que dormimos juntos.

Pero no voy a mudarme ni le voy a pedir a Summer que lo haga, así que no sé cómo mejorar la situación con Hunter. Y ahora tengo que concentrarme en impresionar a Kamal Jain.

—Summer —gruño—. Tus tres minutos han acabado. Ya sé que la gala es aquí mismo, pero creo que daríamos una mala imagen si llegáramos tarde...

Me quedo sin habla y cualquier pensamiento coherente que tuviera en el cerebro desaparece.

Está claro que el armario de Summer es un portal mágico. Ha entrado en mallas, calcetines de lana y una sudadera mía de *hockey*.

Y, cuando sale, parece una diosa.

Lleva un vestido plateado muy *sexy* y ceñido que le abraza cada curva tentadora. El vestido tiene un apertura que llega hasta el muslo y revela unas piernas largas y bronceadas. Los tacones de aguja añaden unos diez centímetros a su ya considerable altura. Lleva el pelo dorado recogido en un moño elegante aguantado por una horquilla vistosa que brilla bajo la lámpara. Me lleva un momento percatarme de que brilla porque tiene diamantes incrustados.

Summer repara en mi expresión. Su maquillaje es sutil, excepto por los labios, de un rojo intenso, que se curvan en una sonrisa. Es realmente irresistible.

—¿Te gusta? —Da una vuelta y su vestido reluciente se arremolina a la altura de sus tobillos.

—Me gusta —comento con voz grave.

—¿Cuánto? —Se lleva una mano a la cintura, ladea la cadera y extiende una pierna en una pose que me hace gemir. Siento un tirón en la entrepierna al ver el muslo descubierto que emerge por el corte del vestido.

—Me gusta mucho. —Me aclaro la garganta—. ¿Y qué hay de mí?

Me examina de los pies a la cabeza. Algo completamente innecesario teniendo en cuenta que es ella quien ha elegido cada centímetro de tela que me cubre el cuerpo, desde los zapatos Tom Ford a la chaqueta de traje negra, pasando por la camisa de vestir azul marino con el botón de arriba desabrochado. Summer dice que por muy *sexy* que sea mi tatuaje del pecho, no quiere que se me vea esta noche. Al parecer, ya ha asistido otros años a esta gala para la leucemia (¿por qué no me sorprende?) y me ha avisado de que el público está formado por un montón de gente mayor con los bolsillos muy grandes y las mentes muy cerradas.

—Se te ve elegante, cariño. Superprofesional. Oh, y *sexy*.

Rompo a reír.

—Perfecto. *Sexy* es lo que buscaba. Planeo acostarme con Kamal Jain para que me dé el trabajo.

—Ya me contarás si funciona.

El ático tiene un ascensor para el que necesitas una llave que solo tiene la familia de Summer. Mientras bajamos, saca el móvil de su bolsito plateado y abre Instagram.

—Vamos a sacarnos un *selfie* —anuncia. Y casi sin darme cuenta, me hace entrar en el encuadre y saca una decena de fotos nuestras.

—Eres lo peor —le digo, porque sabe que odio los *selfies*.

Esboza una sonrisa de oreja a oreja.

—Creo que lo que quieres decir es que soy la mejor.

Suelto una risotada.

—Tienes razón. Eso es exactamente lo que quería decir.

Llegamos al vestíbulo. Los tacones de Summer repiquetean sobre el suelo de mármol mientras se desplaza por él. El Heyward Plaza es, de lejos, el hotel más lujoso que he visto nunca. No me entra en la cabeza que Summer pueda heredarlo algún día.

Sonríe y saluda al conserje.

—Buenas noches, Thomas.

El señor de pelo blanco le ofrece una sonrisa cálida.

—Buenas noches, señorita Summer. Intente no causar muchos problemas esta noche, ¿de acuerdo?

Me río por lo bajo.

—Thomas lleva trabajando aquí más de veinte años —me explica cuando llegamos a otro pasillo en el que hay más ascensores.

—¿En serio?

Asiente con la cabeza.

—Era un bebé cuando lo contrataron, así que podría decirse que me ha visto crecer.

—Ah. Entonces te ha visto causar problemas desde primera fila.

—Ya lo creo. Mis amigos de Greenwich y yo solíamos escaparnos a la ciudad y veníamos al hotel. Yo pensaba que lo estaba sobornando para que me guardase el secreto con cientos de dólares. —Hace una mueca de indignación—. Y luego supe que me estaba traicionando.

Me río por la nariz.

—Se lo chivaba a tus padres, ¿eh?

—Todas y cada una de las veces. Pero nunca me dijeron nada. No supe que estaban al tanto hasta años más tarde, cuando entré en la universidad. Mis padres son muy guais —admite—. Si quería saltarme las clases un día para salir de compras con mis amigas, no les importaba, siempre que estuviera a salvo y no se convirtiera en una costumbre.

El ascensor aparece y entramos. Summer presiona el botón del «Salón Brezo». Hay cuatro salones más en la lista y todos tienen nombres de flores. El Lirio, el Rosa, el Brezo y el Dalia. Qué sofisticado.

Las puertas se abren con un ding y nos encontramos con un *crescendo* de ruidos: una sinfonía de tintineos de copas, tacones que repiquetean por el suelo de madera, el bullicio de las conversaciones, risas...

Summer se agarra a mi brazo cuando nos acercamos a la puerta arqueada del salón. Al otro lado, veo a gente vestida de manera elegante paseándose por la sala, que está decorada con muy buen gusto. El escenario está listo para un concierto en directo, aunque ahora no hay nadie tocando. Unas mesas redondas con manteles impolutos y centros de mesa recargados están repartidas por la brillante pista de baile. No veo a nadie comiendo, pero los camareros se abren camino entre la muchedumbre con bandejas de entremeses.

Este no es mi mundo en absoluto. Un mar de vestidos y esmóquines crece delante de mí; los dedos, las orejas y las muñecas de la gente brillan y resplandecen como el escaparate de una tienda de lámparas. Y yo que pensaba que la horquilla con diamantes de Summer era vistosa... Me quedo boquiabierto al ver a una mujer de mediana edad que lleva unos pendientes con unos rubíes tan grandes que los lóbulos se le estiran a causa del peso.

—¿Es él? —me susurra Summer al oído.

—Sí. —No me sorprende que haya localizado a Kamal entre el gentío. A pesar de su baja estatura, tiene una gran personalidad.

Es el centro de atención al otro lado de la sala, cerca de la barra más grande de las tres que hay. Comparte una anécdota con su audiencia y no puede evitar hacer gestos desenfrenados con las manos y utilizar expresiones faciales para acompañar la historia.

Contemplamos la escena mientras su media docena de admiradores estallan en una risotada.

—Debe de ser una gran historia —remarca Summer—. O es aburrida de cojones y solo le están lamiendo el culo porque es superultramultimillonario.

Me río. Mi chica tiene un don para las palabras. Sobre todo para las que se inventa.

—Ambas cosas son posibles.

—Bueno, pues, vamos a saludar. Él es la razón por la que estás aquí, ¿verdad?

—Sí.

La ansiedad me cosquillea el estómago mientras nos acercamos a la barra. En el mismísimo segundo en el que me ve, Kamal se detiene a mitad de frase y su expresión se ilumina. Le da unas palmaditas en el brazo al señor que tiene al lado.

—Tendrás que perdonarme, tío. Ha llegado mi invitado. —Se separa del grupo y viene directo a mí—. ¡Has venido!

—Gracias de nuevo por la invita...

Sigue hablando él, como siempre.

—¡Estaba preocupado por ti, tío! Todos los demás han llegado aquí antes de que se hubieran abierto las puertas, los he visto merodear por el vestíbulo como una panda de raritos, pero, eh, ¿mejor temprano que tarde, no? —Hay cierta ironía en sus últimas palabras.

—Puede culparme a mí por la tardanza —dice Summer tímidamente—. He hecho que nos retrasáramos.

Kamal parece sorprendido, como si acabara de darse cuenta ahora de que no estoy solo. Examina a Summer de los pies a la cabeza de una forma muy poco sutil. Posa la mirada en su escote. Y presta incluso más atención a los diamantes que lleva en el pelo.

—¿Y tú quién eres? —pregunta al fin.

—Soy Summer. —Extiende una mano con delicadeza—. La novia de Colin.

Kamal se sorprende. Le toma la mano, pero en lugar de estrechársela, se la lleva a los labios y le besa los nudillos.

—Un placer conocerte.

La sonrisa de Summer parece forzada.

—Igualmente.

Le suelta la mano y se dirige a mí.

—No me habías mencionado que tenías novia.

Me encojo de hombros, incómodo.

—Bueno. Sí. No salió el tema durante la entrevista.

—Tampoco veo razón por la que tendría que haber salido —comenta Summer con ligereza—. Las entrevistas de trabajo son para hablar sobre el currículum del candidato, no sobre su vida personal, ¿cierto?

—Cierto —repite Kamal. De nuevo, su tono refleja ironía y su expresión se ensombrece por unos segundos.

No acabo de entender por qué no está contento, pero cuanto más tiempo mira a Summer, más le cambia la expresión. Juraría que he visto cómo se le curvaba la comisura de la boca en una mueca de desdén. Supongo que es por Summer. Aunque no sabría decir por qué.

—¿Soy yo o esto está siendo muy incómodo? —me susurra Summer al oído una hora más tarde.

Me ha arrastrado hasta la pista de baile y me ha puesto los brazos alrededor del cuello, por lo que no tengo más opción que apoyar las manos en sus caderas y fingir que sé bailar.

Aunque entiendo sus motivos: era la única manera de deshacernos de Kamal. No nos ha perdido de vista desde que hemos llegado. No es que no haya estado con más gente, pero nos ha arrastrado a Summer y a mí con él a cada conversación. Los otros aspirantes al puesto de trabajo nos persiguen como unos patitos que siguen a mamá pato. Me siento mal por ellos, porque no les presta ni una pizca de atención. Parece totalmente fascinado por Summer y, al mismo tiempo, advierto algo de hostilidad en el fondo.

—No eres solo tú. Está actuando de una forma muy rara.

—No, está actuando como un gilipollas. —Se muerde el labio—. Me siento como si nos estuviera juzgando. No sé explicarlo mejor... —Se le apaga la voz.

Sé exactamente a qué se refiere. Yo también lo he notado.

La canción termina antes de que esté preparado y noto un escalofrío de pánico cuando el cantante de *blues* anuncia que la banda va a tomarse diez minutos de descanso. Summer entrelaza sus dedos con los míos mientras caminamos hacia el fondo de la pista de baile.

—No me odies —dice—, pero... necesito ir al baño urgentemente.

Le agarro la mano con más fuerza.

—No. No puedes abandonarme con esta gente.

Se ríe.

—Pronuncias la palabra «gente» como si fuera una enfermedad.

—La gente *es* una enfermedad —refunfuño.

—Puedes sobrevivir sin mí durante cinco minutos. —Me da un beso en la mejilla y, entonces, me la frota con el dedo índice, sospecho que para borrar la mancha de pintalabios que me ha dejado—. Enseguida vuelvo. Te lo prometo.

Observo derrotado cómo se aleja. En la barra, pido una cerveza y una camarera muy eficiente en camisa blanca y pajarita negra me ofrece un botellín.

—Gracias —respondo.

Apenas he dado un trago cuando aparece Kamal. Me sorprende que no se me haya pegado como una lapa en el preciso instante en que Summer y yo hemos salido de la pista de baile.

—Menudo vestido lleva tu novia, Colin. —Menea la copa de *bourbon* que tiene en la mano. No es la primera de esta noche. Lo he visto pedirse como mínimo tres copas desde que he llegado, y vete a saber cuántas ha tomado antes.

Hago un gesto evasivo, a medio camino entre un encogimiento de hombros y un aleteo con la mano, porque aceptar un cumplido en nombre de Summer se me hace raro.

—¿Quién eres?

La pregunta me pilla desprevenido. Frunzo el ceño e intento escudriñar su expresión, pero no consigo descifrarla.

—¿Qué quiere decir?

—Lo que quiero decir es... —Se termina lo que le queda de bebida de un sorbo y estampa el vaso encima de la barra—. Otro —le dice a la camarera.

La chica se estremece por su tono tajante.

—Enseguida, señor.

—Lo que quiero decir, Colin... —continúa, como si la mujer no hubiera dicho nada—... es que yo pensaba que eras uno de nosotros. —Señala a los otros tres candidatos: dos chicos y una chica. Todos universitarios, como yo—. Neil, Ahmed, Robin. Tú. Yo. Los marginados que recurrimos a los videojuegos por culpa de gente como la chica con la que has aparecido esta noche.

Se me tensan los hombros.

—He tenido que lidiar con esas personas durante toda mi vida. Personas guapas y populares. —Acepta su bebida recién servida y da un par de tragos largos—. Los deportistas, las animadoras y los gilipollas populares que se creen con derecho a hacer lo que les dé la puta gana. Abusan de los demás sin recibir castigo alguno. Se les da todo en bandeja de plata. Pasan de todo y esperan que todo el mundo se aparte a su paso.

Dejo mi cerveza intacta en la barra y hablo en un tono tranquilo.

—Nunca he pasado de nada. Mi madre es profesora de Inglés como segunda lengua y mi padre es supervisor de turnos en una central eléctrica. Se dejan la piel en el trabajo, y yo igual. En el instituto, pasaba el tiempo libre dibujando, pintando y jugando a videojuegos. Y jugando al *hockey* —me atrevo a añadir, a sabiendas de que para él es un insulto—. Juego al *hockey* porque me encanta y porque se me da bien. Igual que se me da bien el diseño de videojuegos. —Me encojo de hombros al terminar.

—No vas corto de arrogancia, tío. —El enfado aparece en sus ojos.

Summer elige ese momento desafortunado para volver al salón de baile. Llama la atención de todo el mundo, hombres y mujeres, mientras camina decidida a través del suelo brillante. Es despampanante, y nadie puede apartar la vista. Todo el mundo quiere formar parte de su belleza, aunque solo sea admirando cómo deambula por su lado.

Es su órbita.

Esa maldita órbita.

Kamal se termina el resto de la bebida. Su intensa mirada de desdén no se aparta de Summer.

—Mírala —musita—. ¿Crees que estaría contigo si no fueras un deportista musculitos? Las zorras como ella solo quieren una cosa, Colin. —Se ríe fríamente—. Me apuesto a que si chasqueara los dedos y le dijera que estoy interesado, la tendría encima de mí antes de que puedas decir «cazafortunas». ¿Por qué iba a malgastar su tiempo en un atleta universitario que apenas puede pagarse el alquiler cuando puede estar con un multimillonario, verdad?

Mis labios forman una fina línea.

—No la conoces.

Se ríe.

Summer ya está a medio camino. Su pelo rubio atrapa la luz del candelabro enorme que cuelga sobre nuestras cabeza. Su horquilla de diamantes brilla como un *flash* a cada paso que da.

—Créeme, sí que la conozco. Ya te digo yo que la conozco. Solo salgo con mujeres como ella. No les importamos una mierda, Colin. Desaparecen en el momento en que aparece un pretendiente mejor.

Podría rebatírselo, pero ¿de qué sirve? Ya ha hecho sus suposiciones sobre mí y sobre Summer, sobre lo que significa ser un deportista, un friki, una chica guapa...

Summer nos alcanza y supongo que capta algo en mi expresión que la preocupa, porque me toma la mano y me da un apretujón para tranquilizarme.

—¿Todo bien?

—¿Por qué no debería? —responde Kamal.

Entonces, suelta una carcajada y tamborilea con los dedos sobre la barra para hacer una señal a la camarera. Da golpecitos una y mil veces, como un niño mimado que intenta llamar la atención de su madre.

—*Bourbon* —espeta a la mujer, visiblemente agobiada. Luego, se vuelve hacia nosotros—. Dime, ¿qué estudias? —le pregunta a Summer.

Parpadea por el cambio de tema repentino.

—Moda...

Kamal la interrumpe antes de que le dé tiempo a terminar.

—Por supuesto que Moda. —Pronuncia cada palabra con desprecio.

—¿Tiene algún problema con la moda? —pregunta ella con ligereza, pero, por su postura rígida, es evidente que está en guardia. Consigue emitir una risa—. Porque, por lo que he oído, usted disfruta de la compañía de las modelos.

Kamal no se ríe ante su comentario.

—Ya veo. ¿Alguien como yo no puede salir con mujeres guapas? ¿Es eso lo que insinúas?

—En absoluto. Y está claro que *sí que puede* salir con mujeres guapas, porque...

—¿Solo están conmigo por el dinero? ¿Es eso lo que piensas?

—Por supuesto que no. Yo solo...

—Por supuesto que piensas eso —le espeta Kamal. Se le están enrojeciendo las mejillas—. Y ¿sabes qué? Tienes razón. Esa es la *única* cosa que perseguís las zorras guapas como tú: el dinero. ¿Tú no firmarías ningún acuerdo prematrimonial, verdad, Summer? No, no, no, a las zorras como tú hay que cuidaros. Tenéis que gastaros todo mi dinero, ganado con esfuerzo.

Me acerco a Summer con una actitud protectora.

—Ya basta —digo, con voz grave.

Sigue pronunciando la palabra «zorra» cada dos por tres y fuerte. Sospecho que habla de una mujer en concreto, la chica de la universidad que no firmó su acuerdo prematrimonial. Pero me da igual, como si hubiera sido la mismísima reina de Inglaterra la que le rompió el corazón. Nadie habla así a Summer, ni de Summer.

Kamal no se ve intimidado por la orden amenazadora. Vuelve a reírse; su risa es un sonido agudo que me pone de los nervios.

—Bastará cuando yo diga que basta.

Se bebe hasta la última gota del *bourbon* e intenta dejar el vaso vacío sobre la barra. Solo que está a un metro de ella y, al estar borracho como una cuba y no tiene nada de coordinación, deja el vaso sobre la nada.

Se cae al suelo y se hace añicos. Trocitos de cristal salen disparados en todas direcciones y, enseguida, aparto a Summer del desastre. Miro a la camarera.

—¿Podría por favor llamar a alguien y...?

—¡Oh, ya vendrán! —grita Kamal—. Siempre hay alguien que arregla mis desastres. ¿Quieres saber por qué, Colin? ¿Summer? ¿Adivináis la respuesta? —Empieza a reírse a carcajada limpia—. ¡Porque soy multimillonario! ¡Soy el dios de la industria de la tecnología y puedo comprar y vender a cualquiera de las personas que hay en esta sala! Yo...

—Estás borracho —le interrumpo con brusquedad.

—Oh, cállate, musculitos idiota. —Está tan ebrio que se tambalea, pero, cuando lo alcanzo para sujetarlo, me aparta la mano de un golpe—. Vete a la mierda. No necesito tu ayuda. Y no necesito que trabajes para mi empresa. ¿Lo pillas? El puesto de trabajo ya no está disponible, Colin. —Se vuelve a reír—. Gracias por tu interés.

Summer da un paso amenazante hacia él.

—¿Qué pasa, señor Jain? No va a contratar a Colin porque... ¿qué? ¿Porque juega a *hockey* y es más guapo que usted?

Kamal da un paso hacia atrás. El cristal cruje bajo sus zapatos de piel caros. Por el rabillo del ojo, veo que se nos acercan varias figuras. A nuestro alrededor, la gente nos observa. Sus miradas curiosas me penetran. Se me eriza la piel.

—Señorita Heyward, ¿está bien?

Un hombre alto y corpulento en traje negro y pajarita aparece delante de nosotros.

No tengo ni idea de quién es, pero Summer sí. Le toca el brazo, agradecida.

—Estoy bien, Diego. Pero hay cristales rotos por todo el suelo. ¿Podrías decirles a los de mantenimiento que envíen a alguien tan pronto como puedan?

—Enseguida. —El hombre lanza una mirada cautelosa hacia Kamal.

Kamal observa a Summer.

—¿Heyward? —repite. Frunce y desfrunce el ceño varias veces—. ¿Quién coño eres?

—Contrólese, señor Jain —espeta Diego.

—¿Y *tú* quién coño eres? —replica.

—Soy el responsable de seguridad de este hotel —responde el hombre fornido, formando con los dientes la sonrisa más aterradora que he visto nunca—. El hotel del que resulta ser dueña la familia de la señorita Heyward. Y creo que ya es hora de que se retire por esta noche, señor Jain. ¿Por qué no deja que uno de mis socios lo acompañe hasta su *suite?*

—Que te jodan. Doy un puto discurso en diez putos minutos. —Me mira y empieza a reírse con fuerza—. Bueno, bien por ti, Colin. Yo que pensaba que ella era una cazafortunas, que solo estaba chupándotela porque eres un musculitos rico y resulta que el cazafortunas aquí eres tú, ¿eh? A la caza de la fortuna de la zorrita rica.

Summer se estremece.

Diego da un paso hacia delante.

Sacudo la cabeza con tristeza y me encuentro con la mirada vidriosa de Kamal.

—El mundo en el que vives es deprimente, tío. Ese mundo donde todos son unos cazafortunas, donde todos se usan mutuamente o compiten entre sí. El mundo en el que dos personas no pueden estar juntas por el mero hecho de que se quieren. —Suelto una risa lúgubre—. Sinceramente, me alegro de que no me des el empleo. Prefiero estar en la calle que trabajar para alguien como tú. No quiero conocer el ambiente tóxico en el que trabajan tus empleados.

Creo que Kamal intenta discutir conmigo, pero lo ignoro. Además, Diego y sus «socios» han llegado para escoltar al belicoso multimillonario borracho fuera del Salón Brezo. No estoy muy seguro de qué significa esto para la recaudación benéfica, pero por mucho que apoye la causa, no pienso quedarme ni un segundo más en este asfixiante evento de mierda.

En un acuerdo tácito, Summer y yo salimos del salón. Noto que está cabreada porque se muerde el labio inferior, pero no dice ni una sola palabra hasta que estamos en el ascensor privado que nos lleva al ático.

En el momento en que las puertas se abren y hacen «ding», Summer fija su mirada abatida en mí y dice:

—Quiero romper contigo.

CAPÍTULO 29

Fitz

Me quedo boquiabierto al ver cómo su espalda esbelta sale del ascensor en dirección al vestíbulo de mármol.

¿Acaba de decir que quiere *romper* conmigo?

—¡Y una mierda! —rujo.

El repiqueteo de sus tacones hace eco y se detiene para quitárselos de una patada. Aprovecho la breve pausa que hace entre sus zancadas y me apresuro a agarrarla del brazo.

—Summer. ¿Qué mierda...?

No responde. Se zafa de mi mano y deja el bolsito plateado encima del mueble de caoba. Entonces, se quita la horquilla del pelo. De alguna manera, su peinado sigue intacto, y me doy cuenta de que se aguanta con una docena de horquillas pequeñas. Empieza a sacárselas una a una mientras la miro con sorpresa. Ni siquiera me dirige la mirada.

—¿Qué narices te pasa? —inquiero.

Finalmente, su mirada se cruza con mis ojos confundidos.

—Te he costado ese trabajo.

Parpadeo.

—¿Qué?

—Que no te han dado ese trabajo por mi culpa —musita—. Está claro que ese gilipollas tuvo una mala experiencia con una chica guapa que le rechazó.

—Seguro que sí, pero te garantizo que también tuvo una mala experiencia con un deportista que le dio una paliza. Esto no ha tenido nada que ver contigo.

—Todo ha tenido que ver conmigo. ¡Ya has oído cómo me hablaba! La noche habría ido de fábula si no te hubiera acompañado. Pero esto es lo que pasa cuando voy a cualquier sitio, Fitz. Atraigo el drama. No lo hago queriendo, simplemente ocurre. —Suelta un jadeo desalentador—. Tú odias el drama y odias ser el centro de atención, y acabas de tener que recibir las miradas de un montón de gente en ese salón de baile por mi culpa, porque me estabas defendiendo. Y el mes pasado ocurrió lo mismo en el Malone.

Me masajeo el puente de la nariz. ¿De qué narices habla? La he defendido a ella (y *a mí mismo*) porque Kamal se estaba pasando. Se lo digo, pero sigue negando con la cabeza.

—No voy a volver a hacerte esto, ¿vale, Fitz? Tú prefieres ser invisible. Pues mira lo que ha pasado ahí abajo: ¡te he convertido en la persona más visible del mundo!

Tiene razón. Cuando Kamal estaba gritando, riéndose a carcajadas y actuando como un gilipollas integral, me he sentido como si tuviera un foco iluminándome. He notado las miradas entrometidas y he oído los susurros silenciosos.

Pero cuando le he llamado la atención, me ha dado igual que toda la sala me observara y escuchara. Solo pensaba en que Kamal había sido grosero con Summer, y eso era inaceptable.

—¿En serio quieres hablar de drama? —le pregunto—. Porque ahora mismo te estás comportando como una reina del drama, cielo.

—No, no es cierto.

—Sí, lo es. Estás reaccionando de manera exagerada. No tiene sentido pasar de cero a cortar conmigo sin siquiera haberlo hablado.

—No hay nada que hablar. No quieres estar bajo el foco. Yo atraigo la atención. A veces de manera intencionada, pero la mayoría de las veces, no. —Suelta un sonido de frustración—. Ese trabajo era importante para ti.

—Lo era.

Pero tú lo eres más. No lo digo en voz alta. Y no es porque tenga la costumbre de guardar mis emociones bajo llave, sino porque Summer se vuelve a ir. Se dirige a las escaleras de caracol que llevan al piso de arriba. El ático tiene tres pisos —mejor que no hable de eso ahora— y su habitación está en el tercero.

Me apresuro a seguirla.

—Para —le ordeno.

—No. —Sigue caminando.

—Te estás comportando como una niña mimada.

—Y tú como un matón —me replica—. Quiero estar sola. Hemos terminado.

—¡Que no hemos terminado! —grito.

Joder, creo que no había levantado la voz más de diez veces en toda mi *vida*, y tras un par de meses con Summer, ya voy en camino a quedarme afónico a causa de los gritos. Despierta en mí una parte salvaje y primitiva que no sabía que existía hasta que apareció para volverme loco.

Y... me encanta, joder.

He pasado años tratando de evitar los conflictos a toda costa. He permitido que mis padres hablaran mal el uno del otro delante de mí porque era más fácil que las peleas y los chantajes emocionales que resultaban si intentaba hacerles ver la luz. Evito socializar porque no quiero llamar la atención.

Salgo con chicas que son igual de introvertidas que yo porque no esperan que me desinhiba en las fiestas ni que vaya a eventos extravagantes como galas benéficas.

No me importaba ese tipo de vida. Era agradable y cómoda. Libre de conflictos.

Pero nunca me había sentido vivo de verdad hasta que conocí a Summer.

No quiero estar con una mujer que se esconda en las tinieblas conmigo, porque eso me permite seguir escondiéndome. Es lo que he hecho durante años: he escondido partes de mí a mis padres, a mis amigos, a las chicas, al mundo... Quiero a alguien que me motive a salir de mi zona de confort, y Summer es esa persona.

Me vuelve loco. Hace cosas como tirar del pelo a una chica en un bar por llamarla zorra. Toquetea a jugadores de fútbol medio desnudos en medio de nuestra sala de estar. Da saltitos y hace piruetas de *ballet* adorables mientras prepara el desayuno en nuestra cocina.

Y sí, hace que pierda los estribos a veces, pero yo le provoco lo mismo.

Es parte de la diversión.

—Voy al piso de arriba, Fitz. Puedes dormir en el sofá, en la habitación de Dean o en cualquier otro dormitorio. Pero en el mío no, porque hemos terminado.

—Dilo otra vez. A ver si te atreves.

Se detiene a los pies del primer escalón y se da la vuelta. Sus ojos verdes brillan con determinación.

—Hemos termi...

Me abalanzo sobre ella, que levanta las manos.

—¡Ni se te ocurra! —grita.

Claro que se me ocurre. La tomo por la cintura y me lanzo su cuerpo sobre el hombro mientras ella se retuerce sin parar. La sujeto por el trasero con una mano.

—Vamos a sentarnos y a hablarlo —gruño, y doy tumbos hacia la sala de estar.

—¡No hay nada de lo que hablar! ¡Suéltame!

Consigue liberarse y cae en el suelo de mármol con los pies descalzos.

—¿Piensas escucharme? No vamos a cortar. Esto no está pasando, Summer. Me la suda el empleo en Orcus Games. Pero *tú* no. Ese imbécil ha sido muy grosero contigo. Se ha portado fatal con los dos, y me niego a trabajar para alguien que trata a la gente sin respeto o se comporta de esa manera en público. Lo he puesto en su lugar y, si tuviera otra oportunidad, volvería a hacerlo, ¿me oyes? Porque ha sido un cabrón contigo y porque te quiero.

Se le entrecorta la respiración.

—Es... —Traga saliva—. Es la primera vez que me dices eso.

—Bueno, pues es verdad. Te quiero. Eres mi novia y...

—Era tu novia.

—Eres.

—Era.

Le rodeo la cintura con los brazos y la aprieto contra mí. Cuando se queda sin aliento, sé que ha notado mi erección, presionándole la barriga.

—Puedes discutir hasta quedarte sin aliento, pero ambos sabemos que esto no se ha acabado. —Deslizo la mano por debajo de su vestido para acariciarle un suave muslo—. Y ambos sabemos que tú también me quieres.

Entrecierra los ojos al examinar mi expresión.

—Estás diferente.

Tiene razón. Lo he hecho. He perdido la paciencia y estoy de los nervios. Todavía estoy cabreado con Kamal. Todavía estoy cabreado con Summer. Pero a la vez, quiero hacerle el amor como nunca antes había querido hacérselo a nadie.

Gimo suavemente y acaricio con la palma de la mano el cálido paraíso que tiene entre las piernas. Cuando me topo con su vagina al descubierto, me estremezco de deseo.

—¿No has llevado bragas durante toda la noche? —sollozo.

—No. Con este vestido se te marca la ropa interior. Nunca le haría algo así a Vera.

—¿Quién es Ve...? ¿Sabes qué? Da igual.

—Fitz. —Vuelve a tragar saliva—. Siento que no te hayan dado el trabajo por mi culpa.

Niego con la cabeza.

—Todavía no lo entiendes, ¿verdad? No ha sido culpa tuya. Ha sido culpa de Kamal Jain. Soy un buen diseñador. Encontraré otra cosa, te lo prometo. Pero nunca encontraré a nadie como tú.

Entreabre los labios, maravillada.

—Es lo más bonito que me has dicho nunca.

—Puedo decir cosas bonitas cuando quiero. —Le rozo el clítoris con los nudillos—. Pero ahora mismo quiero hacer otra cosa. —Introduzco un dedo en su cuerpo—. Ábrete de piernas para que pueda hacértelo contra la pared.

Se le desencaja la mandíbula ante la demanda indecente.

—Madre mía. Sí que tienes ganas esta noche...

—Sí. Así que, por favor, deja de intentar romper conmigo. Deja de preocuparte por este empleo. Solo bésame.

Cuando le cubro la boca con la mía, por fin deja de discutir y responde a mi afecto con una pasión que me roba el aliento. Me restriego contra ella, pero no es suficiente. Mi miembro dolorido presiona la cremallera. Estoy demasiado excitado como para unos preliminares.

—Solo necesito estar dentro de ti —le susurro al oído—. Luego, te haré disfrutar. Te lo prometo.

—Siempre disfruto —me susurra de vuelta. Y joder, el corazón empieza a latirme muy deprisa.

Gracias a Summer, estos días siempre llevo un preservativo en el bolsillo, sin importar la ocasión. No me tomo la molestia de quitarme los pantalones. Me los desabrocho y me bajo los calzoncillos. Entonces, le levanto el vestido, me coloco una de sus piernas largas alrededor de la cadera y, con una sola embestida profunda, me sumerjo en ella.

—Oh, *Dios* —gime.

Su calor me envuelve y su sexo se aferra a mi miembro. Me arde la piel. El corazón con un *staccato* intenso contra las costillas. Estoy cachondo y lleno de un deseo desesperado por liberarse. La tengo muy dura.

No hay nada de grácil en la manera como la embisto. La pared a su espalda tiembla y el armario vibra mientras le hago el amor de pie. Sus piernas se convierten en serpientes que rodean mi cintura, y está tan húmeda y lo tiene tan pequeño que no puedo ni pensar con claridad. No puedo parar el tren cargado de placer que me golpea sin avisar. Entierro la cara en la curva de su cuello y me estremezco contra su cuerpo cuando llego al clímax con tanta fuerza que veo las estrellas.

—Joder, sí —gruño contra su cuello.

Siento espasmos en las caderas durante unos segundos antes de detenerme. Sé que no ha llegado al orgasmo, pero ya le he prometido que se lo compensaría. Empiezan a fallarme las rodillas, pero soy incapaz de moverme.

—Se está tan bien dentro de ti... —balbuceo—. No quiero salir nunca...

Ding.

Damos un respingo cuando las puertas del ascensor se abren. Lo próximo que oigo es:

—¡¿*Qué cojones...?!*

Es Dean.

O sea, Dean el hermano de Summer.

O sea, mi buen amigo Dean.

¿Cómo nos ha *pasado esto otra vez?*

—¡¿Cómo nos ha pasado esto otra vez?! —solloza Summer, avergonzada.

Sinceramente, no lo sé. Es la segunda vez que alguien nos sorprende mientras estoy dentro de ella. Pero esto es un millón de veces peor, porque se trata de su hermano. Estoy a punto de girarme cuando me doy cuenta de que, si lo hago, Dean me verá la polla ondeando al viento y, entonces, sabrá dónde estaba hace un segundo.

—¡Te voy a partir la cara, Fitzgerald!

—Dean —le suplica Summer, que ha enterrado la cara en mi pecho—. Date la vuelta. Por favor.

—Hostia, joder. ¿Lo estáis haciendo? —vocifera—. ¡¿Aquí mismo?!

—¡Dean! ¡Date la vuelta!

Tiene la decencia de obedecerla, pero suena completamente furioso cuando espeta:

—Ordenad todo esto y nos vemos en un rato en la sala de estar. Voy a pasar por vuestro lado ahora, chicos, pero no voy a mirar, ¿vale? Hostia, no pienso mirar.

Mi visión periférica lo capta pasando por nuestro lado. Se ha cubierto la cara con una mano para no ver nada. En el momento en que desaparece, nos ponemos en acción. Salgo de Summer, que me quita el condón y entra en el baño más cercano. Tira de la cadena del váter, vuelve y entramos con reticencia a la sala de estar como si fuéramos dos adolescentes a los que…

¿A los que acaban de pillar manteniendo relaciones sexuales?

Sí. Exactamente así.

Cuando nos sentamos en el sofá, Dean se cierne sobre nosotros con los brazos cruzados.

—¿Desde cuándo estáis juntos? —pregunta con tono severo.

Reprimo una carcajada. Oír a Dean (cuyo mote en la universidad era «Dean, el *Sex Machine*», por Dios) hablar en un tono puritano y mirarnos con desaprobación es el colmo. Pero sé que toda esta actitud de hermano mayor surge de una preocupación verdadera. Adora a su hermana.

—Hace un tiempito —admite Summer.

—Ajá. —Dean la mira con el ceño fruncido—. Ah, y un dato. La próxima vez que intentes ocultarme algo, a lo mejor podrías no subir una foto del tema en cuestión a las redes sociales.

Summer pone los ojos en blanco.

—No intentaba ocultártelo.

Está furioso.

—Entonces, ¿*querías* que me enterase por las redes sociales?

—No, ni siquiera se me había pasado por la cabeza. Fitzy y yo hemos venido a una fiesta. Nos hemos hecho una foto juntos. La he subido a Insta. En ningún momento de toda la cadena de acontecimientos he pensado en ti. ¿Quieres saber por qué? Porque esto no tiene nada que ver contigo.

—¡Claro que *tiene que ver* conmigo! —dispara de vuelta.

Ah. Ahora entiendo de dónde le viene el gusto por el drama.

La mirada asesina de Dean se dirige a mí.

—¡Es mi hermana pequeña, tío!

—Ya lo sé —respondo con calma—. Y me importa muchísimo.

—Sí, Dicky —interviene Summer—. No es solo sexo, ¿vale? O sea, sí que lo hacemos y mucho, pero...

Dean deja caer la cabeza entre las manos.

—¿Por qué, mocosa? ¿Por qué tienes que decir estas cosas?

Summer resopla.

—Entonces, ¿tú puedes hablar de tu vida sexual conmigo, pero yo no puedo hablar de la mía contigo?

—¡Nunca hablo de mi vida sexual contigo! ¡Es un tema tabú! ¡Tabú! —Suelta un quejido lleno de exasperación. Entonces, inhala poco a poco y nos mira a uno y a otro alternativamente—. ¿Y eso es todo? ¿Ahora estáis juntos, chicos?

Miro a Summer, que hace quince minutos amenazaba con romper conmigo. No, ni siquiera era una amenaza, me estaba dejando. Pero yo no se lo he permitido.

Su boca se tuerce en una sonrisa arrepentida.

—Estamos juntos —confirma—. Colin es mi novio.

Me muerdo la parte interior de la mejilla para no reír. La resignación que hay en su tono de voz es bastante adorable.

Dean asiente lentamente mientras me examina la cara con cuidado.

—Entonces, ¿estás con mi hermana? ¿Eres el novio de mi hermana? —Suena igual de resignado que Summer.

Ahogo un suspiro, porque sé exactamente adónde se dirige la conversación.

—Sí.

—Vale. —Se pasa una mano por el pelo rubio—. ¿Estás listo?

Se me escapa un suspiro.

—Venga, vamos a quitárnoslo de encima.

Summer nos mira a mí y a Dean. La confusión cruza su rostro.

—¿De qué estáis hablando, chicos?

Dean se pone en pie, y yo hago lo propio.

—Lo siento, mocosa. Hay que hacerlo.

—Hay que hacerlo —repito con un sentimiento de culpabilidad.

Cuando Dean se cruje los nudillos de la mano derecha, su hermana lo entiende todo.

—¿Le vas a pegar? —exclama, y se pone en pie—. ¡¿Qué cojones...?! ¡Ni de coña!

—Fitz conoce la norma. No la ha cumplido. Por lo tanto...

Dean tiene razón. Existe un código. Otros equipos tal vez tengan sobre no salir con la hermana de un compañero, o la ex, o quien sea que sea terreno vedado, pero nuestro equipo nunca estableció nada por el estilo. Nuestra norma era mucho más simple: pregunta antes de hacerlo.

Incluso aunque te digan que ni lo sueñes, seguramente puedes hacer lo que te dé la gana, ya que no hay manera de que te fuerce a hacer algo o no. Pero nuestra norma no tiene nada que ver con eso. Se trata de respetar a tus compañeros de equipo.

Dean se cruje entonces los nudillos de la mano izquierda.

—Estás loco. ¡No lo toques, Dicky!

Intenta abalanzarse entre los dos, pero yo la aparto gentilmente a un lado.

—Deja que lo haga —le digo—. No es tan fuer...

El muy cabrón no me da un puñetazo.

Me da una patada en la entrepierna.

Caigo como un tronco y veo las estrellas mientras el dolor se arremolina en mis entrañas. Me giro y me agarro las partes bajas mientras me esfuerzo por respirar.

—Cabrón —lo insulto entre jadeos y le lanzo una mirada acusadora.

—¡Dicky! ¿Por qué has ido a por las partes bajas? ¡Las necesitamos para tus futuros sobrinas y sobrinos!

—¿Sobrinas y sobrinos en plural? ¿Cuántos hijos pensáis tener?

—¡Un montón!

—No te permitiré quedarte embarazada hasta que tengas al menos treinta años. Todavía no estoy preparado para ser tío.

—Ay, por favor. ¡La vida no gira siempre a tu alrededor!

Se pelean como si yo no estuviera partido en dos sobre el suelo de mármol, intentando tomar bocanadas de aire.

—No pienso tener hijos contigo —le digo entre jadeos a Summer—. No quiero formar parte de esta familia de locos.

—Oh, cierra el pico, cariño. Es demasiado tarde. Ya me he encariñado de ti.

Podría pensar que es imposible reírme mientras estoy en el suelo agonizando y retorciéndome del dolor.

Pero Summer Heyward-Di Laurentis hace que todo sea posible.

CAPÍTULO 30
Summer

Mi última reunión con Erik Laurie tiene lugar el lunes antes del desfile de moda. Me habría gustado hablar con él después de la clase de Historia de la Moda de esta mañana, pero había toda una fila de estudiantes que querían hablar con él. Así que he pasado dos horas muertas en el campus y he ido a su despacho durante su horario de tutorías.

Odio reunirme con él en su despacho. Creo que siempre actúa de una forma todavía más empalagosa a puerta cerrada. Ya me ha guiñado el ojo como cuatro veces, ha comentado con actitud ligona que debería ser modelo en mi propio desfile y ahora me roza la mano con la suya (intencionadamente, sospecho) al pasarme el horario del viernes por la noche. Es el equivalente a la lista de temas de una banda para un concierto, con los nombres de todos los diseñadores y el orden en el que debutarán sus colecciones.

Un solo vistazo al horario me revela que Summer Lovin' abrirá el desfile. Mierda. Habría preferido estar por el medio. Abrir un desfile de moda es mucha presión.

—Quiero que la noche empiece fuerte —me dice, con otro guiño—. Y sospecho que tus trajes de baño serán la bomba.

Puaj. ¿Por qué dice ese tipo de cosas? Acompañadas por el guiño de ojos baboso, sus palabras me erizan la piel.

—Lo que considere. —Fuerzo una sonrisa alegre—. Entonces, ¿ya está? —Me muero de ganas de salir del despacho de este hombre.

—Ya está. —Me sonríe de vuelta.

Siento alivio. Me pongo en pie de un salto y alcanzo mi bolso Prada. Tengo la cabeza agachada mientras guardo el horario en el bolso, así que no me doy cuenta de que Laurie rodea el escritorio. Cuando levanto la cabeza, está a menos de medio metro de mí. Medio metro, demasiado cerca.

Retrocedo enseguida.

—En fin, hasta el miércoles. —Tenemos otra clase esta semana durante la que nos devolverá los trabajos y nos informará sobre el examen final—. Me hace ilusión revisar el ensa...

—¿Durante cuánto tiempo más vamos a seguir ignorando esto?

Parpadeo y ya no está a menos de medio metro de mí. Está a menos de cinco centímetros. Y me acaricia la mejilla con los dedos. Un escalofrío me recorre todo el cuerpo, pero no es de los buenos. Estoy demasiado aturdida como para apartarle la mano y tengo el cerebro atascado en la pregunta gutural que ha verbalizado.

¿Seguir ignorando esto? ¿Lo dice en serio? ¿Cree que sus sentimientos de pervertido son recíprocos? ¿Que hemos mantenido una aventura amorosa prohibida durante todo el semestre?

—Summer —dice con voz ronca, y no paso por alto el destello de pasión que hay en sus ojos.

Trago saliva. Fuerte. Y entonces me humedezco los labios, porque de repente están tan secos que se me han pegado y necesito separarlos si pretendo pronunciar alguna palabra.

Pero Laurie toma el gesto por una aprobación. Para horror mío, acerca la cara a la mía y está a punto de besarme antes de que tenga tiempo de plantar ambas manos sobre su pecho y apartarlo a la fuerza.

—Lo siento —escupo—. No sé qué cree que está pasando aquí, pero... —Me tiemblan las manos muchísimo mientras me coloco bien el asa del bolso sobre el hombro—. Tengo novio.

E incluso si no lo tuviera, no lo besaría ni aunque mi vida dependiera de ello, baboso asqueroso.

«¡Muy bien dicho!». Mi Selena interior está de acuerdo conmigo.

Laurie se coloca bien la solapa de la *blazer* a rayas.

—Ya veo —comenta, visiblemente tenso.

—Sí, lo siento... —¿Por qué me disculpo? Tomo aire y me recuerdo a mí misma que no hay nada por lo que deba disculparme. Y que no debería usar a un novio como excusa—. Pero incluso si no tuviera novio, tampoco estaría interesada. Sería inapropiado... —¡*Para, Summer! ¿Otra vez con las excusas?* Siento que la rabia crece en mis entrañas. ¿Por qué hacemos estas cosas como mujeres? ¿Por qué sentimos que debemos justificarnos cuando no nos gusta alguien?— Además, no estoy interesada en usted de esa manera —añado con firmeza. Ahí está. Sin excusas.

Laurie aprieta fuerte la mandíbula. En sus ojos veo el destello de algo que no consigo descifrar. No es exactamente rabia. Y claramente no es dolor ni arrepentimiento.

Creo que es traición.

—Siento si mi comportamiento le ha llevado a pensar de otra forma —añado, aunque estoy segura de que no le he mandado ninguna señal para indicar que lo deseara sexualmente.

Arquea una ceja sutilmente.

—¿Has acabado ya? —pregunta con un tono tan frío que podría volver a congelar la nieve que recientemente ha empezado a derretirse tras sus ventanas.

—Supongo —musito.

—Entonces te veo en clase, Summer.

Salgo del despacho y la puerta se cierra tras de mí. No es un portazo, pero sin duda la cierra con más fuerza de lo necesario. Me quedo de pie en el pasillo durante un momento, aturdida por lo que acaba de suceder. Salgo del trance cuando me vibra el móvil con un mensaje entrante.

> **Fitz:** Estoy en el aula de informática trabajando en el código. Tengo un descanso. ¿Quieres que almorcemos juntos?

> **Yo:** Lo siento, cari. Estoy punto de entrar en una reunión con mi tutor. Te veo en casa, un beso.

No estoy segura de por qué le miento. Simplemente no creo que pueda verlo mientras el estómago me sigue ardiendo a causa de la humillación. De repente, repaso en mi cabeza todos los debates que hemos tenido en clase, cuando Laurie asentía y se mostraba de acuerdo con algo que yo había dicho o me alababa por una observación en particular. ¿Era todo mentira? ¿Solo fingía que le parecía inteligente y perspicaz para acostarse conmigo?

Por supuesto que fingía, idiota. ¿En qué planeta un profesor pensaría que eres inteligente?

Me muerdo el labio para no llorar. Quiero decirle a mi crítica interior que se vaya a la mierda, pero estoy demasiado consternada. Y ni de coña voy a contarle a Fitz lo que ha ocurrido. Se volvería loco si se enterase de que Laurie ha intentado besarme. Seguramente iría a por él, y eso no ayudaría lo más mínimo en esta situación.

Ya está. Laurie se ha propasado y lo he rechazado. Se lo contaré a Fitz en algún momento.

Ahora mismo, solo quiero olvidar lo que ha pasado.

Pero es más fácil decirlo que hacerlo, sobre todo cuando resulta evidente que Laurie no quiere que lo olvide.

Cuando entra en el auditorio el miércoles, me busca con la mirada casi de inmediato, y su gélida mirada me provoca un escalofrío que me recorre toda la espalda. Entonces, rompe el contacto visual y saluda al resto de la clase con una amplia sonrisa.

—¡Adivinad qué día es hoy, chicos y chicas!

Se propagan las risitas por toda el aula, sobre todo entre las chicas. En la fila de delante, Nora le susurra algo a una de sus amigas y las dos se ríen. La verdad es que ha dejado de molestarme bastante estas últimas semanas; sus miradas de odio y sus comentarios hostiles han disminuido. Creo que ha aceptado que soy la «favorita» de Laurie y que por muchas críticas a Chanel que haga, no va a conseguir que me odie.

Debería ponerla al día y decirle que todo lo que hay que hacer para invocar el odio de Erik Laurie es impedir que te meta la lengua en la boca.

—Como sabéis, hoy os voy a devolver los trabajos.

Se oyen susurros de emoción, mezclados con algunas quejas y voces inquietas.

—No os preocupéis, la mayoría de vosotros habéis entregado unos trabajos excelentes. Hay muchos ensayos interesantes en la pila. Señorita Ridgeway, el suyo en particular fue una lectura fascinante.

Nora levanta la cabeza, sorprendida. Es la primera vez que ha mencionado su nombre delante de toda la clase para elogiarla. No le veo la cara, pero imagino que está ruborizada y alegre.

—Dicho esto —continúa—, me he dado cuenta de que algunos de vosotros habéis tenido problemas con los principios básicos de la escritura de ensayos, como, por ejemplo, a la hora de citar correctamente una fuente o de organizar un párrafo. He pensado que tal vez deberíamos repasarlos.

Abre su maletín y saca un portátil que coloca en la mesa que hay junto a su estrado.

—A veces, creo que para mostrar a un estudiante cómo se hace algo correctamente, puede ser útil enseñarle cómo sería una versión *incorrecta* de lo mismo. Así que vamos a analizar dos ensayos. Los dos han sacado un aprobado por los pelos, y vamos a ver por qué. —Guiña el ojo—. No os preocupéis, son unos trabajos de un curso de Historia de la Moda que di en UCLA hace un par de años. Suelo reciclar temas por pereza.

Su comentario provoca más risa.

Se inclina sobre su ordenador.

—Vamos a empezar con este ensayo sobre la evolución de la moda en Nueva York.

Me congelo.

Debe de tratarse de una coincidencia, ¿verdad? *Acaba* de decir que suele reciclar los mismos temas. Empiezo a sentir ansiedad mientras espero a que el ensayo se proyecte en la pantalla.

Y entonces aparece, y las ganas de vomitar me suben por la garganta y estoy a punto de atragantarme con la bilis.

Una portada llena la pantalla durante medio segundo antes de que Laurie pase rápidamente a la primera página.

Pero medio segundo es cuanto necesito para vislumbrar mi nombre en la portada. Y la fecha que hay debajo claramente indica que se ha escrito y entregado este semestre. UCLA, y una mierda.

No soy la única que lo ha visto. Ben, mi compañero de fila de cejas pobladas, me dirige una mirada rara. Nora se vuelve para fruncirme el ceño antes de volver a mirar al frente.

—Como veis, la estudiante tenía muchos problemas con la estructura básica de los ensayos. Echad un vistazo a su tesis:

nos dice claramente de qué planea hablar en el ensayo y en qué orden. Aun así, el párrafo que sigue se desvía de lo planeado...

Y sigue hablando sin parar, echando por tierra el trabajo que me ha tenido esclavizada los últimos dos meses. El trabajo por el que he llorado. Me arden las mejillas más y más con cada segundo que pasa. El estómago se me revuelve una y otra vez. Mis compañeros de clase han visto el nombre de la portada. O por lo menos, la mayoría de ellos lo han hecho. Saben que lo he escrito yo. Laurie lo ha hecho a propósito. Guiña el ojo y sonríe; se lo está pasando bomba mientras disecciona mi trabajo.

—Como veis, la estudiante tenía potencial, pero no había chicha, si me permitís.

Nora se ríe. Ben me dedica una mirada compasiva.

Intento no llorar desesperadamente. Bajo la mirada a las manos, que se aferran a mi regazo. No quiero que Laurie sepa lo cerca que estoy de estallar en llanto. Me niego a confirmarle que su estrategia de humillación ha funcionado.

El muy capullo señala ahora un error de ortografía que se me pasó por alto al revisar el texto. A Fitz también se le pasó.

—No estamos en el parvulario. Estamos en una universidad de la Ivy League. La ortografía importa, chicos.

Me pongo en pie como un resorte. No puedo más. Ya estoy harta. Me tiemblan las manos como ramitas durante una tormenta de viento mientras recojo mis cosas y me apresuro a salir por el pasillo.

Laurie todavía está hablando cuando abro las puertas y huyo del aula. Estoy a mitad del pasillo cuando alguien me llama por mi nombre.

—Summer, espera. —Ben se acerca a mí corriendo y con una expresión de preocupación en el rostro—. ¿Estás bien?

—No mucho. —Trago saliva varias veces en un intento de reprimir las lágrimas.

—Lo que Laurie está haciendo ahí dentro es muy turbio —comenta Ben con determinación.

—Dímelo a mí.

—Tienes que comunicarlo a los jefes del departamento.

—¿Y qué les digo? —pregunto con un tono sarcástico—. Ey, he sacado un aprobado raspado en el parcial. Despedid al profesor.

—No, pero les puedes contar que te ha humillado delante de tus compañeros y ha insinuado que eres una escritora incompetente y...

—Lo siento —le interrumpo, porque estoy a punto de derrumbarme—, pero tengo que irme.

—Summer.

—Ben, por favor. Déjalo. —Señalo las puertas—. Vuelve dentro y espera a que te dé tu nota. Estoy segura de que hiciste un buen trabajo.

—Summer. —Sacude la cabeza, enfadado—. Esto no es justo.

—La vida no es justa. —Se me quiebra la voz—. Pero aprecio que hayas salido para ver cómo estaba. En serio. Eres un buen chico, Ben. Gracias.

Le doy un apretón en el brazo y me alejo.

Ya en casa, encuentro a Fitz en su escritorio. Lleva los auriculares puestos y da golpecitos al mando de videojuegos que está enchufado al ordenador. O, al menos, creo que está enchufado. No acabo de entender su instalación de *gaming*. Una vez intentó explicármelo, pero ya me he olvidado.

Le saco los auriculares de las orejas y con eso consigo sobresaltarlo y que dé vueltas sobre su silla acolchada.

—Joder, me has asustado, nena. —Cuando me ve la cara, sus ojos se llenan de preocupación—. ¿Qué ha pasado?

Inhalo una bocanada de aire de forma lenta y calmada.

—Tengo que preguntarte una cosa y tienes que prometer que serás sincero conmigo.

—Vale... —Su expresión se torna precavida.

—¿Mi trabajo era una mierda?

—¿Qué? —Se pasa las manos por la cara, visiblemente confundido—. ¿Te refieres al ensayo de moda? ¿Sobre Nueva York y la primera mitad del siglo xx?

Asiento.

—Me dijiste que estaba bien —prosigo, con la voz temblorosa.

—Lo bordaste.

Examino su expresión y no encuentro nada de deshonesto en ella. Y su voz es sincera.

—¿En serio lo piensas o solo lo dices porque estamos saliendo?

—Summer, si hubiese creído que tu trabajo era una mierda o que tenía problemas, te lo habría dicho —contesta con firmeza—. Y te habría ofrecido ayuda. No veo por qué iba a mentirte con algo así.

Me hundo en el borde de su cama. De nuevo, me arden los ojos, pero esta vez no puedo controlar que unas cuantas lágrimas me resbalen por las mejillas.

Fitz se pone de pie en un segundo. Se arrodilla delante de mí y me coloca sus grandes manos sobre los muslos.

—Cuéntame —me insta—. ¿Qué pasa?

—He sacado un cinco en el parcial.

Eso lo altera.

—¿En serio?

Asiento lentamente.

La expresión de su cara pasa de la sorpresa al escepticismo poco a poco.

—Pero eso es casi un suspenso.

—Lo sé —gimo, y mientras las lágrimas siguen recorriéndome la cara, le cuento todo lo que ha pasado en clase hoy. Y entonces, puesta a confesarle cosas humillantes, también le revelo lo ocurrido en el despacho de Laurie.

Los ojos de Fitz lanzan llamaradas.

—Será cabrón… ¿Y ahora te está castigando porque no quisiste acostarte con él?

Me seco los ojos, anegados en lágrimas.

—No lo sé. A lo mejor es verdad que solo merecía un aprobado.

—Vaya tontería. No era un ensayo de cinco, Summer. Lo siento. No digo que sea el maestro de la escritura de ensayos, pero si yo fuera un profesor adjunto, te habría puesto un ocho. *Tal vez* un siete si fuera un tiquismiquis con la gramática o un seis si ese día no estuviera de humor. Pero un cinco no tiene ningún sentido. Te está castigando, está claro. —Sacude la cabeza con ira—. Tienes que reclamar.

Su fe en mi ensayo hace que las lágrimas se detengan.

—¿Puedo hacer eso?

—No estoy muy seguro de cómo funciona en la Facultad de Moda, pero estoy seguro de que puedes reclamar que revisen tu nota, y debes hacerlo. —Me toma las mejillas con ambas manos y me acaricia la mandíbula con los pulgares—. No puedes dejar que se salga con la suya. No te mereces esa nota, cariño.

Pero ¿y qué pasa si sí? No es que seas exactamente la más lista de... Mi jueza interior me hace dudar.

La interrumpo dando bofetones mentales a la parte negativa de mi cerebro que me ha estado atormentando durante años. *Que. Te. Calles.*

No voy a escucharla. Voy a escuchar a Fitz, que insiste en que hice un buen trabajo.

Y su fe me roba el aire de los pulmones. Le rodeo el cuello con las manos y lo abrazo con fuerza.

—Te quiero —susurro—. Haces que me sienta... —me detengo un segundo para pensármelo—... inteligente.

Su risa ronca me hace cosquillas en la coronilla.

—¿Inteligente, eh? —Me recorre la espalda arriba y abajo con las manos antes de abrazarme más fuerte.

—Sí. —Sonrío contra su cálido cuello e inhalo su familiar fragancia masculina—. No reclamé la nota del ensayo de Brown porque pensaba que nadie creería que no plagié intencionadamente. Pero tendría que haberlo hecho. No merecía suspender... Merecía ayuda extra. —Inmovilizo la mandíbula y me armo de valor—. Porque tengo una dificultad de aprendizaje.

Alzo la cabeza y me encuentro con la mirada de orgullo de Fitz, que me mira con orgullo en los ojos.

—No soy estúpida —le digo y, por primera vez, mi jueza interior permanece en silencio—. Solo aprendo de manera distinta. Me he dejado los codos en ese parcial, y tal vez haya alguna frase o un párrafo o dos que podría haber ordenado mejor. Y vale, había un error de ortografía. Pero venga ya, ¿se supone que tengo que creerme que ni una sola persona más de la clase ha cometido algún error tipográfico? —Levanto la barbilla—. Voy a reclamar, ya lo creo.

—Eso es, joder. Y a Laurie, que le den por culo.

—Exacto. —Le paso los dedos por la barba incipiente que le cubre la mandíbula—. Gracias por hacer que me sienta mejor.

—Ey, como novio tuyo que soy, es mi trabajo hacer que te sientas mejor. —Los labios de Fitz rozan los míos en un beso reconfortante—. No te preocupes, cariño. Vas a reclamar y la universidad te pondrá otra nota porque estará clarísimo que Laurie es un gilipollas vengativo. Todo irá bien. —Me da otro beso—. Te lo prometo.

CAPÍTULO 31

Fitz

Por un problema de fechas con la Casa Arbor, nuestro recinto de Hastings, el desfile de moda de tercer curso tendrá lugar mañana a las 19.00, en lugar de a las 21.00. Pedimos disculpas a los espectadores por cualquier molestia que pueda ocasionarles este cambio.

—¿En seeerio?

La ira distorsiona las bellas facciones de Summer y le dan un aspecto oscuro y primitivo. Parece que está preparada para ir a casa de Erik Laurie y ahorcarlo con sus propias manos.

No la culpo.

—¿Un problema de fechas? —chilla—. ¿El día anterior al desfile? Lo ha hecho a propósito. Está intentando joderme, literal y figuradamente.

No me río porque estoy furioso por ella. Cuando le ha mandado un correo a Laurie para recordarle que la mitad de sus modelos no estarían disponibles hasta bien entrado el desfile si se hacía más temprano, ha recibido una fría respuesta donde le informaba de que simplemente tendría que volver a hacer este trabajo independiente el año que viene.

Lo que le sienta como una bofetada en la cara después de todo lo que ha trabajado este semestre.

—¿Estás segura de que sabía que Rex y los chicos no iban a estar disponibles hasta las ocho?

—Lo sabía —responde, tensa—. Se lo he mencionado varias veces en nuestras reuniones. Quería que abriese el desfile y yo lo dije que prefería salir más tarde para dar tiempo a los chicos para prepararse después de su retiro. Además, es mucha presión desfilar la primera.

—¿Puedes comentárselo a alguien que esté por encima de él? —pregunto.

—¿A quién podría dirigirme? ¿A mi tutor académico? Richmond no me soporta. Y está enamorado de Laurie.

—A lo mejor entra en razón. No es como si no hubieras hecho nada del trabajo. Todavía tienes a seis modelos.

—Ya se lo he dicho a Laurie —me recuerda. Me lanza el móvil.

Vuelvo a leer el intercambio de correos electrónicos. Después de su respuesta borde, Summer ha defendido su caso, ha dicho que tiene seis modelos listas para desfilar y ha preguntado si podía simplemente mostrar la línea femenina. Laurie le ha contestado que o los doce modelos o ninguno. Y ha vuelto a decirle que tendrá que repetir el trabajo independiente.

Gilipollas rencoroso.

—¿Qué voy a hacer? —Su expresión es desalentadora, pero no está llorando, cosa que me dice que todavía no ha aceptado la derrota.

—Tiene que haber una solución. ¿Has hablado con Rex, no hay manera de que vuelvan más temprano?

—No. El entrenador Deluca los tiene confinados. Al parecer este retiro *hippie* está en mitad del bosque, a kilómetros de la civilización. El bus no pasa a recogerlos hasta las cinco. Y llegarán un par de horas más tarde.

Vuelvo a pensar.

—Vale. Tenemos seis trajes de baño de hombre.

—Ocho. Rex y Lockett iban a salir dos veces.

—Pero solo necesitas seis cuerpos.

—Sí, pero... —Sacude la cabeza, frustrada—. Los trajes están hechos a medida para sus cuerpos. Por eso hicimos las pruebas de vestuario.

—Pero estoy seguro de que podemos encontrar chicos que tengan más o menos las mismas medidas.

—¿Adónde quieres ir a parar?

«Exacto, ¿adónde quieres ir a parar?», me chilla una voz en la cabeza.

Exhalo lentamente.

—Lo haremos nosotros.

Arquea las cejas.

—¿Nosotros?

—Bueno, ellos —corrijo—. Voy a reclutar a mis compañeros de equipo. —Ya he cogido el móvil del escritorio—. Hollis se apunta seguro, ya sabes lo chulito que es. Hunter... —me detengo. No, Hunter no entra. Apenas nos ha dirigido la palabra en semanas—. A Nate me lo imagino diciendo que sí. —Echo un vistazo a mis mensajes—. Necesitamos a alguien un poco más delgado para reemplazar a Lockett.

—¡Jesse! —sugiere Summer.

—Si Katie le deja. —Paso por delante del nombre de Jesse y busco directamente el de su novia—. ¿Sabes qué? Escribiré a Katie directamente. Es ella quien lleva los pantalones en esa relación.

—Es verdad. —Frunce los labios—. Pero ¿quién va a ocupar el puesto de Rex? Por favor, no te enfades conmigo, pero... tiene un paquete enorme.

Cierro los ojos por un breve instante.

—¿En serio? Ningún chico quiere que su novia diga algo así, Summer.

—Te he dicho que no te enfades —protesta—. En fin, no te preocupes. No es mucho más grande que tú. Sois casi iguales... —Sus ojos se iluminan como si fuera la mañana de Navidad.

—Ni de coña —gruño cuando le he leído la mente—. Estoy reclutando a gente para ti, no presentándome voluntario como tributo. —La idea de desfilar por una pasarela con una muchedumbre de gente mirándome me da ganas de vomitar.

—Bien. Entonces tendrás que encuestar a tus compañeros de equipo sobre el tamaño de su pene. Intenta encontrarme a uno bien dotado.

Me cuesta mucho contener la risa. Dios. Esta chica es de lo que no hay.

—Veré qué puedo hacer —le prometo.

Lo bueno de no tener partido la noche siguiente es que, en teoría, muchos de mis compañeros deberían estar libres.

Lo malo de no tener partido esta noche es que la mayoría ya tienen planes. La mitad de los chicos se han ido a un club de *striptease* en Boston. Algunos no cogen el teléfono. Un par de ellos lo consultan con sus novias, que dicen que ni de coña.

Katie, por suerte, no es una de ellas. Suelta las riendas y le da permiso a Jesse para hacerlo. Hollis, como siempre, está más que feliz de ayudar. He tenido que persuadir un poco a Nate y a Matt para que se apunten, hasta que Summer ha prometido que la fiesta que va a celebrarse después del desfile estará repleta de chicas de hermandad *sexies*. El chico francocanadiense del equipo, Pierre, es un chaval enorme y peludo de tamaño similar al enorme y peludo ala cerrada, Bibby.

En veinticuatro horas he conseguido cinco cuerpos.

Solo me falta encontrar a alguien que reemplace a Rex, el del paquete grande.

En la silla de mi escritorio, me observo la entrepierna. Nunca pensé que algún día maldeciría el tamaño generoso de mi pene. Pero se me acaban el tiempo y las opciones. Summer ha salido en dirección al recinto hace una hora para ayudar con el montaje. También se apuntó a recoger después, pero parece que eso fue antes de que Erik Laurie intentase meterle la lengua en la boca.

Ha mandado un correo a Laurie esta mañana para decirle que ha encontrado sustitutos para los modelos masculinos.

Estoy desesperado por no dejarla tirada, pero no sé a quién más llamar. Mis amigos *gamers* no son exactamente personas que podrían pasar por modelos. Morris, Ray, Kenji... son bajitos y esqueléticos, y eso sin mencionar que son muy introvertidos.

Me devano los sesos en busca de más candidatos cuando me suena el teléfono. *Número oculto*. No tardo en responder, porque les he dicho a mis amigos que, si conocen a alguien que podría estar interesado, le pasaran mi número.

Pero cuando respondo, me golpea una sensación de *déjà vu*.

—Por favor, manténgase a la espera para hablar con Kamal Jain.

¿En serio? ¿Por qué me llama? No he sabido nada de él (ni he tenido ganas de hacerlo) desde nuestro enfrentamiento en el Heyward Plaza la semana pasada.

—¡Colin! —me grita en el oído—. ¡Espero pillarte en buen momento! Habría llamado en horas de trabajo, pero he estado reunido hasta las seis.

Su manera rápida de hablar me irrita esta noche.

—¿Qué necesita, señor Jain? —pregunto, sin ser capaz de no sonar borde.

—¡Ya hemos hablado de esto! Por favor, llámame KJ o...

—No —lo interrumpo—. No voy a volver a tolerar sus jueguecitos. Dígame qué quiere. De lo contrario, le colgaré.

Silencio al otro lado de la línea.

No me puedo creer que acabe de chaparle la boca a un multimillonario.

Creo que él tampoco se lo cree. Pero cuando vuelve a hablar, su tono de voz suena totalmente privado de la confianza habitual.

—Colin. Siento cómo me porté en la gala benéfica. —Se aclara la garganta—. Insulté a tu chica, y tuve una actitud condescendiente contigo. Me arrepiento por mi comportamiento.

Casi me caigo de la silla. ¿Se está disculpando? Esto sí que no me lo esperaba.

—Perdón si sueno un poco oxidado, no me disculpaba desde hace... Tal vez no me he disculpado nunca. La gente suele pedirme perdón a mí, no al revés. ¡Y pensar que me estoy arrastrando por un deportista! Quién lo hubie...

—¿En serio? ¿Otra vez con la tontería de los deportistas? —Suspiro.

Se hace otra una pausa.

—De nuevo, te pido perdón. Es posible que tenga algún prejuicio contra los deportistas.

—Nunca lo habría dicho...

—Tuve una mala experiencia con los deportistas cuando iba al instituto —admite—. Aunque estoy seguro de que ya lo sospechabas. Dicho esto, me sabe fatal, chaval. Fui un gilipollas. Y a decir verdad, me impresionaste esa noche. Los otros candidatos asentían y estaban de acuerdo con cada palabra que dije. Me lamían el culo y me elogiaban diciendo lo maravilloso que soy. No me malinterpretes, soy maravilloso. Pero empiezo a estar cansado de que siempre sea lo mismo, de que la gente me persiga y me haga la pelota. Tú te enfrentaste a mí, Colin. Y además de eso, tienes un talento inmenso.

Me alegra que no esté aquí para ver cómo se me desencaja la mandíbula.

—Así que… —Su tono adquiere un tono avergonzado—, si todavía estás interesado en el puesto en Orcus Games, es tuyo.

Tengo la mandíbula en el suelo ahora mismo. Ostras, esto sí que no me lo esperaba en absoluto. Y debo admitir que me ha impresionado que haya sido lo bastante valiente como para llamarme y pedir perdón.

Al mismo tiempo, soy incapaz de olvidar cómo trató a Summer, cómo le faltó al respeto de esa manera tan descarada. No estoy seguro de si unas disculpas compensan lo que hizo.

—Ya se lo dije, no me interesa trabajar con alguien como usted —respondo bruscamente.

—Y yo te suplico que lo reconsideres. Necesito a alguien como tú en mi equipo, chaval. Alguien que me rete, que se enfrente a mí. Alguien que me recuerde que, antes de convertirme en un capullo arrogante, fui un niño friki al que le encantaban los videojuegos.

Titubeo durante un momento.

—Si quiere que lo reconsidere, necesitaré que me dé algo de tiempo para pensarlo —digo al fin.

—Lo entiendo. Tómate unos días. Qué digo, una semana, dos. Pero necesito una respuesta firme antes de que acabe el mes.

—De acuerdo. Contactaré con usted. ¿Alguna cosa más? —Vuelvo a sonar borde, pero es que el desfile está a punto de empezar. Y Summer es más importante para mí que este capullo arrogante, como tan bien se ha descrito.

—Solo piénsatelo bien —intenta convencerme.

—Ya le he dicho que lo haré. —E iba en serio. Me tomaré mi tiempo para decidir si trabajar con Kamal merece la pena, pero si espera que vuelva a pasar por el aro, estará profundamente decepcionado. Solo hay una persona por la que pasaría por tantos aros como fuera necesario, y ni siquiera me lo está pidiendo.

—Me pondré en contacto con usted, señor Jain. —Y me despido con una serie de palabras que ni en un millón de años me habría imaginado decir—. Le dejo. Tengo que subirme a la pasarela para el desfile de moda de mi novia.

CAPÍTULO 32

Summer

—Ese hombre te quiere de verdad.

—Lo sé —contesto a Brenna, incapaz de contener una sonrisa ñoña.

Estamos de pie detrás del escenario, viendo cómo mi novio camina por la larga pasarela que divide en dos el salón de baile de la Casa Arbor, una mansión histórica de Hastings y el recinto donde se celebra nuestro desfile de moda. Los calzoncillos de baño de Fitz abrazan su culo perfecto y los músculos de los muslos se le tensan con fuerza mientras se adueña de la pasarela con largas zancadas.

En el otro lado de las bambalinas, Bianca y sus hermanas Kappa también disfrutan del espectáculo. Cada vez que un nuevo jugador de *hockey* sale al escenario medio desnudo, suspiran con ojos soñadores. Las chicas ya se han pavoneado y han recibido un aplauso estruendoso. Mis bikinis han sido todo un éxito, pero el bañador de una sola pieza con el que Bianca ha cerrado la colección femenina ha sido el claro ganador de la noche.

Bianca me sorprende mirando en su dirección y me saluda entusiasmada con la mano. Yo le respondo con una sonrisa. No he visto a Kaya esta noche, lo que me hace pensar que al final no ha apoyado que el resto de las chicas de la hermandad participasen. Pero ¿a quién le importa? Las Kappa me han salvado de un apuro, y les debo una.

Al otro lado de las cortinas, Fitz llega al extremo de la pasarela y gira como hemos practicado, aunque parece algo incómodo. La gente que ocupa las filas de asientos a ambos lados estalla en aplausos y mi sonrisa se ensancha todavía más.

Como sospechaba, el traje de baño le viene un poco grandes por delante, ya que Rex está algo más dotado que Fitzy. No obstante, eso no significa que no esté increíble. Además, la verdad es que no me habría importado demasiado que la mitad de los trajes de baño no les vinieran a la perfección. Estoy emocionada porque hemos conseguido sustitutos para los seis jugadores.

Aunque hay alguien que no está muy emocionado al respecto. Erik Laurie está sentado en primera fila junto con otros miembros de la facultad, incluido Mallory Reyes, el jefe del departamento. Laurie tiene el programa en el regazo y va vestido tan a la moda como siempre, con un traje de rayas, el pelo apartado de la amplia frente y con recién afeitado.

Observa a mi modelo con una expresión férrea. Corrijo, a mi novio, que está tan *sexy* que casi es… de otro mundo. Sí. No hay otra manera de describir al hombre musculoso, tatuado y cubierto de aceite que ha accedido a exhibirse por mí.

—Quiero salir y tirármelo en la pasarela —gruño—. Delante de todo el mundo. Ni siquiera me importa que me vean.

—No te culpo —responde Brenna—. Mira ese cuerpo. Es magnífico.

Realmente lo es. Y el alivio en su cara cuando vuelve detrás del escenario es casi cómico.

—Creo que voy a vomitar —se queja.

Reprimo una risa.

—¡Lo has hecho muy bien! —le aseguro—. Pero rápido. Te tenemos que poner los *shorts* de Rex porque vuelves a salir después de Nate.

A cada diseñador le han dado un espacio de vestidor separado por una cortina y acompaño a Fitz hacia el mío. Su segundo traje de baño no es ni de lejos tan ceñido como el primero. He dejado los *shorts* para el final para que se quitara de encima el incómodo *slip* nada más empezar.

Fitz se rasca el pecho desnudo y, entonces, se acuerda de que Brenna y yo hemos embadurnado a los chicos con aceite antes de que empezara el desfile. Su enorme mano reluce, y se muerde la lengua de manera seductora antes de decirme:

—Estoy pringoso. ¿Me lo puedes quitar tú?

Pongo los ojos en blanco.

—Que tengas las manos aceitosas no impide en absoluto que te desnudes tú solo.

Aun así, mis dedos se aferran a la cinturilla elástica del *slip*, porque, ¿qué mujer se negaría a desnudar a este cuerpazo?

Meto las manos por debajo de los calzoncillos y le agarro las nalgas. Tiene el trasero supermusculoso, es increíble.

Los ojos de Fitz arden de deseo.

—No hagas eso —me avisa—. Vas a hacer que me empalme.

—Eres tú quien ha pedido que te desnude.

—Tienes razón. ¿En qué estaría pensando? —Me aparta las manos y se los quita él mismo.

Durante un breve momento de gloria, admiro su dulce miembro, antes de que vuelva a tenerlo cubierto por los *shorts* y de ajustarse el cordón.

—¿Cómo estoy?

—Yo te daba. —Extiendo la mano para azotarle el trasero—. Ahora, vuelve a trabajar.

Se ríe mientras lo acompaño fuera de los vestidores y lo coloco en posición. Nate baja de la pasarela y Fitz sube, pero antes de ponerse a caminar, me guiña un ojo y murmura:

—No haría esto por cualquiera, y lo sabes.

—Lo sé. Y te quiero por ello.

Brenna suspira cuando desaparece.

—Sois tan ñoños...

—Sí. No lo niego. —Le sonrío—. ¿Todavía quedas con McCarthy? —Últimamente, ha evitado hablar sobre su vida amorosa.

Se encoge de hombros.

—La verdad es que no. Él está en Boston. Yo, en Hastings. No voy a esforzarme tanto por un chico de Harvard.

—¿Y si fuera Connelly? —replico— ¿Estarías dispuesta hacer ese trayecto por él?

—¿Qué te pasa con Connelly? —inquiere con exasperación—. Te lo juro, estás obsesionada con ese chico. Es un imbécil arrogante, Summer.

—Pero está buenísimo.

—Los imbéciles arrogantes suelen estar buenísimos. Así es como se convierten en imbéciles arrogantes.

Fitz regresa a mi lado arropado por fuertes vítores y le indico a Hollis que salga para cerrar el desfile; exprime el momento todo lo posible. Flexiona los bíceps y coloca los brazos en jarras. Muestra sus duros abdominales mientras da una vuelta. Y entonces, mi parte del desfile ya ha terminado y las chicas de Kappa me abrazan. Algunos de mis compañeros de clase me felicitan por el trabajo bien hecho.

Ben es el siguiente, así que mis amigos y yo limpiamos las bambalinas para que él y sus modelos puedan prepararse. Brenna y las Kappas van a sentarse entre el público mientras Fitz y los demás se cambian de ropa. Les agradezco a cada uno de ellos efusivamente su ayuda y siento una punzada de dolor en el corazón por la ausencia notable de Hunter. Fitz y yo hemos acordado que es mejor que le dejemos su espacio, pero sigue siendo una mierda saber que le he hecho daño.

Cuando solo quedamos Fitz (ya vestido) y yo, lo agarro por la nuca para acercar su boca a la mía.

—Gracias —le susurro contra los labios—. Me has salvado la vida, literalmente.

—Bueno, no *literalmente* —susurra de vuelta.

—Literalmente —le discuto, y sus labios se fruncen con una risa antes de volver a cubrir los míos.

Alguien da un grito ahogado, por lo que nos apartamos y vemos a Nora de pie a unos pocos metros de nosotros. Al principio, tiene el rostro lívido a causa de la conmoción, pero luego sus labios esbozan una mueca horrible y espeta:

—No me lo puedo creer, Fitz. ¿Te referías a ella? *¿A ella?*

Se marcha pisando fuerte, y sacude el pelo negro con mechas rosas al girarse.

Me vuelvo hacia Fitz, confundida.

—¿Qué quería decir con eso? ¿Cuándo han hablado?

—Justo después de que tú y yo nos acostáramos —responde con la voz ronca—. Le dije que no podía volver a salir con ella porque había empezado a ver a alguien.

—Vaya. No me lo habías mencionado.

—Sinceramente, lo había olvidado.

Yo también había olvidado a Nora, por lo menos en lo que respecta a Fitz. Ya no supone una amenaza para mí, aunque sí que me siento un poco mal porque haya presenciado cómo nos besamos, sabiendo que a ella le gustaba.

¿Estás segura de eso?

Mi Selena Gomez interior hace su aparición y veo que se esfuerza por no sacarme la lengua y reírse de mí.

Vale. A lo mejor no me siento tan mal.

—¿Debería hablar con ella? —pregunta Fitz, preocupado.

—Por supuesto que no —respondo jovialmente—. Es mayorcita, lo superará.

El desfile de moda termina hacia las nueve y media, que es cuando se suponía que iba a empezar antes de que Laurie decidiera que destrozar mi trabajo y avergonzarme delante de toda la clase no era suficiente. Pero su intento de sabotearme esta noche ha sido en vano. Y no se me escapa la ira que reflejan sus ojos cuando, durante la fiesta organizada por Briar, Mallory Reyes me aleja del resto durante un momento para alabar mis diseños. Comenta que le encanta la influencia bohemia mezclada con mi estilo moderno y glamuroso, y le dice más de lo mismo a Laurie, que está ahí, plantado como un pasmarote y me fulmina con la mirada por encima de su espalda.

—Ven a hablar conmigo antes de que acabe el semestre para hacer una lluvia de ideas sobre tus prácticas del año que viene. Tengo varias opciones en mente. —Le dirige una mirada a Laurie—. Me encanta el estilo de esta chica, Erik. Es muy divertido.

—Muy divertido —coincide con un tono despreocupado, pero la ira no reprimida que transmiten sus ojos lo delata.

La verdad es que no me importa lo más mínimo que me odie. Solo me puede aprobar o suspender por el desfile, y no me puede suspender después de que Mallory se haya pasado los últimos diez minutos hablando sin parar sobre lo mucho que le ha gustado mi colección. Y lo que es mejor: será ella quien revisará mi trabajo cuando inicie el proceso de reclamación.

Tengo la sensación de que saldré bien parada.

Me excuso para circular un poco entre los invitados. Fitz se queda a mi lado y parece menos miserable que de costumbre a pesar de estar en un acto social. Mi chico del miembro de oro. Estoy muy orgullosa de él.

Sus compañeros de equipo se colocan en una de las dos barras. Como la fiesta la organiza la Facultad de Bellas Artes de la universidad, los camareros no sirven nada a nadie sin carné. Pero la mayoría tenemos más de veintiún años, y yo doy sorbos a un vino blanco con soda mientras Fitz disfruta de una cerveza. Nos quedamos en la barra, observando a la muchedumbre durante un rato. Brenna está en el otro lado de la sala charlando con Hollis. Se ríen por algo y, cada vez que ella aparta la cabeza, advierto una chispa de esperanza en los ojos de él. Pobre Mike. Un día de estos deberá aceptar que no le interesa.

Fitz se enfrasca en una conversación sobre *hockey* con Nate y Matt, así que yo me paseo un poco por aquí y por allá. En un momento, me topo con Nora y casi la felicito por su desfile. Sus vestidos de inspiración *punk-rock* me han impresionado bastante. Pero sus ojos arden en el momento en el que nos encontramos, así que me limito a murmurar una disculpa y continúo caminando.

Un poco más tarde, vuelvo a encontrarla hablando con Laurie, y su expresión es drásticamente más feliz. Bebe un cóctel rosa, y él tiene una copa de tinto en la mano. Él le toca el brazo, y entonces le guiña el ojo y le aparta un mechón de pelo negro y rosa de la cara. Ella suelta una risita.

Parece que Nora ha conseguido lo que quería: al fin es la única destinataria de la atención de Laurie. Bueno, se puede quedar al muy baboso. Que le vaya bien.

La fiesta llega a su fin cuando me vibra el móvil en el bolsillo trasero de los pantalones ajustados. Me lo saco y encuentro un mensaje de Rex.

Rex: Hemos visto por Snapchat que los chicos del *hockey* lo han petado. Aunque nos sabe fatal, ¡¡queríamos desfilar!!

Yo: Ya lo sé, cielo.

Rex: Todavía os apuntáis a la *after party*, ¿verdad? Tenemos muchos barriles de cerveza. Sería una pena que no se bebiesen.

Vuelvo hacia la barra y me dirijo a Fitz y a los demás.

—¿Os apetece ir a la *after-after-party* en casa de Rex?

—Claro —responde Fitz, algo a regañadientes—. ¿Tú quieres ir?

—Por supuesto —contesto sin pensármelo—. Estará Daphne Kettleman.

—¿Por qué te importa tanto esa chica? —Sacude la cabeza con resignación.

—Porque es Daphne Kettleman.

Se restriega las manos por la cara.

—Summer. Me parece que voy a decirte esto muchas veces, pero... no te entiendo.

Nate se ríe.

—No pasa nada, cariño. Poca gente lo hace. —Le doy un beso en la mejilla—. Muy bien. ¿Por qué no vais tirando, chicos? Pronto empezaremos a recoger y tengo que quedarme para ayudar, pero nos vemos en la casa de la calle Elmhurst cuando haya terminado.

—Puedo quedarme a ayudar —se ofrece Fitz.

—Tú ya has ayudado bastante —contesto con voz firme—. Llévate a Brenna y a las chicas Kappa e id a casa de Rex. Estaré ahí en una hora como mucho.

—No me gusta la idea de dejarte aquí sola.

—Calzonazos —suelta Hollis por lo bajo.

—No estaré sola —le digo a Fitz—. Ben y Nora también se han apuntado para ayudar. —Hago una mueca al pronunciar su nombre.

—Sé maja —me advierte Fitz.

—Ey, pero si soy supermaja con ella. Es ella la que se está portando fatal conmigo. —Le mando un mensaje a Rex para confirmar que la fiesta sigue en pie y me guardo el móvil en el bolsillo—. Te escribo cuando esté de camino.

Cuarenta y cinco minutos más tarde, Ben y yo hemos apilado hasta la última silla, hemos guardado en cajas todos los colgadores y hemos ordenado lo que hemos podido. Alguien de la universidad tiene que venir a buscar todo esto por la mañana y llevarlo de vuelta a la Facultad de Moda.

Hago un gesto hacia la pasarela que hay montada en el centro de la sala enorme.

—No esperarán que desmontemos eso, ¿verdad?

—No, creo que lo va a hacer el equipo, cuando vengan a buscar las sillas y demás.

—Vale. Bien. —Miro la hora en el móvil—. ¿Vienes a la fiesta?

Se frota los dedos contra las cejas pobladas.

—No lo sé… Es una fiesta de los chicos de fútbol americano, ¿verdad?

—¿Tienes algo en contra del fútbol americano? —le chincho.

—No, pero muchos jugadores de fútbol americano me han tirado de los calzoncillos a lo largo de mi vida y estoy algo traumatizado. —Ensancha su boca en una sonrisa insolente—. Pero también he recibido bastantes mamadas por parte de jugadores de fútbol americano que lo han compensado.

Tomo aire.

—¡Ben, eres un chico malo! Uno, no sabía que eras gay. Y dos, tenemos algo en común: ¡a los dos nos gustan los deportistas!

—Ya teníamos cosas en común antes —contesta con brusquedad—. Los dos estamos estudiamos Moda… A ambos nos encanta Chanel y Versace…

—Cierto. Entonces, ¿vienes a la fiesta o no?

—Venga, ¿por qué no? ¿Necesitas que te lleve?

—Gracias, pero no hace falta, yo también he venido en coche. —Estoy a punto de meter la mano en el bolso para coger las llaves cuando me doy cuenta de que no tengo el bolso. Supongo que lo habré dejado en el suelo de la zona de vestidores cuando Ben y yo estábamos doblando las cortinas. Nora también nos ha ayudado, pero al cabo de un rato, se ha marchado. Probablemente haya huido para evitar pasar tiempo conmigo.

—Te veo en casa de Rex —le digo a Ben.

—*Sexy* Rexy —murmura.

—Oh, por Dios, llámale así a la cara, por favor, quiero ver cómo reacciona.

Se ríe.

—Si creo que con eso conseguiré una mamada y no que me tire de los calzoncillos, lo haré —promete.

Ben se marcha y yo me subo a la pasarela para llegar a la zona de bambalinas, donde enseguida encuentro mi bolso y lo agarro. Justo antes de irme, oigo una risita femenina.

Me congelo y mi mirada se desplaza hasta el pasillo que lleva a las oficinas de la Casa Arbor. También hay un baño del tamaño de un armario que he usado esta noche.

Otra risita resuena desde el pasillo. Estoy bastante segura de que es Nora y entrecierro los ojos en dirección a la puerta oscura. ¿Con quién narices está?

Al cabo de un momento, caigo en la cuenta. ¿Laurie? De repente recuerdo que tampoco lo he visto marcharse. Ha desaparecido de la fiesta del mismo modo en que Nora lo ha hecho cuando estábamos recogiendo.

Sigo las risas por el pasillo y ladeo la cabeza. Sí, es claramente una voz masculina. Viene del baño, y estoy casi segura de que es Laurie. Entonces vuelvo a oír la voz amortiguada de Nora, seguida de la de Laurie, de nuevo, que dice algo que hace reír a la chica.

Bien por ella, supongo. Le gustaba el muy rarito desde el primer día de clase. Ahora puede vivir su sueño rarito con él.

Estoy a punto de irme cuando oigo un grito.

No es un chillido de terror, sino una exclamación de sorpresa, como si la hubiera sobresaltado. Pero basta para hacerme retroceder y comprobar que está bien. Me acuerdo de la mirada de traición de Laurie cuando lo rechacé en su despacho. Sí, me soltó en el mismo instante en que dije que no. Pero también iba sobrio y estábamos en la universidad.

Hoy lo he visto beberse como mínimo tres copas de vino tinto. Además, ya estaba de mal humor antes porque he boicoteado su plan maligno. No me iría tranquila si me fuera sin comprobar que Nora está...

—Para.

Vale, *eso* ha sonado más claro que el agua.

Me acerco a la puerta mientras oigo sonidos de forcejeo al otro lado. Un golpe, como si alguien hubiera chocado contra algo. Un repiqueteo suave, como si algo hubiera caído de un mueble al suelo de azulejos. La jabonera, tal vez.

—Para. He dicho que no —ordena Nora con firmeza.

Y entonces oigo la voz pegajosa de Laurie.

—Calientapollas —musita.

Se oye otro golpe. Nora vuelve a sollozar, y casi me caigo del alivio cuando giro el pomo de la puerta y compruebo que no está echado el pestillo. Gracias a Dios.

La abro del todo y grito:

—¡Suéltala!

CAPÍTULO 33

Summer

La mano de Laurie está entre las piernas de Nora, y ella lo sujeta e intenta apartarlo forcejeando. Ser testigo de tal escena hace que se me nuble la vista en un mar de color rojo. Me abalanzo sobre el profesor, zarandeando el brazo de arriba abajo para golpearlo en la nuca con movimientos de kárate. Aúlla de dolor y se aparta de Nora tambaleándose.

—¡¿Qué cojones...?! —exclama, y se frota visiblemente enfadado el punto donde lo he golpeado.

—Oh, lo siento —espeto—. ¿He interrumpido algo? —Se me revuelve el estómago cuando me fijo en el bulto de sus pantalones. Será cerdo... Me vuelvo hacia Nora, que está pálida y a la que le tiemblan los dedos de forma descontrolada mientras trata de arreglarse el dobladillo del vestido arrugado.

—¿Cómo te encuentras? —le pregunto con urgencia.

—Estoy bien.

Por su tono de voz, no parece que esté bien. Suena débil, y las piernas le tiemblan visiblemente cuando se acerca a mí. Le paso un brazo de forma protectora alrededor de los hombros temblorosos. Al hacerlo, me doy realmente cuenta de lo asustada que está.

—Por supuesto que está bien —dice Laurie, con rigidez—. No sé qué te piensas que está pasando, Summer, pero Nora no corría ningún tipo de peligro. Tu histeria, por no mencionar tus suposiciones absurdas de lo que acaba de pasar, no solo son insultantes, sino que además me has agredido.

No puedo detener una risa incrédula.

—¿Me vas a denunciar a mí por agresión? ¿Me estás vacilando? Sé exactamente qué estaba pasando antes de que entrase.

—No ha ocurrido nada inapropiado entre Nora y yo. ¿No es así, Nora?

No responde; se estremece con más fuerza en mis brazos.

—Das asco —espeto a nuestro querido profesor.

—No sabes de qué estás hablando —escupe—. ¡Has interrumpido un momento íntimo consentido entre yo y...

—¡Una estudiante! —añado con incredulidad—. ¡Entre tú y una estudiante! Es que incluso si *fuera* consensuado, que no lo parecía desde mi punto de vista, no hay forma alguna de que algo así sea apropiado.

Sus labios se vuelven una línea enfadada. Espero una negación, una disculpa, cualquier cosa por su parte. Sin embargo, se limita a responder:

—Yo no tengo por qué lidiar con esto.

Lo miro boquiabierta.

—Y una mierda que no.

Pero ya se está escapando. Sus pasos frenéticos resuenan por detrás de la pasarela y suenan cada vez más flojos, hasta que, al final, se oye un portazo. Y entonces, todo es silencio.

A Nora le tiembla el cuerpo.

—Gracias —susurra.

—Ey, no te preocupes. —La sujeto con más fuerza. Lo necesita; si no, sospecho que se caerá—. Pero ahora tenemos que ir a la policía.

Su cabeza se levanta como un resorte y está a punto de golpearme con la coronilla en la barbilla.

—¿Qué? ¿Por qué?

—Te habría violado si no hubiera aparecido yo, Nora. Lo sabes, ¿verdad?

—Tal vez no. —Pero lo dice sin una pizca de convicción. Se aclara la garganta, endereza la espalda y se zafa de mi abrazo—. Pero no me ha violado. Y ya sé cómo funciona esto, mi madre es abogada de oficio. Será su palabra contra la mía. Lo único que ha hecho ha sido ponerme la mano entre las piernas. No hay moretones, no hay pruebas del abuso.

—Estoy *yo*. Yo soy la prueba. He visto cómo te tocaba. Te he oído decir que no. Alto y claro.

—Summer, ya sabes que no servirá de nada —dice, desalentada—. Recibirá un tirón de orejas. Seguramente ni siquiera le multen.

Creo que tiene razón. Me muerdo el labio mientras pienso en las opciones que tengo en la cabeza. No hay muchas, pero una de ellas destaca entre las demás.

—Creo que ya sé quién no le dará un tirón de orejas —respondo lentamente.

—¿Quién?

Le tomo la mano y le digo:

—Ven conmigo.

—No podemos aparecer sin más en la casa del decano —susurra Nora al cabo de una hora. Va en el asiento del pasajero de mi Audi y ha protestado por el rumbo que han tomado los acontecimientos desde que se lo he dicho.

—No hemos aparecido sin más —le recuerdo mientras atravieso la verja de hierro que hay en la entrada de la propiedad de David Prescott. El decano vive en una mansión preciosa de Brookline, un vecindario rico a las afueras de Boston. Estoy bastante segura de que Tom Brady y Gisele también viven por aquí. De repente, me imagino a Gisele haciendo *footing* delante de la casa del decano, viendo mi modelito fabuloso e invitándome a su casa a tomar algo. Oh, Dios mío. Sería increíble.

Por desgracia, no estamos aquí para buscar famosos. Hemos venido a denunciar un intento de abuso sexual.

—Mi padre ha llamado para avisar de que veníamos, ¿vale? —Porque mi padre es genial. Aunque no le importa ser aterrador cuando debe serlo.

Y supongo que el decano Prescott también ha pedido refuerzos, porque no está solo en la puerta. Hal Richmond está a su lado, y nos saluda.

—Señorita Ridgeway. Summer. —Como de costumbre, su «acento» contiene una nota condescendiente—. ¿Qué sucede?

Suelto una bocanada de aire.

—Ha ocurrido algo esta noche y, bueno, Nora no quiere ir a la policía, pero le he dicho que no me quedaría tranquila si no lo denunciaba.

Prescott abre los ojos como platos.

—¿La policía? —Nos abre más la puerta y hace un gesto para que entremos.

Nora me lanza una mirada de pánico.

Le doy un apretón en el brazo.

—No pasa nada. Te lo prometo.

Mientras seguimos a los dos hombres a una sala de estar del tamaño de mi habitación en Hastings, empiezo a marcar el número de mi padre. Contesta de inmediato. Ha estado esperando mi llamada.

—Ey, papá. Acabamos de llegar. Te pongo en altavoz. —Dirijo una mirada hacia Prescott—. Decano, ya conoce a mi padre. Espero que no le importe que escuche.

Prescott frunce los labios. Asumo que, en su mente, está gritando: «¡Trato preferencial!».

Que le den por culo.

—Sé que es raro, pero vengo de una familia de abogados —les explico a los hombres—. No me dejan mantener conversaciones importantes sin consejo legal.

Se oye una risa al otro lado del teléfono.

—Así es, princesa.

Nora parece reprimir una sonrisa. Me sorprende cuando realmente la suelta. Es libre, genuina.

—¿Familia de abogados? —me murmura—. Yo también.

—Fíjate —murmuro de vuelta—. Y tú que pensabas que no tendríamos nada en común.

A lo mejor, si me hubiera dado una oportunidad en lugar de dar por hecho que era una estúpida, podríamos haber sido amigas. Pero en el fondo sé que eso nunca sucederá. Soy muy celosa, y el hecho de que haya tenido una cita con Fitz significa que siempre querré sacarle los ojos.

Pero hoy también he estado a punto de ver cómo abusaban de ella, y eso no se lo deseo ni a mi peor enemigo.

Con la atención de Prescott y de Richmont fijada en mí, repito la historia de lo que ha ocurrido esta noche. Nora ofrece su versión de lo ocurrido, explica cómo Laurie le ha pagado dos bebidas y ha coqueteado con ella toda la noche, para finalmente excederse cuando todo el mundo se había marchado a casa. Su mirada tiene un brillo asesino cuando menciono dónde tenía Laurie la mano cuando he abierto la puerta del baño.

—He hecho un movimiento de kárate y...

Oigo que mi padre ahoga una risa.

—Papá —le regaño.

—Lo siento. No quería interrumpir. Es que solo tomaste clases de kárate durante tres meses antes de dejarlo. Y tenías doce años. No me puedo creer que todavía recuerdes algún movimiento.

—No me acuerdo. Solo de ese —admito.

—Bueno, te ha venido bien esta noche —añade, y su orgullo prácticamente rebosa del altavoz del teléfono.

—En fin. —Termino la historia y admito que no era la primera vez que Laurie intentaba excederse con una estudiante. Nora me mira sorprendida cuando lo revelo—. Durante una reunión en su despacho, intentó besarme.

Mi padre gruñe:

—Voy a *matar*...

—¡Papá, tranquilo! Eres abogado. No puedes ir por ahí amenazando de muerte a la gente. Además, no insistió cuando le dije que no estaba interesada. Hoy había bebido mucho, cosa que puede haber contribuido a su comportamiento. —Prescott y Richmond nos observan con una expresión severa—. Pero no puede salir airoso. No podemos tener a alguien así dando clases en Briar.

—Desde luego que no —coincide Prescott, mientras Richmond asiente, sombrío—. No os preocupéis, chicas. Briar tomará medidas de inmediato. Y Nora, por favor, recuerda que tienes acceso a terapia en el centro de salud para estudiantes. Te animo a sacarle provecho.

Asiente débilmente.

—Respecto a lo de denunciar, obviamente nadie puede obligarte a presentar cargos, Nora. Debes hacer lo que tú creas que es correcto. No obstante, si cambias de opinión, puedo ayudarte con mis servicios con mucho gusto. Summer te dará mi información de contacto. Me puedes llamar a la hora que sea —se ofrece mi padre.

Nora se muerde el labio con una mirada de sobrecogimiento.

—Gracias, señor.

Nuestra visita nocturna a casa del decano termina aquí. Nora y yo damos las gracias por habernos escuchado y, mientras los hombres nos acompañan a la puerta, quito el altavoz del móvil y murmuro:

—Te quiero, papá. Gracias.

—Yo también te quiero, princesa. Oh, por cierto. He investigado lo que me pediste mientras esperaba tu llamada. No lo hice antes porque…, bueno, porque tu madre dijo que sería dar rienda suelta a tu locura.

—¡Papá!

—Son sus palabras, no las mías. Culpa a tu madre.

—Pero ¿qué has investigado? —apunto.

—Yorkshire del Oeste —contesta sin más.

Arrugo la nariz.

—¿Yorkshire del Oeste?

—Es de donde es natural el tipo que tanto te interesaba. Leeds, Yorkshire del Oeste, en Inglaterra.

Mi mirada vuela hacia Richmond, que camina por delante de nosotras. ¿Es británico de verdad? Qué fuerte.

—Gracias por contármelo —respondo con pesar—. Te quiero.

Cuando llegamos a la puerta de entrada, Richmond me detiene al salir.

—¿Summer, podemos hablar? —Una vez más, pronuncia mi nombre con un evidente acento inglés.

Mierda. Odio no tener razón.

—Estaré en el coche —dice Nora.

Asiento.

—Solo será un minuto. —Espero hasta que esté fuera de nuestro alcance auditivo y me cruzo de brazos.

—¿Qué quiere?

—Disculparme. —Veo en sus ojos que siente verdadero remordimiento—. Me he comportado como un idiota, ¿verdad?

—Solo un poco —contesto, inexpresiva.

—Debo confesar que nuestra relación comenzó con mal pie.

—¿Usted cree?

Me echa una mirada.

—¿Puedo continuar?

—Perdón.

—Crecí en una familia humilde, Summer. Tuve que trabajar muy duro para pagarme la universidad, y no me ofrecieron ninguna beca. Con el paso del tiempo, supongo que he desarrollado un resentimiento hacia la gente como usted, con familias ricas que pueden mover los hilos por sus hijos. No entré en la universidad que quería. Nadie llamó para pedir un favor en mi nombre. —Deja caer la cabeza—. Quiero disculparme por mi comportamiento. Y me sabe especialmente mal porque intentó avisarme sobre el profesor Laurie. Intentó contarme lo incómoda que la hacía sentir, y la ignoré.

—Sí. Así es. —Siento la desaprobación que emana de mis poros.

—Y no tiene ni idea de cuánto me arrepiento. Ya es bastante espantoso lo que ha tenido que padecer la señorita Ridgeway esta noche, pero… ¿y si le hubiera pasado a usted algo por haberla ignorado? —Se estremece—. Lo lamento profundamente.

Exhalo.

—Ahora ya está hecho. Espero que en el futuro, si un estudiante acude a usted con un problema similar, le preste atención de verdad.

—Lo haré. Lo prometo. Y también prometo ser un poco más amable durante nuestras reuniones. —Se ríe secamente—. Pero, por favor, no espere que me transforme en una criatura cálida y suave de la noche a la mañana. Después de todo, soy británico.

CAPÍTULO 34

Fitz

He tenido tiempo de enloquecer cuando por fin oigo la llave que gira en la cerradura. Es casi medianoche. Me he ido de la fiesta en el momento en que ha llamado Summer para contarme lo que le había pasado a Nora y que se dirigían a ver al decano. Habría cogido el coche y habría ido para allá, pero ha insistido en que me quedara en casa. Por algo de que muchas manos en un plato hacen mucho garabato.

Al parecer, su padre ha estado en la reunión vía altavoz, lo cual es un alivio. Me siento mejor sabiendo que alguien cercano a Summer estaba ahí para apoyarla.

Ahora me levanto del sofá y la tomo en mis brazos antes de que pueda cerrar la puerta.

—Me alegra tanto de que hayas vuelto —gimo—. ¿Estás bien?

—Sí —me asegura.

—¿Cómo está Nora? —pregunto mientras Summer se desabrocha el abrigo.

—También está bien. Le he hecho un movimiento de kárate al muy gilipollas antes de que le hiciera daño de verdad.

Le cojo el abrigo de las manos frías y lo cuelgo.

—¿Y el decano?

—Ha dicho que se ocuparía de ello.

—Más le vale. ¿Nora sigue sin querer denunciar?

—Incluso mi padre ha dicho que no serviría de mucho. —Summer se pasa ambas manos por el pelo rubio—. Odio este mundo en el que vivimos, Fitzy, donde gente de mierda puede salir airosa después de hacer cosas de mierda.

—Lo sé —digo, serio. Sí que ocurren cosas de mierda, pero estoy seguro de que Erik Laurie se enfrentará a consecuencias reales.

Justo la semana pasada leí en internet que habían echado a tres profesores de instituciones grandes, y eso solo durante el último mes. Uno de ellos era incluso profesor titular. Los abusos sexuales son un tema de actualidad en las noticias. Así que de ninguna manera Briar va a dejar que algo tan serio como esto les pase de largo.

Entierro la cara en el cuello de Summer e inspiro mi fragancia favorita del mundo. Chanel n.º5. El único perfume que debería tener una mujer, me dijo alguien en una ocasión.

—Me he preocupado muchísimo cuando me has contado lo que había pasado.

—Yo me he preocupado muchísimo cuando *he visto* cómo ocurría. —Me agarra de la mano y me lleva hacia las escaleras—. No hablemos más de esto. Solo quiero darme una ducha caliente, meterme en la cama y ponerme al día con *The Bachelor*.

Hago una mueca burlona. Nunca imaginé que me enamoraría de una chica a la que le gustan los *realities* pastelosos. Jamás.

Pero por suerte, esta es solo una de las facetas de Summer Heyward-Di Laurentis.

Tiene muchas más. También está la Summer que vacila a sus hermanos mayores. La que adora a sus padres. La que se hace amiga de la gente al instante, porque confía ciegamente. Muchas personas permanecen en guardia cuando conocen a gente nueva, pero Summer no. Ella es confiada y abierta.

Y es inteligente, a pesar de sus dificultades con la expresión escrita. Su vocabulario rivaliza con el mío. Escucha audiolibros de fantasía interminables y habla de ellos conmigo. Nunca había tenido una novia que se pasara el rato analizando el viaje de *sir* Nornan al Bosque de Cristal, y que recitase todas las razones por las que fue una estupidez usar la espada del ángel, cuando reveló prematuramente su existencia a los habitantes de las cuevas que protegen el Más Allá.

Así que sí, Summer lo es todo.

Es mi musa. Ya estoy transfiriendo al ordenador los bocetos que hice de ella para crear los modelos del videojuego nuevo.

Es mi risa, porque todo lo que dice me hace reír.

Es mi detonante, porque, joder, a veces me saca de quicio. Antes no me veía capaz de expresar una sola emoción, ni siquiera sabía que las tenía dentro.

Es mi deseo, porque no puedo dar un paso sin querer estar dentro de ella.

Pero, por encima de todo, es mi corazón.

—Te quiero —le digo mientras caminamos por el pasillo hacia mi habitación.

—Yo también te quiero —me susurra.

Su mirada pasa rápidamente por la puerta de Hunter.

—No está en casa —murmuro, y sé que los dos estamos pensando en lo mucho que odiamos que nuestro compañero de piso todavía esté cabreado con nosotros.

Pero Hunter lo superará. Y si no, pues tendré que aceptar esta derrota. Con un pesar en el corazón, por supuesto. Pero he ganado algo que sé que curará el dolor de la pérdida. He ganado a Summer.

Por primera vez, siento que de verdad estoy viviendo mi vida en lugar de esconderme entre las sombras. Mis padres pueden seguir odiándose, pero la próxima vez que alguno de ellos me llame para envenenarme, les dejaré claro que ya no quiero esa negatividad en la vida. Incluso si significa que tengo que colgar el teléfono. Joder, si antes no he dudado en colgar a un multimillonario.

Mientras esperaba a que Summer volviese a casa de su visita al decano, me he tomado mi tiempo para pensar en la oferta de trabajo de Kamal. Y he llegado a la conclusión de que tal vez sí que necesite a alguien como yo en Orcus Games. Alguien que no le lama el culo. Alguien que le diga cuándo está siendo un capullo. Así que estoy valorando la oferta, pero ya decidiré más tarde.

Ahora mismo, quiero darme una ducha caliente con la chica a la que quiero y, luego, meternos debajo de las mantas y ver juntos un *reality show* tonto.

—Tienes un gusto pésimo para los programas de televisión —le informo cuando entra en mi habitación.

Sus danzarines ojos verdes me lanzan una mirada traviesa.

—Pero me quieres igual, ¿verdad?

La acerco hacia mis labios, en busca de los suyos.

—Sí. —Le doy un beso lento y seductor—. Te quiero de todos modos.

NOTA DE LA AUTORA

No tenéis ni idea de lo divertido que ha sido volver al mundo del *hockey* universitario con *Amor prohibido*. Además, ¡me he reencontrado con mis jugadores de *hockey* buenorros y unas chicas muy guais que me moría por presentaros a todos! Como siempre, llevar este libro a vuestras manos no ha sido fruto de un esfuerzo solitario. No habría sido posible sin la ayuda de algunas personas maravillosas.

Quiero dar las gracias a Edie Danford, por dar forma al manuscrito a latigazos (y por meterme en la cabeza para siempre el símil entre una tortuga asustada y unos genitales).

A Sarina, Nikki y Gwen, lectoras de la versión beta, amigas, y mujeres *sexies* en general.

A Aquila Editing, por corregir el libro (¡¡perdón por todas las faltas!!).

A Connor McCarthy, mi jugador de *hockey* universitario personal, que ha recibido muchísimas preguntas (la mayoría de ellas aleatorias y un poquito alocadas) y las ha contestado como el campeón que es. Muchas muchas gracias por toda tu ayuda, tío. Significa mucho para mí. ¡Espero que a tu novia le guste el libro!

A Viv, porque sí.

A Nicole, una asistente extraordinaria. Madre mía, todavía me sorprende tu apoyo, tu eficiencia, tu ética de trabajo, tu genialidad en general, y cómo ni siquiera parpadeas ante mis peticiones más descabelladas.

A Tash, asistente, mejor amiga del mundo mundial, salvavidas, terapeuta, la persona que me incita a comprar y mi alma gemela, con la que comparto momentos en los que ponemos los ojos en blanco. Lo eres todo.

A Nina, mi ángel celestial. Siento todas las velas que tienes que encender por mí. Las dos sabemos que no sobreviviría sin ti.

A Natasha y Vilma, por vuestro apoyo continuo. Significa muchísimo para mí.

¡A Damonza.com por la portada absolutamente despampanante de la edición original!

A mis amigos autores (¡sabéis quiénes sois! ¡Pssst, Vi!), por compartir este lanzamiento y vuestro cariño y apoyo a la serie. ¡Os quiero!

Y por supuesto, a los blogueros, reseñadores y lectores por seguir hablando al mundo sobre mis libros. Estoy muy agradecida por todos y cada uno de vosotros. Gracias por tomaros el tiempo para hacer todo lo que hacéis.

Con amor,
Elle

Sigue a Wonderbooks
en www.wonderbooks.es
en nuestras redes sociales
y suscríbete a nuestra *newsletter*.

Acerca tu teléfono móvil a los códigos QR
y empieza a disfrutar de información anti-
cipada sobre nuestras novedades y contenidos y ofertas exclusivas.